KNAUR

Im Knaur Taschenbuch Verlag sind bereits folgende Bücher der Autorin erschienen:
Eine Nacht im November
Irgendwann in Marrakesch
Melodie der Erinnerung
Die Stunde der Schwestern

Über die Autorin:
Katja Maybach lebte viele Jahre in Paris und arbeitete in der Modebranche. Ihre Arbeiten wurden in zahlreichen Zeitschriften, unter anderem der italienischen »Vogue«, veröffentlicht. Nach einer schweren Krankheit begann sie erfolgreich, Romane zu schreiben. Die Autorin hat zwei erwachsene Kinder und lebt heute in München.

Katja Maybach

Das Haus unter den Zypressen

Roman

Knaur Taschenbuch Verlag

Besuchen Sie uns im Internet:
www.knaur.de

Wenn Ihnen dieser Roman gefallen hat und Sie auf der Suche sind nach ähnlichen Büchern, schreiben Sie uns unter Angabe des Titels »Das Haus unter den Zypressen« an: frauen@droemer-knaur.de

FSC
www.fsc.org
MIX
Papier aus verantwortungsvollen Quellen
FSC® C083411

Originalausgabe März 2013
Knaur Taschenbuch

Ein Unternehmen der Droemerschen Verlagsanstalt
Th. Knaur Nachf. GmbH & Co. KG, München

Redaktion: Gisela Klemt, lüra: Klemt & Mues GbR
Umschlaggestaltung: ZERO Werbeagentur, München
Umschlagabbildung: Plainpicture / Bildhuset
Satz: Adobe InDesign im Verlag
Druck und Bindung: CPI – Clausen & Bosse, Leck
Printed in Germany
ISBN 978-3-426-63997-9

2 4 5 3 1

Für meine Schwester,
gestorben am 31. März 2012

TEIL
I

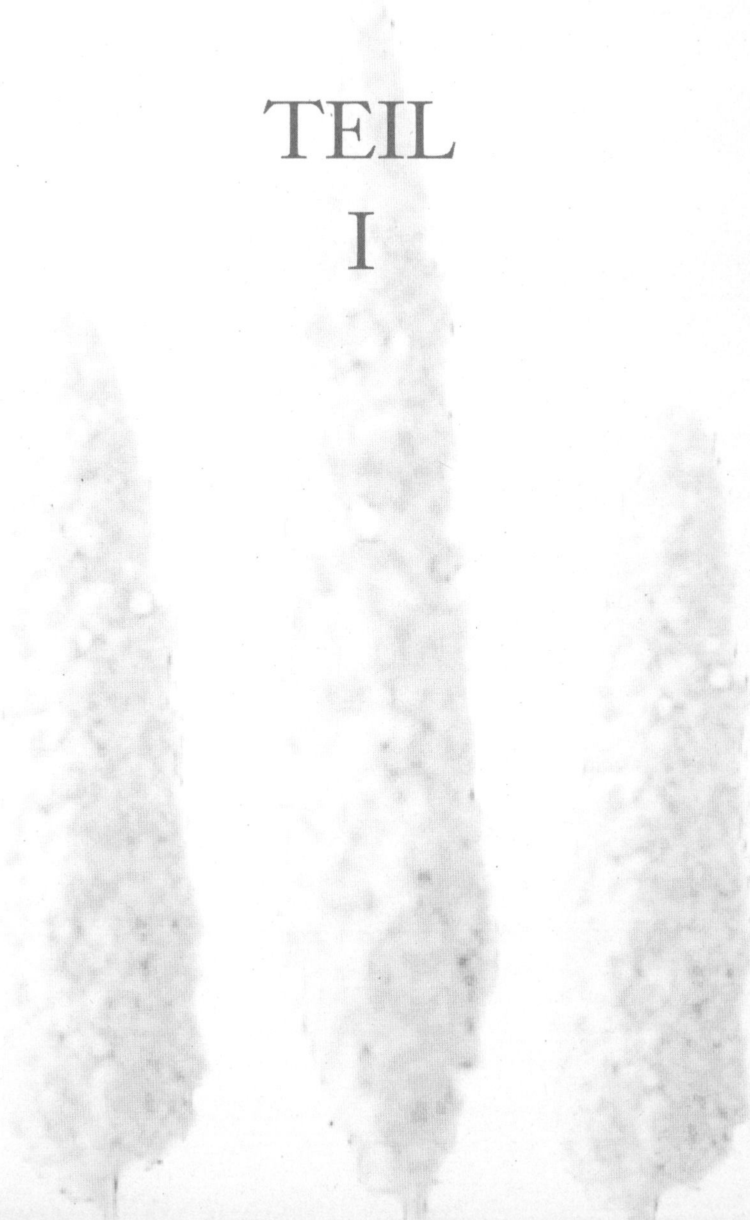

1

Rom, Juni 1940

Giovinezza … giovinezza … Primavera di belezza … Giuliana hetzte die Marmortreppe in den vierten Stock hinauf und schloss mit zitternden Händen die Tür zur Wohnung auf.

Nel Fascismo è la salvezza …

Das Lied der Faschisten verfolgte sie bis nach Hause, aus jedem Radio schallte es auf die Straßen. Leute sangen enthusiastisch mit, die Hände zum Gruß der Faschisten erhoben, nachdem Benito Mussolini im Radio verkündet hatte, er habe heute Frankreich und England den Krieg erklärt.

Ihre Mappe noch fest an sich gedrückt, glitt Giuliana innen an der Tür entlang zu Boden, die Knie versagten ihr, sie war völlig außer Atem. Nur langsam beruhigten der vertraute Geruch nach Bohnerwachs und die Stille in der Wohnung ihre überreizten Nerven.

Nach einer Weile erhob sie sich, ließ die Mappe achtlos auf dem Boden liegen und warf ihren Schlüsselbund auf die Konsole, direkt neben die vielen Kondolenzbriefe, die sie nach der Beerdigung von Alessandro Bastiani, ihrem Großvater, erhalten hatte. Vor sechzehn Tagen war er im Alter von neunundsiebzig Jahren an akutem Herzversagen gestorben. Viele teure Blumensträuße, Gestecke und Kränze waren am Tag seiner Beerdigung eingetroffen, die Giuliana aufs Grab hatte legen lassen. Nur ein einziger Strauß stand hier auf der Konsole. Er unterschied sich in seiner Einfachheit von den exklusiven Gestecken, und darum gefiel er ihr besonders gut. Ein üppiger Strauß Margeriten, der durch einen Boten anonym gebracht worden war. Sie blühten in frischem, leuchtendem Rosa, und zum wiederholten Male fragte sich Giuliana, wer ihrem Großvater diesen letzten Gruß geschickt haben mochte. Direkt darunter hatte sie ein Foto von ihm in einem Silberrahmen aufgestellt. Sie nahm es hoch und schob den schwarzen Trauerflor beiseite. Bis zuletzt war er ein gutaussehender Mann gewesen, groß, schlank, weißes volles Haar und ein Lächeln, das Giuliana jetzt die Tränen in die Augen trieb. Wie hätte ihr Großvater auf die heutige Kriegserklärung reagiert? Alessandro Bastiani, früher Anhänger von Benito Mussolini, war seit dem Abessinienfeldzug fünf Jahre zuvor schärfster Gegner des Duce geworden. Nachdenklich stellte sie das Foto zurück und zupfte gerade ein paar verwelkte Margeriten aus dem Strauß, als am anderen Ende des langen Ganges die Tür aufgerissen wurde.

»Da bist du ja endlich. Warum schleichst du dich so heimlich in die Wohnung?« Paula, die Haushälterin, kam auf Giuliana zugelaufen und umarmte sie. »Ich habe mir solche Sorgen gemacht! Warum kommst du so spät? In der Stadt scheint ja der Teufel los zu sein.«

»Ich bin kaum durchgekommen, alle drängen zur Piazza Venezia, wo der Duce sprechen will.« Halbherzig erwiderte Giuliana die Umarmung. »Die Schule ist auf Anordnung der Mutter Oberin geschlossen worden«, erzählte sie. »Wenn der Krieg vorbei ist, wird sie wieder geöffnet. Die Mutter Oberin meint, er dauert höchstens ein paar Monate. Und bis dahin seien die Mädchen bei ihren Familien zu Hause besser aufgehoben.«

»Ihre Entscheidung ist sicher richtig«, stimmte Paula zu und richtete sich schnell die graumelierten Haare, die in Wellen das Gesicht der Fünfzigjährigen einrahmten. »Ich will rasch zu den Winters rüberlaufen, ich habe nur noch auf dich gewartet. Sie überlegen, ob sie nach Amerika zurückkehren sollen, wenn in ganz Europa der Krieg ausbricht«, erzählte sie.

»Jaja, geh nur«, sagte Giuliana und wartete noch, bis die Tür hinter Paula zufiel. Die Euphorie der Menschen auf den Straßen, ihre Gewaltbereitschaft, die bedrohliche Stimmung, die von ihnen ausging, und die wehenden Fahnen der Faschisten an Gebäuden und Fenstern hatten Giuliana Angst eingejagt. Sie ging in die Küche, schenkte sich ein Glas Johannisbeersaft ein und trat damit auf den kleinen Balkon.

»Viva il Duce!«, schallte eine helle, durchdringende Kinderstimme vom Innenhof herauf. Unwillkürlich beugte sich Giuliana über das schmiedeeiserne Geländer. Die vier Söhne von Dr. Aristoteles Magnani schwenkten die grün-weiß-rote Fahne mit dem Emblem der römischen Axt durch die Luft. Der eine hob sein Spielzeuggewehr. »Peng, peng, du bist tot! Du bist ein Feind, ein Engländer, du bist tot!«, rief er. Sein kleiner Bruder ließ sich zu Boden fallen, krümmte sich am Boden und spielte den Toten.

Giulianas Unbehagen wuchs. Zurück in der Küche, verschloss sie die Balkontür, trank ihren Saft und stellte das Glas im Spülbecken ab. In der Stadt hatten die Menschen die Läden gestürmt und Panikeinkäufe getätigt. Ob es wohl besser war, wenn sie sich auch Vorräte zulegen?

Sie verließ die Küche und lief unruhig den langen Flur entlang, an den acht dunkelrot lackierten Türen vorbei, drehte wieder um und blieb vor dem Arbeitszimmer ihres Großvaters stehen. »Herrenzimmer« hatte er es genannt. Wie oft hatte sie zögernd davorgestanden, dann erst angeklopft und ihren Kopf zur Tür hineingesteckt … Sie wusste ja, dass ihr Großvater an seinem Schreibtisch saß und arbeitete. Doch jedes Mal hatte er sie zu sich ins Zimmer gewunken und sich für sie Zeit genommen. Gleichgültig, wann sie zu ihm kam. Als ihr heute die entfesselten Menschen auf den Straßen Angst einjagten, war ihr erster Impuls gewesen, nach Hause zu laufen und sich in dieses Zimmer zu ihm zu flüchten. Doch dann war ihr wieder schmerzlich bewusst geworden: Nie mehr konnte sie mit ihm sprechen, nie mehr seine beruhigende Stimme hören. Tränen stiegen ihr jetzt in die Augen, als sie an der Tür verharrte. Sollte sie wirklich hineingehen, sollte sie sich diesem Schmerz stellen?

Giuliana atmete tief durch und drückte entschlossen die Messingklinke hinunter. Dunkelheit und der Geruch nach kaltem Rauch empfingen sie. Die schweren Samtvorhänge waren zugezogen, wie an dem Abend, als Alessandro Bastiani in diesem Raum starb. Er hatte an seinem Schreibtisch gesessen, eine Zigarre geraucht und war dann mit dem Oberkörper auf dem Tisch zusammengesunken. Sein Freund Monsignore Arcurio fand ihn tot auf, als er zu einer Partie Schach kam.

Seit diesem Tag hatten weder Giuliana noch Paula dieses Zimmer betreten. Giuliana fröstelte vor Nervosität, während sie den Raum durchquerte, rasch die Vorhänge auseinanderzog und eines der drei hohen Fenster öffnete. Dann sah sie sich um. Alles war wie immer.

Auf dem Schreibtisch stand ein leeres Glas, vergessen seit dem Zeitpunkt des Todes. Alessandro hatte also noch einen Kognak getrunken, bevor er starb. Darauf wollte er nicht verzichten, obwohl er bereits seit Jahren herzkrank gewesen war. Wieder kämpfte Giuliana gegen ihre Tränen an. Was mochte er in seiner letzten Stunde gefühlt haben, welche Gedanken waren ihm durch den Kopf gegangen? Hatte er Panik empfunden, plötzliche Schmerzen gehabt, gewusst, dass der Moment des Sterbens gekommen war?

Lange stand sie bewegungslos neben dem Schreibtisch, bis sie nach einem der Fotos im Silberrahmen griff, die darauf standen. Es zeigte sie am ersten Tag in der Privatschule, in der ihr Großvater sie angemeldet hatte. Sie war so stolz auf ihren dunkelblauen Blazer und den grauen Faltenrock gewesen, beides passte so gut zu ihren tizianroten Haaren! Ihr Großvater hatte sie zur Schule begleitet und dieses Foto von ihr gemacht. Dann war er mit ihr in das Gebäude gegangen und stellte seine Enkelin ihrer neuen Klassenlehrerin vor. Wie erleichtert sie damals war, dass sie diesen Gang nicht allein machen musste. Alessandro holte sie am Nachmittag wieder ab und ging mit ihr in ein Café, in dem sie sich am Büfett so viel Kuchen aussuchen durfte, wie sie wollte.

»Heute hat für dich ein neuer Lebensabschnitt begonnen«, hatte er gesagt, »ich weiß, es ist nicht leicht, in eine neue Schule zu gehen, ohne dort jemanden zu kennen. Es ist eine Privatschule, in der man viel von dir verlangen wird. Doch du wirst es schaffen und eine gute Schülerin werden, und ich bin jetzt schon sehr stolz auf dich.«

Mit einem nachdenklichen Lächeln stellte Giuliana das Foto an seinen Platz zurück und griff nach dem nächsten Bild.

Die Aufnahme zeigte sie mit ihrem Großvater, ein Jahr nach dem tödlichen Unfall ihrer Eltern, bei einem Urlaub auf Capri. Er hatte den Arm um ihre Schultern gelegt, und sie lächelte, noch sehr schüchtern, zu ihm hoch. Giuliana erinnerte sich gut an diese heißen Wochen am Meer und auch an die Frau, die das Foto machte. Sie trug einen großen Sonnenhut, darunter einen schwarzen Schal, der im Nacken zusammengebunden war, und eine riesige Sonnenbrille. Auf dem Foto schien es, als würde Alessandro nicht in die Kamera sehen, sondern nur sie anlächeln. Wieso war ihr das noch nie aufgefallen? Hatte er sie gekannt und wollte es vor seiner Enkeltochter nicht zugeben? Gab es überhaupt in den vergangenen zehn Jahren eine Frau in seinem Leben? Wenn ja, war er offenbar sehr diskret gewesen.

Neben diesem Bild stand eine Reihe Fotos von Alessandros Sohn Angelo, der im Alter von achtzehn Jahren an Krebs gestorben war. Sorgfältig waren die Aufnahmen entsprechend dem Alter des Jungen geordnet. Angelo als Baby auf einem Spitzenkissen im Jahr 1898. Angelo am ersten Schultag – davon hatte ihr Großvater erzählt, als er ihr zum ersten Mal diese Fotos zeigte. Angelo in der Schuluniform seines Internats am Genfer See. Auf dem nächsten Bild war er als hübscher junger Mann im Tennisdress zu sehen, der in die Kamera strahlte. Es war das letzte Bild, ein halbes Jahr später starb er an Leukämie. Alessandro hatte selten über Angelo gesprochen, und Giuliana wusste nur wenig über ihn. Er war ein exzellenter Internatsschüler, der nach dem Abitur in Oxford studieren sollte. Angelo habe mit seinem Charme die Menschen für sich einnehmen können, hatte ihr Großvater erzählt. Und er sei ein exzellenter Tennisspieler gewesen.

Das hob Alessandro hervor, doch es waren nur dürftige, fast spröde klingende Informationen. Instinktiv hatte Giuliana immer gespürt, dass er den Verlust des Sohnes nie ganz verwunden hatte und so wenig wie möglich über ihn sprechen wollte. Vor allem nicht über seine Krankheit und seinen Tod.

Ein wenig abseits standen zwei Fotos von Gina, Angelos jüngerer Schwester, Giulianas Mutter. Ein Bild zeigte sie als zierliches Kind am ersten Schultag in dem Schweizer Internat, in das sie mit acht Jahren geschickt wurde. Ihr ovales Kindergesicht, eingerahmt von dünnen Zöpfen, starrte ohne ein Lächeln in die Kamera. Das zweite Foto zeigte sie als Vierzehnjährige in Kniebundhosen, dicken Strümpfen und Bergstiefeln mit einem Rucksack über der Schulter. Sie stand vor dem gewaltigen Bergpanorama der Alpen und lächelte strahlend in die Kamera, während sie mit der Hand die Augen vor der Sonne schützte. Gina wirkte glücklich.

Als Mutter und Ehefrau war sie es nicht mehr gewesen. Zumindest konnte sich Giuliana an keine glücklichen Momente mit ihrer Mutter erinnern.

Nachdenklich glitten Giulianas Finger über die glatte Oberfläche des Tisches bis zu Alessandros dunkelgrüner Schreibunterlage. Ein Bogen Papier lag darauf, offensichtlich ein Brief, daneben Alessandros Füllfederhalter. Scheu griff Giuliana danach. Durfte sie so indiskret sein, diesen Brief zu lesen? Und damit in die Privatsphäre ihres Großvaters eindringen, die er stets konsequent geschützt hatte?

Doch als sie sah, an wen das Schreiben gerichtet war, krampfte sich Giulianas Magen zusammen, und ihr Herz schlug schneller. Mit zitternder Hand nahm sie den Brief von der Unterlage.

Sophia,
es ist vierundzwanzig Jahre her, dass unser geliebter Sohn Angelo starb. Wir hätten gemeinsam um ihn trauern sollen, aber Du hast den Schmerz über seinen Verlust zu Deinem Schmerz erklärt, an dem ich keinen Anteil hatte. Stattdessen bist Du zu einem anderen Mann gegangen, und ich hoffe für Dich, dass Du es niemals bereut hast.
Selbst als Gina bei dem tragischen Unfall ums Leben gekommen ist, hast Du Dich nie gemeldet. Warum? Hast Du mich so sehr gehasst?
Ich habe vor kurzem Nachforschungen über Dich anstellen lassen und erfahren, dass Du mit diesem Mann, Mattia Alesi, immer noch zusammenlebst. Ach Sophia, wie konnte das alles passieren, wie konnten wir uns im Hass verlieren und vergessen, was uns einmal

Giulianas Herz raste, und das Zittern ihrer Hände wollte nicht aufhören. Ihre Großmutter Sophia lebte!

Sie wusste fast nichts über diese Frau. Nur einmal, kurz nach ihrem elften Geburtstag, hatte sie ihren Großvater nach ihrer Nonna gefragt. Gab es denn kein Foto von ihr? Kein einziges? Vielleicht Briefe, irgendetwas? Als sie ihn mit ihren Fragen bestürmte, hatte sie ihn das einzige Mal wütend erlebt. Er wolle nicht darüber sprechen, hatte er scharf erwidert, und das habe sie zu respektieren. Seine Frau sei gestorben, mehr brauche sie nicht zu wissen. Giuliana hatte sich gefügt, doch die Neugier war geblieben.

Schon ihre Mutter Gina hatte niemals über Sophia reden wollen, sondern nur einsilbig erklärt, ihre Mutter sei gestorben. Oder hatte sie es damals so ausgedrückt: Die Großmutter sei *so gut* wie gestorben? Auf jeden Fall hatte Gina hinzugefügt: »Giuliana, wenn du größer bist und viele Dinge besser verstehen kannst, erzähle ich dir, was ich weiß, aber ich sage dir gleich, es ist nicht viel.« Doch zu dieser Aussprache war es nicht mehr gekommen.

Giuliana nahm den Brief und setzte sich auf das Sofa, dem Schreibtisch gegenüber. Immer wieder las sie ihn. Sie konnte es nicht fassen, nicht begreifen. Ihre Großmutter hatte ihren Mann wegen eines anderen verlassen! Und er hatte diesen Schmerz offensichtlich nie überwinden können. Aber was wusste sie schon über ihren Großvater, der so gut schweigen konnte?

Erst kurz nach ihrem zehnten Geburtstag hatte sie ihn überhaupt kennengelernt. Zusammen mit ihren Eltern besuchte sie ihn in dieser Wohnung, durch die sie staunend gelaufen war. Nie, so schien es ihr damals, hatte sie etwas Schöneres gesehen. Die großen Räume, das glänzende Parkett, die weichen Teppiche, und überall standen Blumen in großen Vasen.

»Mein Vater und ich haben uns nie gut verstanden«, hatte ihre Mutter ihr am Nachmittag vor diesem Besuch erklärt. »Aber jetzt sollst du ihn kennenlernen, wer weiß schon, was die Zukunft bringt.«

Und nur wenig später erwiesen sich die Worte der Mutter als unheilvolles Orakel. Auch heute noch stellte sich Giuliana die Frage, ob Gina ihren Tod geahnt oder ihn sogar gesucht hatte. Denn nur drei Monate später unternahmen ihre Eltern eine Bergtour in der Schweiz, stürzten im Nebel ab und konnten nur noch tot geborgen werden.

Schon am Abend nach dem Unfall holte Alessandro seine Enkelin zu sich. Ihre Mutter hatte ihr viel Negatives über ihn erzählt, er sei arrogant, gefühllos, kein Wunder, dass ihn seine Angestellten hassen würden, jeder fürchte ihn. Doch als sie an jenem Abend stumm ihre Sachen zusammenpackte, ein verängstigtes kleines Mädchen, dem man gerade gesagt hatte, seine Eltern seien tot, da hatte er sie fest an sich gezogen und sie getröstet. Sie wusste nicht mehr, welche Worte er wählte, doch sie halfen ihr über den ersten großen Kummer hinweg. Er hatte seine Tochter verloren, doch für ihn schien nur der Schmerz der Enkelin zu zählen.

In der ersten Nacht in seiner Wohnung war sie schreiend aufgewacht, schweißgebadet und tränenüberströmt. Da kam Alessandro zu ihr ins Zimmer, nahm ihre zitternden kalten Hände und gab ihr ein Versprechen: »Giuliana, ich werde immer für dich da sein, immer!«

Und Alessandro Bastiani hatte sein Versprechen gehalten. Wenn sie als Kind Alpträume hatte, ging er mit ihr in die Küche, kochte für sie beide eine heiße Schokolade und erzählte ihr Geschichten, um sie abzulenken. Es waren langweilige »Erwachsenengeschichten«, wie sie ihm später einmal amüsiert erklärt hatte, doch seine Stimme tröstete sie, und seine Nähe nahm ihr die Angst.

»Ich werde immer für dich da sein …« Dieser Satz gab dem verzweifelten, ratlosen Kind, das sie damals gewesen war, Kraft und Trost. Von diesem Moment an schenkte sie ihm ihr volles Vertrauen, und niemals hatte Alessandro Bastiani seine Enkelin enttäuscht. Sein Tod hinterließ eine Leere in ihr, und in diesem Moment, als sie auf dem Sofa in seinem Herrenzimmer saß, empfand sie seinen Verlust so heftig, dass sie sich an der Lehne festhalten musste und sich auf die Lippen biss, um nicht laut zu schluchzen. Seit seinem Tod hatte sie sich nicht so verlassen gefühlt wie in diesem Augenblick.

Doch dann las sie noch einmal die wenigen Zeilen des Briefes. Ein kostbarer Fund, denn er enthielt die letzten Gedanken ihres Großvaters im Moment seines Todes. Und sie galten seiner Frau Sophia.

Giuliana erhob sich vom Sofa und ging wieder zum Schreibtisch. Nachdenklich legte sie den Brief zurück auf die Unterlage und glättete ihn mehrmals, bis ihr Blick auf das Kuvert fiel, das ebenfalls dort lag.

Alessandro hatte mit seiner markanten, schwungvollen Schrift eine Adresse geschrieben.

Signora
Sophia Fabiani / Casa Sophia
Campodoglio bei Florenz

Giuliana holte tief Luft. Ihre Großmutter lebte in einem Ort in der Nähe von Florenz. Mit immer noch zitternden Händen faltete sie den Brief zusammen und steckte ihn samt dem Kuvert in die Tasche ihres Kleides. Langsam reifte in ihr ein Entschluss.

Sie musste wissen, warum Sophia ihren Mann und ihre sechzehnjährige Tochter im Stich gelassen hatte. Nur wegen eines Mannes? Und wenn ja, wer war er, dass sie alles für ihn aufgab?

Sie würde in die Toskana fahren. Aber wie würde Sophia auf ihr Erscheinen reagieren? Würde sie versuchen, sich zu rechtfertigen, die Enkelin abweisen? Oder freute sie sich vielleicht über ihr Kommen, hatte bereits seit Jahren darauf gehofft? Wer wusste das schon? Alessandros Brief würde sie mitnehmen, letztendlich war es sein letzter Wunsch, mit seiner Frau wieder Kontakt aufzunehmen.

In diesem Moment hörte sie, wie die Eingangstür geöffnet und zugeschlagen wurde. Paula war zurück, hastete in die Küche und stieß einen lauten Schrei aus. »Das Risotto ist angebrannt, wie konnte ich das nur vergessen? Giuliana, hättest du nicht aufpassen können?«

*

Erst am nächsten Morgen erzählte Giuliana Paula von dem Brief. Am Abend zuvor war sie noch einmal ins Herrenzimmer gegangen, hatte Schubladen geöffnet und Schränke durchsucht, doch es fand sich nichts, was auf Sophia hinwies. Kein Foto, keine Briefe, nichts.

»Hat mein Großvater nie über seine Frau gesprochen, sie nie erwähnt?«, wollte sie jetzt wissen. Paula schüttelte den Kopf.

»Nein. Er hat mich eingestellt, als er dich zu sich holte. Er erzählte nur von seiner Tochter und dem tragischen Unfall. Ich war gerade Witwe geworden und froh über die Aufgabe, hier den Haushalt zu übernehmen und für dich sorgen zu können. Durch meine vielen Neffen und Nichten wusste ich mit Kindern umzugehen, das war deinem Großvater sehr wichtig. Über sich hat er wenig erzählt.«

»Und die Leute im Haus? Wieso kannte niemand meine Großmutter?« Paula zuckte die Schultern.

»Die Winters haben erst vor fünf Jahren die Wohnung gegenüber gekauft, und du weißt selbst, dass die anderen Leute im Haus überwiegend Mieter sind und oft wechseln.«

»Ich möchte in die Toskana fahren«, erklärte Giuliana ruhig, »ich will meine Großmutter kennenlernen.«

»Ich verstehe dich«, antwortete Paula nach einer Pause. »Trotzdem ist es vielleicht besser, du wartest noch. Wir wissen alle nicht, was jetzt auf uns zukommt. Gestern erst hat mein Bruder ein Telegramm geschickt. Er ist sehr besorgt. Ich soll auf keinen Fall in Rom bleiben, sondern nach Hause kommen. Er schlägt vor, mich nächste Woche abzuholen. Du sollst mitfahren, du bist herzlich eingeladen.«

Paulas drei Brüder bewirtschafteten mit ihren Frauen und den Kindern das elterliche Weingut ganz in der Nähe von Frascati.

Giuliana lächelte Paula an. »Danke, das ist lieb von deiner Familie, aber ich habe mich entschieden: Ich werde in den nächsten Tagen in die Toskana fahren. Ich will nicht warten. Im Radio habe ich heute Morgen gehört, dass die Züge normal verkehren. Ich muss einfach herausfinden, was damals geschehen ist. Was ist das für eine Frau, die ihre sechzehnjährige Tochter und ihren Ehemann wegen eines anderen Mannes verlässt? Ich muss es wissen, ich kann nicht warten, bis der Krieg vorbei ist.«

Der Widerstand, den Giuliana von Paulas Seite gefürchtet hatte, blieb aus. Paula umschloss Giulianas Finger fest mit ihrer Hand und drückte sie.

»Ich verstehe das. Wenn du unbedingt fahren willst, dann ist es auch richtig so.«

Giuliana erwiderte den Händedruck. Paula war weit mehr als nur eine Haushälterin, sie war für Giuliana eine mütterliche Freundin und das seit dem Tag, als Alessandro sie engagiert hatte.

»Wie lange willst du bleiben?«

Giuliana zuckte mit den Schultern. »Ich weiß nicht, eine Woche?«

»Und dann?«

Als Giuliana zögerte, schlug Paula vor, ihrerseits noch in Rom zu bleiben und auf ihre Rückkehr zu warten. Doch nach einigem Hin und Her vereinbarten sie schließlich, dass Paula in einer Woche nach Hause fahren sollte, wenn auch Giuliana nach Florenz aufbrach.

»Wenn du aus der Toskana zurückkommst, melde dich sofort. Mein Bruder wird dich abholen, du sollst auf keinen Fall hier allein bleiben, versprich es mir«, schärfte Paula Giuliana ein, und sie versprach es. »Und am besten schickst du deiner Großmutter ein Telegramm, damit sie weiß, dass du kommst.«

»Nein«, wehrte Giuliana ab, »gerade das will ich nicht. Ich möchte sie überraschen.«

*

Einen Tag vor ihrer Abreise ging Giuliana in das Café Albertina's, das in einer Seitenstraße der Via Condotti lag.

Der große kühle Raum mit den gemalten Fresken an den Wänden und den roten Marmorsäulen in der Mitte war heute fast leer, und nur das Klappern der silbernen Kuchengabeln auf den Porzellantellern und die gedämpfte Unterhaltung der wenigen Gäste durchbrachen die Stille.

Hierher war sie jeden Donnerstagnachmittag mit ihrem Großvater gegangen. Seit ihrem zwölften Lebensjahr war der wöchentliche Besuch im Albertina's zur festen Gewohnheit geworden. An »ihrem« Tisch am Fenster sprachen sie über wichtige und unwichtige Dinge. Vielleicht war es die Atmosphäre, die Alessandro entspannen ließ. So hatte er hier mit Giuliana, als sie dreizehn Jahre alt war, auch ein wenig über Gina gesprochen, ihre Mutter. Sie sei ein unruhiges, unbeherrschtes Kind gewesen und hätte das Internat in den Bergen geliebt.

»In jeden Ferien kam sie für ein paar Tage nach Hause, um Angelo zu sehen, doch dann wollte sie auch schon wieder zurück«, erzählte Alessandro. »Und auch nach Angelos Tod setzte sie ihren Willen durch und fuhr bereits einen Tag nach seiner Beerdigung wieder in ›ihre‹ Berge. Unmittelbar nach ihrer Schulzeit lernte sie in Rom im Alpenverein einen sehr viel älteren Krawattenhändler, deinen Vater, kennen. Als sie von ihm schwanger wurde, gab es nur eine Lösung, sie musste ihn heiraten. Eine furchtbare Mesalliance«, fügte Alessandro hinzu, »aber was sollte ich machen? Um einen Skandal zu vermeiden, willigte ich ein.«

»Und deswegen habt ihr zehn Jahre lang nicht miteinander gesprochen?«, wollte Giuliana damals wissen.

»Darüber möchte ich nicht reden«, hatte er gesagt.

Jetzt schob Giuliana ihren Teller mit der Schokoladentorte in die Mitte des Tisches. Sie hatte keine Lust mehr zu essen. Einmal, daran erinnerte sie sich wieder, hatte der Großvater sie vorsichtig gefragt, ob sie ihm über ihre Kindheit und ihr Zuhause erzählen wolle. Doch da hatte sie heftig den Kopf geschüttelt. »Nein, das möchte ich nicht.«

»Siehst du«, sagte Alessandro nach einer kleinen Pause, »auch du hast deine Geheimnisse, über die du nicht sprechen willst. Also respektieren wir beide das Schweigen des anderen.« Wann war das gewesen? Vor vier oder schon vor fünf Jahren? Nun, es spielte keine Rolle mehr, ihr Großvater war tot.

Giuliana erhob sich rasch, legte Geld auf den Marmortisch und verließ fast fluchtartig das Café. Sie hätte nicht hierherkommen dürfen, zumindest jetzt noch nicht, der Schmerz um ihren Großvater war noch zu frisch und saß zu tief.

2

Toskana, eine Woche später

Am späten Nachmittag stand Giuliana auf dem überdachten Vorplatz des neuen Florenzer Bahnhofs Santa Maria Novella. Von hier aus fuhren Busse in mehrere Richtungen, und Giuliana stellte sich an das Halteschild des Busses Nummer 154 nach Campodoglio.

Der Schnellzug Rom–Florenz war ausgefallen, und Giuliana hatte den überfüllten Regionalzug nehmen müssen, der mit dreistündiger Verspätung sein Ziel erreichte. Gedrängt zwischen Reisenden mit Koffern, Taschen und Rucksäcken, hatte sie die Fahrt auf dem Gang stehend verbracht, zwischen Leuten, die fluchtartig die Hauptstadt verließen, seit Benito Mussolini in den Krieg eingetreten war. Beißender Rauch der Lokomotive kam durch ein offenes Fenster, da der Zug mit Kohlen angetrieben wurde und sich das Fenster nicht schließen ließ.

Hier am Bahnhof war Giuliana zuerst zur Hotelvermittlung gegangen, doch diese war geschlossen, und an der Tür hing ein großes Schild mit dem Hinweis, alle Hotels seien belegt.

Sie war zu naiv gewesen, hatte nicht daran gezweifelt, in Florenz ein Hotel zu finden. Sie hatte dort übernachten und sich am nächsten Morgen entscheiden wollen, wann sie zu ihrer Großmutter fahren würde. Auf keinen Fall hatte sie mit dem Koffer in der Hand vor Sophias Tür stehen wollen.

»Kann ich Ihnen helfen?«

Giuliana fuhr aus ihren Gedanken hoch. Ein junger Mann stand vor ihr und lächelte sie an.

»Nein, ich brauche keine Hilfe, danke«, erklärte sie abweisend.

»Sie haben mehrere Rußflecke auf der Wange«, antwortete der junge Mann und konnte ein breites Lächeln nicht unterdrücken. »Hier rechts … darf ich?« Bevor Giuliana reagieren konnte, zog er ein blütenweißes Taschentuch aus der Jacke seines eleganten dunkelblauen Anzugs. Zart fuhr er ihr damit über das Gesicht. »Wo sind Sie denn gewesen, in einem Kohlenkeller?«

Jetzt lachte auch Giuliana. »So ungefähr, im Regionalzug von Rom hierher.«

»Besuchen Sie jemanden in Florenz?«, wollte er wissen.

»Sie sind ganz schön neugierig, aber ich sage es Ihnen: Ja, ich besuche meine Großmutter.«

Der junge Mann lächelte sie immer noch an. »Ich wohne auch in Rom und habe hier Freunde besucht«, erzählte er, »jetzt fahre ich zurück, weil ich einen Stellungsbefehl erhalten habe. Ich muss mich melden.« Er drückte Giuliana das Taschentuch in die Hand. »Als Erinnerung«, erklärte er, »an einen Mann, der an die Front muss. Leider geht mein Zug in ein paar Minuten. Luca, Luca Berardi«, stellte er sich vor. Impulsiv beugte er sich vor und hauchte ihr einen Kuss auf die Wange.

Da dröhnte eine Stimme durch den Lautsprecher bis hinaus auf den Vorplatz, der Zug nach Rom sei auf Bahnsteig eins eingefahren. Ein schneller trauriger Blick, ein bedauerndes Achselzucken von Luca Berardi, dann drehte er sich um und lief durch die Drehtür in die Halle. Ohne nachzudenken, folgte Giuliana ihm, blieb drinnen aber zögernd stehen. An der Treppe wandte Luca seinen

Kopf und sah sich suchend um, bis er sie in dem Gedränge entdeckte. Giuliana stellte sich auf die Zehenspitzen und winkte ihm mit seinem Taschentuch zu.

»Wie heißt du?«, schrie er über die Köpfe der Leute hinweg.

»Giuliana Angelini!«

»Giuliana … Giuliana … ich liebe dich! Giuliana, bleib mir treu …«

Ein paar Leute lachten und nickten Giuliana wohlwollend zu, die immer noch winkte, obwohl Luca bereits auf der Treppe nach unten verschwunden war. Erst als der Lautsprecher die Abfahrt des Schnellzugs nach Rom bekanntgab, steckte sie das Taschentuch ein, nahm ihren Koffer hoch und verließ die Halle erneut.

Luca Berardi. Würde sie ihn jemals wiedersehen? Unwahrscheinlich. Es war ein emotionaler Moment gewesen, in dem ein junger Mann versuchte, seine Angst vor dem Grauen des Krieges und dem Tod zu überspielen und auf eine Zukunft zu hoffen. Ein junger Mann, der vielleicht nie mehr zurückkam.

Bedrückt stellte sich Giuliana wieder neben das Schild für den Bus nach Campodoglio. Sie war tief in ihren Gedanken versunken und bemerkte deshalb nicht, dass sie die Einzige war, die auf den Bus wartete.

»Wollen Sie nach Campodoglio?« Ein kleiner Lieferwagen mit der Aufschrift *Panneteria Cortesi* hatte angehalten, eine junge Frau war herausgesprungen und vor Giuliana stehen geblieben. Sie trug eine weite Hose, die sie bis über den Knöchel hochgekrempelt hatte, dazu derbe Schuhe und eine weiße Bluse. Die schwarzen, gekräuselten Haare hatte sie zu einem Pferdeschwanz gebunden.

»Ja, ich warte schon seit einer Stunde, aber der Bus scheint Verspätung zu haben.«

»Der Fahrplan ist nicht mehr aktuell.« Die junge Frau beobachtete Giuliana neugierig und ignorierte die Blicke der Leute, die sich kopfschüttelnd nach ihr umdrehten. Auch Giuliana war erstaunt, sie konnte sich nicht erinnern, schon jemals eine Frau gesehen zu haben, die eine Hose trug.

»Der Bus geht nur noch am Morgen und am frühen Nachmittag, Sie haben ihn verpasst. Die meisten laufen oder fahren mit dem Rad, Campodoglio ist eine gute Stunde von hier entfernt. Wenn Sie wollen, nehme ich Sie mit.« Bevor sich Giuliana bedanken konnte, griff die junge Frau bereits nach ihrem Koffer und der kleinen Handtasche und stellte beides hinten in den Kofferraum zwischen leere Backbleche und große Körbe. »Kommen Sie, und geben Sie acht mit Ihren hohen Schuhen.« Ein neugieriger Blick traf Giulianas elegante Pumps mit den Knöchelriemen. »Ziemlich gewagt, mit solchen Schuhen aufs Land zu fahren«, bemerkte die junge Frau, während sie hinter dem Lenkrad Platz nahm und Giuliana vorsichtig auf den Beifahrersitz kletterte.

»Nun ja, Sie sind aber auch ungewöhnlich angezogen«, antwortete Giuliana mit einem Lächeln. Ihr gefiel die junge Frau, die sich nicht um die Meinung anderer Leute zu kümmern schien.

»Hosen sind praktisch, warum sollte ich sie nicht tragen, auch wenn es für Frauen als unanständig gilt? Wem es nicht gefällt, soll wegschauen. Übrigens, wenn es Ihnen zu warm wird, kurbeln Sie das Fenster runter«, redete die junge Frau weiter, da Giuliana schwieg. Bevor sie den Wagen startete, streckte sie ihr die Hand hin. »Maria Cortesi.«

»Giuliana Angelini.«

Jetzt umfasste Maria das Lenkrad und fuhr mit quietschenden Reifen los. »Halten Sie sich fest, ich bin berühmt für meinen Fahrstil«, warnte sie Giuliana.

Schnell hatten sie die Stadt verlassen und gelangten auf eine schmale, schnurgerade Landstraße, gesäumt von Zypressen, deren Zweige mit Staub bedeckt waren. Schweigend fuhren sie eine Weile lang, bis Maria Cortesi Giuliana neugierige Blicke zuwarf.

»Besuchen Sie jemanden in Campodoglio?«

»Gibt es in Campodoglio ein Hotel?«, antwortete Giuliana mit einer Gegenfrage.

»Ja und nein«, antwortete Maria. »Wir haben das *La Montanara*, das gehört Paolo, aber es ist geschlossen. Es kommen keine Gäste, und so ist er zu seiner Tochter gefahren. Das tut mir leid für Sie.«

»Das ist ärgerlich. In Florenz ist alles ausgebucht.«

»Wollen Sie jemanden besuchen?«, wiederholte Maria ihre Frage.

Ihre Neugier ärgerte Giuliana ein wenig, gleichzeitig fragte sie sich besorgt, wo sie jetzt übernachten sollte.

»Ich möchte zu Sophia Fabiani«, antwortete sie schließlich.

»Da setze ich Sie doch gleich an der *Casa Sophia* ab. Wenn es Ihnen recht ist.«

»Ja, das wird wohl das Beste sein«, antwortete Giuliana, in Gedanken noch bei dem Problem der Unterkunft. Der Besuch bei ihrer Großmutter ließ sich schwieriger an als gedacht.

»Kennen Sie Sophia gut?«, fragte sie Maria.

»Jeder kennt sie«, antwortete die junge Frau und konzentrierte sich für einen Moment auf die Straße, bevor sie wieder gesprächiger wurde. »Sie kommen aus Rom, nicht wahr?«

»Sieht man das?«

»Irgendwie schon. Ich habe noch nie eine so elegante Frau gesehen, auch in Florenz nicht.«

Giuliana sah an sich hinunter und strich unwillkürlich über den zerknitterten Faltenrock des schwarzen Kostüms. Unter der geschlossenen Jacke trug sie eine weiße Seidenbluse mit kleinen schwarzen Tupfen.

»Warum tragen Sie Schwarz?«, wollte Maria wissen.

»Mein Großvater ist gestorben.«

»Oh … das tut mir leid, mein herzliches Beileid.«

»Danke.« Giuliana versank in Schweigen. Je näher sie dem Haus von Sophia kamen, desto nervöser wurde sie. Was würde sie erwarten, wie würde ihr Sophia entgegentreten?

»Ich habe gerade einen jungen Mann getroffen, der an die Front musste«, erzählte sie Maria, um sich abzulenken.

»Alle jungen Männer müssen in den Krieg«, antwortete Maria. »Gestern hat unser Pfarrer Monsignore Antonio einen Gottesdienst abgehalten, um für die Männer aus Campodoglio zu beten. Aber ich war nicht dabei. Ich habe keinen Mann oder Verlobten, um den ich weinen könnte.«

»Dann seien Sie froh, es muss schrecklich sein, einen geliebten Menschen an der Front zu wissen.«

»Sind Sie verlobt?«

Giuliana schüttelte den Kopf. »Sind alle Leute hier so neugierig?«, fragte sie mit leichter Ironie in der Stimme.

»Wir leben hier auf dem Land, nicht in der Großstadt«, antwortete Maria spitz. »Wir interessieren uns eben für unsere Mitmenschen.«

»Ja, natürlich«, antwortete Giuliana. »Entschuldigen Sie, ich wollte nicht unhöflich sein.«

»Ist schon in Ordnung.«

Maria schwieg, und Giuliana sah durch die staubige Fensterscheibe auf die Landschaft. Im schwächer werdenden Licht konnte sie hinter den hohen Zypressen nur niedrige Büsche erkennen, die sich in der Weite einer hügeligen Landschaft verloren.

»Was sagen denn Ihre Eltern dazu, dass Sie allein verreisen, gerade jetzt?«

»Meine Eltern sind tot«, erklärte Giuliana leise.

»Oje, wie furchtbar.«

Aus Marias Stimme klang echte Anteilnahme, während sie Giuliana immer wieder einen Seitenblick zuwarf. Trotz ihrer Neugierde war sie Giuliana sympathisch.

»Meine Eltern«, nahm Maria nach einem kurzen Schweigen das Gespräch wieder auf, »leben in San Gimignano bei meinem Bruder. Ich führe die *paneteria Cortesi* ganz allein. Einmal in der Woche fahre ich nach Florenz zu zwei Cafés, denen ich meinen Nusskuchen liefere. Aber das wird künftig nicht mehr gehen.«

»Warum nicht?«, fragte Giuliana mehr aus Höflichkeit als aus Interesse.

»Wissen Sie es nicht? Die Regierung konfisziert alle Autos, ich muss den Lieferwagen abgeben. Und mit dem Bus kann ich die Kuchen nicht wegbringen. Hier«, fuhr sie im selben Atemzug fort, »biegt die Straße nach Campodoglio ab. Ich bringe Sie noch vor bis zur *Casa Sophia*, sie liegt an einer kleinen Straße, die ins Nirgendwo führt. Ich bin jedenfalls noch nie dort entlanggefahren.«

Giulianas Nervosität wuchs. Der Moment kam unerbittlich näher, in dem sie ihrer Großmutter gegenüberstehen würde. Wie sollte sie ihr plötzliches Erscheinen erklären? Wie würde sie auf die Nachricht vom Tod ihres Ehemanns reagieren? Letztendlich war sie noch mit ihm verheiratet gewesen. Sollte sie Sophia gleich bei ihrer Ankunft seinen Brief geben?

»War Ihr Großvater sehr krank?«, fragte Maria weiter.

»Ja, aber sein Tod kam unerwartet«, antwortete Giuliana leise.

»Das war sicher schmerzhaft für Sie. Als meine Großmutter vor drei Jahren starb, habe ich wochenlang geweint. Schon als Kind habe ich bei ihr in der Backstube gestanden und einfache Rezepte gebacken«, erzählte Maria. »Damals träumte ich davon, eines Tages in Rom meine eigene *paneteria* zu eröffnen. Meine Großmutter fand das eine gute Idee, ich glaube, deshalb hat sie mir das Geheimrezept für ihren Nusskuchen vererbt, sie wollte, dass ich damit einmal berühmt werde.« Maria seufzte tief auf.

»Aber das können Sie doch noch, Sie sind jung.«

»Ich bin dreiundzwanzig Jahre alt, und jetzt ist ja erst einmal Krieg.«

»Ja, natürlich ... Ich bin übrigens zwanzig«, fügte Giuliana hinzu, um Marias nächster Frage zuvorzukommen.

»Jetzt sind wir da, sehen Sie die Mauer da vorn? Dort beginnt das Grundstück von Sophia. Sie stellt übrigens das beste Olivenpesto der ganzen Umgebung her. Und sie verkauft es an Restaurants in Florenz, Pisa und Arezzo. So, da sind wir.«

Maria bremste scharf.

»Danke fürs Mitnehmen.« Giuliana kletterte vorsichtig aus dem Auto, während Maria mit einem Satz von ihrem Sitz heruntersprang, um den Wagen herumging und das Gepäck aus dem Kofferraum holte.

»Also dann … Ciao, war nett, Sie kennenzulernen, und besuchen Sie mich mal in meiner *paneteria.* Ins Dorf ist es nicht weit.«

»Das mache ich«, versprach Giuliana.

»Sie können ruhig reingehen, das Tor ist immer offen, und bissige Hunde gibt es auch nicht.«

»Ja, danke.« Giuliana blieb noch stehen, sah Maria bei ihrem waghalsigen Wendemanöver zu und wartete, bis der kleine Lieferwagen hinter einer Staubwolke verschwand.

Stille umfing Giuliana. Sie lauschte auf das Zirpen der Grillen, auf das Bellen eines Hundes in der Ferne. Die Dämmerung ging bereits in den Abend über, und nur noch ein gelber Streifen zeigte sich am Horizont.

Während der Zugfahrt hatte sich Giuliana den Moment ausgemalt, wenn sie ihrer Großmutter gegenüberstehen würde. Würde sie ablehnend reagieren, ihre Enkelin auffordern, ihr Haus zu verlassen? Giuliana atmete tief durch, nahm ihren Koffer hoch und drückte mit dem Ellbogen die Gartentür auf, die quietschend nachgab.

Die *Casa Sophia* lag versteckt hinter hohen, schlanken Zypressen, und der Weg dorthin war überwuchert von dichtem Gras. Mit raschen Schritten ging Giuliana auf das Haus zu. Plötzlich flammte im Erdgeschoss ein Licht auf.

3

Kurz vor der Abenddämmerung war sie durch den Garten gegangen. Verborgen im Halbdunkel, blieb sie zwischen den Zypressen stehen und beobachtete ihn durchs Fenster. Er bemerkte sie nicht, oder er gab vor, sie nicht zu sehen, während er, nur mit einer Leinenhose bekleidet, mit nacktem Oberkörper vor der Staffelei saß und malte. Er bewegte sich dabei, beugte sich der Leinwand entgegen, straffte seinen Oberkörper wieder, ließ seine Muskeln spielen.

Sophia konnte den Blick nicht von ihm wenden – sein schöner gebräunter Körper, die dunklen Haare, die ihm in die Stirn fielen und die er ungeduldig mit der Hand zurückschob. In seinem Mundwinkel hing stets eine Zigarette, manchmal erlosch sie, wenn er sich zu sehr auf seine Arbeit konzentrierte. Irgendwann nahm er sie dann aus dem Mund und warf sie in den Aschenbecher aus irisierendem Opal.

Wie schön er ist, dachte Sophia voller Wehmut, und so unglücklich. Sie wusste, dass Mattia nicht mehr malen konnte, nicht so wie früher, als sich die Galeristen in Florenz und Mailand um seine Bilder rissen. Sie waren opulent gewesen, farbig, auch bizarr und immer ungewöhnlich. Doch jetzt malte Mattia fast nur noch in Schwarzweiß oder in abschattierten Grautönen, er malte düstere weiße Gesichter, Häuser in verzerrter Perspektive oder abstrakte finstere Motive. Sophia vermutete, dass er oft nur irgendetwas auf die Leinwand warf, wütend, verzweifelt, weil er in einer Krise steckte, die schon seit drei Jahren andauerte und die er nicht überwinden konnte.

Sie ahnte, dass diese Krise an sich nichts mit der Malerei zu tun hatte. Schweigen stand zwischen ihnen. Waren sie gescheitert? War es Zeit, ihn gehen zu lassen? Mattia, ein Mann von dreiundvierzig Jahren, und sie eine Frau von achtundsechzig. Ein immer noch junger Mann und eine alte Frau, dachte sie voller Bitterkeit.

Aber auch wenn sie ihn losließ – Mattia würde nicht gehen. Für ihn hatte sie vor vielen Jahren ihre Familie verlassen, für ihn war sie zur Außenseiterin der Gesellschaft geworden, hatte ihr gesichertes Leben aufgegeben, einen Skandal provoziert. Sophia war beschimpft worden, geächtet, und das alles für ihn, Mattia. Er fühlte sich ihr verpflichtet. Und deshalb würde er sie nicht verlassen. Ein Mann und eine Frau, aneinandergefesselt durch die Vergangenheit, eine schicksalhafte Verbindung, stärker, als jede Ehe es sein konnte.

Lautlos drehte sich Sophia um und verschwand zwischen den Zypressen. In der Dämmerung wirkte der Garten größer, als er in Wirklichkeit war, und das Haus aus groben, bräunlichen Backsteinen bekam im Licht des schwindenden Tages einen Hauch Geheimnisvolles. Nur noch der Gesang der Zikaden war zu hören, der Sophia traurig und mutlos werden ließ. Sie ging über die Terrasse ins Haus und schaltete im Wohnraum das Licht an. Dann lief sie in die angrenzende dunkle Küche, doch bevor sie auch dort die Lampe anmachte, hörte sie das Quietschen der Gartentür. Sophia blieb im Dunkeln stehen und sah durch das Küchenfenster hinaus auf den Weg. Es war ungewöhnlich, dass um diese Uhrzeit jemand aus dieser Richtung kam. Leute aus dem Ort benutzten die kleine Tür hinten in der Gartenmauer.

In dem Lichtschein, der aus dem Wohnraum auf den

Weg fiel, sah Sophia die schlanke Gestalt einer jungen Frau, die auf das Haus zukam und einen Koffer trug. Automatisch griff sie nach dem Schalter und ließ auch in der Küche das Licht aufflammen. Dann verließ sie rasch den Raum und öffnete die Haustür, bevor die junge Frau vergeblich nach der Glocke suchte.

»Guten Abend«, sagte Giuliana ein wenig unsicher. »Ich … ich bin …« – tief atmete sie durch –, »… ich bin Giuliana Angelini.«

Sophia brauchte einen Moment, bis sie sich gefangen hatte.

Das konnte nicht sein, dass plötzlich wie aus dem Nichts Giuliana hier auftauchte! Warum, was wollte sie? Hatte sie Rom verlassen, wie so viele Menschen, und suchte sie auf dem Land jetzt eine Zuflucht vor den Gefahren des Krieges in der Hauptstadt? Doch woher hatte Giuliana ihre Adresse? Und wieso kam sie ausgerechnet zu ihr? Oder wollte sie mit ihr über die Vergangenheit sprechen, über Alessandro, den Großvater, über Gina, ihre Mutter?

Innerlich aufgewühlt und durcheinander, bemühte sie sich um Fassung, und als sie antwortete, klang ihre Stimme ruhig und sicher. »Guten Abend.«

»Es tut mir leid, dass ich einfach so hereinplatze, aber ich habe in Florenz kein Hotel bekommen. Eigentlich wollte ich ja ein Telegramm –«

»Willkommen«, unterbrach Sophia sie mit klopfendem Herzen. »Es ist schön, dass du hier bist. Ich habe dich bereits vom Fenster aus gesehen. Komm rein. Ist der Koffer sehr schwer?«

Giuliana verneinte mit einem Kopfschütteln und folgte Sophia ins Haus. In der Helligkeit standen sie sich einen

Moment lang schweigend gegenüber, jede betrachtete die andere mit abwartender Neugier.

Giuliana, die ihren Herzschlag im ganzen Körper spüren konnte, forschte im Gesicht von Sophia nach Ablehnung oder Zustimmung. Aber sie konnte keine Regung erkennen. Giuliana hatte sich in der vergangenen Woche oft ausgemalt, wie ihre Großmutter aussah, doch die Frau, die ihr gegenüberstand, entsprach in nichts ihrer Vorstellung von einer älteren, etwas gesetzten Frau, die ihr Leben gelebt hatte. Sophia war groß, sehr schlank, und ihre Haut von der Sonne gebräunt. Die wenigen grauen Strähnen fielen in den dichten blonden Haaren kaum auf. Das Auffälligste an Sophia aber waren ihre Augen, groß und dunkel richteten sie sich forschend auf Giuliana, die unter ihrem Blick verlegen wurde.

»Ich freue mich, dass du hier bist.« Sophia streckte ihr die Hand entgegen, und Giuliana nahm sie, ein schneller, hastiger Druck, dann zog Sophia die Hand wieder zurück.

»Hast du Hunger?«, fragte sie. »Ich mache gerade Ravioli mit Basilikum-Ricottafüllung, ich hoffe, du magst das.«

»Ja, ich habe Hunger.«

»Das ist gut.« Jetzt lächelte Sophia. »Aber zuerst werde ich dir das Gästezimmer zeigen. Du bleibst doch hier, oder?« Auch sie schien jetzt nervös zu sein.

»Wenn ich darf, gern.«

»Natürlich. Hier neben der Treppe ist die Küche, und rechts folgen der Wohnraum und ein Speisezimmer, das wir aber nur selten benutzen. Das Gästezimmer ist oben.«

Giuliana nahm ihren Koffer wieder hoch und folgte Sophia, die schnell und leichtfüßig die schmale steile

Holztreppe emporstieg. Es gab drei Türen. Vor der letzten blieb Sophia stehen und öffnete sie.

»Da wären wir.«

Sophia schaltete das Licht ein, durchquerte den stickigen Raum und öffnete weit das kleine Fenster. Die natürliche Gelassenheit, mit der Sophia ihr entgegentrat, nahm Giuliana die Scheu. Doch ihre widerstrebenden Gefühle zwischen Neugierde und kritischer Zurückhaltung gegenüber der Großmutter blieben.

»Wie bist du hergekommen?« Sophia drehte sich vom Fenster ab und kam wieder zurück zu Giuliana.

»Mit dem Regionalzug, der Schnellzug fiel aus, und an der Bushaltestelle hat mich Maria Cortesi aufgegriffen und brachte mich hierher.«

»Soso, Maria.« Sophia lachte. »Sie ist ein tüchtiges Mädchen, doch leider interessiert sie sich ein wenig zu sehr für das Leben anderer. Ihre Tratschereien haben schon manche Verwirrung gestiftet. Aber ich mag sie trotzdem.« Während Sophia erzählte, holte sie aus der Kommode aus dunklem Nussbaumholz weiße Bettwäsche heraus und überzog rasch die Kissen. »Frische Handtücher lege ich dir im Bad zurecht, es ist auf dem Flur gegenüber. Lass dir Zeit. Ich warte in der Küche auf dich.«

Sie wandte sich zum Gehen, drehte sich dann aber noch einmal um. »Schön, dass du gekommen bist«, wiederholte sie.

Die Tür schloss sich hinter ihr, und Giuliana setzte sich langsam auf die Kante des breiten Himmelbettes, das den Raum fast ganz beherrschte. Die gedrehten Pfosten waren vergoldet, und obendrauf saßen geschnitzte Putten mit gold angemalten Locken und goldenen

Flügeln und lächelten auf Giuliana herunter. Sie konnte nicht anders, als ebenfalls zu lächeln, bevor sie ins Bad hinüberging.

Kurz darauf stieg sie die Treppe hinunter, die bei jedem Schritt knarrte, und klopfte leise an der angelehnten Küchentür.

»Komm nur rein und nimm Platz, die Ravioli sind gleich fertig. Du hast dich umgezogen? Hübsch.« Ein schneller Blick von Sophia glitt über Giulianas dunkles Leinenkleid. »Trägt man das in Rom?«, wollte sie wissen.

Giuliana nickte und erzählte, dass ihr Großvater immer für sie Kleider eingekauft hatte, seit sie sechzehn Jahre alt war. »Es hat ihm große Freude gemacht.«

Sophias Lächeln verschwand, und rasch wandte sie Giuliana den Rücken zu, um in einem großen Topf die Ravioli umzurühren. Giuliana biss sich auf die Lippen. Sie hätte nicht von ihrem Großvater sprechen dürfen, nicht in den ersten Momenten ihrer Bekanntschaft. Wahrscheinlich nahm Sophia jetzt an, dass er noch lebte.

»Ich habe in *La Stampa* die Todesanzeige von Alessandros früherer Kanzlei gelesen. War er … war er krank?«

»Er ignorierte seine Herzkrankheit und rauchte bis zuletzt«, antwortete Giuliana vorsichtig. »Er nahm sie einfach nicht zur Kenntnis.«

»Das passt zu ihm.« Sophias Antwort kam schnell. Doch dann drehte sie sich zu Giuliana um und sah sie mit einem ernsten, forschenden Blick an. »Lass uns nicht gleich über die Vergangenheit reden, einverstanden?«, schlug sie vor. »Wir wollen den Abend genießen. Mein … Mann Mattia weiß übrigens schon, dass du da bist, ich bin vorhin zu ihm ins Atelier gelaufen, er wird gleich hier sein.«

Giuliana war erleichtert, dass der erste Abend nicht mit Fragen belastet wurde, und so lehnte sie sich etwas entspannter auf ihrem Stuhl zurück.

Da hörte sie draußen schnelle Schritte auf dem Kies. Giuliana sah gespannt zur Hintertür, die jetzt von außen geöffnet wurde. Und da stand der Mann, für den Sophia alles aufgegeben hatte, ihre Ehe, ihre Tochter und ihre Sicherheit.

Giuliana spürte, dass Sophia sie scharf beobachtete, auch wenn sie vorgab, sich ausschließlich mit den Ravioli zu beschäftigen. Denn die Überraschung war Giuliana geradezu ins Gesicht geschrieben. Mattia war ein gutaussehender, noch junger Mann, sehr groß, schlank, und das weiße Hemd, das er trug, betonte seinen dunklen Teint. Er begrüßte Giuliana mit ungezwungener Herzlichkeit und nahm ihr gegenüber am Tisch Platz. Seine Bewegungen waren harmonisch, ein wenig lässig, als er nach der Korbflasche griff und ihnen Wein einschenkte, während Sophia die Ravioli in einer blauen Keramikschüssel auf den Tisch stellte und sie anschließend verteilte.

Mattia erzählte von dem Weingut, bei dem er immer den Chianti bezog, und Giuliana erkundigte sich, wo sie das Himmelbett, das in ihrem Zimmer stand, gekauft hatten.

»Wir haben es bei einem Trödler in Florenz entdeckt«, erzählte Sophia. »Der Inhaber behauptete, es habe einmal Madame Pompadour, der Geliebten von Ludwig dem Fünfzehnten, gehört. Auf welche Weise es allerdings von Frankreich nach Florenz gekommen sein soll, blieb sein Geheimnis.«

Das Gespräch plätscherte ungezwungen dahin. Nur

einmal kam Sophia auf Rom und Alessandro zu sprechen, als sie fragte, woher Giuliana ihre Adresse habe.

»Ich fand sie bei den Unterlagen meines Großvaters«, antwortete Giuliana nach einem Zögern. Sie wollte Alessandros Brief noch nicht an Sophia weitergeben. Sie würde abwarten. Ihre Großmutter hakte zu Giulianas Erleichterung nicht weiter nach und wechselte das Thema.

Mit einem Blick auf Giulianas Hände fragte sie: »Bist du Linkshänderin?«

Giuliana nickte. »Ja, in der Schule haben die Lehrer versucht, es mir abzugewöhnen, doch Großvater erhob Einspruch. Da ließ man mich in Ruhe.«

»Es gibt große Maler, die Linkshänder waren«, warf Mattia ein. »Es ist unverantwortlich, wenn man es einem Kind abgewöhnt.«

»Mattia ist Maler«, wandte sich Sophia erklärend an Giuliana. »Er malt wunderschöne Bilder.«

»Nur eigenartig, dass sie niemand mehr kaufen will«, fügte Mattia mit einem spöttischen Auflachen hinzu.

»Mattia steckt in einer Krise, aber sicher wird er sie bald überwunden haben.«

»Ich denke, ich bin alt genug, um für mich zu sprechen, meinst du nicht auch?« Mattias Ton sollte amüsiert klingen, doch Giuliana hörte unterdrückte Aggression heraus. So erzählte sie rasch von ihrer Tätigkeit als Lehrerin und dass die Schule geschlossen habe, weil die Mädchen zu Hause jetzt sicherer aufgehoben seien.

»Du bist Lehrerin?« Auf Sophias Gesicht zeigte sich tiefes Erstaunen. »Dein Großvater hat dir erlaubt, einen Beruf zu erlernen?«

»Ja, er hat mich sofort unterstützt, als ich ihm von meinen Plänen erzählte.«

»Nun, dann muss er sich sehr geändert haben. Ich kannte ihn nur als konservativen und konventionell denkenden Mann. Dass eine Frau einen Beruf ergreift, war für ihn undenkbar. Sie durfte sich höchstens mit Musik oder Malerei beschäftigen. Aber das ist lange her«, fügte sie rasch hinzu, als sie Giulianas Ablehnung spürte. »Entschuldige, ich wollte nicht kritisieren, es steht mir wirklich nicht zu.«

Für den Rest des Abends bemühten sie sich um unverfängliche Themen, und Giuliana war froh, als das Essen beendet war. Als sie sich erhob, fiel ihr Blick auf einen Strauß blauer Blumen, der auf dem Fensterbrett stand.

»Ein schöner Strauß.«

»Ja«, antwortete Sophia lächelnd, »das finde ich auch. Das ist Rittersporn, ich pflanze ihn im Garten an. Ich liebe einfache Wiesen- und Gartenblumen.«

»Tatsächlich?« Giulianas Herz klopfte ein wenig stärker, als sie Sophia fragte: »Zu Großvaters Beerdigung kam ein Strauß rosafarbener Margeriten. Hast du ihn geschickt?« Der kleine Hoffnungsschimmer, ihre Großmutter habe vielleicht mehr Anteil an der Familie genommen, als sie vorgab, glomm in ihr auf.

Doch Sophia schüttelte den Kopf. »Nein, ich war das nicht.« Ihre Stimme klang ruhig und bestimmt.

Mattia hatte sich erhoben, als Giuliana aufstand. Er wünschte ihr eine gute Nacht.

An der Treppe holte Sophia sie ein. »Ich freue mich über deinen Besuch. Es wäre schön, wenn du länger bleibst und wir uns kennenlernen können. Sicher willst du mit mir über früher sprechen, denn ich glaube nicht, dass dein Großvater viel erzählt hat.«

»Er hat nie über dich gesprochen«, antwortete Giuliana ehrlich. Er wollte mich schützen, dachte sie, doch sie sprach es nicht aus. Und während sie die Treppe hinaufging, überlegte sie, ob es nicht vielleicht andersherum gewesen war, ob Alessandro mit seinem Schweigen nicht sie, sondern sich selbst hatte schützen wollen.

Im Gästezimmer warf sie sich müde auf das breite Himmelbett mit den kühlen weißen Leinenkissen und starrte auf das Gemälde im Baldachin. Hellblau gemalter Himmel, weiße Wölkchen und zwei Engel, die ein Band in den Händen flattern ließen. Sie wollte jetzt nicht nachdenken, keine Spekulationen anstellen, sondern einfach abwarten, wie sich alles entwickeln würde. Giuliana setzte sich auf, nahm das Handtuch und ging über den Gang hinüber ins Bad. Kurz blieb sie stehen und horchte nach unten. Aus der Küche kam noch Licht, doch es war still.

*

Mattia war gegangen.

Sophia lauschte seinen Schritten auf dem Kiesweg nach, bis sie verhallten.

Oben hörte sie Giuliana, die das Zimmer verließ und ins Bad ging. Wer hätte gedacht, dass *sie* plötzlich hier auftauchen würde? Alessandros Enkelin.

Offensichtlich hatte Alessandro ihr nichts über sie erzählt, und jetzt war sie gekommen, um die Wahrheit einzufordern – was ihr zustand. Doch konnte sie die Wahrheit verkraften? Sie war so jung, so verletzbar! Und sie hatte Alessandro offensichtlich sehr geliebt, das war aus jedem ihrer Worte über ihn herauszuhören.

Sophia griff nach Mattias Glas und trank den kleinen Rest Rotwein darin aus. Während sie es langsam zurück auf den Tisch stellte, war sie in Gedanken weiterhin bei Giuliana. Sie war Linkshänderin, genau wie ihr Großvater. Erinnerungen wurden wach.

Alessandro Bastiani …

4

Rom, 1892–1916

Dass Alessandro Linkshänder war, fiel Sophia erst auf dem Standesamt auf. Er griff nach dem Federhalter, den ihm der Beamte reichte, und als er mit der linken Hand seine Unterschrift unter das Dokument setzen wollte, brach die Feder. Sophia erschrak und drehte sich zu ihrer Mutter um, die auf einem Stuhl hinter ihr saß. War das ein schlechtes Omen? Jeder hatte das kleine Missgeschick mitbekommen, doch ihre Mutter nickte ihr beruhigend zu. Keine Sorge, das bedeutet gar nichts, sei nicht abergläubisch, schien dieses Nicken zu bedeuten. Während der Standesbeamte im Nebenraum nach einem anderen Federhalter suchte und die wenigen Leute hinter dem Brautpaar mit den Stühlen rückten und hüstelten, erinnerte sich Sophia an den Nachmittag, als ihr Vater außer sich vor Freude nach Hause kam und erzählte, Alessandro Bastiani habe heute um die Hand seiner Tochter angehalten.

»Aber wir kennen uns doch kaum«, hatte Sophia eingewandt. »Ja, er gefällt mir, ich bewundere ihn, aber ich war noch nie mit ihm allein.«

»Das wäre auch noch schöner, du bist ein anständiges Mädchen«, hatte ihre Mutter Erminia gesagt. »Nach der Hochzeit habt ihr genug Zeit, euch kennenzulernen. Er will dich heiraten, der erfolgreiche Anwalt will dich, die Tochter seines Bürovorstehers, und nicht ein Mädchen aus seiner Gesellschaftsschicht.«

»Und warum?«

»Weil er in dich verliebt ist, darum.«

»Aber ich weiß nicht, ob ich es auch bin.«

Sophia sprach an diesem Nachmittag von der großen Liebe, während ihre Mutter Erminia von finanzieller Sicherheit und gesellschaftlicher Stellung redete, sich über ihr eigenes Leben beklagte, das geprägt war von der täglichen Sorge, ob das Geld noch für ein Kilo Tomaten reichte. Wie glücklich könne sich die Tochter schätzen, dass Alessandro Bastiani sie heiraten wolle!

Und nun saß sie also hier und wartete, dass der Standesbeamte einen Ersatzfederhalter fand. Sophia sah zu ihrem Mann hoch – groß, schlank, gutaussehend. Als er ihren Blick bemerkte, lächelte er beruhigend zu ihr herunter, und da entspannte sich Sophia.

Jetzt kam auch der Standesbeamte unter vielen Entschuldigungen und Verbeugungen mit einem zweiten Federhalter aus dem Nebenzimmer zurück und drückte ihn Alessandro Bastiani in die linke Hand.

Sophia sah zu, wie ihr Mann seine Unterschrift unter das Dokument setzte. Jetzt war sie mit ihm verheiratet. Wie ungewohnt es sich anhörte, als der Beamte ihr die Hand schüttelte und der Signora Bastiani viel Glück wünschte! Dann gingen sie mit langsamen Schritten die breite Treppe im Rathaus hinunter.

Sophia erinnerte sich selbst heute noch gut an den Ausspruch ihrer Großtante, der Avvocato hätte nur deshalb ein einfaches Mädchen geheiratet, um es formen und aus ihm die Frau machen zu können, die er an seiner Seite haben wollte. Schön, elegant, mit Stil und Geschmack. Oft dachte Sophia später an ihre scharfzüngige Großtante, vielleicht hatte sie recht gehabt.

Aber es funktionierte nicht, denn Sophia war zwar schön, aber alle Bemühungen seitens Alessandro, aus ihr eine Frau mit Stil und Eleganz zu machen, scheiterten.

Am frühen Nachmittag des 8. August 1892 fand die kirchliche Trauung statt. Sophia trug ein hochgeschlossenes Kleid aus weißer Spitze und einen Brautkranz aus Mimosen, verflochten in ihren blonden Haaren. Ihr meterlanger Schleier wurde von kleinen Mädchen feierlich getragen. Als ihr Vater sie zum Altar führte, kamen ihr bei der Musik die Tränen.

»Lohengrin, Hochzeitsmusik von einem deutschen Komponisten«, flüsterte ihr Vater ihr zu, stolz über sein Wissen.

Die Kirche war über und über mit weißen Lilien geschmückt, und durch die hohen, bunten Glasfenster warf die Nachmittagssonne ihre Strahlen direkt auf das Holzkreuz über dem Altar.

Sophia war aufgeregt, sie spürte die Blicke der vielen Gäste hinter sich, und so stand sie verkrampft neben Alessandro. An die Rede des katholischen Paters erinnerte sie sich später nicht mehr, nur einen Satz vergaß sie niemals: »Bis dass der Tod euch scheide.« Dieser Satz verfolgte sie, als sie unter den brausenden Klängen der Orgel die Kirche verließen, die Verwandten ihr um den Hals fielen und ihr versicherten, wie glücklich sie sich schätzen könne, dass ein Mann wie Alessandro Bastiani sie geheiratet habe. Sie sei ja auch bereits zwanzig Jahre alt. Alle waren begeistert, und die ganze Familie fühlte sich geschmeichelt. Doch sie, Sophia?

Es war alles so schnell gegangen. War das Liebe, was sie empfand? Aber wie fühlte sich Liebe an? Liebte Alessandro sie?

Bis dass der Tod euch scheide …

Für Sophia klang es fast drohend, so endgültig. Verbunden bis in den Tod. Wie lange war das, vierzig, fünfzig Jahre oder sogar sechzig?

Auch ihre Mutter fiel ihr nach der Trauung um den Hals, während ihr Tränen der Rührung über das Gesicht liefen und sie ihrer Tochter zuflüsterte, sie wünsche ihr alles Gute für die Hochzeitsnacht. »Da muss eine Frau durch«, murmelte sie noch schnell, bevor ihr Mann sie zur Seite schob und ebenfalls seine Tochter umarmen wollte.

Ihre Mutter Erminia hatte Sophia viel über die gesellschaftliche Stellung ihres Mannes erzählt, über die finanzielle Absicherung durch diese Heirat, doch sie hatte sie nicht darauf vorbereitet, was in der Hochzeitsnacht passierte.

Alessandro und Sophia verbrachten sie in einem luxuriösen Hotel am Meer. Während Alessandro seine Frau ungeduldig auszog und mit Verschnürungen und Knöpfen kämpfte, küsste er sie bereits, doch sein Kuss war drängend und herrisch, und erst als Sophia anfing, sich zu wehren, versprach er ihr, rücksichtsvoll zu sein. Als sie nackt vor ihm stand und tiefe Scham empfand, hob er sie hoch und legte sie auf das breite Bett. Sophia fror, sie versuchte, die Decke über sich zu ziehen, doch Alessandro hielt sie davon ab. Seine hastigen Zärtlichkeiten wehrte Sophia zunächst ab, aber sie spürte seinen Unwillen, und so wandte sie den Kopf, damit er ihre Tränen nicht sah. Sie spürte seinen Körper, der sich an sie presste, und als er in sie eindrang, stieß sie einen schmerzvollen Schrei aus und schrie weiter, bis Alessandro ihr die Hand auf den Mund legte.

Was folgte, waren Ernüchterung und tiefste Enttäuschung. Es war nicht die Liebe, von der sie geträumt hatte. Alessandro Bastiani nahm gegen ihren Willen von ihrem Körper Besitz, so empfand sie es damals, und das änderte sich auch in all den Jahren ihrer Ehe nicht. Sie blieben sich fremd, und ein tiefer Abgrund des Schweigens klaffte schon bald zwischen ihnen. In der folgenden Zeit versuchte Sophia manchmal, mit ihm über ihre unbefriedigende Sexualität zu sprechen, doch über einige klägliche Versuche kam sie nicht hinaus. Sie war zu schüchtern, und ihre Erziehung hinderte sie daran, ihm offen zu sagen, dass sie sich mehr Zärtlichkeit wünsche und auch mehr Gespräche über ihre Gefühle und einen Austausch von Gedanken.

Alessandro nahm zudem sofort eine Abwehrhaltung ein, wenn sie das Gespräch auf dieses Thema lenkte, und so glaubte Sophia irgendwann, eine anständige Frau dürfe keine derartigen Bedürfnisse haben.

*

Sophia schenkte sich noch ein Glas Chianti ein, es tat ihr gut und wärmte sie. Sie dachte daran, dass Alessandro es nie mochte, wenn seine Frau Alkohol trank. Er mochte es auch nicht, wenn sie laut lachte, das entsprach nicht seiner Vorstellung von einer Dame, oder wenn sie den langen Gang in der Wohnung entlangschlitterte, als sei sie auf der Schlittschuhbahn.

Sophia erhob sich, ihr Glas in der Hand. Sie ging ins Wohnzimmer, schaltete das Licht an und blieb vor dem Kaminsims stehen. Hier standen ihre Fotos von Angelo. Ihr Wunsch nach einem Kind war im Laufe der Jahre übermächtig geworden, und sie hatte geahnt, dass auch Alessandro jeden Monat die gleiche Enttäuschung empfand wie sie. Wie glücklich war sie gewesen, als nach sechs Jahren Ehe endlich Angelo geboren wurde!

Er war ein hübscher kleiner Junge, der seine Mutter anbetete und ihr kaum von der Seite wich. Diese ersten Jahre mit ihrem Sohn – waren das nicht die schönsten ihres Lebens gewesen?

Doch dann traf Alessandro eine Entscheidung. Einen Tag nach Angelos achtem Geburtstag eröffnete er ihr kurz angebunden, dass ihr Sohn ab September ein strenges Internat in Genf besuchen würde. »Du verweichlichst ihn«, warf er seiner erstarrten Frau vor. »Er soll ein Mann werden und kein verwöhntes Muttersöhnchen.«

Sophia hatte sich aus ihrer Starre gelöst, war auf ihn zugelaufen und hatte mit ihren Fäusten auf ihn eingeschlagen. »Du kannst mir meinen Sohn nicht nehmen!« Sie schrie und schluchzte, und doch half es nichts. Alessandro blieb bei seiner Entscheidung und brachte seinen Sohn Anfang September in das Genfer Internat.

Von diesem Tag an verschärfte sich das Schweigen zwischen ihnen. Sophia zog sich ganz zurück und zählte die Wochen und Monate bis zu den Ferien, wenn Angelo nach Hause kam. Später begann sie, ihren Sohn in der Schweiz zu besuchen, erst selten, bald jedoch fuhr sie jeden Monat für ein Wochenende zu ihm. Sie unternahmen Ausflüge in die Berge, machten mit dem Schiff Rundfahrten über den See, und jedes Mal, wenn Sophia anschließend nach Hause kam, fiel sie in eine tiefe Depression. Alessandro quittierte ihre Reisen mit schweigender Ablehnung, trotzdem ließ sie sich nicht davon abbringen.

Zwei Monate vor seinem Abitur besuchte sie ihn wieder, und da klagte Angelo über Übelkeit, Müdigkeit und Kopfschmerzen. Sophia erschrak und nahm ihn übers Wochenende mit nach Rom, wo ein Freund Alessandros, ein bekannter Internist, ihn untersuchte.

»Der Junge soll nicht so viel lernen, sondern an die frische Luft gehen und viel Milch trinken. Dann wird es ihm bald wieder bessergehen«, riet der Arzt.

Sophias Unruhe wuchs dennoch, und sie fieberte dem Tag entgegen, an dem Angelo nach dem Abitur heimkommen würde. Eine Woche vor seinen Prüfungen läutete am frühen Morgen das Telefon. Sophia schrak hoch und hörte, wie das Dienstmädchen Elena mit verschlafener Stimme das Gespräch annahm und dann an Alessandros Schlafzimmertür klopfte.

Sophia setzte sich kerzengerade auf. Ein Anruf zu dieser frühen Stunde bedeutete nichts Gutes. Sie presste ihre Hände gegen die Brust. »Angelo …«, flüsterte sie. Sie lauschte angestrengt nach draußen und hörte, wie Alessandro am Telefon einsilbig blieb, sehr leise sprach und sich dann verabschiedete.

Durch das offene Fenster ihres Zimmers vernahm Sophia Rufe von der Straße herauf, den Motor eines Autos, dann herrschte wieder Stille. Auf das leise Klopfen an ihrer Tür konnte sie kaum antworten, denn ihre Stimme versagte. Alessandro kam zu ihr. Er setzte sich auf den Rand des Bettes, griff schweigend nach ihrer Hand und hob sie an seine Wange.

»Was ist los, was ist passiert?«, flüsterte sie. Und da geschah das Unfassbare: Alessandro weinte.

»Angelo wird sterben, Sophia. Unser Sohn wird sterben.«

»Was … wieso? Das kann nicht sein, nicht Angelo …«,

stammelte sie. So grausam konnte das Schicksal nicht sein.

»Er hat Leukämie, Blutkrebs, und zwar im Endstadium«, flüsterte Alessandro heiser. Schweigend senkte sie ihren Kopf und lehnte ihn an Alessandros Schulter. So verharrten sie lange bewegungslos. Es war der innigste Augenblick in ihrer Ehe.

»Warum?«, flüsterte Sophia schließlich.

»Er brach gestern Nachmittag zusammen und wurde sofort in eine Klinik gebracht, sie ist eine der besten in ganz Europa. Aber die Krankheit wurde zu spät erkannt.«

»Wie lange hat er noch?« Sophia sprach fast tonlos. »Wie lange, Alessandro, sag es mir, ein Jahr, ein halbes, drei Monate?«

»Höchstens vier Wochen.«

Von dieser Stunde an lebte Sophia wie in einem Alptraum. Alessandro fuhr nach Genf, redete mit den Ärzten und brachte seinen sterbenden Sohn nach Hause.

Tag und Nacht wachte Sophia an Angelos Bett. Sie las ihm vor, tupfte ihm den Schweiß von der Stirn, fütterte ihn, und manchmal sah sie ein Lächeln über sein blasses Gesicht huschen. Dann schlug er die Augen auf und blickte sie mit einer Zärtlichkeit an, die ihr das Herz brach.

»Ich liebe dich, Mama. Es ist nicht so schwer zu sterben, aber dass ich dich allein lassen muss, das ist das Schlimmste ...« Es waren seine letzten Worte.

»Angelo, ich liebe dich so, du darfst nicht sterben! Du hast noch dein ganzes Leben vor dir!«

Doch Angelo hörte sie nicht mehr. Er starb in ihren Armen.

*

Die Monate nach Angelos Tod vergingen, doch Sophias Schmerz blieb so stark wie in der Stunde seines Todes. Wenn die Dämmerung heraufzog, wünschte sie sich, der Tag solle schnell zu Ende gehen, und in schlaflosen Nächten sehnte sie das tröstliche Morgenlicht herbei. Doch dann wurde der Tag wieder zum grausamen Warten auf den Abend.

Sie zog sich ganz in ihr Zimmer zurück und sprach kaum mit jemandem. Schon vorher hatte sie sich in der Wohnung mit den hohen Räumen, verbunden durch riesige Flügeltüren, nie zu Hause gefühlt, sondern war hier immer eine Fremde geblieben. Jetzt hatte Alessandro die Möbel mit schwarzen Tüchern verhängen lassen. Überall Schwarz, an jedem Gemälde ein Trauerflor, überall Lilien, überall Fotos von Angelo. Sophia konnte es nicht ertragen, durch diese Wohnung zu gehen.

So vertiefte sich das Schweigen zwischen Alessandro und ihr noch mehr, und der Abgrund zwischen ihnen wurde unüberwindbar. Das Schlimmste waren die Vorwürfe, die sich Sophia machte und von denen sie wusste, dass auch Alessandro darunter litt. Er sprach mit dem Internisten, den er scharf angriff, die Krankheit nicht erkannt zu haben. Er überlegte sogar, juristische Schritte gegen den einstigen Freund einzuleiten. Doch der Arzt legte Gutachten vor, die bewiesen, dass die Krankheit nicht erkennbar gewesen war. Diese Diagnose sei schwierig, das könne jeder Arzt ihm bestätigen. Müdigkeit und Übelkeit deuteten nicht zwangsläufig auf Leukämie hin.

Aber vielleicht wäre die Krankheit früher erkannt worden, wenn Angelo in Rom aufgewachsen wäre und nicht im Internat. Dieser Gedanke quälte Sophia und wurde fast zur Besessenheit. Hatte Alessandro ihr nicht auch zehn Jahre Zusammensein mit dem Sohn genommen?

Drei Jahre nach Angelos Tod, als Sophia das Trauerhaus verließ, stand sie noch einmal vor Alessandros gemaltem Porträt im Herrenzimmer, und da wurde ihr bewusst, dass Alessandro ihr in den siebenundzwanzig Jahren ihrer Ehe nicht ein einziges Mal gesagt hatte, dass er sie liebe.

5

Casa Sophia, Toskana, 1940

Sophia fror und erhob sich langsam vom Tisch. Es war nicht gut, diese Erinnerungen zurückzuholen. Sie ging durch die offene Hintertür und lief leise über den Kiesweg zum Atelier. Es brannte noch Licht, dennoch zögerte sie, hineinzugehen. Mattia war nach dem Essen nicht im Haus geblieben, das bedeutete, er wollte allein sein.

So blieb sie vor dem Fenster stehen und sah ihn auf seinem Hocker sitzen. Doch er malte nicht, sondern starrte vor sich auf den Boden, in der Hand ein Glas Wein.

Er trank zu viel. Sophia hatte ihn schon oft ermahnt, sich zu mäßigen. »Du bist nicht meine Mutter.« Wie oft hatte sie in letzter Zeit diese Antwort von ihm bekommen! Das traf sie tiefer, als sie gedacht hatte. Sie wollte doch nur sein Bestes, sie wollte, dass es ihm gutging, warum verstand er das nicht? Warum konnte sie jetzt nicht zu ihm, sich neben den Hocker auf den Boden kauern und ihn mit ihren Armen fest umschlingen?

Mattia, du warst der Mann, der mich nach Angelos Tod ins Leben zurückgeholt hat, der mir Kraft gab. Ich brauche dich doch, Mattia, und ich liebe dich so …

Doch Sophia ging nicht zu ihm und sprach die Worte nicht aus, die sie so gern sagen wollte. Sie drehte sich um und ging leise zurück ins Haus.

*

Die alte Holztreppe knarrte, und Giuliana hörte im Halbschlaf, wie Sophia heraufkam und in ihr Zimmer ging. War sie noch bei Mattia gewesen?

Giuliana drehte sich im Bett herum und schaffte es nicht, sofort wieder einzuschlafen. Der Abend vor ihrer Abreise ging ihr durch den Kopf. Paula und sie hatten die Winters zum Essen eingeladen. Das Ehepaar versprach, sich während ihrer Abwesenheit um die Wohnung zu kümmern. Paula und sie zeigten ihnen alle Zimmer und erklärten, worauf sie besonders achten sollten. Dem amerikanischen Ehepaar blieb nicht verborgen, dass sich Giuliana und Paula angesichts der politischen Situation Sorgen machten, und sie versuchten, sie zu beruhigen.

»Die Haustür unten ist absolut sicher«, erklärte Mrs. Winter, »und der Innenhof ist nur für die Bewohner des Hauses zugänglich, das wissen Sie doch. Machen Sie sich also keine Gedanken.«

»Es wird nichts passieren«, bestätigte auch Mr. Winter noch einmal, bevor sie gingen. »Es sei denn, die Engländer oder die Franzosen werfen Bomben auf Rom … Das war ein Scherz«, versuchte er, seinen Satz abzuschwächen, als Giuliana und Paula ihn in stummem Entsetzen ansahen. Seine Frau Lucy schüttelte missbilligend den Kopf und erklärte, Paul mache immer so unmögliche Witze. Rom werde sicher niemals bombardiert werden, nicht wahr?

*

Am Morgen, als die Sonne durch die Vorhänge drang und direkt auf Giulianas Gesicht schien, öffnete sie verschlafen die Augen. Es war erst sieben Uhr, doch sie entschloss sich, aufzustehen und ihren Koffer auszupacken. Sie hatte nicht viel mitgenommen – ihre beiden Schränke in Rom gaben auch nicht viel her, was für einen Aufenthalt auf dem Land geeignet war. Giuliana streckte und dehnte sich, sprang dann auf und packte ein Baumwollkleid, zwei dunkle Röcke, weiße Blusen, einen Pullover und eine Strickjacke aus. Am Schluss hatte sie noch ein Kleid dazugelegt, das sie noch nie getragen hatte. Ihr Großvater hatte es ihr im Frühjahr gekauft. »Für unsere nächste Reise nach Capri.« Es war ein weißes Leinenkleid mit einem Einsatz aus kostbarer weißer Spitze und stammte von der berühmten Designerin Simonetta Scalia.

Wehmütig strich Giuliana über den Stoff und hängte das Kleid auf einem Bügel vorsichtig in den schmalen Holzschrank. Ob sie es hier jemals tragen konnte? Und wie lange würde sie überhaupt bleiben?

Sie ging zum Fenster, zog die Vorhänge zurück und öffnete es. Hinter der Mauer der *Casa Sophia* erstreckte sich ein Feld mit blühenden Mohnblumen in sattem Rot, und als sich Giuliana weit aus dem Fenster beugte, blickte sie über niedrige Büsche und sanfte Hügel, die sich bis zu fernen Weinbergen hinzogen. Ringsum war für sie alles ungewohnt still, bis aus der Küche im Erdgeschoss das Klappern von Geschirr heraufdrang. Also war jemand aufgestanden, und so beschloss Giuliana, sich anzuziehen und nach unten zu gehen.

Als sie kurze Zeit später die Küche betrat, stand eine dicke, sehr kleine Frau auf einem niedrigen Schemel am Herd und schwenkte ein Omelett in einer großen Eisenpfanne.

»Buon giorno«, empfing sie Giuliana mit tiefer, rauher Stimme und einem herzlichen Lächeln. »Ich bin Marta, die Haushälterin. Sie sind Sophias Enkelin? Sie hat mir einen Zettel hingelegt, ich soll Ihnen ein schönes Frühstück machen, falls sie selbst noch schläft. Hoffentlich mögen Sie Omelett.«

Fast gleichzeitig mit Giuliana hatte Mattia die Küche durch die hintere Tür betreten und warf ihr nun einen warnenden, aber amüsierten Blick zu.

»Martas berühmtes Kräuteromelett in Olivenöl verträgt nicht jeder am frühen Morgen.«

Marta ignorierte ihn, während sie das Omelett auf einen Teller gleiten ließ und vor Giuliana auf den Tisch stellte. Doch Giuliana hatte keinen Hunger, vor allem nicht auf ein Omelett, das in Öl schwamm. Aber sie aß ein paar Bissen, da Marta mit verschränkten Armen am Herd stand und sie nicht aus den Augen ließ.

»Schmeckt gut«, bestätigte Giuliana mit einem erzwungenen Lächeln, während Mattia schmunzelnd seinen Kaffee austrank.

»Marta Calderisi ist unsere Haushälterin und kommt drei Tage in der Woche«, stellte er sie dann vor. »Und ihr Mann Ovide kümmert sich um den Garten.«

Mattia unterhielt sich mit Marta, und während sich Giuliana ein wenig Weißbrot abbrach und in ihren Milchkaffee tunkte, kam Sophia herein. Sie lehnte ein Omelett ab, sie habe heute Morgen keinen Hunger und wolle nur einen starken Kaffee trinken. Anschließend schlug sie Giuliana vor, sich nach dem Frühstück ein wenig in Haus und Garten umzusehen.

»Schau dir ruhig alles an. Ich hole dich später und zeige dir die Manufaktur. Jetzt musst du mich entschuldigen, ich werde dort dringend gebraucht.«

Sie erhob sich rasch, trank im Stehen ihren Kaffee aus, nickte Giuliana zu und verließ die Küche durch die Hintertür. Gleich danach murmelte Mattia, auch er wolle sich an die Arbeit machen, aber wenn sie etwas wissen wolle, solle sie einfach zu ihm kommen. Der Bungalow sei sein Atelier.

Giuliana blieb noch einen Moment lang sitzen, dann erhob sie sich und schlenderte durchs Haus. Die Einfachheit der Einrichtung, die gekalkten rustikalen Wände, die verrußten Kamine und die dunklen Holzböden gefielen ihr auf Anhieb.

Überall an den Wänden hingen Bilder, die Mattia gemalt und signiert hatte. Landschaften, Häuser und Porträts. Im Wohnzimmer blieb sie lange vor dem Kamin stehen und sah sich die Fotos auf dem Sims darüber an. Es waren Aufnahmen von Angelo. Fast identisch mit denen, die bei Alessandro auf dem Schreibtisch standen. Angelo ... Angelo. Doch von Gina gab es kein einziges Foto.

Wollte Sophia nicht an ihre Tochter erinnert werden? Aber warum nicht? Hatte Sophia sie so wenig geliebt? Arme Gina, arme Mama, wenn es so gewesen war. War sie darum –

Giulianas Gedanken wurden unterbrochen, als Marta hereinkam und sie verscheuchte, da sie den Wohnraum jetzt putzen müsse.

Ich will es wissen, schoss es Giuliana durch den Kopf, als sie das Haus verließ. Deshalb war sie schließlich hierhergekommen.

Sie fühlte sich verunsichert. Sophia wirkte so warmherzig, vielleicht besaß sie einfach kein Foto von Gina? Das konnte sein, entschied Giuliana in diesem Moment zugunsten Sophias, auch wenn es unwahrscheinlich schien.

Sie lief den Kiesweg entlang, unter hohen Zypressen durch, die sich zu einem kleinen, runden Platz öffneten, auf dem unter einer Pinie einige Gartenmöbel standen. Hohe Korbsessel, ein wenig alt, vom Regen verwittert und mit vielen farbigen Kissen belegt, gruppierten sich um einen runden Tisch. Darauf befand sich eine Keramikvase mit hellblauem Rittersporn. Hinter dem Sitzplatz stand der Bungalow, das Atelier, wie Mattia gesagt hatte. Früher sicher strahlend weiß, waren seine Mauern nun bräunlich grau, und von den verblassten hellblauen Fensterläden blätterte der Anstrich ab. Trotzdem hatte dieses Haus, wie alles hier, seinen besonderen Charme. Ein wenig abseits davon entdeckte Giuliana noch ein langgezogenes niedriges Haus, das musste die Manufaktur sein. Es war in Ockergelb gestrichen. Auf der anderen Seite wuchsen hinter der Pinie mehrere knorrige Olivenbäume, denen sich Obstbäume anschlossen. Dahinter lag ein Garten voller Blumen und Beete mit üppigen Kräutern. Er wurde von einer verwitterten Mauer begrenzt, an der wild wuchernde Johannisbeer- und Himbeersträucher emporrankten. Giuliana konnte sich nicht sattsehen, das große Anwesen besaß einen ganz eigenen Charakter. Nichts war perfekt, alles wirkte ein wenig provisorisch, aber alles passte zusammen. War das Sophias Handschrift?

Während sich Giuliana noch neugierig umsah, hörte sie Sophia nach ihr rufen. Sie stand vor dem langgezogenen Gebäude. Als Giuliana bei ihr ankam, ergriff sie ihren Arm. »Komm, ich stelle dich meinen Frauen vor.«

Der niedrige Bau bestand aus einem einzigen Raum. Hier arbeiteten mehrere Frauen an Holztischen, entkernten schwarze und grüne Oliven oder sortierten frisch gepflückte Beeren. Leere Gläser warteten auf blütenweißen Handtüchern auf einer Ablage unter den Fenstern.

Als Sophia mit Giuliana hereinkam, hoben die Frauen die Köpfe und sahen ihnen neugierig entgegen.

»Ich möchte euch meine Enkelin vorstellen, Giuliana Angelini!«, rief Sophia in den Raum. Die Frauen ließen alles stehen und liegen und kamen auf Giuliana zu, viele Hände streckten sich ihr entgegen, und alle Frauen redeten durcheinander. »Warum hast du uns nie von einer Enkelin erzählt?«

»Weil ich sie erst gestern kennengelernt habe«, antwortete Sophia auf die erstaunten Fragen. Alle Frauen umringten Giuliana, nur eine hielt sich im Hintergrund. Sie war mager und groß. Auch sie sah zu Giuliana herüber, ihre schmalen zusammengepressten Lippen konnten sich kaum zu einem Lächeln entschließen, und als sich ihre Blicke trafen, erschrak Giuliana über die Kälte in diesen Augen.

»Das ist Beatrice«, flüsterte Sophia ihr zu. »Sie ist etwas eigen, also kümmere dich nicht um sie, irgendwann werdet ihr euch schon noch kennenlernen.«

Nach der herzlichen Begrüßung führte Sophia ihre Enkelin an den langen Tischen entlang, gefolgt von den neugierigen Blicken der Frauen. Sie alle trugen hellblaue Schürzen und hellblaue Mützen, die ihre Haare verbargen. Sophia brach ein Stück von einem frischen Weißbrot ab und bestrich es mit dem Olivenpesto, das Giuliana unbedingt probieren sollte. Es schmeckte köstlich.

»Wir ernten die Oliven im Herbst und legen sie dann ein, damit wir das ganze Jahr über frisches Pesto daraus machen können«, erklärte Sophia.

Kaum hatte Giuliana aufgegessen, reichte ihr Sophia bereits das nächste kleine Stück Weißbrot, diesmal mit Artischockencreme, auch ein sehr beliebter Artikel, wie sie betonte. Giuliana probierte alles, was die Frauen ihr anboten, sogar die Brombeermarmelade, die auf dem Herd vor sich hin köchelte und noch heiß war.

»Im Herbst stellen wir eines unserer besten Produkte her, Birnen in Essig und Zimt«, erzählte Sophia. »Und das hier ist mein Logo, *Sophia a Casa.*« Sie nahm ein abgefülltes Marmeladenglas hoch und zeigte auf das Etikett.

Giuliana war nach dem Rundgang durch die Manufaktur tief beeindruckt. Die unterschiedlichen Produkte, das Logo, die Erfolgsgeschichte von Sophia, die in diesem Raum spürbar war, das alles flößte ihr tiefsten Respekt ein.

»Ich weiß nicht, was ich sagen soll«, bekannte sie ehrlich.

»Ja, wir sind stolz auf den Erfolg, aber ich hatte auch von Beginn an drei außergewöhnliche Mitarbeiterinnen. Fiona, Marcella und Leontina, sie haben dich ja schon begrüßt, auch sie wirst du noch näher kennenlernen.«

»Und wer sind eure Kunden?«, wollte Giuliana wissen.

»Wir beliefern einige sehr gute Restaurants und kleine Osterias in Landgasthöfen«, erzählte Sophia. »Den größten Umsatz aber machen wir mit dem Verkauf auf den Märkten. Aber wie das jetzt werden wird, wissen wir noch nicht. Sicher hast du schon gehört, dass die Regierung alle Autos konfisziert. Unser Bürgermeister hat uns aber versprochen, dass wir unseren uralten Lastwagen behalten dürfen. Ohne ihn könnten wir nicht mehr auf die Märkte fahren.«

»Wie lange bleibt deine Enkelin?«, rief eine Frau in diesem Moment.

Sophia warf Giuliana einen raschen Seitenblick zu. »Mal sehen …«

»Wir könnten eine Mitarbeiterin gebrauchen«, stellte

eine andere fest, »jetzt, da so viele fehlen.« Die Frauen lachten und riefen ihnen noch einen Abschiedsgruß nach, als Sophia und Giuliana die Manufaktur verließen und sich an den Tisch unter der Pinie setzten.

»Die Olivenbäume hinter uns, das ist unser Olivenhain«, sagte Sophia. »Vor vierzehn Jahren hatten wir eine so üppige Ernte, dass ich überhaupt nicht wusste, wohin mit den Oliven. Ovide und seine Brüder brachten sie eimerweise in die Küche. Damals hatte ich dann die Idee, daraus Pesto zu machen und es zu verkaufen. Als wir Gewinn machten, bauten wir den ehemaligen Pferdestall zur Manufaktur um, vorher mussten wir uns mit der Küche im Haus und dem Wohnraum behelfen.«

»Woher hast du die Rezepte? Sind sie von dir?« Giuliana kam aus dem Staunen noch nicht heraus. Sophia hatte mit nichts außer mit ein paar Eimern voll geernteter Oliven angefangen!

»Nein, nein, ich kenne sie von meiner Mutter, und die hat sie wiederum von ihrer Mutter. Alle niedergeschrieben in einem alten Buch. Vielleicht die größte Kostbarkeit, die ich besitze.« Sophia lachte jetzt und strich sich ein paar Haarsträhnen aus der Stirn. »Das Schwierigste war am Anfang, Frauen zu finden, die in der Manufaktur arbeiten wollten. Marcella, Leontina und Fiona waren die ersten, und sie sind meine einzigen festen Mitarbeiterinnen. Die anderen kommen und gehen, sie wechseln sich ab. Viele sind Bäuerinnen, die zu Hause den Hof bewirtschaften und zusätzlich hier noch arbeiten müssen, weil die Landwirtschaft zu wenig abwirft. Im Moment bleiben aber viele Frauen weg, da sie zu Hause auf dem Hof die Männer ersetzen müssen, die an der Front sind.«

»Wann hast du mit deiner Firma angefangen?«

»Ein paar Jahre nachdem wir hierherkamen.«

»Und wann war das?«

Giuliana spürte, dass Sophia sich ihre Antwort gut überlegte, sie wollte sicher nichts Falsches sagen, nichts, was zu sehr auf die Vergangenheit hinwies. Doch dann erzählte sie: »Das Anwesen habe ich vor siebzehn Jahren geerbt. Von einer alten Frau, die im vorigen Jahrhundert ein berühmtes Aktmodell gewesen war und viele reiche Liebhaber hatte. Sie hinterließ es mir und sogar noch Geld, um es renovieren zu lassen. Ich denke, sie wusste gar nicht, wie wertvoll es ist. Oder sie hatte einfach niemanden, dem sie es sonst vererben konnte.«

»War sie eine Freundin von dir?«, wollte Giuliana wissen. »Nein, wir wohnten in ihrem Haus, und zuerst führte ich ihr nur den Haushalt und wurde dann so etwas wie ihre Gesellschafterin. Außer mir kam auch niemand mit der exzentrischen Frau aus, denn sie war launisch bis hin zur Boshaftigkeit. Aber …« – Sophia machte eine Pause und sah zum Atelier hinüber – »… sie tolerierte Mattia und mich als Paar.«

»War es … war es direkt nachdem du meinen Großvater verlassen hast?«, fragte Giuliana zögernd.

»Ja. Ich verließ Alessandro und zog zu Mattia in seine Dachwohnung in Trastevere, es war das Haus von Feodora. Drei Jahre später kamen wir hierher.«

Sie saßen beide in Schweigen versunken, bis Giuliana leise sagte: »Danke, Sophia, dass du es mir erzählt hast.«

Es war nur ein kleiner Teil der Vergangenheit, ein winziges Stück des Mosaiks, das Giuliana zusammensetzen wollte, doch war es nicht bereits ein guter Anfang?

*

In den nächsten zwei Tagen zog es Giuliana immer wieder in die Manufaktur. Sophia weihte sie in die »Geheimnisse der Entstehung des Pestos« ein, wie sie es mit einem Augenzwinkern nannte. Giuliana lernte auch, dass man Marmelade ständig umrühren musste, damit sie nicht anbrannte. Sie gestand den Frauen, dass sie außer Spaghetti noch nie etwas gekocht hatte, und die Frauen lachten und zwinkerten sich zu, versicherten ihr aber, sie würde gewiss rasch dazulernen.

Manchmal hob Giuliana den Kopf, und dann traf sich ihr Blick mit dem von Sophia. Ihre Großmutter verhielt sich ihr gegenüber abwartend, und auch Giuliana hatte es mit einem Gespräch nicht mehr so eilig. Was machten ein paar Tage schon aus? Plötzlich befürchtete sie, dass durch Fragen nach der Vergangenheit die zögernde Annäherung zwischen ihr und Sophia zerstört werden könnte.

Am nächsten Abend erzählte Sophia beim Essen, dass sie mit drei Frauen fortfahren müsse. »Und zwar noch heute Nacht, damit wir am frühen Morgen auf dem Markt in Arrezzo sind. Marta wird die Tage über hier sein und in der Kammer neben der Küche schlafen. Auch Ovide arbeitet jeden Tag im Garten, und dann ist ja auch noch Mattia da«, fügte Sophia nach kurzer Pause hinzu, »also bist du nicht allein. Wenn du willst«, fuhr sie fort, »kannst du mein altes Fahrrad nehmen. Im Obstgarten ist eine kleine Tür in der Mauer, sie führt direkt auf den Weg ins Dorf. Aber pass auf, zieh feste Schuhe an, hier gibt es Schlangen. Hast du welche dabei?«

»Nein, ehrlich gestanden, habe ich daran nicht gedacht.«

Sophia warf einen Blick auf Giulianas Füße, die in leichten, flachen Schuhen steckten.

»In dem Schrank am Eingang stehen mehrere Paar Schuhe, nimm dir welche, ich denke, wir haben die gleiche Größe.«

»Wie lange bleibt ihr fort?«, wollte Giuliana wissen.

»Zehn Tage. Ich wollte eigentlich nicht mehr auf die Märkte mitfahren, es wird mir zu viel. Leider muss ich aber kurzfristig für Emilia einspringen. Ich hoffe, es wird endgültig das letzte Mal sein.«

Bevor Sophia hinauf in ihr Zimmer ging, wandte sie sich noch einmal um. »Du bleibst doch noch, bis ich zurückkomme?«

Ohne zu zögern, antwortete Giuliana: »Aber natürlich, Sophia, ich bleibe hier.«

6

Alte Frauen in schwarzen Kleidern und mit Schultertüchern saßen vor ihren Häusern und steckten die Köpfe zusammen, als Giuliana auf dem Rad auf den stillen Dorfplatz fuhr. Giuliana blickte sich um; hinter einigen Fenstern bewegten sich die Vorhänge, und am Brunnen vor der Kirche spielten ein paar Kinder mit bunten Steinen.

Sie hielt an, stieg ab und schob ihr Rad über den Platz auf ein rot angestrichenes Haus zu, die *paneteria Cortesi*. Direkt davor befand sich die Bushaltestelle der Nummer 154 nach Florenz.

Während sie ihr Rad an die Hauswand lehnte, erschien Maria Cortesi bereits in der offenen Tür.

»Schön, dass Sie mich besuchen«, sagte sie strahlend und wischte sich rasch die mehligen Hände an ihrer Schürze ab. »Kommen Sie, kommen Sie rein«, forderte sie Giuliana auf. »Ich dachte schon, Sie hätten mich vergessen oder wären schon wieder abgereist.«

Drinnen herrschte brütende Hitze, doch es duftete nach frischem Weißbrot und Kuchen. Ein halbwüchsiger Junge mit erhitztem Gesicht und weißer, gestärkter Haube auf dem Kopf tauchte neugierig aus der Backstube auf. Auch er strahlte Giuliana entgegen.

»Die Signorina aus Rom«, verkündete er, breit grinsend.

»Giuseppe, geh an die Arbeit«, schimpfte Maria, »du weißt, Signora Francini holt in zwei Stunden ihre Torte ab.« Giuseppe blieb jedoch ungerührt stehen, bis Maria ihn energisch in die Backstube schob und die Schiebetür zuzog.

»Setzen Sie sich, ich hoffe, Sie wollen meinen Nusskuchen probieren?«

Giuliana nickte freundlich und ließ sich an dem runden Marmortisch nieder. Sie wartete, bis Maria einen Teller vor sie hinstellte. Darauf lag ein flaches Kuchenstück aus Butterteig mit Birnen und einem dicken Belag aus Mandeln, Krokant und Nüssen.

»Und? Wie schmeckt er Ihnen? Es ist das Geheimrezept meiner Großmutter, davon habe ich Ihnen ja schon erzählt.« Erwartungsvoll zog Maria den zweiten Stuhl heran und setzte sich Giuliana gegenüber.

»Wunderbar«, erklärte Giuliana mit vollem Mund. »Führen Sie die Bäckerei allein?« Giuliana sah sich in dem Raum um, den die verglaste hohe Theke mit den Torten und Kuchen und Broten fast vollständig ausfüllte.

»Ja, und das schon seit zwei Jahren. Meine Großmutter hat sie mir vererbt.«

»Und das schaffen Sie?«

»Ich habe Giuseppe, als Lehrling. Einen Angestellten kann ich mir nicht leisten, nicht nur finanziell nicht. Sehen Sie die Frauen da drüben? Ich stehe unter ständiger Beobachtung, denn ich lebe allein, ohne den Schutz meiner Familie, und bin berufstätig. Das ist sehr schwer für mich. Eine unverheiratete Frau ist hier nichts wert. Manche dieser alten Frauen tuscheln sogar, ich hätte etwas mit Giuseppe. Aber das ist doch lächerlich, er ist fünfzehn.«

»Wo ist Ihre Familie? Lebt sie nicht hier?«

Maria schüttelte den Kopf. »Nachdem ich die *paneteria* geerbt hatte, gab es einen erbitterten Streit. Ich weiß, dass die Leute hier im Ort mich verurteilen, weil ich das Erbe meiner Großmutter selbst angetreten habe und die *paneteria* nicht meinen Eltern überließ. Viele hier sind der Meinung, ich hätte ihnen nicht den gehörigen Respekt entgegengebracht und sie vertrieben. Sie sind nach San Gimignano gezogen, zu meinem Bruder.«

»Wann war das denn?«

»Vor zwei Jahren, kurz nach meinem einundzwanzigsten Geburtstag.«

Der heiße, stickige Raum nahm Giuliana fast die Luft zum Atmen. Plötzlich sehnte sie sich nach der frischen Luft und nach der *Casa Sophia* mit ihrem großen Garten.

»Ich muss leider zurück«, erklärte sie deshalb rasch. »Aber ich komme Sie jetzt öfter besuchen«, versprach sie noch, während Maria sie hinausbegleitete. Giuliana blickte sich noch einmal auf dem Platz um.

»Das große Haus dort, mit den Fahnen auf dem Dach, was ist das?« Sie zeigte auf ein imposantes Gebäude.

»Das ist unser Rathaus«, erklärte Maria, »und das gelbe Gebäude schräg dahinter, das ist die Schule. Sehen Sie das Schild über dem Eingang? Es ist neu. Unser Lehrer Benito Belgrado ist an der Front, und als Ersatz kam ein Pensionist aus Turin. Er hat es anbringen lassen. Ach ja, und wenn Sie zum Postamt wollen, biegen Sie hier rechts in die Hauptstraße ein. Aber jetzt muss ich zurück in die Backstube.«

Die beiden jungen Fauen verabschiedeten sich herzlich. Giuliana schob ihr Rad über den Platz und wieder vorbei an den alten Frauen, die ihr nachsahen und die Köpfe zusammensteckten. Vor der Schule blieb sie kurz stehen und las die Aufschrift auf dem Schild über dem Eingang: *»Unser Duce liebt die Kinder.«*

Giuliana überlegte kurz, ob sie an einer Schule unterrichten würde, die ihre Kinder mit faschistischer Propaganda erzog. Nein, entschied sie in Gedanken.

Ein wenig abseits gelegen entdeckte sie einen ausgetretenen Sandplatz, auf dem ein paar alte Männer Boccia spielten. Als Giuliana näher kam und ihnen kurz zusah, grinsten sie sie an, zogen die Mützen und hießen die »Signorina aus Rom« in ihrem einfachen Ort willkommen. Giuliana winkte ihnen lächelnd zu, setzte sich aufs Rad und bog schwungvoll in den Weg zur *Casa Sophia* ein. Dort angekommen, schob sie ihr Rad durch das Tor in der Mauer und lief durch den Kräutergarten und den Olivenhain bis vor das offene Fenster des Ateliers. Mattia stand mit dem Rücken zu ihr und warf mit einem breiten Pinsel lustlos Farben auf eine Leinwand, die vor ihm auf der Staffelei stand. Giuliana räusperte sich.

»Kommen Sie nur rein, wenn Sie möchten.« Er drehte sich halb zum Fenster um, und Giuliana lehnte das Rad an die Wand, während Mattia ihr die Tür öffnete. »Sie waren mit dem Rad unterwegs?«

Giuliana bejahte und sah sich neugierig um. An den Wänden des großen Raums hingen oder lehnten Bilder wie im Wohnhaus: Porträts, Landschaften oder abstrakte Kompositionen.

»Schauen Sie sich ruhig alles an«, forderte Mattia Giuliana auf. Er machte sie auf verschiedene Bilder aufmerksam. »Die hier stammen aus meiner ›Baumphase‹. Ich denke, es war meine beste Zeit. Ich habe sie alle hier gemalt, Vorbilder waren die Pinien, die Zypressen, die Olivenbäume. Und diese drei Porträts gehören zu einer Gruppe, von denen eines sogar in einem Berliner Museum hängt. Es muss ungefähr 1926 gewesen sein, als Sophia und ich nach Deutschland fuhren. Berlin war damals eine aufregende Stadt mit einer faszinierenden Künstlerszene. Der Kauf meines Bildes durch das Museum war sicher mein größter Erfolg.«

»Bis jetzt. Sie sind doch noch jung.«

Mattia zuckte die Achseln und zog gierig an seiner Zigarette. »Nett, dass Sie mich trösten wollen.«

»Darf ich?« Giuliana griff nach einem kleinen Gemälde. Es zeigte das Haus. Versteckt hinter den Zypressen, sah man direkt auf den Rundbogen der Eingangstür. Vor den schlanken, dunklen Bäumen standen blühende Mohnblumen und üppige rosa Oleanderstauden.

Sie war ganz in die Betrachtung versunken, doch dann spürte sie Mattias Blick. In dem Moment, als sie hochsah, wandte er sein Gesicht rasch ab.

»Wenn Sie möchten, schenke ich es Ihnen«, schlug er vor, »es bedeutet mir nicht viel. Sophia findet es übrigens ein wenig kitschig.«

»Das kann ich nicht annehmen«, wehrte Giuliana ab.

»Nun, dann lassen Sie es hier stehen und nehmen es mit, wenn Sie nach Rom zurückkehren. Wissen Sie schon, wie lange Sie bleiben werden?« Mattias Stimme klang gleichgültig, doch wieder sah er sie mit einem Blick an, der Giuliana verlegen machte.

»Ich weiß es noch nicht«, antwortete sie.

»Wartet in Rom jemand auf Sie?«

Giuliana schüttelte den Kopf. »Nein, ich lebe mit meiner Haushälterin zusammen, sie ist jetzt aber nach Frascati zu ihrer Familie gefahren, fürs Erste«, fügte Giuliana hinzu. »Man muss sehen, wie sich alles entwickelt.«

»Ich meinte, wartet ein Mann auf Sie?«

Als er Giulianas Verlegenheit bemerkte, lachte Mattia.

»Entschuldigen Sie, ich bin manchmal zu direkt, es geht mich ja nichts an.«

Da hörten sie Schritte auf dem Kies. Kurz darauf stellte sich Marta neugierig auf die Zehenspitzen und sah zum Fenster herein. Ihre flinken kleinen Augen wanderten zwischen den beiden hin und her, als sie Mattia und Giuliana zum Abendessen bat. Der Lammeintopf sei ihr heute besonders gut gelungen.

*

Sechs Tage war Sophia bereits unterwegs, und für Giuliana wurden die Besuche bei Mattia zur Gewohnheit, genauso wie ihre Fahrten ins Dorf zu Maria. Doch am meisten freute es sie, wenn morgens eine der Frauen an die Hintertür klopfte und sie um ihre Hilfe in der Manufaktur bat, da schon wieder zu wenig Mitarbeiterinnen gekommen seien.

Wenn Giuliana nachmittags zu Mattia ins Atelier ging, unterbrach er seine Arbeit, und sie unterhielten sich angeregt. Er freute sich über ihre Besuche und über ihr Interesse an seinen Bildern. Doch an diesem Nachmittag beschäftigte Giuliana etwas anderes.

»Machen Sie sich keine Sorgen um Sophia?«

»Warum?«

»Es gibt sicher Menschen, die versucht sind, den Lastwagen zu stehlen, jetzt, da alle Autos von der Regierung konfisziert wurden. Dadurch ist selbst ein alter Lkw wertvoll geworden.«

Mattia zuckte nur die Achseln. »Beatrice ist doch bei ihnen.«

»Und was bedeutet das?«

»Das bedeutet«, antwortete Mattia und zog an seiner Zigarette, »dass sie sicher sind. Beatrice ist bewaffnet, und sie kann kämpfen und schießen wie ein Mann.«

Giuliana reagierte erstaunt. »Wieso kann sie das? Wo hat sie das gelernt?«

»Ich weiß es nicht, aber sie kann es eben. Ich interessiere mich nicht für die Frauen von Sophia. Doch soweit ich gehört habe, hatte Beatrice eine wirklich furchtbare Kindheit. Ihr Stiefvater war gewalttätig, und als er eines Nachts ihre Mutter halb totschlug und anschließend auch auf sie losgehen wollte, erstach sie ihn mit einem Küchenmesser.«

»Das ist ja entsetzlich.« Giuliana war fassungslos. »Sie hat einen Mord begangen?«

»Es war Notwehr. Ihre Mutter starb an den Verletzungen, und Beatrice kam mit vierzehn Jahren zu Verwandten. Jetzt wohnt sie in einem Haus etwas abseits, sie hat es wohl geerbt. Die Leute meiden sie, nur Sophia nicht. Ich denke, niemand sonst hätte ihr eine Stelle angeboten. Beatrice würde ihr Leben für Sophia geben, wenn es sein müsste. Mir ist diese Frau unheimlich, wenn ich ehrlich bin.«

Mattia zündete sich eine neue Zigarette an und beobachtete Giuliana, die auf dem Stuhl saß und nachdenklich ihre Füße hin und her schob.

»Ich gehe dann mal«, sagte sie schließlich und erhob sich, »ich schaue noch in der Manufaktur vorbei.«

An der Tür drehte sie sich noch einmal um.

»Mir geht es genauso«, sagte sie langsam, »Beatrice hat etwas an sich, das Furcht einflößt.«

*

»Duce … Duce … Duce …« Aus rauhen Kehlen stieg der Ruf in den strahlend blauen Himmel und wurde zu Giuliana getragen, die bei glühender Hitze zum Dorf fuhr.

»… auf dem Feld der Ehre gefallen … Vaterland … für den Duce …«

Hielt ein Mann eine Rede, deren Bruchteile Giuliana entgegenschallten?

Giovinezza, giovinezza
Primavera di bellezza,
Nel Fascismo è la salvezza …

Das Lied schallte über den Platz.

Della nostra civiltà.
È per Benito Mussolini …
Eja … eja … alalà …

Und wieder: »Duce … Duce … Duce …«

Jetzt war Giuliana im Dorf angekommen. Erschrocken stieg sie vom Rad und blieb stehen. Wo war die idyllische Ruhe des Platzes, die feierliche Atmosphäre der Kirche mit ihrem Glockenturm, wo der Charme des alten Brunnens davor? Alles war völlig verändert. Es war fast unmöglich, den Platz zu überqueren, auf dem sich die Menschen bis zum Rathaus drängten. Davor war ein Podest aufgebaut, bedeckt mit der Fahne der faschistischen Partei. Zwei Männer standen darauf, einer von ihnen war Alfredo Casati, der Bürgermeister, der andere ein Mann in Uniform, immer noch den Arm zum Gruß erhoben. Hinter ihnen am Rathaus hing ein überlebensgroßes Porträt von Benito Mussolini.

Giuliana war eingekesselt zwischen Menschen, die auf das Rathaus zudrängten. Und immer wieder skandierten die Bewohner »Duce ... Duce ... Duce ...« und hoben ihre Hand zum Gruß, dem überlebensgroßen Foto Mussolinis entgegen.

Giuliana geriet in Panik, boxte sich an den Rand der Menge zurück, wo sie stehen blieb und wartete, bis sich die Leute schließlich zerstreuten. Als die meisten gegangen waren, entdeckte Giuliana eine kleine Gruppe schwarzgekleideter Personen, die direkt unter dem Podest standen. Eine schluchzende Frau klammerte sich verzweifelt an einen Mann, der selbst mit den Tränen zu kämpfen schien.

»Was ist hier los?«, fragte Giuliana betroffen, als sie vor der *paneteria* auf Maria stieß, die an der Tür lehnte. »Was ist passiert?« Jetzt erst sah sie, dass auch Maria geweint hatte.

»Carlo Cavriargi, der Sohn von Paolo, ist gefallen. Am ersten Tag an der Front in Ostafrika. Da vorn, das sind seine Eltern und seine Schwester. Carlo und ich kannten uns schon als Kinder, er war so ein lustiger Kerl, immer für jeden Spaß zu haben. Unser Bürgermeister hat vorhin eine kleine Rede gehalten. Carlo sei auf dem Feld der Ehre und für sein Vaterland und den Duce gestorben. Aber eigentlich«, setzte Maria ihre Erzählung fort, »war nicht Carlo der Anlass für diese Veranstaltung, sondern heute stellte sich unser neuer Partei- und Polizeichef Manfredo Valli den Leuten vor. Er hat mit Säuberungsaktionen gedroht und betont, mit allen Mitteln gegen die Partisanen vorzugehen.«

»Welche Partisanen?«, fragte Giuliana verwundert.

Maria sah sich um.

»Kommen Sie rein«, flüsterte sie Giuliana zu und zog sie mit sich in die *paneteria.* »Hat Sophia Ihnen das nicht erzählt? Nun ja, es ist nur ein Gerücht. Irgendwo hier in den Weinbergen soll es ein Versteck der Partisanen geben. Man sagt auch« – Marias Stimme wurde fast unhörbar –, »eine Frau kämpfe mit, eine echte Partigiana. Aber ich weiß nichts davon«, fügte sie hastig hinzu. »Auch Sie müssen aufpassen!«

»Wieso? Ich habe doch nichts damit zu tun.«

»Aber Ihre Großmutter hat noch nie ein Hehl daraus gemacht, dass sie Gegnerin von Mussolini ist. Ich denke, viele Frauen arbeiten deswegen nicht mehr in der Manufaktur. Sie haben Angst, oder sie gehorchen ihren Männern, die es ihnen verbieten. Es ist besser, wenn man keinen Kontakt zu Regimegegnern hat.«

»Das wusste ich nicht.« Giuliana war tief betroffen.

»Der Platz heißt übrigens jetzt nicht mehr Piazza Centrale, sondern Piazza Benito Mussolini«, erzählte Maria noch, bevor sich Giuliana wieder auf den Weg nach Hause machte und Maria zu ihrem Hefeteig in die Backstube zurückkehrte.

*

Giuliana schob ihr Rad. Immer wieder blieb sie stehen, doch heute hatte sie keinen Blick übrig für blühenden Ginster, die Schönheit der sanften Hügel und der fernen Weinberge.

Wie schon in den vergangenen Tagen ergriff sie auch jetzt wieder tiefe Unruhe und Sorge um Sophia, die irgendwo mit einem alten Lastwagen durch die Gegend fuhr, um auf Märkten ihre Delikatessen zu verkaufen.

Drohte ihr Gefahr? Oder hatte Maria übertrieben?

Giuliana hoffte, dass alles gutging und die Frauen wohlbehalten am nächsten Tag zurückkamen.

An der *Casa Sophia* angekommen, lehnte Giuliana ihr Rad an die Mauer des Ateliers. Auch an diesem Tag erwartete Mattia sie bereits und bot ihr eine kühle Limonade an. Doch er blieb einsilbig, und so erzählte sie ihm von der Versammlung auf dem Platz, der von nun an Piazza Benito Mussolini hieß.

»Dcr arme Carlo«, bedauerte sie aus tiefstem Herzen.

»Er wird nicht der Einzige bleiben, der den ›Heldentod‹ stirbt. Es ist Krieg, Giuliana, nur haben wir es noch nicht wirklich verstanden.«

Mit einer heftigen Bewegung griff Mattia nach der halbvollen Weinflasche und goss sich ein Glas ein. Schweigend setzte er sich auf seinen Hocker und wandte ihr den Rücken zu.

»Maria hat behauptet, Sophia liefen die Frauen in der Manufaktur fort, weil sie sich offen gegen Mussolini ausspricht. Stimmt das?«

Mattia drehte sich langsam wieder zu ihr um.

»Fragen Sie Sophia selbst. Sie scheut vor keiner Antwort zurück, glauben Sie mir.«

»Ja, das werde ich machen. Also, ich gehe dann«, sagte Giuliana zögernd und ging langsam zur Tür.

»Entschuldigung«, murmelte Mattia mit abgewandtem Gesicht, »aber mir geht es heute einfach nicht so gut.«

»Natürlich. Wenn ich Ihnen irgendwie helfen kann …«

»Danke, aber es gibt Dinge, mit denen muss man allein fertig werden.« Während er sprach, wandte er sich ihr wieder zu und sah Giuliana mit diesem Blick an, der sie verlegen machte.

»Also, bis später dann, wir sehen uns beim Abendessen.« Hastig verließ sie das Atelier.

Sie setzte sich unter die Pinie, die mit ihrer schirmförmigen Krone kühlen Schatten spendete, und beobachtete zerstreut Fiona, die aus der Manufaktur kam, ihr kurz zuwinkte und zum Haus hinüberging. Inzwischen wusste Giuliana, dass ihr Mann vor fünf Jahren im Abessinien-Feldzug gefallen war. Damals war Fiona zweiunddreißig Jahre alt. Sie war schwanger gewesen und hatte durch den Schock ihr erstes und einziges Kind verloren.

Kurz darauf kam Fiona mit einem Tablett wieder zurück und stellte es vor Giuliana auf den Tisch.

»Ich mache eine Pause«, erklärte sie, »und als ich Sie hier sitzen sah, dachte ich, ein Kaffee würde Ihnen auch guttun.«

»Danke.« Giuliana freute sich über die Gesellschaft der jungen Frau, und während sie ihren Kaffee tranken, erzählte sie Fiona von den Ereignissen im Dorf. Doch sie war nicht richtig bei der Sache und schaute immer wieder zum Atelier hinüber. Warum ging es Mattia heute nicht gut? War der Grund dafür seine berufliche Krise oder seine Beziehung zu Sophia?

Spontan wandte sie sich an Fiona.

»Wie war das eigentlich, als meine Großmutter und Mattia hier ankamen?«

Fiona lachte auf und erzählte bereitwillig: »Das ist ungefähr siebzehn Jahre her. Und es war schlichtweg *die* Sensation. Ich war gerade zwanzig geworden und hatte ein Jahr zuvor geheiratet. Zuerst hörten wir nur, dass eine Signora aus Rom mit ihrem Sohn angekommen sei und das Anwesen hier übernommen hätte.«

Fiona drehte die Tasse in ihrer Hand, bevor sie weitersprach.

»Das Anwesen wurde hergerichtet. Im Atelier hat Sophia für Mattia sogar ein Bad einbauen lassen. Dann engagierte sie Marta und Ovide für Haushalt und Garten. Von ihnen erfuhren wir, dass sie ein Liebespaar waren, sich oft küssten, viel lachten und sehr zärtlich miteinander umgingen. Wochenlang wurde im Ort von nichts anderem gesprochen. Gerade die Männer zeigten sich empört. Eine alte Frau, wie sie Sophia nannten, und ein so junger Mann? Was brachten diese Städter für unmoralische Sitten in unsere Provinz?

Dann hieß es, die beiden seien öfter verreist, der junge Mann sei Maler. Da waren zwar schon drei oder vier Jahre vergangen, doch die Leute hatten sich immer noch nicht beruhigt. Marta und Ovide blieben damals ihre einzigen Kontaktpersonen, die beiden brauchten dringend Geld, mussten sich aber oft im Ort Vorwürfe gefallen lassen, dass sie für ›diese Leute‹ arbeiteten. Wenn ich daran denke, Giuliana«, fuhr Fiona mit ihrer Erzählung fort, »damals hat sogar Monsignore Julianus, der Vorgänger unseres jetzigen Pfarrers, von der Kanzel gewettert, dieses Paar lebe in Sünde, gegen die Natur des Menschen und ohne Gott. Sie brächten lockere Sitten in den Ort, und man müsse sie meiden. Gott wolle es so.«

»Und dann?«

»Dann kam die nächste Sensation. Sophia Fabiani hatte eine Firma gegründet und verkaufte Delikatessen wie Olivenpesto an namhafte Geschäfte und Restaurants. Marta erzählte es allen. Als Sophia so erfolgreich wurde, dass sie dringend Mitarbeiterinnen suchte, hängte sie im Ort Zettel auf. Aber unsere Männer rissen sie wieder ab und verboten ihren Frauen, sich bei Sophia zu melden. Doch als Erste kam Marcella, die Frau unseres Bürgermeisters, zu Sophia. Ihr Mann konnte ihr nichts verbieten, denn er hatte schon damals eine Geliebte, also gab er nach. Das wussten wir natürlich alle. Durch Marcella wurde der Bann gebrochen, andere Frauen bewarben sich bei Sophia, unter anderem auch ich und Leontina. Sie hat drei Töchter, und ihr Mann ist mit seinem Weingut nicht sehr erfolgreich, also gab er nach, da sie das Geld brauchten.«

Fiona stellte ihre Tasse auf das Tablett zurück. »Meine Pause ist zu Ende, also lassen Sie mich nur noch schnell sagen, wie sehr wir Ihre Großmutter bewundern. Aber ich denke, das wissen Sie bereits. Sie hat uns so viel beigebracht! Sophia erklärte uns, dass wir Rechte haben, zum Beispiel das Recht, *nein* zu unseren Männern zu sagen, das Recht, über unseren Körper zu bestimmen. Zu unserem großen Idol wurde Sophia aber erst, als sie einen Streik der Arbeiterinnen aus der Konservenfabrik im Nachbarort organisierte. Diese mussten unter menschenunwürdigen Bedingungen arbeiten und bekamen oft keinen Lohn. Sophia kämpfte für sie, und dem Besitzer blieb nichts anderes übrig, als auf die Forderungen der Frauen einzugehen. Seit dieser Zeit bewundern wir alle Sophia.«

Fiona erhob sich rasch und ging nach einem kurzen Gruß zurück in die Manufaktur.

Giuliana aber saß noch lange am Tisch. Sophia hatte für die Fabrikarbeiterinnen gekämpft – sie half den Frauen, wann immer sie von ihnen gebraucht wurde, doch die eigene Tochter hatte sie im Stich gelassen. Giuliana konnte das einfach nicht vergessen. Langsam erhob sie sich, griff nach dem Tablett und ging zum Haus.

7

Mattia schenkte sich Wein nach. Er trank zu viel, das wusste er, doch dass Sophia ihn, wenn sie da war, deshalb ständig gängelte, ihn warnte, er ruiniere seine Gesundheit, ging ihm auf die Nerven. Er war nicht ihr Sohn, verdammt noch mal, er war ihr Mann. Oder auch das nicht mehr?

Hastig trank er das Glas fast aus, stellte es ab und griff nach einem Brief, den er bereits vor einem Monat erhalten hatte. Er stammte von dem Galeristen Leonardo aus Florenz. Seit drei Jahren hatten sie keinen Kontakt mehr gehabt, doch jetzt fragte Leonardo nach, ob Mattia nicht ein paar Gemälde für ihn hätte.

»Wie geht es dir, Mattia, warum kommst Du nicht in die Galerie, so wie früher?«, fragte Leonardo in seinem Brief. Jeden Donnerstag war Mattia nach Florenz zu ihm gefahren, und sie hatten stundenlang inspirierende Gespräche geführt. Doch dann hatte Mattia die Besuche eingestellt. Er konnte nicht zugeben, wie wenig er nur noch zustande brachte. Er fuhr auch nicht mehr nach Mailand, in die Galerie al Duomo, in der er früher viele Bilder verkauft hatte.

Bis vor einigen Jahren war sein Leben interessant gewesen, doch dann hatte er sich nach und nach zurückgezogen. Mattia fühlte sich leer und ausgebrannt.

Er wandte sich vom Tisch ab und sah durchs Fenster, hinüber zu Giuliana, die allein unter dem Pinienbaum saß. Sie war offenbar tief in Gedanken und spürte nicht, dass er sie beobachtete. Sie war so jung und natürlich und hatte keine Ahnung, wie stark die Wirkung ihrer Schönheit war. Gerade das Unbewusste in ihren Bewegungen und in ihrem Lächeln zog ihn unwiderstehlich an.

War er verliebt in sie? Mattia verneinte rasch die Frage, aber er war besessen von ihr, er musste sie malen: das Gesicht mit den hohen Wangenknochen, die Augen, die im Sonnenlicht schimmerten wie dunkle Bernsteine, den vollen Mund und das rötliche Haar, von einer Art, die schon Botticelli und Tizian zu ihren unsterblichen Werken inspiriert hatte.

Mit Hilfe dieser jungen Frau würde er seine Krise überwinden. Er war sich sicher. Ein, zwei Porträts wollte er von ihr malen. Er hatte sie noch nicht gefragt, denn es war bestimmt klug, vorher mit Sophia darüber zu sprechen. Würde es sie verletzen, dass er ihre junge, schöne Enkelin malen wollte? Sophia war so sensibel geworden, sie sehnte sich nach seiner Bestätigung, dass sie immer noch eine schöne Frau war.

Aber konnte er ihr diese Bestätigung geben? Sie war noch attraktiv, aber auch noch für ihn?

Jetzt spürte Giuliana seinen Blick. Sie erhob sich rasch, winkte ihm kurz zu und ging mit dem Tablett hinüber zum Wohnhaus. Er sah ihr nach, bis sie hinter den Zypressen verschwunden war.

Sophia verstand ihn nicht. Glaubte sie wirklich, dass ihm ihre Gesellschaft noch genug war, so wie in den ersten Jahren, als sie nur sich selbst brauchten, als ihre Liebe zum Leben ausreichte?

Früher war er schon mal in den Ort geradelt und hatte sich in die Bar gesetzt, um die Zeitung zu lesen und einen Espresso zu trinken. Doch dann spürte er die leichte Verachtung der Männer und war sich sicher, sie spotteten über ihn, den erfolglosen Maler, der sich von einer älteren

Frau aushalten ließ. So hatte er bald auch diese liebgewonnene Gewohnheit aufgegeben.

Sophia hatte geahnt, warum er nicht mehr in den Ort fuhr, hatte aber nur darüber gelacht, ihn geküsst und war ihm zärtlich durch die Haare gefahren. Wir haben uns, hatte sie gesagt, und das ist die Hauptsache ...

Wir haben uns ... Nein, Sophia, das reicht nicht mehr, ich will so nicht mehr weitermachen. Ich *kann* so nicht weitermachen. Sophia, verstehe mich ...

Mit zitternder Hand hob er sein Glas.

*

Am nächsten Tag fuhr Giuliana abermals ins Dorf. Das große Porträt des Duce schmückte immer noch die Fassade des Rathauses. Sie bog in die Via Centrale ein, die seit dem Vortag Via Benito Mussolini hieß, und fuhr direkt zum Postamt am Ende der Straße. Nachdem sie ihren Brief an Paula aufgegeben hatte, schob sie das Rad zurück zur Piazza, vorbei am Gemüsegeschäft, dem Metzger mit den opulenten Schinken im Schaufenster, der Tabaccheria und der kleinen Bar. Davor saßen ältere Männer, lasen ihre Zeitung und tranken Espresso.

Zurück auf dem Platz, schaute Giuliana noch rasch bei Maria hinein.

»Wollen Sie ein Stück Nusskuchen?«, bot diese ihr an, doch Giuliana lehnte ab. »Danke, ich habe keinen Hunger, das macht sicher die Hitze.«

Maria hörte ihr gar nicht zu. Sie schob die Gardine am Schaufenster vorsichtig zur Seite und sah hinaus.

»Sehen Sie die Frau da drüben? Es ist Ricarda, die Frau des alten Rechtsanwalts, sie betrügt ihren Mann.«

»Woher wissen Sie das?«

»Weil ich sie beobachtet habe. Vorgestern bin ich ihr heimlich gefolgt, als sie zu dem kleinen Bach hinunterging, und dort hat sie sich mit Ermano getroffen, unserem Vizebürgermeister. Sie küssten sich.«

»Ich denke, das geht niemanden etwas an«, antwortete Giuliana ablehnend.

»Doch, natürlich, man muss wissen, was im Ort passiert.«

Giuliana schüttelte nur stumm den Kopf und verabschiedete sich rasch.

Während sie nach Hause radelte, überlegte sie, warum sich Maria so sehr für das Leben anderer Leute interessierte, dass sie ihnen sogar nachschlich und sie beobachtete. War ihr eigenes Leben zu leer?

Zu Hause sprang Giuliana vom Fahrrad und lehnte es an die Hauswand. Sie war hergekommen, um Genaueres über die Vergangenheit ihrer Familie zu erfahren und nach ein paar Tagen wieder abzufahren. Aber jetzt gefiel es ihr hier von Tag zu Tag besser. Die Besuche im Dorf, die Arbeit in der Manufaktur, das große Anwesen *Casa Sophia* … Sie fing an, sich hier zu Hause zu fühlen.

Doch wie sollte es weitergehen?

*

»Ich habe schon auf Sie gewartet«, empfing Mattia Giuliana, als sie das Atelier betrat. »Sie kommen heute sehr spät.« Giuliana bemerkte die leere Weinflasche auf dem Tisch, daneben ein halbvolles Glas. Eine innere Stimme warnte Giuliana. Doch sie spürte, dass Mattia unglücklich war, daher blieb sie. Vielleicht konnte sie irgendetwas

Tröstliches sagen, das ihn aufmunterte und vom Trinken abhielt.

»Es tut mir leid, heute habe ich keine Limonade für Sie. Möchten Sie ein Glas Wein?«

Giuliana lehnte mit einem Kopfschütteln ab. »Nein danke, ich habe auch nicht viel Zeit, heute Abend kommt ja Sophia zurück. Marta ist schon weg, und ich will einen Gemüseeintopf kochen.«

»Ich ... ich möchte Sie ... malen«, begann Mattia, der sie nicht aus den Augen ließ. Er leerte hastig sein Glas, doch als er es auf den Tisch zurückstellen wollte, zitterte seine Hand so sehr, dass es auf den Boden fiel und zerbrach. Mattia kümmerte sich nicht um die Scherben und griff nach einem Zeichenblock. »Ich skizziere zuerst«, erklärte er.

»Ich denke, ich gehe jetzt, weil ich mit dem Gemüseeintopf ...« Mit diesen Worten ging Giuliana auf die Tür zu, verstummte jedoch abrupt, denn Mattia stellte sich ihr in den Weg und ließ sie nicht vorbei. Giuliana stand dicht vor ihm, ihre Gesichter berührten sich fast, und dann küsste Mattia sie auf die Wange, ein keuscher Kuss, nichts weiter. Gleich darauf jedoch bewegte er seinen Kopf leicht und küsste sie auf den Mund. Giuliana erstarrte. Sie wollte fort, aber sie konnte sich nicht rühren, denn Mattia hatte seinen rechten Arm plötzlich ganz fest um ihre Taille gelegt und presste sie an sich. Sie versuchte, ihren Kopf fortzudrehen, und dann spürte sie seine Hand, die in den kleinen Ausschnitt ihrer Bluse glitt und ihre Brüste streichelte.

Jetzt kam Leben in Giuliana.

»Sind Sie verrückt geworden?«, keuchte sie atemlos und befreite sich mit aller Macht aus seinem festen Griff, lief zur Tür und stürmte hinaus. Bei den Zypressen blieb sie stehen, atmete tief durch und ordnete ihre Haare. Dann rannte sie weiter bis zum Haus, durch die Hintertür in die Küche und hinauf in ihr Zimmer. Sie stürzte ans Waschbecken und spülte sich den Mund aus, der heute zum ersten Mal geküsst worden war. Von dem Mann, der zu ihrer Großmutter gehörte und den Sophia liebte.

Sie musste sofort abreisen, zurück nach Rom. Aber sollte sie zuvor Sophia von Mattias Übergriff erzählen? Mattia war betrunken gewesen, und er hatte ihre Brüste berührt.

Oder war sie etwa selbst schuld, hatte sie ihn provoziert? Ihr Großvater hatte ihr immer eindringlich ein züchtiges Benehmen ans Herz gelegt.

»Du bist ein schönes Mädchen, du musst den Männern zurückhaltend begegnen. Wie leicht kann man dich sonst für eine *puttana* halten.« Giuliana hatte darüber nur den Kopf geschüttelt, ihr Großvater war eben noch alten Vorstellungen verhaftet, die heute nicht mehr galten. Aber jetzt war sie sich nicht mehr so sicher. Offenbar hatte Mattia ihre täglichen Besuche gründlich missverstanden. Wie konnte sie nur so naiv gewesen sein?

8

Sophia kam erst in der Nacht zurück, und als Giuliana am nächsten Morgen die Küche betrat, war sie erleichtert, dass Mattia bereits das Haus verlassen hatte.

»Marta hat mir schon erzählt, dass Carlo Cavriargi gefallen ist«, sagte Sophia nach einer herzlichen Begrüßung bedauernd. Marta und sie unterhielten sich noch einen Moment über die Familie Cavriargi, bis Marta erklärte, sie helfe jetzt Ovide hinten im Garten, und die Küche durch die Hintertür verließ.

»Wie war es auf den Märkten?«, fragte Giuliana nach einer kleinen Pause.

»Wir haben gut verkauft. Beatrice aber hat die ganze Zeit den Lastwagen bewacht, sie schlief sogar nachts im Führerhäuschen. Ich glaube, er wäre uns sonst vor unseren Augen gestohlen worden.«

Sophia sah schlecht aus, sie war blass, und tiefe Ringe zeichneten sich unter ihren Augen ab. Die Anstrengungen dieser zehn Tage hatten ihre Spuren hinterlassen.

Giuliana schwieg und brach ein Stück Weißbrot ab. Sie hatte Sophia gegenüber ein schlechtes Gewissen, wusste aber im Grunde nicht, warum. Sie hatte nichts Unrechtes getan. Es war Mattia, der sie belästigt hatte. Aber blieb nicht das Resultat das gleiche? Sophia war hintergangen worden. Und vielleicht hatte sie ihn doch provoziert und trug ebenfalls Schuld.

»Nun erzähl mir mal, was noch so los war.« Sophia musste ihre Frage wiederholen, bevor Giuliana aus ihren Gedanken hochfuhr. »Von der Versammlung mit Manfredo Valli hat mir Marta übrigens schon in allen Details berichtet«, setzte Sophia noch hinzu.

»Ich war jeden Tag bei Maria«, fing Giuliana zögernd an. »Sie meinte, dass viele Frauen der Manufaktur fernbleiben, weil du dich zu offen gegen Mussolini aussprichst. Sie haben Angst vor Konsequenzen.«

Sophia stellte ihre Tasse so heftig ab, dass es klirrte. »Kann sich Maria nicht endlich einmal nur um ihr eigenes Leben kümmern?« Sie war wütend, doch dann atmete sie tief durch und sprach in ruhigem Ton weiter. »Ich habe dir gesagt, dass es drei feste Mitarbeiterinnen gibt, Fiona, Marcella und Leontina. Die anderen fünfzehn wechseln sich ab. Viele junge Frauen, die zu Hause Landwirtschaft betreiben, müssen ihre Männer jetzt ersetzen, das weißt du bereits. Es gibt auch sicher welche, die wegbleiben, weil sie Angst haben. Ich akzeptiere das.

Ich bin kein politischer Mensch, Giuliana, aber ich habe mich immer gegen den Faschismus ausgesprochen, egal, in welchem Land er sich zeigt. Deutschland, Italien, wo auch immer. Und das werde ich weiterhin tun, daran kann mich auch ein Manfredo Valli nicht hindern.«

»Aber es ist gefährlich.«

Sophia lachte auf. »Ach was, ich bin eine alte Frau, die ihren Mund nicht halten kann.« Damit beendete sie das Thema. »Ich war heute früh schon drüben und habe gehört, dass Marcella krank ist«, fuhr sie fort. »Ich will am Nachmittag in den Ort fahren und sie besuchen. Es wäre schön, wenn du währenddessen in der Manufaktur helfen könntest, es sind nur drei Frauen da.«

»Natürlich«, versicherte Giuliana ihr rasch, »das mache ich gern.«

*

Am nächsten Nachmittag kniete Giuliana auf dem Boden und pumpte mit einem quietschenden Geräusch die Reifen des Fahrrads auf. Plötzlich stand Mattia hinter ihr.

»Ich möchte Sie um Entschuldigung bitten«, fing er unsicher an, »können Sie mir verzeihen? Ich habe mich wirklich schlecht benommen. Aber vielleicht lassen Sie als Grund dafür gelten, dass ich betrunken war.«

Giuliana richtete sich langsam auf. »Sie müssen mit Sophia sprechen, *sie* muss Ihnen verzeihen. Und das sollten Sie möglichst bald tun, denn durch jeden Tag, den Sie warten, bekommt Ihr Geständnis mehr Gewicht.«

Giuliana klemmte die Luftpumpe wieder ans Rad und schob es in Richtung des Olivenhains.

»Ich werde von hier fortgehen«, sagte Mattia plötzlich, der ihr gefolgt war. »Ich habe endlich die Kraft, es zu tun.«

Erschrocken blieb Giuliana stehen. »Meinetwegen?«

»Nein. Aber ich muss gehen. Und ich werde heute Abend mit Sophia sprechen. Den Kuss werde ich nicht erwähnen.«

»Sie wollen es ihr verschweigen?«

»Ich möchte Sophia nicht noch mehr verletzen Und letztendlich hatte das, was passiert ist, ja keine Bedeutung. Wenn Sie es ihr sagen, dann hat es auch für Sie Folgen. Es wird immer zwischen Ihnen und Sophia stehen und Ihre neue Beziehung sehr erschweren. Bitte denken Sie daran. Ich kann Sie nicht hindern, es Sophia zu erzählen, ich kann Sie nur bitten, es nicht zu tun. Vor allem Sophia zuliebe.«

Giuliana spielte abwesend mit der Fahrradklingel. Mattia klang sehr überzeugend. Warum Sophia noch mehr verletzen? Heute Abend würde Mattia sie verlassen, und Giuliana empfand jetzt schon tiefes Mitleid mit ihr.

»Wohin werden Sie gehen?«, fragte sie nach einer Pause.

Mattia zuckte mit den Schultern. »Ich weiß nicht, irgendwohin. Ich habe noch Ersparnisse, eigenes Geld«, fügte er ein wenig ironisch hinzu. »Erst einmal nach Florenz, dann werde ich weitersehen.«

Er streckte Giuliana seine Hand hin. »Ciao, und bitte verzeihen Sie mir.«

»Also werden wir uns nicht mehr sehen?«, fragte sie, als sie seine Hand nahm und er sie fest drückte.

»Ich denke nicht, es ist besser so.«

Stumm sahen sie sich an. »Ich werde die Nachmittage mit Ihnen vermissen«, sagte Mattia dann. »Sie haben mir das Gefühl gegeben, noch eine künstlerische Zukunft zu haben, und dafür danke ich Ihnen.«

Giuliana spürte, wie ihr die Röte ins Gesicht stieg. »Ja«, antwortete sie verlegen, »ich fand unsere Gespräche auch sehr schön, ich werde sie ebenfalls vermissen. Schade, dass es so gekommen ist.«

»Ja, schade. Also, noch einmal … Ciao und alles Gute.«

»Danke, Mattia, Ihnen auch.«

Mattia wandte sich rasch ab, und Giuliana sah ihm nach, wie er mit schnellen Schritten zum Atelier lief. Er hatte eine Entscheidung getroffen, und das schien ihm neue Energie zu geben.

Langsam schob Giuliana das Rad auf den Weg und schwang sich in den Sattel. Sie sah nicht zurück, sondern fuhr ohne Ziel drauflos. Sie dachte nicht an Sophias Warnung, nicht über einsame Wege zu fahren, sondern radelte immer weiter, vorbei an halb zerfallenen Häusern, an Zypressen und Pinien. Sie fuhr schnell und atmete tief die warme Luft des Nachmittags ein, horchte, hörte das Bellen eines Hundes in der Ferne und fuhr immer weiter, an dem Mohnfeld vorbei, bis zu den Hügeln und Weinbergen, die sie von ihrem Fenster aus gesehen hatte. Auf der schmalen Straße kam ihr ein junger Mann entgegen, ebenfalls auf einem Rad, der sie anlachte, tief seine Mütze zog und zur Begrüßung seine Klingel scheppern ließ, ein Geräusch, das noch nachhallte, auch als er längst schon verschwunden war.

Wie schön das Land war und wie friedlich es schien! Giuliana dachte an den jungen Carlo und die vielen anderen Männer, die auf dem Feld der Ehre für den Duce sterben mussten. Wie sollte es bloß weitergehen? Mit Italien, mit ihr, mit ihrer Großmutter, der einzigen Verbindung zu ihrer eigenen Vergangenheit?

Bevor Sophia abfuhr, hatte es zwischen ihnen eine behutsame Annäherung gegeben. Hatte Mattia recht, dass sie diese Annäherung mit einem Geständnis über den Kuss zerstören würde? War es überhaupt noch wichtig, jetzt, da Mattia ging?

Er war der Mann, von dem sie ihren ersten Kuss bekommen hatte … Sie war entsetzt gewesen, weil er zu Sophia gehörte und weil er betrunken gewesen war. Wie schön aber musste es sein, von einem Mann geküsst zu werden, den man liebte! Würde sie jemals die Liebe erleben?

Als Giuliana schließlich umdrehte und langsam zurück zur *Casa Sophia* fuhr, fühlte sie sich einsamer als jemals zuvor.

In der *Casa* ging sie in die Küche und goss sich ein Glas Wasser ein. Kurz darauf kam Sophia und ließ sich auf einen Stuhl fallen.

»Marcella wird für ein paar Wochen ausfallen. Sie hat

eine Angina. Ich weiß nicht, wie es ohne sie gehen soll. Marcella bearbeitet die Aufträge und macht die gesamte Post, verwaltet die Einteilung der Arbeiterinnen und diese ganzen Dinge, für die ich überhaupt kein Händchen habe.«

»Ich könnte das übernehmen«, antwortete Giuliana zögernd.

»Das freut mich.« Sophia sah sie liebevoll und abwesend zugleich an. »Danke, das wäre eine große Hilfe. Aber überlege es dir, bevor du dich endgültig entscheidest.«

Sophia war nervös, und Giuliana spürte es.

Heute Abend würde Mattia mit ihr reden. Sophia stand eine der schwersten Stunden ihres Lebens bevor. Sollte sie ihr einen Wink geben, sie warnen?

Doch dann verwarf Giuliana diesen Gedanken wieder. Sie durfte sich nicht einmischen. Aber sie griff spontan nach Sophias Hand und drückte sie fest. »Ich werde dir helfen«, versprach sie.

Sophia dankte ihr mit einem zerstreuten Lächeln. Dann erhob sie sich und verließ die Küche. Auch Giuliana stand auf und sah ihr nach.

Ihre Großmutter ging aufrecht und schnell, ihr weiter, altmodischer Rock wehte ihr um die Beine, und an den Füßen trug sie bequeme Halbschuhe.

*

Mattia hatte Sophia um ein Gespräch gebeten. Als sie das Atelier betrat, erhob er sich sofort, griff nach ihrer Hand und legte seine Wange dagegen. Lange verharrten sie so und lauschten dem Gesang der Zikaden.

»Komm, lass uns nach draußen gehen«, schlug Sophia

mit brüchiger Stimme vor. Zusammen verließen sie das Atelier, gingen schweigend bis zum Tor und hinaus auf den Weg. Irgendwann griff Mattia wieder nach Sophias Hand. Von der Seite beobachtete Sophia ihn, sein Gesicht, so vertraut, geliebt und jetzt für immer verloren. Denn Sophia ahnte, warum er sie sprechen wollte. Die Entfremdung zwischen ihnen war in den vergangenen Monaten allzu deutlich zu spüren gewesen.

Sie fröstelte, und ihr Magen krampfte sich zusammen. Jetzt war die Stunde da, vor der sie sich immer gefürchtet hatte. In dem Moment drückte Mattia fest ihre Hand.

»Du willst gehen, nicht wahr?« Sophia konnte die Ungewissheit nicht mehr ertragen. »Ist es Giuliana, hast du dich in sie verliebt?«

Mattia schüttelte den Kopf. »Wie kommst du darauf?«

»Nun, sie ist jung, sie ist schön. Sie hat dich jeden Tag besucht, wie mir Marta erzählt hat. Welcher Mann kann schon der Verführung der Jugend, glatter Haut und einem straffen Körper widerstehen? Ich war ja bereits achtundvierzig, als wir uns damals begegnet sind. – Ich war schon alt«, fügte Sophia nach einer Pause mit Bitterkeit hinzu.

»Unsinn, du warst jung und schön …« Mattia hielt inne, und Sophia wusste, dass er den Satz schon in dem Moment bereute, als er ihn aussprach.

»Ja«, antwortete sie langsam, »ja, ich *war* schön, du hast es gesagt. Jetzt bin ich eine alte Frau.« Sie vermochte nicht weiterzusprechen, blieb stehen und entzog ihm ihre Hand. Sie spürte, dass in diesem einen Satz bereits die ganze Wahrheit für seine Zukunft lag. Seine Zukunft ohne sie.

»Ich habe immer gewusst, dass es einmal so kommen

wird. So kommen *muss.*« Sophia versuchte, ihrer Stimme einen festen Klang zu geben, sie wollte kein Mitleid, sie wollte seine Liebe, und wenn sie seine Liebe nicht mehr bekam, wollte sie, dass er ging.

Bevor er antworten konnte, sprach sie weiter, damit er nicht Dinge sagte, die sie noch mehr verletzen würden. »Ich will nichts hören über gegenseitige Achtung, über die Erinnerung an unsere Liebe, bitte sag so etwas nicht. Und biete mir nicht Freundschaft statt Liebe an. Auch das will ich nicht, das könnte ich nicht ertragen.«

Doch Mattia blieb stumm und sah nur hinauf in den Himmel, an dem die Sterne funkelten.

»Heute ist der Tag gekommen.« Sophias Stimme war nur noch ein Flüstern.

»Welcher Tag?«

»Der Tag, an dem ich dich gehen lassen muss, an dem ich dich loslassen werde.«

Mattia widersprach nicht, er umarmte sie nicht, und er versicherte auch nicht, dass er sie doch liebe, nur sie. Und da erkannte sie mit ganzer Klarheit, er hatte sich entschieden, jede Hoffnung war unsinnig.

Sie spürte, wie sich jeder Muskel schmerzhaft zusammenzog, als sie auf seine Antwort wartete.

»Ja, Sophia.« Seine Stimme klang fest und entschlossen. »Ich werde weggehen.«

»Wohin, Mattia, wohin willst du gehen?« Sophias Wunsch, in diesem gefürchteten Moment souverän bleiben zu können, erfüllte sich nicht. Sie begann zu schluchzen und umklammerte seinen Oberkörper. Doch Mattia löste sich vorsichtig und wandte sich von ihr ab. Er konnte ihre Tränen nicht sehen und ihren Kummer nicht ertragen.

»Ich weiß es noch nicht, ich habe keine Ahnung.«

Wieder umarmte sie ihn.

Er befreite sich erneut aus Sophias verzweifeltem Griff, und dann gingen sie schweigend den Weg zurück, stießen das Tor auf und durchquerten den Olivenhain. Zwischen den Zypressen blieb Mattia stehen.

»Ich schlafe heute Nacht im Atelier, ich denke, es ist besser so.«

Aber er ging nicht, er zögerte, und da legte Sophia den Kopf an seine Schulter wie so oft in den Jahren ihres Zusammenlebens. Sie atmete seinen vertrauten Geruch ein und spürte seine Haare an ihren Wangen.

Doch dann löste er sich, drehte sich um und verschwand, nur noch ein Schatten, der sich in der Dunkelheit aufzulösen schien.

*

In jener Nacht sehnte sich Sophia nach ihm, schmerzvoller als jemals zuvor. Sie hatten sich schon lange nicht mehr geliebt. Trotzdem wartete sie auf ihn und wusste doch, dass es vergeblich war. Sie horchte nach unten, aber es blieb still. Mattia kam nicht.

Bevor die Sonne aufging, erhob sie sich und zog ihr schönstes Kleid an. Es war altmodisch im Schnitt, aber es hatte ihr immer sehr gut gestanden, und es gefiel Mattia. Es hatte die langgezogene Taille der Mode der 1920er Jahre und einen schmalen, wadenlangen Rock, der oberhalb des Knies in Falten aufsprang. Sie hatte es vor zwölf Jahren in Florenz gekauft und es nur selten getragen. Sophia hatte nie Wert auf Eleganz gelegt.

Sophia bürstete sich rasch die Haare und fasste sie zu

einem Knoten im Nacken zusammen. Dann trat sie dicht vor den Spiegel. Es war das erste Mal seit langer Zeit, dass sie sich einer genauen Prüfung unterzog, und sie erschrak. Bis jetzt hatte sie nicht bemerkt, wie viele graue Haare sich durch das Blond zogen, und mit Entsetzen erkannte sie die Falten um die Augen und ihren Mund. Hastig wühlte sie die Schubladen der Kommode durch, irgendwo musste sie doch noch einen Lippenstift haben! Aber sie konnte ihn nicht finden. Mutlos ließ sie die Arme sinken. Sollte sie wirklich zu Mattia gehen? Warum? Um ihm beim Packen zuzusehen? Sie setzte sich aufs Bett und wartete, ob Mattia doch noch zu ihr kam. Als es hell wurde und der Tag anbrach, erhob sie sich und schlich die Treppe hinunter, öffnete die Haustür und lief den Kiesweg entlang zum Atelier. Sicher schlief Mattia noch, er war immer ein Langschläfer gewesen. Aber wenn er sie heute verließ, sollte er sie so in Erinnerung behalten: Sophia Fabiani, nicht mehr jung, aber immer noch attraktiv. Sophia, die vor Jahren als eine der schönsten Frauen der römischen Gesellschaft galt.

»Mattia?«

Die Tür zum Atelier stand offen, und Sophia betrat leise den hinteren Teil des großen Raums. Das Bett schien unbenutzt, die Schranktür stand offen, aber nur wenige Sachen von Mattia fehlten. Sophia schluchzte auf. Wie besessen lief sie durchs Atelier. Alle Bilder standen an ihrem Platz, keines fehlte, nichts war verändert. Er hatte nichts mitgenommen. Auch nicht das Foto, das sie beide vor zwanzig Jahren auf der Piazza della Rotonda vor dem Pantheon zeigte. Ein junger Straßenfotograf hatte sie so lange verfolgt, bis sie sich fotografieren ließen. Mattia lachte sie auf dem Foto zärtlich an und hatte den Arm um ihre Schulter gelegt. Es war ein Moment des Glücks gewesen, ein Glück, das ewig halten sollte und doch jetzt zu Ende gegangen war.

Aber wusste sie das nicht schon damals? Es konnte nicht gutgehen, ein junger Mann von dreiundzwanzig und eine Frau von achtundvierzig Jahren. Sophia griff nach dem Foto und sah es lange an. Sie spürte nicht, dass sie weinte, während sie an der Wand entlang zu Boden glitt, dort sitzen blieb und mit tränenblinden Augen auf das Bild starrte. Mattia hatte es hiergelassen, so wie er sein Leben mit Sophia zurückließ, es einfach abstreifte.

Aber er hatte auch seine Bilder zurückgelassen. Bedeutete das, er kam zurück? Irgendwann?

»Mattia«, flüsterte sie, »Mattia, erinnere dich … Erinnere dich an unsere erste Zeit, die Monate, nichts anderes zählte mehr, nur wir beide …«

9

Rom, 1919

Sophia lief durch die Wohnung und zerrte die schwarzen Tücher von den dunklen schweren Möbeln. Sie konnte den Anblick nicht mehr ertragen. Drei Jahre waren seit Angelos Tod vergangen, und immer noch herrschte schweigende Trauer in der Wohnung – Alessandro Bastiani wollte es so.

Anschließend ging Sophia in ihr Zimmer und betrachtete sich im Spiegel. Konnte man es ihr ansehen? Konnte man erkennen, wie sie auflebte? Eine strahlende Frau sah ihr aus dem Spiegel entgegen, Müdigkeit und Trauer waren aus ihrem Gesicht verschwunden.

Sie war achtundvierzig Jahre alt und hatte sich nie so jung gefühlt wie an diesem schönen Junitag. Sie öffnete die Fenster weit und sog tief die Wärme des frühen Nachmittags ein.

Sophia Bastiani war verliebt. Niemals hatte sie geglaubt, einmal so empfinden zu können. Jetzt erlebte sie das, was sie sich als junges Mädchen erträumt hatte, die große, die einzige Liebe. In einem Alter, in dem andere Frauen Großmütter wurden, die Taille verschwand und die Haare grau wurden.

Das hatte Mattia Alesi bewirkt, er hatte sie dem Leben zurückgegeben. Er war dreiundzwanzig Jahre alt und Lehrer an der Akademie der Schönen Künste. Er betreute einen Kurs für Frauen der Gesellschaft und brachte ihnen das Malen bei – oder versuchte es zumindest.

Überredet von ihrer Freundin Greta, nahm Sophia an dem Kurs teil und konnte es zuerst nicht glauben, dass *sie* es war, die er am letzten Kurstag zu einem Kaffee einlud. Aus diesem ersten Mal wurden viele Verabredungen in kleinen, versteckt liegenden Lokalen, oder sie fuhren hinaus ans Meer, wo sie stundenlang Hand in Hand am Strand entlangliefen und sich küssten. Immer wieder. Nie zuvor hatte Sophia so viel Zärtlichkeit genossen.

Sie lächelte sich im Spiegel an. Sie hätte nicht geglaubt, nach Angelos Tod noch einmal glücklich sein zu können.

Es läutete heftig und durchdringend an der Wohnungstür, doch Sophia beachtete es nicht, bis ihr einfiel, dass Elena, das Dienstmädchen, ihren freien Tag hatte. So ging Sophia zur Eingangstür und öffnete.

Es war Greta Giordano, ihre beste Freundin. »Unten stand die Haustür offen, so bin ich gleich hochgekommen«, erklärte sie, stellte sich auf die Zehenspitzen und sah über Sophias Schulter in die Wohnung.

»Suchst du jemanden?«, fragte Sophia befremdet.

»Nein, nein.« Greta schüttelte den Kopf. »Ich habe auch nicht viel Zeit, ich bin nur schnell vorbeigekommen, um ...«

»Um was?«

»Ich wollte dir nur sagen, dass ganz Rom über dich und deinen jungen Liebhaber spricht. Es ist *das* Gesprächsthema, der Skandal des Jahres! Armer Alessandro, seine Frau hat eine billige Affäre mit ihrem Zeichenlehrer, einem Niemand. Und ausgerechnet ich war es, die dir geraten hat, an der Akademie einen Kurs zu besuchen, das werde ich mir Alessandros wegen niemals verzeihen können.«

»Ich denke«, sagte Sophia und versuchte, ruhig zu bleiben, »du verschwindest am besten wieder.«

Doch als sie die Tür schließen wollte, stellte Greta ihren Fuß dazwischen. »Ich will dir nur noch eines sagen: Du hast nie in die gehobene Gesellschaft gepasst, auch wenn du dich noch so sehr bemüht hast.«

»Greta«, sagte Sophia ruhig, »ich habe mich nie darum bemüht. Und jetzt geh.« Sie schloss mit Nachdruck die Wohnungstür. In diesem Moment ahnte sie schon, dass sie ihre »beste Freundin« nie mehr sehen würde.

Innen lehnte sie sich mit zitternden Knien gegen die Tür. Sie versuchte, tief einzuatmen und sich zu beruhigen. Greta hatte erreicht, dass sie sich schuldig fühlte. Sie war nichts wert, sie war eine ältere Frau, die sich und ihren Mann zum Gespött der Gesellschaft gemacht hatte.

Aus dem Herrenzimmer hörte sie die dumpfen Schläge der Standuhr. Es war zwei, und um vier Uhr war sie mit Mattia verabredet.

Spontan lief sie in die Kammer neben der Küche, holte einen Koffer heraus, ging in ihr Zimmer und packte. Sie legte Kleider in den Koffer, Schuhe, Wäsche, ein paar Bücher. Zuletzt holte sie aus der obersten Schublade ihrer Frisierkommode das alte, in Leder gebundene Kochbuch ihrer Mutter. Sie hatte es Sophia bei der Hochzeit feierlich überreicht, doch kein einziges Mal hatte die Tochter es auch nur geöffnet. Kurz presste Sophia es an die Brust, bevor sie das Buch zwischen die Kleider schob. Ihre Bewegungen waren ruhig, bestimmt und ohne Angst.

Dann trat sie an ihren Schreibtisch, nahm ein Blatt Papier und schrieb:

Lieber Alessandro,
heute verlasse ich Dich und diese Wohnung, die mir nie ein Zuhause wurde. Ich gehe zu einem anderen Mann,

und ich beende unsere Ehe, die von Anfang an nur ein Fiasko gewesen ist. Es tut mir leid, dass ich Dich in einen Skandal verwickle, und ich hoffe, Du kannst mir deswegen jemals verzeihen, ich weiß, wie viel Dir die Meinung der Leute und der Gesellschaft bedeutet. Aber ich bereue meinen Entschluss nicht.
Sophia

Sie ging ins Herrenzimmer und legte den kurzen Brief auf Alessandros Schreibtisch, dann versuchte sie noch, ihren Ehering abzuziehen, doch in der Eile löste er sich nicht von ihrem Finger.

Sophia holte den Koffer aus ihrem Zimmer, nahm ein Foto von Angelo von der Konsole, steckte es in ihre Handtasche und verließ die Wohnung. Sie warf keinen Blick mehr zurück.

Als sie vor der Kirche Santa Maria in Trastevere aus dem Bus stieg, sah sie von weitem Mattia, der auf sie wartete, und als er auf sie zukam und seine Arme sie fest umschlossen, wusste sie, sie hatte die richtige Entscheidung getroffen.

*

Sophia war noch nie bei Mattia zu Hause gewesen, und so war sie verlegen, als er mit ihr die Treppe hinaufging und die Tür zu seinem Zimmer aufschloss.

»Das Bad teile ich mir mit den Mietern aus dem ersten Stock«, erzählte er, »es liegt direkt gegenüber.«

Auch Mattia schien nervös, er stellte Sophias Koffer auf den Boden, während sie sich in dem Raum umsah. Eine Kochnische, ein breites Bett mit einer orientalischen Decke und vielen Kissen, am Fenster die Staffelei und auf dem Boden Farbtöpfe, Pinsel und Leinwand. In einer Nische unter der schrägen Wand stand ein alter Holztisch mit zwei dazu passenden Stühlen. Der Raum gefiel Sophia auf Anhieb. Sie fühlte sich dort sofort wohl. Stumm wandte sie sich Mattia zu, der ihren Blick schweigend erwiderte. Dann zog er sie sanft an sich, und sie legte den Kopf an seine Schulter.

Langsam, fast unbeholfen, entkleidete Mattia sie, seine Hände zitterten, während er sie bedächtig zum Bett führte.

»Wie schön du bist«, flüsterte er, als auch er nackt neben ihr lag und sie sich streichelten.

Sophia hatte noch nie wirklich geliebt, und sie kannte die absolute Hingabe an einen Mann nicht. Sie verbarg ihr Gesicht an seiner Brust, spürte die Wärme seiner Haut, atmete seinen Geruch ein. Langsam umspielte er mit seinem Finger ihre Brustwarzen, die unter seiner Berührung hart wurden, und dieses Gefühl war so köstlich, dass sie aufseufzte. Als seine Lippen über ihren Körper wanderten, spürte sie einen nie gekannten Genuss. Es gab nur sie beide, nur diesen Moment, dieses Gefühl. Sie liebten einander, ohne Scham und ohne Angst. Und es war richtig so.

Der Nachmittag ging in den Abend über, aber sie merkten es nicht. In der Nacht ließ sie ihre Hände erneut sanft über seinen Körper gleiten, bis hin zu seinem Geschlecht. Da stöhnte er auf und hob sie über sich, und wieder liebten sie sich, bis das Rufen von Kindern und Schritte im Treppenhaus sie unerbittlich in den nächsten Tag zogen.

»Wir haben uns, nichts sonst zählt«, flüsterte Mattia Sophia zu, als er sich erhob, da es energisch klopfte und

Feodora gereizt durch die Tür rief, wann Mattia endlich gedenke, die Miete zu bezahlen.

*

Die drei Jahre, die Sophia mit Mattia in Rom lebte, waren aufregend und wunderbar. Jeden Morgen, wenn sie erwachte, war sie glücklich.

Im ersten Jahr kamen täglich Briefe von früheren Bekannten, ehemaligen Freunden und auch wildfremden Menschen, die Sophia als eine Frau beschimpften, die die Unantastbarkeit der Ehe in den Dreck zog und die Würde der Frau mit Füßen trat. Man spottete über sie, eine Frau im Alter einer Großmutter, die sich einem jungen Mann an den Hals warf und sich dadurch lächerlich machte, die die Tradition und Werte der Gesellschaft und der Kirche verspottete. Einige der Briefschreiber nannten sie sogar *puttana*, Hure.

Aber es kamen auch andere Briefe – von Frauen, die Sophia ihre Bewunderung aussprachen und ihr schrieben, sie mache ihnen Mut für ihr eigenes Leben.

Der Skandal um Sophia traf auch Mattia mit ganzer Härte. Er verlor seine Stelle an der Akademie, seine Familie stellte ihn vor die Wahl, sich für sie oder für seine Geliebte zu entscheiden. Er blieb bei Sophia, und das bedeutete, er konnte auf keine Versöhnung mit seinen Eltern hoffen und auch kein Erbe erwarten.

Da ihre finanzielle Situation bedrohlich wurde, bot Sophia der Hausbesitzerin an, ihr den Haushalt zu führen und ihre Gesellschafterin zu werden. Feodora, ehemals ein begehrtes Malermodell und eine hochbezahlte Hure, war sechsundachtzig Jahre alt, schminkte sich noch jeden

Tag und ließ sich die Haare tiefschwarz färben. Sie trug stets altmodische Seidenkleider und ihre Perlenketten, da sie, wie sie sagte, ja nicht wissen könne, ob es nicht der letzte Tag ihres Lebens sei. Sie wolle in Eleganz und Schönheit sterben.

Feodora war exzentrisch und launisch. Boshaft und quälerisch in ihrer Einsamkeit. Selbst ihre Tochter wollte mit ihr nichts zu tun haben, nur die kleine Enkelin Chiara erschien manchmal zu Besuch, dann kam das Mädchen auch zu ihnen hoch und sah Mattia beim Malen über die Schulter.

Sophia lebte für die Abende und Nächte mit Mattia. Sie hatten sich und ihre Liebe, und das war alles, was zählte.

»Ich werde dich mein ganzes Leben lang lieben ...« Wie oft hatte Sophia diesen Satz in den Nächten gehört. »Sophia, ich möchte immer für dich da sein, immer und immer und immer und immer ...« Da lachten sie beide und küssten sich und glaubten an die Ewigkeit ihrer Liebe.

»Du bist mein Leben«, sagte Mattia.

10

Casa Sophia, 1940

Du bist mein Leben …

Mit einem Aufschluchzen presste Sophia ihren Kopf auf die Knie.

»Sophia!« Die erschrockene Stimme von Giuliana riss sie aus ihrer Verzweiflung, ließ sie die Augen öffnen und den Kopf heben.

»Er ist fort«, flüsterte sie.

Giuliana setzte sich vorsichtig neben ihre Großmutter auf den Boden und griff nach ihrer Hand. »Was hat er dir gesagt?«

»Die Zeit ist gegen mich«, antwortete Sophia leise. »Ich bin alt geworden, während Mattia einen großen Teil seines Lebens noch vor sich hat.«

Giuliana ahnte, wie verzweifelt Sophia sein musste. Der Mann, für den sie alles geopfert hatte, hatte sie jetzt verlassen. »Ich werde dir einen Kaffee machen.« Sie sprang wieder auf die Füße. »Ich bin gleich wieder da.«

Sophia reagierte kaum, sie sah nicht hoch, bis Giuliana mit einem Tablett zurückkam und es auf den Boden stellte. Der Duft des frischen Kaffees erfüllte den Raum.

»Ich habe auch einen kleinen Hefezopf mitgebracht, Marta hat ihn gestern gebacken.«

Giuliana brach ein Stück von dem Gebäck ab und legte es auf die Untertasse. Wortlos nahm Sophia die Tasse entgegen, trank einen Schluck, doch das Gebäckstück rührte sie nicht an.

»Ich habe nicht erwartet, dass es so weh tut«, sagte sie tonlos.

Giuliana setzte sich wieder auf den Boden. So verharrten sie schweigend, bis Giuliana nach dem Foto von Mattia und Sophia griff, das neben Sophia auf dem Boden lag.

»Wann war das?«

»Ich weiß nicht genau, ich denke, ein, zwei Monate nachdem ich zu Mattia gezogen war. Ich hatte mich für ihn entschieden. Eine so große Liebe kann man im Leben nur einmal haben. Und wenn sie zu Ende ist, wenn man sie verliert, ist es wie … sterben.«

»Wolltest du niemals zurück zu Großvater und zu –«

Sophia schüttelte hastig den Kopf. »Nein, niemals. Mattia und ich, ich und Mattia, wir waren eins. Und jetzt … Jetzt ist er gegangen.«

Giuliana trank einen Schluck von dem heißen Kaffee. Dann legte sie das gerahmte Bild von Sophia und Mattia auf den Boden zurück. Sie dachte an den Brief ihres Großvaters, doch sie entschied sich, ihn nicht zu erwähnen. Noch nicht.

Sophia sprach über Mattia und dann über ihren geliebten Angelo, an den sie noch jeden Tag dachte. Und dann wieder über Mattia. Plötzlich wandte sie sich Giuliana zu, die stumm geblieben war.

»Du verurteilst mich, nicht wahr?«

»Ich weiß es nicht«, gab Giuliana zögernd zu. »Es tut mir unendlich leid, dass Mattia dich verlassen hat … nur …«

»Nur?«

Giuliana erhob sich langsam. Sie wollte nichts sagen, was Sophia verletzen könnte, nicht ausgerechnet jetzt.

Auch Sophia stand auf.

»Sprich ruhig aus, was du denkst«, forderte sie Giuliana in ruhigem Ton auf, »irgendwann musst du es sagen.«

Es dauerte lange, bis Giuliana ihr die Frage stellte. »Du redest nur von Mattia. Und von Angelo. Hast du außer diesen beiden denn niemanden geliebt?«

Sophia antwortete nicht sofort, sondern wandte ihr Gesicht ab. So sprach Giuliana weiter aus, was sie beschäftigte, seit sie in der *Casa* angekommen war.

»Als du Großvater verlassen hast, hast du nicht nur ihn im Stich gelassen.«

Es dauerte einen Moment, bis Sophia antwortete: »Du meinst, auch deine Mutter, nicht wahr?«

»Ja, so ist es. Auf deinem Kamin im Haus drüben stehen nur Fotos von Angelo, kein einziges von Gina. Warum existiert sie für dich nicht?«

Sophia schwieg. Dann sagte sie plötzlich: »Giuliana, die Geschichte ist viel komplizierter, als du dir vorstellst. Ich will nicht darüber sprechen. Zumindest nicht jetzt.«

Giuliana nahm abrupt das Tablett vom Boden hoch und lief nach draußen, während ihr die Tränen über das Gesicht liefen.

Doch dann drehte sie sich um und blieb in der offenen Tür des Ateliers stehen. Sie hatte sich vorgenommen, ruhig zu bleiben, Sophia in ihrem Kummer nicht anzugreifen, doch jetzt brach es aus ihr heraus: »Du bist für die Frauen hier ein Vorbild, sie bewundern dich und brauchen dich. Doch dein eigenes Kind, das dich vor Jahren gebraucht hätte, das hast du vergessen und die Enkelin gleich dazu.« Giuliana wurde von ihren Gefühlen überwältigt, sie ließ das Tablett fallen, das scheppernd auf dem Boden aufschlug, und rannte zwischen den Zypressen hindurch in die Küche des Hauses. Ihr Mund war trocken, und sie umklammerte voller Verzweiflung die Tischkante. Sie hatte sich von ihren Gefühlen hinreißen lassen, und es hatte nichts gebracht. Ihre Fragen waren immer noch unbeantwortet.

Da hörte sie Sophias Schritte hinter sich und drehte sich langsam zu ihr um. Ihre Großmutter lehnte im Türrahmen und verschränkte die Arme vor der Brust.

»Warum bist du dann gekommen? Um mir Vorwürfe zu machen?« Ihre Stimme klang ruhig und beherrscht.

Giuliana atmete tief durch.

»Nein, ich wollte dich kennenlernen, von dir hören, was damals passiert ist. Großvater hat sich darüber immer nur in Schweigen gehüllt.«

»Und jetzt bist du enttäuscht, weil ich nicht bereue, meine Familie verlassen zu haben. Ich bereue es nicht, Giuliana. Niemals. Du bist noch sehr jung, du hast die Liebe noch nicht kennengelernt, die einmalige Liebe, die nicht danach fragt, wen du verletzt, ob es richtig ist, was du tust, oder moralisch verwerflich, ob die Menschen dein Verhalten gutheißen oder verurteilen. Wenn du diese Liebe kennenlernst, ist dir alles egal, nichts spielt mehr eine Rolle, du willst nur mit dem Menschen zusammen sein, den du liebst. Gleichgültig, welchen Preis du dafür bezahlst. Und, Giuliana, du kannst zufrieden sein, ich habe einen hohen Preis bezahlt. Heute hat Mattia mich verlassen, weil ich alt werde. Das ist das Grausamste an der Geschichte.«

Sophias Stimme war leise geworden, und mit einer müden Geste strich sie sich die Haare aus der Stirn. Giuliana fühlte sich beschämt durch die Worte ihrer Großmutter.

»Es … es tut mir leid«, stammelte sie, »bitte entschuldige, ich bin zu weit gegangen. Ich habe nicht das Recht, dich zu verurteilen. Und ja, es stimmt, ich kenne die Liebe nicht«, fügte sie hinzu. »Trotzdem kann ich nachempfinden, was du fühlst. Aber du musst mich auch verstehen …«

Ein versöhnliches Lächeln glitt über das Gesicht ihrer Großmutter. »Ja, das tue ich, besser, als du denkst. Aber eines Tages wirst du die Liebe kennenlernen, und dann wirst du Verständnis haben für das, was ich tat. Das hoffe ich zumindest. Und ich wünsche mir für dich, dass du niemals eine Entscheidung treffen musst, wie ich sie getroffen habe. Du bist noch sehr jung, für dich gibt es nur Recht oder Unrecht, Schwarz oder Weiß, Gut oder Böse. Aber so ist das Leben nicht. Und Menschen machen Fehler, es gibt Dinge, die kann man nicht ungeschehen machen. Aber«, fügte sie leise hinzu, »wie ich eben angedeutet habe: Du weißt noch nicht alles, du kennst noch nicht die ganze Wahrheit. Die werde ich dir ein anderes Mal erzählen, jetzt kann ich es nicht. Aber ich will dir schon so viel sagen, dein Großvater hat mich verletzt, wie keine Frau verletzt werden sollte.« Sie sprach nicht weiter, obwohl Giuliana sie fragend ansah. »Ich denke, für heute ist es genug, ich gehe jetzt in die Manufaktur.«

Giuliana nickte fast unmerklich und folgte Sophia ein paar Schritte, blieb dann aber im Türrahmen stehen. Ihre Hände zitterten noch, und ihr Herzschlag wollte sich nicht beruhigen. Sie beobachtete Sophia, die ihre Schultern straffte, als sie vor der Tür zum Atelier ankam, kurz zögerte, dann aber weiterging und den Weg zur Manufaktur einschlug.

Giuliana lief hinters Haus, holte das Fahrrad, schob es durch den Olivenhain bis zur Mauer und schwang sich in den Sattel. Sie musste sich jetzt bewegen, sich ablenken und darüber nachdenken, was gerade passiert war.

Sie fuhr Richtung San Gimignano ein und hetzte in einem waghalsigen Tempo die Straße entlang. Doch nach einer Weile verlangsamte sie ihre halsbrecherische Fahrt, kehrte um und fuhr zur *Casa Sophia* zurück.

Sie hatte eine Entscheidung getroffen.

*

Sophia schloss die Tür zur Manufaktur auf. Stickige Hitze empfing sie, deshalb öffnete sie die Fenster und lauschte auf die Glocken der Kirche von Campodoglio. Der Sonntagsgottesdienst war zu Ende.

Sie sah sich in dem großen Raum um, voller Stolz auf das, was sie erfolgreich aufgebaut hatte.

Dann ging sie in den hinteren Teil des Raumes und blieb vor einem kleinen Tisch unter dem letzten Fenster stehen. Mehrere Korbflaschen standen darauf, daneben lagen üppige Büschel Estragon aus dem Kräutergarten. Morgen wollte sie ein Rezept für Estragonessig ausprobieren und in diese Korbflaschen füllen. Doch ob sie künftig überhaupt noch etwas verkaufen konnte? Wer hatte in Zeiten des Krieges Interesse an Delikatessen, wenn es ums Überleben ging?

Sophia betrat ihr Büro, die Tür ließ sie offen. Dies war ihr Zimmer, in das sie sich an den Arbeitstagen zurückzog, wenn es ihr im großen Raum mit den fünfzehn Frauen zu laut wurde. Sie setzte sich an ihren Schreibtisch und schloss die Schublade auf. Ganz hinten gab es ein Geheimfach, das nur sie kannte. Sophia griff an den Boden der Schublade, zog die Klappe zurück und holte das in Leder gebundene Buch heraus. Mit einem nachdenklichen Lächeln fuhr sie über die zerfledderten Kanten. Sophia erinnerte sich, wie ihre Mutter ihr dieses Buch feierlich in die Hand gedrückt und ihr viel Freude damit gewünscht hatte. Doch sie hatte es nur achtlos in einer Schublade der Kommode verschwinden lassen und nie mehr herausgeholt. In den langen Jahren ihrer Ehe hatte sie keine Möglichkeit gesehen, auch nur einmal für längere Zeit die Küche zu betreten, in der die österreichische Köchin Marie herrschte. Sie war zu schüchtern gewesen, um in das »Reich« dieser älteren Frau einzudringen und die Rezepte ihrer Mutter auszuprobieren. An dem Tag, als sie Alessandro verließ, nahm sie das Buch mit, weil es ihrer Mutter viel bedeutete. Niemals hätte sie gedacht, dass darin der Grundstein einer Karriere für sie liegen könnte. Doch hier waren sie sorgfältig aufgezeichnet: die Rezepte für das Olivenpesto, die Artischockencreme, für Feigenmarmelade, in Essig und Zimt eingelegte Birnen, die sich in den Restaurants so großer Beliebtheit erfreuten. Wenn Mama das wüsste … Sophia lächelte bei dem Gedanken an ihre Mutter. Wäre sie stolz auf sie gewesen? Nein, ihre Mutter hätte sich ihrer geschämt, weil sie ihre Familie verließ, um in Sünde mit einem jungen Mann zu leben. Es war gut, dass ihre Eltern damals bereits tot waren und den Skandal um ihre einzige Tochter nicht miterleben mussten.

Sophia schlug das Buch auf und blätterte bis zur Seite zehn. Sie kannte jede Seite, jedes Rezept auswendig.

Olivenpesto … Man nehme … In verschnörkelter Schrift hatte ihre Großmutter ihr geheimes Rezept aufgeschrieben.

Sophia dachte daran, wie beschwerlich es am Anfang

gewesen war und wie oft sie erwogen hatte, aufzugeben. Häufig wurde sie in den Geschäften belächelt oder barsch abgewiesen, als sie anfangs noch selbst ihr Pesto anbot. Ihr erster Kunde war der Inhaber der *Osteria del Monte* gewesen, der nach einer Verkostung so begeistert war, dass er ihr alle Gläser abkaufte, die sie in einer Tasche auf dem Gepäckträger des Fahrrads mit sich führte. Das war der Durchbruch.

Mattia hatte dann die Idee mit ihrem Logo *Sophia a Casa* gehabt, ein vertrauenerweckender Name, der zugleich neugierig machte.

Mit einem nachdenklichen Seufzer verstaute Sophia das Buch wieder in dem Geheimfach, schloss die Schublade und zog den Schlüssel ab. Sie hatte geglaubt, das Lesen der Rezepte könne sie ablenken, doch nun musste sie feststellen, dass sie zu müde dazu war und zu verzweifelt.

Sophia stützte sich mit den Ellbogen auf dem Schreibtisch ab und barg ihr Gesicht in den Händen. Ihre Erschöpfung ließ sie kraft- und willenlos werden.

Wo war Mattia, vermisste er sie bereits, vermisste er seine Bilder, sein Atelier?

Wann hatte er aufgehört, sie zu lieben? Wo wollte er hin, was waren seine Pläne?

»Wie lange sitzt du schon da?«

Sophia fuhr hoch. Sie hatte nicht einmal gemerkt, dass ihr Kopf auf den Schreibtisch gesunken war und sie geweint hatte. Rasch fuhr sie mit der Hand über das Gesicht und ordnete ihre Haare.

Im Türrahmen stand Beatrice.

»Waren wir verabredet? Heute ist Sonntag, Beatrice.«

Sophia stand auf und wollte das Büro verlassen, doch Beatrice stellte sich ihr in den Weg.

»Mattia ist mit dem ersten Bus nach Florenz gefahren, er trug eine große Tasche über der Schulter, die alte Rosalia hat's gesehen. Darum wollte ich nachschauen, ob es dir gutgeht.«

»Ja, es geht mir gut«, versicherte Sophia, ein wenig gereizt. Sie wollte mit Beatrice nicht über persönliche Dinge sprechen. Sophia fühlte sich oft durch sie bedrängt und beobachtet, dabei versuchte Beatrice nur, ihr auf ungeschickte Weise ihre Liebe zu beweisen.

»Kann ich bei dir bleiben? Bitte.« Beatrice stand ganz nahe vor ihr und berührte ihren nackten Arm. »Wie schön du aussiehst in diesem roten Kleid«, sagte sie bewundernd. »Warum trägst du es heute?«

»Warum nicht?«, antwortete Sophia. »Bitte, Beatrice, lass mich durch.«

»Du hast geweint«, stellte Beatrice mitleidig fest, »sicher ist dieser Kerl schuld. Er ist eben wie alle Männer, grausam und ohne Gefühl, wann begreifst du das endlich?«

Sophia erschrak über die Härte, die sich auf dem Gesicht von Beatrice zeigte. »Ich habe zu tun, also bitte ...«

»Wieso hast du uns so viele Jahre nicht erzählt, dass du eine Enkelin hast? Wo ist deine Tochter?«

»Sie ist tot«, antwortete Sophia kurz angebunden. »Genau wie mein Sohn Angelo. Aber ich schulde euch keine Rechenschaft.«

»Das ist schon in Ordnung«, antwortete Beatrice nach einer kleinen Pause. »Du warst immer für uns da und ...«

»Und?«

Sophia wartete, denn sie sah, dass Beatrice mit den Worten kämpfte.

»Wenn Mattia dich heute verlassen hat, ich meine ...

für immer, dann weißt du, dass ich für dich da sein werde, Sophia. Ich … ich liebe dich …«

Die Stimme von Beatrice klang ungewohnt weich, und auf ihrem Gesicht lag ein Lächeln, als sie die Hand hob und Sophia leicht über die Wange strich. Sophia wich ihr aus. Sie erschrak über die Liebeserklärung, doch sie wollte Beatrice nicht verletzen, auch wenn die Berührung ihren Widerwillen erregte.

»Danke, das ist lieb von dir, Beatrice, aber ich komme schon allein zurecht.«

Sophia ging durch den großen Raum zur Tür. »Entschuldige, Beatrice, aber ich muss ins Haus zurück.«

Beatrice war ihr langsam gefolgt. »Sophia, du weißt, ich bin immer für dich da.«

»Ja, Beatrice, das weiß ich doch. Wir sehen uns dann morgen.«

Beatrice entfernte sich nur zögernd, immer wieder drehte sie sich um und sah zu Sophia zurück, die noch stehen geblieben war. Erst als sie verschwunden war, löste sich Sophia von der Tür und ging langsam zum Wohnhaus.

Vor dem offenen Fenster des Ateliers blieb sie stehen, in der unsinnigen Hoffnung, Mattia würde sie hier erwarten.

Doch er war nicht da, und Sophia wusste, er würde nicht mehr zurückkommen.

11

Rom, 1940

Als Mattia in Rom ausstieg, drängten sich am gegenüberliegenden Gleis uniformierte Soldaten neben einem ankommenden Zug. Die Waggons waren mit Blumen geschmückt, und die Männer wurden von weinenden Frauen und verstörten Kindern begleitet. Aus dem Lautsprecher hörte man die italienische Hymne und danach eine Stimme, die den tapferen Helden Glück wünschte, da sie jetzt für ihr Vaterland in den Krieg zogen. Mattia blieb betroffen stehen und wartete, bis sich der Zug langsam in Bewegung setzte und die Halle verließ. Erst hier wurde ihm in aller Deutlichkeit bewusst, was der Kriegseintritt Italiens für die Menschen bedeutete.

Nachdem er am Morgen mit dem Bus in Florenz angekommen war, war er als Erstes zur Galerie Leonardo gegangen, doch sie hatte noch geschlossen. Es war auch besser so, entschied Mattia dann in Gedanken. Was hätte er seinem Freund sagen sollen? Dass er in den letzten drei Jahren nichts mehr zustande gebracht hatte, dass er ein Versager war und vor einigen Stunden einer Frau, die ihn liebte, das Herz gebrochen hatte?

Also war er durch Florenz gelaufen, hatte irgendwo einen Kaffee getrunken und immer wieder an Sophia gedacht. Was machte sie jetzt, war sie sehr verzweifelt, würde Giuliana sie trösten können?

Gegen Mittag war er zum Bahnhof zurückgekehrt und spontan in den bereitstehenden Zug nach Rom gestiegen.

Jetzt stand er hier und fragte sich, ob das eine gute Idee gewesen war, denn wohin sollte er gehen, an wen sich wenden? Siebzehn Jahre war er nicht mehr in Rom gewesen, er besaß hier keine Freunde mehr, denn auch sie hatten sich damals von ihm abgewandt, als seine Affäre mit Sophia bekannt und zum großen Skandal wurde.

So lief er einfach drauflos, immer weiter, quer durch Rom, bis er vor der Akademie der Schönen Künste stand, an der er einst als großes Malertalent galt und eine feste Stelle als Lehrer hatte.

War es das wert gewesen? Alles zu verlieren, die berufliche Sicherheit, seine Freunde, die Familie? Er war allein, und noch nie hatte er es so schmerzlich empfunden wie an diesem Nachmittag. Die Stadt war halbleer, viele Menschen hatten Rom offensichtlich verlassen, in der Hoffnung, auf dem Land sicherer zu sein, die Straßen wirkten breiter als früher, denn nur wenige Autos waren nicht von der Regierung beschlagnahmt worden.

Mattia ließ sich treiben, fand sich schließlich auf der Piazza di Spagna wieder. Spontan sprang er auf den Bus nach Trastevere auf und fuhr über den Tiber bis zur Endhaltestelle an der Piazza Maria Maggiore. Hier kannte er sich aus, und die Gegend erinnerte ihn an eine schöne Zeit in seinem Leben. Nichts schien sich verändert zu haben. Wieder lief er ohne bestimmtes Ziel weiter, bis er vor der kleinen Kirche Eglesia di Madre Maria stand. Ohne zu zögern, ging er die Stufen hoch und zog die schwere Holztür auf. Seine Schritte hallten in der Stille des kalten Raums auf dem Steinboden. Er liebte diese kleine Kirche aus dem sechzehnten Jahrhundert mit den acht Nischen, in denen das Leben der Mutter Maria in Gemälden dargestellt war.

Kurz nachdem Sophia zu ihm gezogen war, ging er mit ihr hierher, um ihr diese alten Gemälde zu zeigen. Die Farben waren verblasst, und der Putz blätterte ab, doch jedes Mal beeindruckten ihn die Schönheit und die Innigkeit, die diese alten Gemälde ausstrahlten. Der sie geschaffen hatte, war ein Genie, gestand Mattia dem unbekannten Maler des sechzehnten Jahrhunderts zu.

Langsam schritt er die Nischen ab, bis er einem Impuls folgte und zum Altar ging. Ein großer Strauß weißer Rosen stand auf der Spitzendecke, die bis zum Boden hing. Zwei Leuchter mit abgebrannten Kerzen rahmten den Strauß rechts und links ein.

Mattia blieb stehen. Hier, vor diesem Altar in der leeren Kirche, hatte er sich damals impulsiv vor Sophia niedergekniet.

»Willst du, Sophia, mich zu deinem Ehemann nehmen, mich lieben und ehren, in guten wie in schlechten Zeiten, bis dass der Tod uns scheidet?«

Mattia presste die Lippen zusammen und ballte die Fäuste in seinen Taschen. Ja, das hatte er sie gefragt. Niemals würde er den Blick vergessen, mit dem sie ihn ansah, als er sich wieder erhob und ihre Hände nahm. Ihre Augen, der Schimmer auf ihrem Gesicht, der Lichtstrahl, der ihr Haar leuchten ließ. Wie schön sie gewesen war, überwältigend schön. Er würde sie niemals vergessen, Sophia, die Frau, die er so sehr geliebt hatte und vielleicht immer noch liebte.

Trotzdem war er gegangen.

»Ja, ich will«, hatte sie damals geflüstert. Doch als sie die Kirche verließen, verwirrt über die Gefühle, die sie vor dem Altar überwältigt hatten, sagte sie zu ihm: »Es war ein Spiel, und das weißt du auch. Denn wir werden niemals heiraten können, und eines Tages wirst du froh darüber sein, dass du frei bist und mich verlassen kannst. Vielleicht in einem Moment, in dem du noch jung bist, ich aber schon alt sein werde, und das wirst du nicht ertragen können. Dazu liebst du mich zu sehr.«

Er hatte ihr heftig widersprochen. »Ich werde dich immer lieben, selbst wenn deine Haare eines Tages grau sind oder ich dich im Rollstuhl schiebe, ich –«

Da hatte sie ihm über die Wange gestrichen. »Ach Mattia, sei still, bitte, sei still.«

Sie hatte es geahnt, mehr noch, sie hatte es gewusst. Eines Tages wirst du mich verlassen … Und heute war er gegangen. War es die Zeit, die ihre Liebe erlöschen ließ? War es Sophias Art, ihn oft wie einen Sohn zu behandeln und nicht wie ihren Mann? Er hatte sich in die Rolle des Sohnes ganz gut eingefügt. Sophia war es nicht bewusst gewesen, und er hatte geschwiegen, vielleicht weil es bequemer war.

Er liebte Sophia immer noch, ihre Beziehung hatte sich in diesen zwanzig Jahren vertieft – aber auch verändert. Die Leidenschaft, die sexuelle Anziehung existierte für ihn nicht mehr, doch andere, wichtige Gefühle hatten sie ersetzt.

Er dachte an Giuliana und daran, wie er sie geküsst hatte. Er hatte den Kuss mit zu viel Alkoholgenuss begründet, der Rotwein hatte ihm die Hemmungen genommen. Niemals sonst hätte er die Barriere zwischen sich und Giuliana überschritten.

Doch fast schmerzhaft erinnerte er sich an ihr junges Gesicht, die Wangen von der Hitze gerötet, an die weiche Haut ihrer festen Brüste, die zarten Brustwarzen, die er kurz berührt hatte, bevor sie ihn von sich stieß. Eigentlich hatte er sie ja nur malen wollen, redete er sich ein, aber gegen ihre Schönheit war er machtlos gewesen.

Vielleicht war er auch ein wenig in sie verliebt gewesen, denn sie hatte ihm so aufmerksam zugehört, seine Bilder bewundert und ihm das Gefühl gegeben, eine Zukunft zu haben, wieder erfolgreich malen zu können. Sie hatte ihn ernst genommen, während Sophia ihm nur tröstend durch die Haare fuhr.

Vorbei. Er war gegangen, und das war die richtige Entscheidung gewesen. Er durfte sie nicht mehr in Frage stellen.

Mattia ging den Mittelgang zum Ausgang zurück. Dort blieb er stehen und warf noch einen letzten Blick auf den Altar mit den beiden heruntergebrannten Kerzen und den weißen, leicht verwelkten Rosen.

Rasch verließ er die Kirche, sprang die Stufen hinunter und blieb auf der Piazza stehen.

Das Café gegenüber kannte er nicht, es schien neu zu sein. Es war vollbesetzt, und Mattia nahm sich vor, später dort einen Espresso zu trinken. Aber zuerst musste er möglichst schnell ein Zimmer finden, das wenig kostete und in dem er arbeiten konnte.

Mattia schlenderte weiter, während er sich interessiert umsah. Er erinnerte sich, dass es vor zwanzig Jahren hier einige preiswerte Pensionen gab, in denen Künstler gelebt hatten. Doch dann bog er in die Via Garibaldi ein, in der er mit Sophia gewohnt hatte. Nichts schien sich verändert zu haben, über der Straße hingen Bettwäsche und Kleidungsstücke auf quergespannten Wäscheleinen, und vor den Häusern standen Stühle, auf denen alte Männer in der Sonne saßen und ihre Pfeife rauchten. Mattia ging vorbei, grüßte, und sie grüßten freundlich zurück und sahen ihm neugierig nach. Einer von ihnen saß auf einem verschlissenen roten Samtsofa vor seinem baufälligen Haus. Er grinste Mattia mit zahnlosem Mund an, und Mattia hob die Hand und winkte ihm zu. Er beschleunigte seine Schritte, bis er vor Feodoras Haus ankam. Er wusste, dass sie es ihrer Enkelin Chiara vererbt hatte. Mattia erinnerte sich noch gut an das zwölfjährige Mädchen, das manchmal zu ihm ins Atelier hochkam, um ihm beim Malen zuzusehen. Er blickte an der Fassade empor. Der Putz blätterte ab, es gab keine Fensterläden mehr, doch in diesem Moment erkannte er, wie gern er in diesem Haus gelebt hatte.

»Suchen Sie jemanden?« Eine junge Frau mit einem Kind an der Hand erschien in der Haustür.

»Nein, ich bin nur stehen geblieben, weil ich hier einmal gewohnt habe.«

Auf dem hübschen Gesicht der jungen Frau zeigte sich ein langsames Begreifen, während sie ihren Blick über ihn wandern ließ. »Natürlich, Sie sind Mattia, der Maler.«

Mattia nickte, und als sie ihn erwartungsvoll aus großen dunklen Augen ansah und ihn anlächelte, erkannte er auch sie. »Und Sie sind Feodoras Enkelin, das kleine dünne Mädchen.«

Chiara lachte ihn an. »Ja, genau. Mir gehört das Haus jetzt, meine Großmutter hat es mir damals vererbt, erinnern Sie sich?«

»Ja, natürlich.«

»Wohnen Sie wieder in Rom? Sie sind doch damals mit Sophia in die Toskana in das Haus meiner Großmutter gezogen. Ist Sophia auch hier?«

Mattia schüttelte den Kopf. »Nein, ich bin allein. Ehrlich gestanden, suche ich eine Wohnung. Ich kann aber nicht viel Miete bezahlen«, setzte er hinzu. Es war immer besser, gleich mit der Wahrheit herauszurücken.

»Sie wollen nach Rom zurück? Sie sind ein seltsamer Typ. Die meisten verlassen im Moment die Hauptstadt, wenn sie die Möglichkeit haben.«

Mattia zuckte die Schultern.

»Wir können jedoch nicht fort, mein Mann ist eingezogen worden«, klagte Chiara, »ich bin jetzt allein mit meinem Sohn.« Während sie sprach, fuhr sie zärtlich durch den dunklen Wuschelkopf des kleinen Jungen neben ihr. »Das ist Umberto«, stellte sie ihn Mattia vor.

»Ciao, Umberto«, begrüßte Mattia ihn freundlich und hielt ihm die Hand hin. Doch der Kleine versteckte sich scheu hinter seiner Mutter, beobachtete ihn aber neugierig.

»Ich fürchte mich«, gestand Chiara, »die Gegend ist unsicher geworden. Überall tauchen die Schwarzhemden auf, zerstören Geschäfte und schlagen mutwillig Fensterscheiben ein. Vor ein paar Tagen haben sie Pietro, den Besitzer der Buchhandlung, zusammengeschlagen und dann abtransportiert. Er hat heimlich kommunistische Flugblätter verteilt und sie in seinem Keller gelagert. Jeder ist verunsichert und lebt in Angst. Also wäre ich sehr froh, wenn ein Mann im Haus ist. Wenn Sie wollen, können Sie wieder oben im Atelier einziehen«, schlug sie vor. »Es stehen zwar einige alte Möbel dort, und eine Vorratskammer habe ich auch eingerichtet, aber das können wir ja alles ausräumen. Kommen Sie.«

Ohne seine Antwort abzuwarten, ging sie ins Haus und stieg die Treppe hinauf, gefolgt von dem kleinen Umberto. Mattia schloss sich an. Er konnte sein Glück kaum fassen. Oben öffnete Chiara die Tür zum Atelier. Mit einem Blick erkannte Mattia, dass das alte gestreifte Sofa noch an seinem Platz stand, und er sah auch sofort, dass hinter dem wackligen Wandschirm noch das breite Bett existierte.

»Hier, hinter diesem Vorhang habe ich eine Vorratskammer eingerichtet, Nudeln, getrocknete Tomaten und Gläser mit eingelegten Gurken. Aber diesen alten Tisch, die gestapelten Stühle und die Kommode, die können wir rausräumen.«

»Nein, lassen Sie es so. Ich werde nur ein wenig aufräumen und umstellen«, schlug Mattia vor. Als er sich umsah, entdeckte er seine alte Staffelei, halb verborgen durch den Vorhang am Fenster. »Mein Gott, Sie haben sogar meine Staffelei aufbewahrt, das ist ja wunderbar!«

»Ja, ich konnte mich nicht entschließen, sie wegzuwerfen, als ich mit meinem Mann in dieses Haus einzog.«

»Ich freue mich, wieder hier zu sein«, sagte Mattia strahlend.

»Und ich bin froh, dass Sie da sind«, bekannte die junge Frau. »Das mit der Miete regeln wir schon irgendwie, machen Sie sich keine Sorgen. Wenn Sie möchten, kommen Sie später zum Abendessen runter. Sie müssen mir alles erzählen, über sich, über Sophia, was sie jetzt so macht, und über das Haus in der Toskana. Ich kenne es nicht, meine Großmutter hat nur einige Monate dort mit irgendeinem ihrer Liebhaber verbracht.«

Ein breites Lächeln glitt über ihr Gesicht. Sie sahen sich an, und Mattia erwiderte das Lächeln. »Im ersten Stock lebt Matilda«, erzählte Chiara dann, »eine Norwegerin, sie ist Fotografin. Sie ist sicher auch froh, einen Mann im Haus zu haben. Aber jetzt muss ich runter, ich habe Nudelwasser aufgestellt.« Im nächsten Moment blieb sie noch einmal zögernd stehen. »Haben Sie eigentlich keinen Stellungsbefehl bekommen?«

»Nein, mein Jahrgang wurde nicht einberufen.«

»Na, da haben Sie aber Glück gehabt«, war Chiaras Kommentar, bevor sie die Tür hinter sich und dem kleinen Umberto schloss.

Mit einem erleichterten Seufzer ließ Mattia seine große Leinentasche von der Schulter gleiten. Diese Wohnung barg nur gute Erinnerungen, hier konnte er aufatmen und sich frei fühlen. Er würde Sophia schreiben, dass er wieder in Rom war. Er wollte malen, er brauchte nicht viel zum Leben. Eine Leinwand, Farben, ein wenig zu essen, dann war er glücklich. Und er wollte mit dem Trinken aufhören. Er wusste, hier würde es funktionieren, hier brauchte er den Alkohol nicht mehr.

Mattia ließ sich auf den Hocker fallen. Er horchte nach unten, auf die Geräusche des Hauses, ein Wasserhahn lief, jemand lachte laut und etwas schrill, dann klapperten Töpfe und Pfannen, das war sicher Chiara in der Küche im Erdgeschoss. Wie hellhörig das Haus war!

Nach einer Weile erhob sich Mattia, trat ans Fenster und blickte in den kleinen Innenhof hinunter. Ein vertrauter Ausblick auf alte Pappeln, deren Blätter in der Sonne glänzten, mehrere Katzen, die sich wohlig streckten und ihr Fell putzten. Es war wie vor zwanzig Jahren, damals, als Sophia und er sich über alle Regeln der Gesellschaft hinweggesetzt hatten. Damals, als er mit ihr glücklich gewesen war.

Doch es hatte nicht für die Ewigkeit gereicht.

12

Casa Sophia, 1940

Am Morgen klopfte Giuliana an die Tür von Sophias Zimmer. Tags zuvor schon hatte sie die Entscheidung getroffen, ihr Alessandros Brief zu geben.

Sophia öffnete sofort.

»Komm rein«, forderte sie Giuliana auf. Sie trug einen alten, geblümten Morgenrock aus Baumwolle, oft gewaschen und ein wenig verblasst. In der Hand hielt sie ihre Haarbürste.

»Willst du dich setzen?«

Giuliana folgte der Aufforderung und ließ sich auf dem einzigen Stuhl nieder, der vor dem Fenster stand. Sophia setzte sich auf ihr Bett.

»Ich möchte noch einmal um Entschuldigung bitten«, begann Giuliana.

»Aber das hast du doch schon getan.«

Giuliana sah auf den Brief in ihren Händen. »Du bist zu Ginas Beerdigung gekommen, nicht wahr?«

Sophia ließ ihre Hand mit der Bürste sinken. »Wie kommst du darauf?«, war ihre Gegenfrage.

»Damals erschien eine Frau mit einem Hut und einem schwarzen Schleier, der ihr Gesicht verbarg. Ich dachte, nein, ich *hoffte* immer, dass du wenigstens an ihrem Tod Anteil genommen hast.«

Sophia sah lange auf ihre Hände, bis sie den Blick hob und Giuliana direkt in die Augen sah. »Nein, Giuliana«, antwortete sie leise, »das war nicht ich.«

»Hattest du nicht erfahren, dass deine Tochter bei einem tödlichen Unfall ums Leben gekommen war?«

Sophia schwieg kurz, bevor sie antwortete: »Doch, Alessandro hat mir an meine frühere Adresse in Rom ein Telegramm geschickt, man hat es an mich weitergeleitet.«

»Und trotzdem bist du nicht gekommen?«

»Giuliana, was erwartest du von mir? Ich habe dir gesagt, es gibt Dinge, über die ich im Moment nicht reden kann, nicht reden *will.*«

»Hat es damit zu tun, dass Großvater dich so verletzt hat?«

»Ja, das hat es.«

»Du willst es mir aber nicht sagen?« Giuliana ließ nicht locker.

»Für alles im Leben gibt es den richtigen Zeitpunkt, auch für ein Gespräch«, erwiderte Sophia ruhig.

Als Giuliana enttäuscht schwieg, fragte Sophia sie: »Deine Eltern sind zusammen in den Tod gestürzt, aber es gab keine Doppelbeerdigung, oder?«

»Nein, die Familie meines Vaters holte ihn nach Turin und ließ ihn dort im Familiengrab der Angelinis beerdigen.«

»Hast du dich gut mit ihm verstanden?«

Giuliana zuckte mit den Schultern. »Es geht.«

»Und sonst? Wie war deine Beziehung zu deinen Eltern? Magst du mir darüber etwas erzählen?«

»Nein.« Giuliana reagierte heftig und sprang vom Stuhl auf.

»Entschuldige, ich wollte dich nicht bedrängen.« Auch Sophia erhob sich. »Es wird Zeit, ich muss mich anziehen. Was ist das, ein Brief?«, fragte sie noch, als sie sah, wie Giuliana das Kuvert in ihrer Hand drehte und wendete.

Nach einem kurzen Zögern hielt Giuliana ihr den Brief hin.

»Er ist für dich«, erklärte sie. Wortlos nahm Sophia ihn entgegen und zog ihn aus dem Kuvert. Nachdem sie ihn auseinandergefaltet hatte, wurde sie blass, und ihre Hand zitterte. Während sie ihn las, ging Giuliana leise aus dem Zimmer und schloss die Tür hinter sich. Sie stieg die Treppe hinunter und verließ das Haus.

Ziellos lief sie durch den Olivenhain, blieb dann stehen und sah zu den silbrig glänzenden Blättern hinauf. Sie hatte etwas Kostbares weggegeben, etwas, das sie als Erinnerung bewahren wollte, doch auch wenn Sophia Alessandro gehasst, ihn abgelehnt und verlassen hatte, war dennoch sie es, an die er in den letzten Momenten seines Lebens gedacht hatte. Es war richtig, ihr den Brief zu geben, entschied sie in Gedanken und setzte sich an den Tisch unter der Pinie.

Die Welt schien stillzustehen.

Oben im Haus las Sophia die letzten Zeilen Alessandros, die er an sie, seine Ehefrau, geschrieben hatte.

Aus der Manufaktur hörte man Fiona lachen, eine der Frauen antwortete, dann war nur noch das Summen der Bienen und das Zirpen der Grillen zu hören.

Giuliana sah sich um und atmete tief ein; es war schön hier, längst hatte sie die *Casa Sophia* in ihr Herz geschlossen. Sie konnte noch bleiben, ein paar Wochen vielleicht. Das Ehepaar Winter versorgte ihre Wohnung, und Paula fühlte sich auf dem Weingut ihrer Familie wohl, das hatte sie ihr vor einigen Tagen telegrafiert.

Aber war es auch Sophias Wunsch, dass sie blieb?

Nach einer Weile kam Sophia aus dem Haus und setzte sich zu Giuliana an den Tisch. Sie trug jetzt ein braunes Baumwollkleid und hatte die Haare achtlos im Nacken mit einer Spange zusammengenommen.

»Danke, Giuliana, dass du ihn mir gegeben hast. Ich kann mir vorstellen, dass es dir schwergefallen ist. Weißt du, auch ich wurde in den letzten Jahren versöhnlicher und dachte mehrmals daran, deinem Großvater zu schreiben, aber ich habe es immer wieder verschoben. Als ich die Todesanzeige las, bedauerte ich das sehr. Mein Angebot gilt übrigens noch«, fuhr sie leise fort, »überlege dir, Giuliana, ob du nicht bleiben willst. Ich brauche dringend jemanden, und ich würde dich für deine Arbeit bezahlen.«

Giuliana nickte langsam. »Ja, ich überlege es mir. Ich habe Angst, nach Rom zurückzukehren.«

»Dann bleib, bitte.« Sophia erhob sich. »Ich muss in die Manufaktur.« Giuliana sah ihr nach, bis Sophia vor der Tür stehen blieb und sich zu ihr umdrehte.

Giuliana ahnte nicht, wie groß Sophias Angst vor der Einsamkeit war, jetzt, da Mattia gegangen war. Niemand wusste, wie sehr auch die Angst vor dem Alter Sophia in vielen Nächten bedrängte. Alt zu sein, keine Kraft mehr zu haben, allein zu sein. War das nicht das Schlimmste?

Giuliana war so lebendig, so erwartungsvoll – einfach jung. Und plötzlich erkannte Sophia, wie sehr sie Giuliana brauchte. Ihre Jugend tat ihr gut, half ihr, die Angst und die Einsamkeit zu überwinden.

»Bitte, Giuliana, bleibe noch«, flüsterte sie.

Langsam wandte sie sich ab und öffnete die Tür zur Manufaktur.

Und während sie inständig hoffte, dass ihre Enkelin bleiben würde, dachte Giuliana an Sophias Worte, die sich tief in ihr Gedächtnis eingegraben hatten: »Du kennst noch nicht die ganze Wahrheit ... Dein Großvater hat mich verletzt, wie keine Frau verletzt werden sollte ...«

Giulianas Gefühle für Sophia waren widersprüchlich. Sie bewunderte in ihr die Frau, die mit Hilfe des Kochbuchs der Großmutter eine erfolgreiche Firma aufgebaut hatte und den Frauen von Campodoglio Selbstwertgefühl gab. Wie viel Kraft musste beides gekostet haben! Auch Sophias Mut, ihre Entscheidungen gegen jede gesellschaftliche Regel zu treffen, imponierte Giuliana. Doch sie konnte in ihr nicht die Großmutter finden, der sie sich verbunden fühlte, zu groß war die Verletzung, die sie ihrer Mutter Gina und dadurch auch ihr angetan hatte.

Für einen schmerzlichen Moment dachte sie an ihre Mutter, an ihr Zuhause und an die Kälte, in der sie aufgewachsen war. Wäre Gina ihr eine bessere Mutter gewesen, wenn sie von ihrer eigenen Mutter mehr Liebe bekommen hätte?

TEIL
II

13

Campodoglio, Ende September 1943

Die Tür zur Kirche stand weit offen. Giuliana konnte die Bankreihen mit den vielen Menschen sehen, die mit gesenkten Köpfen beteten. Einen Augenblick lang verharrte sie und horchte auf den vollen Klang der Orgel. Die Einwohner von Campodoglio hatten sich in der Kirche versammelt, in der Hoffnung, dort Trost zu finden. Pater Antonio hielt den Gottesdienst ab und betete für die Gefallenen und für das Ende des Krieges.

Giuliana schob ihr Fahrrad über die Piazza, die seit Mussolinis Absetzung durch den Faschistischen Großrat am 23. Juli wieder Piazza Centrale hieß. Wie alle anderen hatte sie am Morgen tiefes Entsetzen gepackt, als im Radio die Meldung durchgegeben wurde, die auch die Titelseite des *Corriere della Sera* zierte:

… Truppen der deutschen Wehrmacht und der SS auf dem Vormarsch in die Toskana …

Schreckensmeldungen kamen täglich, die Städte wurden bombardiert, die Gestapo verbreitete im zerstörten Rom Angst und Schrecken, Mailand lag in Trümmern. Was kam noch alles auf sie zu?, fragten sich die Leute ängstlich und warfen furchtsame Blicke zum Himmel, seit auch einige Städte in der Toskana von den Alliierten bombardiert worden waren.

Giuliana hielt vor der *Paneteria Cortesi* und warf einen kurzen Blick hinein.

»Ciao, Maria! Ich habe es leider eilig, ich war nur

schnell bei der Post, meinen Brief an die Winters aufgeben, hoffentlich bekommen sie ihn. Nach dem großen Angriff ging ja nichts durch, kein Telegramm, kein Anruf.«

Maria und Giuliana waren Freundinnen geworden. Giuliana hatte ihr von Paula erzählt und wie groß ihre Sorge um sie gewesen war, als Frascati von amerikanischen Bombern angegriffen wurde. Es hatte viele Tote gegeben. Erst nach einigen Tagen hatte Giuliana endlich ein erlösendes Telegramm von Paula bekommen, es sei verheerend gewesen, doch ihrer Familie und ihr sei nichts passiert.

»Hast du auch an Paula geschrieben?«, wollte Maria daher jetzt neugierig wissen.

»Nein, nur den Winters. In ihrem letzten Brief berichteten sie von Verdunkelung, Sperrstunde, knapper werdenden Lebensmitteln und von Plünderern, die in die zerstörten Häuser eindringen, auch wenn es die UNPA gibt.«

»Was ist das?«

»Das sind die Luftangriffsschutztruppen in den Städten. Aber die können auch nicht überall sein.«

»Das ist ja furchtbar. Hast du keine Angst, dass jemand in deine Wohnung einbricht?«

»Nein, nein. Unser Haus ist ja nicht zerbombt worden. Und für Sicherheit sorgen die Mieter und die anderen Eigentümer, sie wechseln sich mit Nachtwachen ab«, antwortete Giuliana. »Die Winters bleiben auf alle Fälle in Rom. Aber jetzt muss ich nach Hause, ciao, Maria.«

Giulianas größte Sorge galt im Moment Sophia. Heute Nacht fuhr sie mit Fiona, Marcella und Leontina auf ihre Abschiedsreise, wie sie es nannte. Begleitet wurden sie wieder von Beatrice.

Die zehntägige Tour war im Voraus genau geplant, und die Termine waren festgelegt worden. Die Frauen belieferten gute Kunden, meist kleine Osterias in Landgasthäusern, in denen sie auch übernachten würden.

Giuliana wusste, dass sowohl Marcellas als auch Leontinas Mann ihren Frauen die Reise strikt verboten hatten, und trotzdem begleiteten sie Sophia. Sie hatten zusammen schweren Herzens beschlossen, die Manufaktur bis auf weiteres zu schließen, es gab immer weniger Kunden. Außerdem mussten sie stets einige Zutaten für die Herstellung ihrer Produkte zukaufen, bekamen sie aber jetzt nicht mehr.

Nachdenklich schob Giuliana ihr Rad am Schulhaus vorbei. Das Schild *Unser Duce liebt die Kinder* war inzwischen abgenommen worden. Einen Moment lang blieb sie stehen und erinnerte sich an den Nachmittag, als Manfredo Valli vor dem Rathaus seine Antrittsrede gehalten und große Säuberungsaktionen angekündigt hatte. Valli hielt Wort, er und seine Männer spürten Leute in der Umgebung auf, die heimlich für die Resistenza arbeiteten, oder auch solche, die sich öffentlich gegen den Faschismus aussprachen. Manfredo Valli hatte seit diesem Tag vor drei Jahren Angst und Schrecken im Ort verbreitet.

Gerade als Giuliana aufs Rad steigen wollte, fuhr Dottore Pacelli an ihr vorbei, winkte ihr zu und hielt mit quietschenden Reifen vor seinem großen Haus, das er zu einer kleinen Klinik umfunktioniert hatte. Als Arzt durfte er sein Auto behalten, während viele Bauern, die ihre Lastwagen hatten abgeben müssen, ihre alten Fuhrwerke aus den Scheunen holten und damit ihre Ernte einbrachten. So hörte man jetzt wieder oft Pferdegetrappel auf dem Kopfsteinpflaster des Ortes.

Kurze Zeit später bog Giuliana schwungvoll in den Weg zur *Casa Sophia* ein. Dort angekommen, schob sie das Rad durch den Obstgarten und den Olivenhain bis zum Haus.

»Sophia?«

Sie erhielt keine Antwort, daher stellte Giuliana ihr Fahrrad an der Wand ab und lief in die Manufaktur hinüber. Die Tür stand offen, und als sie sich umsah, entdeckte sie Sophia in ihrem kleinen Büro, das Gesicht in den Händen verborgen.

Giuliana blieb zögernd stehen. Durfte sie Sophia stören? Sicher wollte sie allein sein. So leise, wie sie gekommen war, ging Giuliana zurück ins Haus und in die Küche. Hier setzte sie sich an den Tisch und wartete.

Vor drei Jahren, nachdem Mattia sie verlassen hatte, war Sophia für mehrere Wochen verschwunden. Sie holte eines Morgens den Lastwagen aus der Scheune und fuhr fort. In der Küche lag ein Zettel auf dem Tisch, man solle sich keine Sorgen um sie machen. Vier Wochen später kehrte sie zurück, sie war am Meer gewesen. Doch kein Wort kam über ihre Lippen, selbst als sie ihre Arbeit in der Manufaktur wieder aufnahm.

Dann begann sie, Frauen zu besuchen, deren Männer oder Söhne an der Front oder bereits gefallen waren. Sophia tröstete sie, weinte mit ihnen und hielt sie in ihrem Schmerz in den Armen. Sie erzählte Giuliana, dass sie nach Angelos Tod dadurch Trost gefunden habe, in einer Armenküche der Pfarrei zu arbeiten und mit den Alten und Einsamen zu sprechen.

»Damals habe ich begriffen, dass ich nicht allein und auch nicht die Einzige bin, die einen geliebten Menschen verloren hat.«

Mehr erzählte Sophia nicht über die Vergangenheit. Giulianas Fragen blieben ohne Antwort und schienen im Laufe der Kriegsjahre auch an Bedeutung zu verlieren. Einige Male war Giuliana versucht gewesen, nach Rom zurückzukehren. Doch Sophia schien ihr Zögern, ihre Unentschlossenheit jedes Mal zu spüren. An einem dieser Tage legte sie plötzlich den Arm um Giulianas Schultern, bedankte sich für ihre Mitarbeit in der Manufaktur und betonte, wie sehr sie ihre Enkelin brauche, nicht nur als Mitarbeiterin.

Sophia brauchte sie, und das gab für Giuliana den Ausschlag.

In Rom wartete niemand auf sie.

Manchmal, wenn sie mit Sophia in der Manufaktur arbeitete, trafen sich ihre Blicke, und sie lächelten einander zu. Es waren kurze Momente der Vertrautheit, die sich im Laufe der Zeit jedoch nicht vertieften. Vergeblich wartete Giuliana auf das starke Gefühl familiärer Verbundenheit zwischen ihnen beiden. War so etwas nur ein Mythos?

Jetzt hörte sie Sophia über den Kiesweg kommen und sah ihr entgegen, als sie die Küche durch die Hintertür betrat.

Sophia war in den drei Jahren gealtert, das Grau in ihrem blonden Haar überwog, und um ihre schönen dunklen Augen zogen sich Falten, die sich vertieften, wenn sie lächelte. Trotzdem war Sophia mit einundsiebzig immer noch eine attraktive Frau. Sie schob ihre Haare im Nacken zusammen und begrüßte Giuliana.

»Ich werde versuchen, noch ein wenig zu schlafen, bevor Leontina mich heute Nacht abholt.«

»Ihr könnt nicht fahren«, erklärte Giuliana und versuchte, ruhig und beherrscht zu bleiben. »Die Deutschen rücken in die Toskana vor, hast du das nicht gehört? Es ist zu gefährlich für euch. Du bringst auch Leontina in Gefahr, schließlich hat sie drei halbwüchsige Töchter und –«

»Sie kann selbst entscheiden«, unterbrach Sophia sie kurz angebunden. »Und sie will bei dieser Abschiedsfahrt dabei sein. Wer weiß, wann wir wieder produzieren und liefern können.«

»Leontina fährt nur dir zuliebe mit, genau wie Marcella und Fiona. Du riskierst nicht nur dein Leben, sondern auch das Leben deiner Mitarbeiterinnen, Beatrice eingeschlossen«, fügte Giuliana noch hinzu, in dem Wissen, dass Sophia Beatrice nur zu ihrem Schutz mitnahm.

»Es ist alles geplant, und wir fahren. Basta!«, erklärte Sophia abweisend. »Marta und Ovide werden in dieser Zeit hier wohnen, damit du nicht allein bist. Du musst nur dafür sorgen, dass das Tor in der Mauer immer abgeschlossen ist. Und vor allem, fahr nicht mehr so leichtsinnig durch die Gegend, das ist zu gefährlich.«

»Ach ja, und was machst du?«, fragte Giuliana heftig.

»Uns passiert nichts. Wir übernachten in den Gasthöfen unserer Kunden, die inzwischen unsere Freunde geworden sind, sie erwarten uns. Und in zehn Tagen sind wir wieder hier.«

Sophia wandte sich zur Tür, doch dann kam sie zurück und umarmte Giuliana, die sich ebenfalls erhoben hatte.

»Ich habe eine Bitte …« Sophia zögerte, als sie Giuliana wieder losließ. »Ich habe Mario von der *Osteria del Monte* eine Lieferung versprochen, bis auf weiteres die letzte. Das Paket für ihn liegt in der Manufaktur. Er wartet nächsten Freitagvormittag darauf. Wenn du willst, bringe ihm das Paket. Zur *Osteria* nimmst du die Straße nach Florenz, sie ist befahren, daher denke ich, da kann dir nichts passieren. Aber nur, wenn du wirklich willst.«

»Natürlich übernehme ich die Lieferung, Sophia, das ist kein Problem«, beteuerte Giuliana.

»Danke.« Sophia lächelte flüchtig und strich sich mit einer müden Geste die Haare aus der Stirn.

»Es wird schon alles gutgehen«, versicherte Giuliana tröstend, »du wirst sehen. Bald können wir die Manufaktur wieder eröffnen.«

Sophia straffte die Schultern und lächelte Giuliana jetzt offener an. »Du hast recht, es kann alles wieder gut werden. Weißt du was?« Spontan trat sie an den Geschirrschrank und nahm zwei Gläser heraus. Dann holte sie eine Flasche Chianti, öffnete sie und füllte die Gläser. »Worauf wollen wir trinken, was meinst du?«

»Dass ihr wohlbehalten nach Hause zurückkommt und … auf eine friedliche und gute Zukunft«, antwortete Giuliana sofort.

»Ja, auf die Zukunft.« Das Lächeln in Sophias Gesicht erlosch.

Giuliana war den Tränen nahe, sie hatte offensichtlich mit ihrem Trinkspruch bei Sophia einen Nerv getroffen. Ob sie bei dem Wort »Zukunft« nur noch an ihr Alter dachte? Ob sie fürchtete, selbst keine Zukunft mehr zu haben?

Spontan griff sie nach Sophias Hand und drückte sie, doch diese entzog sie ihr sofort.

»Manchmal denke ich«, sagte sie unvermittelt, ohne Giuliana anzusehen, »dass ich zu egoistisch gewesen bin, als ich Alessandro damals verlassen habe.«

Giuliana schwieg überrascht.

»Du hast dich für deine Liebe entschieden«, antwortete sie schließlich. »Hast du nicht gesagt, man muss alles dafür riskieren?«

Sophia zuckte vage mit den Schultern.

»Ja, das ist schon richtig. Ich bin mir jedoch inzwischen sicher, dass auch Alessandro mit mir nicht glücklich war, allerdings …«

»Was meinst du?« Giuliana hielt den Atem an. War das der Moment, auf den sie schon so lange wartete?

»Weißt du, Giuliana, ich bin müde. Aber ich denke, die Zeit ist da, dir die Wahrheit zu erzählen. Wir reden, wenn ich zurückkomme, einverstanden?«

Giuliana konnte nur nicken, enttäuscht, dass Sophia wieder nur eine Andeutung machte, aber nichts aussprach.

Mit einem hastig gemurmelten Gutenachtgruß verließ Sophia die Küche. Giuliana hörte sie die Treppe nach oben gehen und die Tür zu ihrem Zimmer schließen.

Lange blieb Giuliana sitzen und horchte, ob Sophia vielleicht noch einmal herunterkam. Aber es blieb still.

*

Es war spät, als Giuliana am nächsten Morgen aufstand und in die Küche ging. Marta war noch nicht da, sie wollte erst am Nachmittag mit Ovide kommen.

In der Nacht hatte Giuliana gehört, wie sich Sophia aus dem Haus schlich und durch den Garten lief, wo hinter der Mauer Leontina mit dem Lkw auf sie wartete.

Jetzt kochte Giuliana einen Kaffee und setzte sich an den Tisch. Als sie ihre Tasse abstellte, entdeckte sie einen Zettel mit einer kurzen, hastig geschriebenen Nachricht von Sophia.

Sollte mir etwas passieren, habe ich für Dich Unterlagen in meinem Schreibtisch in der Manufaktur hinterlegt. Es ist mein Testament und ein Brief an Dich.
Sophia

Giuliana ließ die Hand mit der Nachricht sinken. Sie war zutiefst erschrocken. Sophia war sich offensichtlich der Gefahr bewusst, in die sie und die Frauen sich begaben. Und zwar so sehr, dass sie mit dem Allerschlimmsten rechnete, dem Tod.

Die Deutschen durchkämmten die Toskana, um Partisanen aufzuspüren, sie in Lager zu schicken oder sie sofort zu erschießen.

Und mittendrin war Sophia.

*

Giuliana wartete vergeblich auf Marta und Ovide. Erst am zweiten Tag nach Sophias Abreise erschien Fabio, Ovides Bruder. Er erzählte, dass sein Neffe schwer verwundet mit einem Transport in Florenz angekommen sei.

»Er liegt dort im Lazarett, und Marta und Ovide sind hingefahren, um bei ihm zu sein. Wenn es ihm bessergeht, wollen sie ihn nach Hause holen oder zu Dottore Pacelli in die Klinik bringen. Aber ich komme täglich, um nach Ihnen zu sehen.«

»Was genau ist Francesco denn passiert?«

»Eine Granate hat ihn erwischt, er hat ein Bein und einen Arm verloren«, antwortete Fabio, während er sich mit seinem Jackenärmel die Tränen aus den Augen wischte.

»Das ist ja entsetzlich.« Giuliana war tief getroffen. Sie

kannte den Neunzehnjährigen gut, er hatte in den vergangenen Jahren bei der Olivenernte mitgeholfen. Sie griff nach Fabios Hand und drückte sie voller Mitleid.

»Sagen Sie Marta und Ovide, dass ich an sie denke. Sie sollen sich bloß keine Sorgen um mich machen. Ich komme allein zurecht«, versicherte sie ihm. »Voriges Jahr hat Sophia auf die Mauer rund um das Anwesen Stacheldraht setzen lassen. Das Tor zur Straße ist aus Schmiedeeisen und lässt sich nicht mehr von außen öffnen.«

»Ja, aber vergessen Sie nie, das kleine Tor hinten in der Mauer abzuschließen«, ermahnte Fabio sie noch, bevor er sich auf den Heimweg machte. »Ich habe kein gutes Gefühl, Sie hier allein zu lassen. Was machen Sie, wenn plötzlich Faschisten oder deutsche Soldaten auftauchen?«

»Da könnten Ovide und Marta auch nicht helfen. Es ist schon in Ordnung, Fabio. Grüßen Sie die beiden von mir. Wenn ich irgendetwas für sie tun kann, lassen Sie es mich wissen. Ich würde ihnen gern helfen.«

Fabio nickte zögernd, und Giuliana begleitete ihn noch bis zum Tor in der Mauer, das sie hinter ihm verschloss.

Es war still, und tiefer Frieden lag über der *Casa Sophia.*

14

Am Nachmittag des nächsten Tages kam Maria mit einem Apfelkuchen in die *Casa Sophia.* Zusammen setzten sie sich an den Tisch unter die Pinie.

»Genieße ihn, Giuliana. Wer weiß, ob es nicht unser letzter ist.«

»Wie meinst du das? Glaubst du, Campodoglio wird von den Deutschen überfallen oder die Alliierten werfen Bomben?«

»Nein«, sagte Maria. »Ich habe dir doch erzählt, dass ich kaum mehr Zutaten bekomme, selbst wenn ich die überhöhten Preise zahlen könnte. Mehl, Eier, Butter, von Mandeln ganz zu schweigen. Kennst du den Bauern Alfredo Sacchi?«

Giuliana schüttelte den Kopf. »Nein, was ist mit ihm?«

»Seine Frau trägt jetzt einen Nerzmantel, und in ihrer Wohnstube liegen Teppiche aus Persien. Die Städter kommen in Scharen aufs Land, und wenn sie kein Geld haben, tauschen sie ihre Wertsachen gegen Lebensmittel ein. Schmuck, Silber, teures Porzellan. Die Erträge seines Hofes verkauft Alfredo nur noch zu Spitzenpreisen oder tauscht sie ein. Ich weiß also nicht, wie es mit der *paneteria* weitergehen soll«, klagte Maria.

»Denk nur von einem Tag zum anderen«, schlug Giuliana ihr vor.

»Du hast recht, aber trotzdem mache ich mir Gedanken über die Zukunft. Ich bin sechsundzwanzig und nicht verheiratet. Ich bin einsam, Giuliana! Ich möchte von einem Mann umarmt werden, der mir sagt, dass alles gut wird. Kennst du das Gefühl denn nicht?«

»Doch, natürlich«, antwortete Giuliana nach einer kleinen Pause. »Aber jetzt sind doch viele Frauen allein, ihre Männer sind fort oder sogar gefallen. Es gibt viele Witwen, auch hier im Ort.«

»Ja, aber sie waren wenigstens einmal verheiratet, und die meisten haben Kinder. Aber ich bin eine alte Jungfer«, klagte Maria.

Tröstend griff Giuliana über den Tisch nach der Hand ihrer Freundin.

»Weißt du, ich hätte damals Pasquale heiraten sollen«, brach es aus Maria heraus.

»Wen?«

»Pasquale. Damals war ich neunzehn, als meine Eltern sich mit seinen Eltern absprachen.«

»Und du?«

»Ich wollte ihn nicht, obwohl Pasquale kein hässlicher Mann ist. Inzwischen ist er verheiratet und von hier fortgegangen. Er war der Sohn des Metzgers und trug immer seine blutige Schürze, wenn er in die *paneteria* kam«, erzählte Maria weiter, »er brachte frisches Fleisch mit, um mir und meiner Familie eine Freude zu machen. Mein Vater mochte ihn. Meine Mutter regte sich furchtbar auf, weil ich ihn ablehnte. Sie sagte, man muss den Mann heiraten, den man kriegen kann. Und Flausen solle ich mir aus dem Kopf schlagen.«

»Warum hast du mir das nie erzählt?« Giuliana war überrascht. Maria zuckte die Schultern. »Ich weiß nicht. Ich wollte mich immer verlieben, aber meine Eltern haben es nicht verstanden, und dann kam ja der große Erbstreit.«

Giuliana wusste, dass der ganze Ort gegen Maria gewesen war, als sie das Erbe ihrer Großmutter, die *paneteria*, übernahm, anstatt sie ihren Eltern zu überlassen. »Maria hat ihren Eltern keinen Respekt entgegengebracht und sie verjagt«, hieß es damals im Ort.

»Und du?«, wollte Maria wissen. »Wie viele Verehrer hast du in Rom gehabt?«

»Mein Großvater und ich lebten sehr zurückgezogen«, wich Giuliana der Frage aus. »Ich habe außerdem mit siebzehn das Abitur gemacht und nur gelernt. Ich hatte ein Ziel: Lehrerin zu werden.«

»Bist du nie ausgegangen?«

»Doch, Großvater und ich gingen in die Oper, zu einigen Veranstaltungen, und manchmal lud er zu Hauskonzerten ein. Mein Großvater spielte wunderbar Klavier, im Gegensatz zu mir. Ich lernte es zwar, aber über Mittelmäßigkeit bin ich nie hinausgekommen.«

Maria interessierte sich weniger für Giulianas Klavierspiel. »Und? Gab es viele Verehrer?«

»Ach, Maria, lassen wir das doch. Es ist so lange her.« Giuliana hatte keine Lust, von den jungen Männern zu erzählen, die ihr Einladungen oder Blumen geschickt hatten, während sie nur ihre Ziele verfolgte: einen Beruf und Selbständigkeit.

Sie war damals überrascht und auch gerührt gewesen, dass ihr konservativ denkender Großvater sie in ihren Plänen unterstützte. Erst in der letzten Zeit war ihr klargeworden, dass er das tat, um sie noch nicht so bald zu verlieren, denn eine frühe Heirat hätte bedeutet, dass sie ihn verließ.

Gefangen in ihren Gedanken, aßen die beiden jungen Frauen ihren Apfelkuchen.

Es war selten, dass Maria zu Giuliana in die *Casa Sophia* kam, denn Sophia waren ihre Besuche nicht recht, auch wenn sie nichts sagte. Sicher war es Marias Interesse am Leben anderer Leute, das Sophia missfiel. »Hast du keine Angst, so ganz allein hier in der *Casa?*«, wollte Maria noch wissen, während sie sich bereits erhob. Marias *paneteria* war zwischen ein und drei Uhr geschlossen, und jetzt war es halb drei, sie musste zurück.

»Nein, nein, ich komme zurecht. Also dann, ciao.« Sie wartete, bis Maria ihr Fahrrad genommen hatte, dann stellte sie die Teller auf das Tablett und ging damit gedankenverloren ins Haus.

Maria hatte von ihrer Einsamkeit gesprochen, von dem Wunsch, von einem Mann in den Arm genommen zu werden. Empfand sie das nicht auch? Sehnsucht nach der großen Liebe, so wie Sophia sie beschrieb? Doch gleich darauf waren ihre Gedanken wieder einmal bei den Frauen. Dem Plan nach würden sie heute in der Nähe von Arrezzo in einem idyllischen Landgasthaus ankommen, dessen Osteria immer noch sehr gut besucht war und in dem sie mehrere Nächte bleiben konnten. Von dort aus fuhren sie zu weiteren Kunden in der Nähe.

Giuliana hielt die beiden Kuchenteller unter den laufenden Wasserhahn, so dass sie Maria zuerst nicht hörte, die plötzlich wieder an der Hintertür stand.

»Was ist passiert?«, fragte sie erschrocken.

Maria wies hinter sich. »Aus dem Obstgarten habe ich eigenartige Geräusche gehört«, flüsterte sie.

»Was für Geräusche?«

»Ich weiß es nicht, ein Röcheln, es klang …« – sie suchte nach den richtigen Worten –, »… als ob jemand große Schmerzen hätte.«

»Wir werden nachsehen«, entschied Giuliana beherzt. »Vielleicht ist es ein verletztes Tier.«

»Ich weiß nicht …« Maria zögerte und beobachtete überrascht, wie Giuliana aus der Küchenkammer ein Gewehr holte.

»Komm«, forderte sie Maria auf. »Wo hast du das Geräusch gehört?«

»Du hast ein Gewehr?«, staunte Maria. »Kannst du denn damit schießen?«

Giuliana nickte. »Ja, Sophia hat es mir beigebracht, damit ich mich besser schützen kann.«

Maria starrte Giuliana an. »Das hast du mir gar nicht erzählt.«

»Es war nicht wichtig«, erklärte Giuliana. »Ich kann mir nämlich nicht vorstellen, auf jemanden zu schießen, nicht einmal auf ein Tier. Und jetzt komm.«

»Aber wenn du nicht damit schießen willst, warum nimmst du es dann mit?« Maria beschäftigte der Gedanke, dass ihre Freundin schießen gelernt hatte, ohne ihr davon zu erzählen, offensichtlich immer noch.

»Ich nehme es nur für alle Fälle mit«, antwortete Giuliana ungeduldig. Zusammen verließen sie das Haus, Maria hielt sich jedoch etwas hinter Giuliana.

»Da drüben, an der Mauer, bei den Brombeersträuchern.« Sie zeigte zum Obstgarten und konnte kaum das Zittern in ihrer Stimme verbergen.

»Jetzt beruhige dich«, redete Giuliana ihr gut zu, aber auch ihr Herz pochte laut. Kurz darauf blieben sie stehen.

»Hörst du's?«, flüsterte Maria und packte Giuliana am Arm. Die beiden jungen Frauen lauschten angestrengt, doch alles war still, nichts rührte sich.

»Vielleicht ist das Tier inzwischen gestorben«, sagte Giuliana und ließ erleichtert das Gewehr sinken. Niemals würde sie auf ein Tier schießen können, auch wenn man es dadurch von seiner Qual erlöste.

In dem Moment hörte sie es, ein leises, qualvolles Stöhnen. Es klang unheimlich in der Stille des Nachmittags, Maria hatte nicht übertrieben. Stumm sahen sie sich an.

»Das ist kein Tier«, flüsterte Giuliana. Ihr Mund war trocken, und ihre Knie knickten fast ein.

Da sah sie durch das hochgewachsene Gras etwas Graues schimmern. Giuliana senkte das Gewehr und bog damit das hohe Gras auseinander.

Voller Angst schrie Maria auf. »Ein Soldat, ein Deutscher!«

Der Mann lag zusammengekrümmt im Gras, schmutzig, mit Staub bedeckt, die Stirn mit Blut verkrustet.

»Ein Feind«, flüsterte Maria.

Giulianas Hand zitterte, als sie das Gewehr hob und den Mann anherrschte, aufzustehen. Aber er bewegte sich nicht, sondern starrte sie nur aus leeren Augen an.

»Er kann nicht aufstehen, siehst du das nicht? Er ist zu schwach, und er versteht dich sicher nicht einmal.«

Giuliana ließ das Gewehr wieder sinken.

»Ich weiß, Maria, aber was sollen wir denn machen?«

»Wasser«, flüsterte der Mann.

»Er spricht italienisch.« Maria sah sich um. »Glaubst du, er ist allein?«

»Er hat Durst.« Giuliana ging auf Marias Frage nicht ein. Fieberhaft überlegte sie. Sie hatten die Pflicht, Manfredo Valli zu verständigen. Doch konnten sie das tun? Ihm diesen hilflosen Mann ausliefern? Giuliana sah sich um.

»Er scheint allein zu sein, Maria. Wir werden ihn ins

Atelier bringen«, entschied sie sich gegen jede Vernunft. »Das liegt am nächsten.«

Maria zögerte. »Ich weiß nicht, Giuliana, wenn das herauskommt, werden wir bestraft.«

Immer noch sahen beide auf den Mann im Gras.

»Er ist nicht nur ein Feind«, entschied Giuliana. »Er ist ein Mensch, der unsere Hilfe braucht.«

»Das ist gefährlich für uns«, wandte Maria ein und sah sich ängstlich um. »Wir wissen zudem immer noch nicht, ob er allein ist.«

Doch Giuliana achtete nicht auf ihren Einwand.

»Wir werden Ihnen helfen. Wenn Sie mich verstehen, nicken Sie«, sagte sie betont langsam. Erwartungsvoll starrten sie auf ihn hinunter, bis er mit einem kurzen Nicken reagierte und sie beide ansah.

Maria widersprach nicht, als Giuliana sie energisch aufforderte, mit anzupacken. Sie beugte sich zu dem Soldaten hinunter und griff unter seine rechte Schulter, während Giuliana ihn am linken Arm hochzog.

»Sind Sie verletzt?«

Der Deutsche schüttelte kaum merklich den Kopf. Also zogen sie den Geschwächten, dessen Knie immer wieder einknickten, bis zum Atelier. Giuliana nahm den Schlüssel vom Haken neben dem geschlossenen Fensterladen und öffnete die Tür. In der stickigen Dunkelheit schleppten sie ihn in den hinteren Teil des Raumes und ließen ihn aufs Bett sinken.

»Wasser, bitte …«, flüsterte der Deutsche noch einmal.

»Hol ihm Wasser, Maria, dahinten ist das Waschbecken, Gläser stehen daneben.« Rasch fand sich Maria in der Dämmerung des Raumes zurecht. Sie kam mit einem gefüllten Glas zurück.

»Heb seinen Kopf hoch«, wies Giuliana sie an, und dann setzte sie das Glas an die vor Trockenheit aufgesprungenen und blutigen Lippen.

»Sind Sie allein? Wo ist Ihre Truppe?«

»Allein«, flüsterte er und trank gierig von dem Wasser.

»Wir müssen ihm die Uniform ausziehen und sie verschwinden lassen«, dachte Giuliana laut nach. »Außerdem werden wir ihn waschen. Er sieht furchtbar aus, komm, hilf mir, zieh ihm die Schuhe aus und dann –«

»Was?« Maria wich einen Schritt zurück. »Ihm die Uniform ausziehen? Niemals.«

Giuliana zitterte vor Nervosität. Sie hatten ihn hereingeholt und sich dadurch selbst in Gefahr gebracht. Dieser Soldat schien tagelang unterwegs gewesen zu sein. Betroffen ließ sie ihre Arme sinken. Er musste ein Deserteur sein. Und sicher verfolgten ihn die Deutschen und erschossen ihn, wenn sie ihn fanden. Vielleicht auch sie und Maria, weil sie ihn aufgenommen hatten.

Giuliana spürte, wie ihr der Schweiß über den Rücken lief und panische Angst ihr die Luft abschnürte.

»Jetzt hilf mir, schnell!«, fuhr sie Maria an. »Wir müssen ihm unbedingt die Uniform ausziehen.«

Mit großer Kraftanstrengung widmete sie sich zuerst den Stiefeln.

»Mein Gott, alles voller Blut!«, rief Maria entsetzt. Als Giuliana ihm die Wollsocken von den Füßen ziehen wollte, blieben sie an blutigen Blasen kleben. Wieder stöhnte der Soldat auf.

Vorsichtig löste Giuliana die Socken, und dann zogen die beiden Frauen ihm die Uniformjacke und danach das Hemd aus. Dann zögerten beide und sahen sich an.

»Er kann die Hose nicht anlassen, sie würde ihn verraten.«

»Er soll sie selbst ausziehen«, flüsterte Maria.

»Wir werden erst einmal seinen Oberkörper waschen«, schlug Giuliana vor. Sie ließ Wasser in eine Emailleschüssel fließen und kehrte mit einem Stück Seife und einem Schwamm zum Bett zurück. Vorsichtig strich sie mit einem Tuch über das bärtige Gesicht des Deutschen und wusch den Oberkörper mit dem Schwamm ab, während sie zwischendurch immer wieder das Wasser in der Schüssel erneuerte. Das getrocknete Blut auf der Stirn löste sich, und die Verletzung erwies sich als kleine Schramme. Die verschwitzten und verfilzten Haare löste Maria mit Seifenschaum, und Giuliana fuhr ihm anschließend mit Mattias Bürste durch die nassen blonden Haare.

»Wohnt hier eigentlich jemand?«, fragte Maria. Sie war während ihrer vorsichtigen Tätigkeiten wieder zur Besinnung gekommen und staunte nun über die vollständige Ausstattung des Badezimmers.

»Das war Mattias Wohnung«, erklärte Giuliana nur kurz. Nachdem er weggegangen war, hatte Sophia nichts verändert.

Immer wieder sank der Kopf des jungen Mannes auf das Kissen zurück. Einen Moment lang sahen sie schweigend auf ihn hinunter, ehe Giuliana eingehend seine Füße betrachtete.

»Sie bluten, und die Blasen sind eitrig, kein Wunder, dass er nicht mehr laufen kann.«

Sanft fuhr Giuliana mit einem sauberen Handtuch über die Füße des Mannes und reinigte sie vorsichtig. »Wir müssen sie verbinden, hol drüben im Haus den

Verbandskasten. Er steht in der Kammer neben der Küche!«

Widerspruchslos folgte Maria den Anweisungen ihrer Freundin. Vorsichtig öffnete sie die Tür einen Spaltbreit und schlüpfte hinaus. Währenddessen hob Giuliana erneut den Kopf des Soldaten an, löste den Verschluss seiner Kette mit der Identifikationsnummer und ließ sie rasch in die Tasche ihres Rockes gleiten. Wieder verlangte der Mann nach Wasser, und noch einmal setzte sie ein volles Glas an seine Lippen. Endlich hatte er genug, und Giuliana cremte ihm vorsichtig die aufgesprungenen Lippen ein.

»Hören Sie mich?«, fragte sie und beugte sich über ihn. Er antwortete mit einem schwachen Nicken. »Sie müssen Ihre Hose ausziehen, nichts darf Sie verraten. Ich gebe Ihnen andere Sachen zum Anziehen. Verstehen Sie mich? Können Sie mir Ihren Namen nennen?« Wieder nickte er leicht und flüsterte: »Claus von Welser.« Claus von Welser, was für ein schöner Name!, dachte Giuliana.

Nervös und angespannt horchte sie gleich darauf wieder nach draußen. Panik ergriff sie. Maria war vielleicht schon festgehalten worden und das Atelier von deutschen Soldaten umzingelt!

Als sie schnelle Schritte hörte, erschrak sie so sehr, dass ihr die Cremedose aus der Hand fiel und scheppernd auf dem Boden aufschlug. Erleichtert seufzte sie auf, weil es nur Maria war, die wieder hereinhuschte. Blass und außer Atem stellte sie den Verbandskasten auf das breite Bett. Doch sie hatte noch etwas mitgebracht, den Einkaufskorb aus Sophias Küche. Daraus zog sie ein paar Scheiben Brot und Schinken hervor.

»Er wird Hunger haben.« Maria und Giuliana lächelten einander an, Verbündete in einer gefährlichen Mission.

Sie behandelten die Blasen, und Maria legte anschließend den Verband an, während Giuliana bereits Mattias Schrank öffnete und Wäsche, eine lange Leinenhose und ein Hemd herausholte. Dazu leichte Schuhe und Socken. Es war alles noch da.

»Er ist eingeschlafen«, wisperte Maria.

»Wir legen ihm die Sachen aufs Bett, dann kann er sie später anziehen. Und den Korb stellen wir daneben. Wenn er aufwacht, kann er essen und sich umziehen. Hoffentlich schafft er das allein.«

»Hat er gesagt, wie er heißt?«

»Claus«, antwortete Giuliana zögernd. »Er heißt Claus.« Sie kannte zwar seinen vollständigen Namen, doch sie gab ihn nicht preis: Claus von Welser. Wer wusste schon, ob Maria dieses Mal wirklich schweigen konnte.

»Komm, gehen wir.«

Giuliana sah auf den Deutschen hinunter. Seine Wangen zuckten, seine Augenlider flatterten unruhig, und er warf den Kopf hin und her. Fieberhaft überlegte sie, wo sie die Uniform, seine Waffe und die Stiefel verstecken sollte.

»Da kommt jemand!« Marias Stimme war kaum zu vernehmen. Ohne sich zu bewegen, blieben sie am Bett stehen, wagten kaum zu atmen.

Erstarrt horchten sie auf die Schritte, die vor der Tür haltmachten.

»Hallo? Giuliana?«

Giuliana atmete auf. »Das ist Fabio, Ovides Bruder«,

flüsterte sie und lauschte angestrengt auf die Schritte, die sich wieder entfernten. »Er geht zum Haus.« Sie hatte sich auf die Zehenspitzen gestellt und beobachtete ihn durch den breiten Spalt im rissigen Fensterladen. »Er ist allein.«

»Warum helfen Sie mir?«

Erschrocken drehten sich die beiden Frauen um. Der Deutsche hatte die Augen geöffnet und sah Giuliana an.

»Aus Mitleid«, antwortete sie.

»Grazie, danke, aber es ist gefährlich, ich bin –«

»Ja, ich weiß«, unterbrach Giuliana ihn rasch.

»Was machen Sie mit meiner Uniform?«

»Ich verstecke sie, auch Ihre Waffe«, antwortete Giuliana. Er nickte nur leicht, sein Kopf sank wieder zur Seite, und schon schlief er wieder ein.

»Ich gehe raus«, flüsterte Giuliana Maria zu. »Schließ hinter mir ab.« Schnell schob sie sich durch die nur einen Spaltbreit geöffnete Tür und lief durch den Garten zum Haus.

»Ich war drüben in der Manufaktur«, sagte sie zu Fabio, nachdem sie ihn begrüßt hatte, und lächelte ihn an, bemüht um einen harmlosen Ton. »Da habe ich Sie rufen hören.«

»Ich habe mir schon Sorgen gemacht. Das Tor hinten war offen, jeder kann rein, das ist sehr leichtsinnig«, ermahnte Fabio sie. »Mein Bruder meinte, ich soll nach Ihnen sehen und gleich auch die Birnen einsammeln und im Garten –«

»Nein, nein, lassen Sie nur, ich mach das selbst sehr gern, und Maria hilft mir.«

»Maria?« Fabio schob den Hut in den Nacken. »Wieso Maria?«

»Sie besucht mich manchmal, und wir machen das dann zusammen. Danke fürs Angebot.«

»Nun, dann fahre ich wieder«, erklärte Fabio, zuckte mit den Schultern und machte sich auf den Weg durch den Garten. »Wo ist Maria denn?« Suchend sah er sich um.

»In der Manufaktur«, antwortete Giuliana schnell. Fabio nickte bedächtig, er schien angestrengt nachzudenken. Hatte er Verdacht geschöpft, war ihre Nervosität spürbar?

»Nun, hoffentlich bekomme ich von Ovide keine Schelte, weil ich nicht bleibe. Ist auch wirklich alles in Ordnung?«, wollte Fabio wissen.

Giuliana bemühte sich um ein Lächeln, das ihn beruhigen sollte.

»Natürlich, es geht mir wirklich gut. Sind Marta und Ovide noch in Florenz? Wie geht es Francesco?«

»Sie kommen in den nächsten Tagen zurück, ich war gestern in Florenz bei ihnen. Sie wollen ihren Sohn so schnell wie möglich aus dem überfüllten Lazarett hierherholen zu Dottore Pacelli. Denn meinem Neffen geht es leider nicht gut.«

»Das tut mir sehr leid«, antwortete Giuliana mit tiefem Bedauern. »Wenn Sie Marta und Ovide sehen, grüßen Sie die beiden von mir.«

Fabio nickte bedächtig. »Also dann, ciao, Giuliana. Ach ja, ich kann Maria auf meinem Fuhrwerk mitnehmen, das Rad legen wir einfach hintendrauf.«

»Nein, nein, ich muss mit Maria noch etwas besprechen.«

»Es ist nach drei.« So leicht ließ Fabio sich nicht abwimmeln. »Sicher stehen die Leute schon vor ihrer *paneteria*, sie macht doch sonst immer pünktlich auf.«

»Ja, Fabio, aber ich denke, mit dem Fahrrad ist sie schneller unterwegs als auf deinem alten Fuhrwerk.«

Nervös lief Giuliana Fabio noch ein paar Schritte nach, bis er durchs Tor verschwand, rannte dann erleichtert zurück und klopfte an die Tür zum Atelier. Maria machte sofort auf.

»Er ist weg.«

Auf Zehenspitzen schlich Giuliana zum Bett. Claus von Welser schlief tief und fest. Aber wie sollte es weitergehen?

»Lassen wir ihn erst einmal schlafen«, flüsterte sie Maria zu. Sie bückte sich, nahm Stiefel, Jacke, den Gürtel mit der Waffe und das Uniformhemd vom Boden hoch. Als sie sich wieder aufrichtete, griff der junge Mann nach ihrer Hand.

»Gehören diese Kleider Ihrem Mann?«, flüsterte er.

Giuliana schüttelte den Kopf. »Nein. Aber Sie können sie behalten«, versicherte sie ihm.

»Man sucht nach mir«, flüsterte er. »Sie riskieren Ihr Leben, wenn Sie mich verstecken. Ich werde heute Nacht verschwinden.«

»Er ist ein Deserteur?« Erst jetzt begriff Maria die ganze Wahrheit.

»Was glaubst du denn?«, war Giulianas hitzige Gegenfrage.

»Ich weiß es nicht, darüber habe ich noch nicht nachgedacht«, antwortete Maria betroffen. Das verschlimmerte ihre Lage noch, und sie beide wussten es.

Doch dann sah Giuliana nachdenklich auf den Deutschen hinunter, der die Augen geschlossen hielt. Sie sprach langsam, so dass er sie gut verstehen konnte: »Sie können erst fort, wenn Ihre Füße verheilt sind. So kommen Sie nicht weit. Sie müssen sich ruhig halten, sonst erleiden Sie noch eine Blutvergiftung.«

Maria trat ans Bett. Sie konnte den Blick nicht von dem Deutschen lösen.

»Komm jetzt, bitte«, forderte Giuliana ihre Freundin auf. Sie griff nach ihrem Gewehr und nahm auch alle Sachen des Deutschen mit hinaus. Hinter sich zogen sie die Tür zu.

»Du musst abschließen«, warnte Maria sie.

Giuliana schüttelte den Kopf. »Du hast doch gehört, er will nur ein paar Stunden schlafen, und dann –«

»Dann verlässt er uns? Er ist zu schwach und kann mit diesen offenen Blasen an den Fersen doch nicht laufen, wie du selbst gerade gesagt hast.«

»Ich habe es mir gerade anders überlegt. Er muss gehen, Maria. Er wird gesucht! Seine Einheit muss hier irgendwo in der Nähe sein.«

»Trotzdem sollten wir die Tür absperren, er ist dann sicherer. Und heute Nacht kann er auf keinen Fall fort, wohin auch?«

Unentschlossen drehte Giuliana den Schlüssel in ihrer Hand.

»Du hast recht«, antwortete sie. Sie sperrte zweimal ab und steckte den Schlüssel in ihre Tasche. »Wenn er wirklich wegwill, kann er durchs Fenster steigen.«

»Ja, und dann muss er über die Mauer mit dem Stacheldraht klettern und findet sich auf dem Weg nach Campodoglio wieder. Dort läuft er direkt in die Arme von Manfredo Valli«, antwortete Maria.

»Wenn er hierbleibt, kann er ebenfalls gefasst werden, und wir hängen mit drin«, entgegnete Giuliana halbherzig. »Gleichgültig, was er macht, er hat keine Chance«, fügte sie leise hinzu und war selbst erstaunt über die Verzweiflung in ihrer Stimme.

»Warten wir ab, zumindest bis morgen«, schlug Maria vor. »Und nun muss ich mich beeilen, es ist bereits vier Uhr, und die *paneteria* ist immer noch zu.«

»Natürlich, fahr zurück, es darf niemand misstrauisch werden.«

»Wirst du noch einmal zu ihm gehen?«, wollte Maria wissen. Giuliana zuckte mit den Schultern.

»Ich denke nicht. Er soll sich erholen. Ich werde in der Küche sitzen und Wache halten. Notfalls …«

»Notfalls was?«

»Ich weiß es nicht, Maria, ich habe keine Ahnung, wie man einen feindlichen Deserteur verteidigt«, antwortete Giuliana gereizt.

»Warum hast du ihm seine Pistole abgenommen?«

»Nichts darf darauf hinweisen, dass er ein deutscher Soldat ist«, entgegnete Giuliana.

»Und was willst du mit seinen Sachen machen?«

»Mein Gott, Maria, ich denke, ich werde sie erst einmal verstecken.«

»Ich weiß nicht, soll ich nicht doch lieber hierbleiben?«, fragte Maria zögernd, aber Giuliana schüttelte den Kopf.

»Nein, mach die *paneteria* auf, es darf niemand Verdacht schöpfen, vergiss das nicht. Benimm dich, als sei nichts passiert. Ach ja, ich gebe dir einen Schlüssel für das Tor in der Mauer, warte noch.«

Giuliana lief rasch ins Haus und holte einen Schlüssel, den sie Maria in die Hand drückte.

»Ich habe ein schlechtes Gewissen, dich hier allein zu lassen. Wenn deutsche Soldaten kommen, bist du in

Gefahr«, sagte Maria, die immer noch zögerte zu gehen.

»Ich sperre mich im Haus ein«, versprach Giuliana. »Ich habe keine Angst.« Doch das entsprach nicht der Wahrheit. Sie war allein. Allein mit einem deutschen Deserteur, der drüben im Atelier lag und schlief.

*

Maria trat mit aller Kraft in die Pedale, wagte kaum, nach rechts und links zu blicken, aus Angst, plötzlich deutsche Soldaten hinter den Büschen auftauchen zu sehen. Nur nicht daran denken, einfach weiterradeln, schärfte sie sich ein und war zutiefst erleichtert, als die ersten Häuser von Campodoglio auftauchten. Schnell sprang sie vom Rad und schob es über die Piazza auf die *paneteria* zu.

Die alte Rosalia stand ungeduldig und sichtlich schlecht gelaunt davor und schimpfte mit Maria, dass sie eine alte Frau so lange warten ließ.

»Wo warst du denn, du hättest schon vor über einer Stunde öffnen müssen!«

»Tut mir leid«, murmelte Maria, öffnete die Tür und betrat zusammen mit Rosalia den Raum. Zerstreut gab sie der alten Frau ihr Brot, wortlos nahm sie das Geld.

Mit einem mürrischen Gruß verließ Rosalia den Laden. Maria ging rasch in die Backstube, um sich ihre weiße Schürze überzuziehen. Unablässig dachte sie an den Deutschen. Wie er sie angesehen hatte … Diesen Blick konnte sie nicht vergessen. Auch als sie ihm die Füße verband, hatte er aus seinen tiefblauen Augen nur sie, Maria, angeschaut.

»Hallo?«, rief eine barsche Männerstimme aus dem Laden.

»Ich komme schon!« Eilig verknotete sie das Band der Schürze und lief nach vorn. Hinter der Theke stand Manfredo Valli.

15

Mit der Nacht kam die Angst.

Giuliana blieb unten im Wohnzimmer. Sie kauerte auf dem Sofa, eingehüllt in eine warme Decke, neben sich das Gewehr, geladen und griffbereit. Würde sie in Gefahr auf einen Menschen schießen können? Um einen Fremden zu verteidigen, dessen Anwesenheit sie selbst in Lebensgefahr brachte? Wie auch immer, sie hatte richtig gehandelt, sie bereute es nicht, ihn aufgenommen zu haben.

Immer wieder fielen ihr vor Müdigkeit die Augen zu, aber schon nach kurzer Zeit fuhr sie erneut hoch. War da nicht ein Geräusch, flüsternde Stimmen, schleichende Schritte? Das Klicken, das Entsichern einer Waffe? Unsinn, sagte sie sich. Die Deutschen würden sich nicht anschleichen, sondern das Anwesen stürmen. Aber was dann? Nur nicht daran denken, nur nicht …

Giuliana fröstelte. Sie schälte sich aus ihrer Decke und schlich in die Küche. In der Hintertür gab es in Augenhöhe ein kleines Guckloch. Sie presste das Gesicht dagegen und versuchte angestrengt, etwas zu erkennen. Nichts regte sich, alles war ruhig, in Dunkelheit gehüllt.

Fast hoffte Giuliana in diesem Moment, dass der junge Mann am nächsten Morgen verschwunden sein würde, ehe seine Verfolger eintrafen. Doch durfte sie ihm überhaupt wünschen, dass er es bis nach Florenz schaffte oder, besser noch, über die Grenze in die Schweiz? Er war ein Deutscher. Schlagzeilen fielen ihr ein: die Gestapo in Rom … die Gestapo in Mailand … Verhaftungen … Erschießungen …

Giuliana ging zurück ins Wohnzimmer, hüllte sich erneut in die Decke, setzte sich mit angezogenen Beinen aufs Sofa und umschlang sie mit ihren Armen. Was würde Sophia zu all dem sagen, was ihre Enkelin hier tat? Die Antwort kannte Giuliana: Sophia würde keinen feindlichen Soldaten schützen. Aber sie musste ja auch nicht davon erfahren. In ein paar Tagen würde es Claus von Welser bessergehen; bevor Sophia zurückkam, war er fort. Ihre Furcht entstand nur durch die Gespenster der Nacht.

Giuliana hatte eine klare Entscheidung getroffen, als sie den Deutschen aufnahm, und sie stand dazu. Erneut schlug sie ihre Decke zur Seite und tastete im Halbdunkel nach der Identifikationsmarke mit den vielen Zahlen auf Vorder- und Rückseite. Was bedeuteten sie? Registernummer? Nummer seiner Kompanie? Dann groß eine 0, war das seine Blutgruppe? Die anderen Zahlen konnte sie nicht genau erkennen. 10-5-15? War das sein Geburtsdatum? Er hatte ihr seinen Namen genannt, Claus von Welser. Und in Gedanken entschied sie, was in ihrer Macht stand, würde sie für ihn tun. Denn er war ein junger Mann, der Hilfe brauchte und dessen Lächeln ihr Herz berührt hatte.

*

Als es endlich hell wurde, quälte sie sich vom Sofa hoch und ging in die Küche, öffnete die Hintertür und sah hinüber zum Atelier. Die Stille des frühen Morgens war im Gegensatz zu der in der Nacht voller Frieden.

Giuliana ging nach oben ins Badezimmer und spritzte sich kaltes Wasser in ihr übermüdetes Gesicht. Dann hob sie den Kopf und sah sich im Spiegel an. »Giuliana, du bist wahnsinnig«, murmelte sie.

Nein, er brauchte sie, und sie half ihm. Das war alles.

Nachdem sie sich rasch fertig gemacht hatte, kochte sie Kaffee und stellte die Kanne sowie eine Tasse auf das Tablett, legte Brot, Butter, Trauben und Birnen dazu.

In der Nacht hatte sie sich noch gewünscht, dass der Mann am Morgen verschwunden wäre, doch als sie jetzt mit dem Tablett durch den Garten huschte, hoffte sie inständig und gegen jede Vernunft, Claus von Welser möge noch da sein. Sie klopfte mehrmals leise an die Tür, sah sich um und schloss dann rasch auf.

Claus saß auf der Kante des Bettes und sah ihr unsicher entgegen. Er trug die Hose und das Leinenhemd, aber nicht die leichten Schuhe, denn wegen der dicken Verbände, die Maria ihm angelegt hatte, passte er nicht hinein. Mit einem Blick erkannte Giuliana, dass er alles gegessen hatte, was Maria ihm am Tag zuvor hingestellt hatte. Auch jetzt verschlang er gierig das Brot und das Obst. Giuliana sah ihm dabei zu. Als nichts mehr übrig geblieben war, fragte sie ihn: »Wo kommen Sie her? Wie weit sind Sie gelaufen?«

»Ich weiß es nicht, wir hatten den Befehl, ein bestimmtes Gebiet der Toskana zu besetzen und dort Partisanen in einem Dorf aufzuspüren. Wir sollten alle Einwohner erschießen, alle – auch die Kinder«, fügte er leise hinzu. »Das konnte ich nicht.«

Giuliana unterdrückte den starken Impuls, sich neben ihn zu setzen und seine Hand zu drücken oder ihm tröstend über die Wange zu streichen. »Das muss entsetzlich sein«, sagte sie. »Wie lange sind Sie schon unterwegs?« Nun nahm sie doch neben ihm Platz.

Er dachte angestrengt nach und zuckte mit den Schultern. »Ich habe keine Ahnung, ich bin einfach nur gelaufen, gerannt und gerannt ... Es war Nacht, dann wieder Tag, noch mal Nacht, wieder Tag, bis ich hierherkam. Ich weiß es nicht ...« Noch einmal überlegte er, dann hob er hilflos die Hände und ließ sie wieder fallen. Sie zitterten jetzt so stark, dass er nicht mehr nach der Tasse greifen konnte. So umschloss sie mit ihren Fingern seine Hand und führte die Tasse zu seinem Mund. Hastig schlürfte er den heißen Kaffee. Danach fiel er wieder erschöpft auf das Bett zurück.

»Danke«, flüsterte er. »Danke für alles, aber in der nächsten Nacht werde ich verschwinden. Es ist besser so.«

»Nein, nein, nicht bevor Ihre Füße verheilt sind. Mit diesen Blasen und Abschürfungen haben Sie keine Chance. Später, wenn meine Freundin da ist, machen wir Ihnen neue Verbände. Ich denke, es dauert zwei, drei Tage, bis die Blasen verheilt sind.«

Claus schloss bereits wieder die Augen, und Giuliana dachte, er sei eingeschlafen, doch dann fing er leise an zu sprechen. Er unterbrach sich immer wieder, suchte nach den richtigen Worten, wollte sie offensichtlich überzeugen, dass er nicht zu den Mördern gehörte, nicht zu den grausamen Schergen Hitlers, er sei anders, sie müsse ihm glauben.

Doch glaubte sie das nicht schon längst?

Er machte eine kurze Pause, doch dann erzählte er weiter, von seiner Familie, seiner Kindheit, seinem Literaturstudium in München, hastig, schnell, als wolle er das alles loswerden.

Er vertraut mir, schoss es Giuliana durch den Kopf. Spürte er, dass sie bereit war, viel für ihn zu riskieren? Oder war er so verzweifelt, so ohne Hoffnung, lebend davonzukommen, dass er einfach reden musste?

»Als wir diesen Befehl bekamen, konnte ich nicht mehr. Ich wollte einfach nur weg … Doch ich habe die Orientierung verloren«, setzte er nach einer Pause hinzu. »Vor dem Krieg war ich einmal hier, in der Toskana, ich habe Freunde, die in Florenz leben, aber jetzt sind sie in Amerika.« Plötzlich begann er zu weinen. Scheu griff Giuliana nach seiner Hand. »Wieso sprechen Sie so gut Italienisch?«, flüsterte sie.

»Mein Onkel ist mit einer Italienerin verheiratet, sie hat mir die Sprache beigebracht. Ich liebe euer Land und eure Städte, vor allem Rom. Ich war oft dort. Kennen Sie das Caffé Greco?«

Giuliana lächelte. »Ja, ich komme aus Rom«, erzählte sie, »und natürlich kenne ich das Café. Ich glaube, alle Deutschen gehen dorthin, weil schon Goethe dort seinen Kaffee getrunken hat.«

»Auch Heinrich Heine, mein Lieblingsdichter.« Claus verstummte, und Giuliana machte schon Anstalten, vorsichtig aufzustehen, um ihn schlafen zu lassen.

»Wie heißen Sie?«, flüsterte er in dem Moment.

»Giuliana«, sagte sie. »Giuliana Angelini.«

»Was für ein schöner Name!« Jetzt lächelte er. »Und, Giuliana Angelini, wollen Sie nach Rom zurück?«

»Vielleicht, irgendwann, ich denke schon«, antwortete sie zögernd. »Eigentlich ist Rom meine Heimat. Doch der Krieg hat alles verändert. Ich kam hierher, um meine Großmutter zu besuchen, und bin geblieben. Das war vor drei Jahren.«

Drei Jahre, schoss es ihr durch den Kopf. Würde es noch das Rom ihrer Kindheit und Jugend sein, wenn sie zurückkehrte?

Würde es die Schule noch geben, oder hatten Bomben

das alte Kloster zerstört? Wie ging es Schwester Angela, der Leiterin? Giuliana dachte an die Wohnung ihres Großvaters, in der sie zehn glückliche Jahre mit ihm gelebt hatte.

Würde es das Albertina's noch geben, in das sie so oft gegangen waren? Die Spanische Treppe, die sie hochlief, wenn sie nach Hause wollte, die Piazza Trinità dei Monti, die sie überqueren musste, um in ihre Straße einzubiegen? Würde es noch die vielen kleinen Bars geben, in denen man seinen Espresso trank und in denen sich Giuliana während ihrer Ausbildung oft mit Freundinnen getroffen hatte?

Erinnerungen, Erlebnisse, verbunden mit der Stadt ihrer Kindheit und Jugend. Rom, *ihre* Stadt.

»Woran denken Sie?«, fragte Claus, und sie schreckte aus ihren Erinnerungen hoch.

»Ach, an Rom«, erklärte sie rasch. »Aber auch an meine Großmutter und das Haus hier, ich weiß irgendwie nicht mehr genau, wo ich hingehöre …«

»Heute«, sagte Claus, »heute gehörst du hierher, genau an diesen Ort.« Giulianas Herz klopfte, sie war überrascht über das plötzliche Du, es klang so vertraut, es gab ein Gefühl von Zusammengehörigkeit. Sie lächelten sich an, und Giuliana saß ganz still, in Schweigen versunken, bis er sie sanft an sich zog. Eng aneinandergeschmiegt verharrten sie und sprachen nicht. Dann nahm Claus ihre Hand, zog sie an seine Lippen und hauchte einen Kuss auf die Innenseite.

»Danke, danke für alles.«

Viele Jahre später würde sie immer noch an diesen Moment denken, an diesen zarten Kuss und an seinen Blick, aus dem Ernst und tiefe Verzweiflung sprachen.

»Ich werde es nicht schaffen«, sagte er ruhig, »doch ich bin glücklich, dich getroffen zu haben.« Mit einer traurigen Geste strich er ihr zart über die Wange. »Vergiss mich nicht, bitte, vergiss niemals diesen Augenblick. Ich werde nicht überleben, und ich denke, du weißt es. Aber wir haben diesen Moment.«

Da nahm sie sein Gesicht zwischen ihre Hände und küsste ihn sanft auf beide Wangen. Ruhig, zärtlich, als seien sie seit langem ein Liebespaar.

Fühlte sich so Liebe an? Zärtlichkeit, verbunden mit Schmerz und Verlustangst?

Er könnte bleiben, sie konnte ihn verstecken, vielleicht sogar vor Sophia … Doch Giuliana begriff, je länger er blieb, desto quälender würde die Angst werden, dass er entdeckt wurde. Sei es von den Faschisten, von Manfredo Vallis Männern oder von den Deutschen. Sie vergaß ganz, dass sie auch ihr eigenes Leben aufs Spiel setzte, wenn sie ihn weiterhin schützte.

Am frühen Nachmittag kam Maria angeradelt, winkte Giuliana zu, die unter dem Pinienbaum saß, warf ihr Rad ins Gras und lief auf sie zu.

»Und? Ist er noch da?«

»Er schläft die meiste Zeit«, antwortete Giuliana mit einem Nicken und legte dabei ihren Zeigefinger auf die Lippen.

»Gehen wir dann heute nicht zu ihm?« Maria konnte ihre Enttäuschung kaum verbergen.

»Er wird sicher bis heute Abend, wenn nicht bis morgen früh durchschlafen, ich denke, er kann sich jetzt endlich entspannen«, antwortete Giuliana.

»Nun, vielleicht ist es sogar ganz gut, wenn ich heute

pünktlich nach dem Mittag wieder öffne«, sagte Maria zögernd. »Gestern habe ich mich sehr erschrocken.«

»Warum?«

»Manfredo Valli kam in meinen Laden.«

»Und?« Giuliana erschrak, als Maria diesen Namen erwähnte.

»Er wollte ein Brot kaufen.«

Sie sahen sich an und brachen in prustendes Gelächter aus, bis sie nach Atem rangen.

Doch das Lachen klang selbst in ihren eigenen Ohren falsch, denn sie versuchten damit lediglich verzweifelt, die Angst zu vertreiben.

*

Am nächsten Mittag brachte Giuliana Claus von Welser Polenta mit Speck ins Atelier. Als sie es betrat, ließ sie die Tür weit offen, so dass Helligkeit und Luft in den stickigen Raum gelangen konnten.

Claus war wach. Er lag auch nicht auf dem Bett, sondern er war aufgestanden und sah sich die Bilder von Mattia an.

»Die sind gut, wirklich gut, soweit ich das im Dämmerlicht erkennen kann. Wer hat sie gemalt?«

»Der Freund meiner Großmutter. Er lebt mittlerweile in Rom. Sein Name ist Mattia. Aber willst du dich nicht wieder hinlegen?«

»Jaja … sofort. Und wo ist deine Großmutter?«

»Sie ist …« Giuliana zögerte. »Sie ist verreist und kommt in ein paar Tagen zurück.«

»Und wer ist bei dir? Bist du ganz allein?«

Sollte sie die Wahrheit sagen? Dass niemand sie beschützte, falls … Falls was?, dachte sie. Dann sah sie Claus an, der sie beobachtete.

»Jeden Tag kommt jemand«, erklärte sie, »nicht nur meine Freundin Maria, sondern auch Fabio und andere. Und jetzt solltest du dich wieder hinlegen«, wechselte sie rasch das Thema.

»Ich kann doch nicht Tag und Nacht nur schlafen, ich fühle mich ausgeruht.«

»Ja, aber deine Füße sind noch nicht abgeheilt, so schnell geht das nicht«, ermahnte Giuliana ihn. Sie sah zu, wie Claus eines der Bilder hochhob und damit zur Tür ging, um es im Licht anzusehen.

»Das hier ist besonders schön.« Er wandte sich lächelnd Giuliana zu.

»Es ist auch mein Lieblingsbild«, sagte sie erstaunt. »Mattia hat es mir sogar geschenkt.« Das Bild, das Claus in Händen hielt, war »Das Haus unter den Zypressen«.

»Es ist schön«, sagte sie leise, »dass es dir auch so gefällt wie mir.«

Claus brachte das Bild vorsichtig wieder an seinen Platz, dann setzte er sich aufs Bett und aß hastig die Polenta, während Giuliana ihn beobachtete.

»Ich habe immer noch solchen Hunger.« Es klang wie eine Entschuldigung.

»Du sollst auch essen«, erwiderte sie, »damit du wieder zu Kräften kommst. Du hast deinen Bart abrasiert?«, fragte sie dann, hob ihre Hand und strich ihm scheu über die glatte Wange. »Wäre es nicht besser gewesen, ihn wachsen zu lassen? Wir hätten ihn und deine Haare sogar schwarz färben können, damit …«

Jetzt lächelte er sie an und griff nach ihrer Hand.

»Danke, dass du dir so viele Gedanken um mich machst.«

Sie saßen nebeneinander, bis Claus das Tablett auf den Boden stellte und ihr sein Gesicht zuwandte. Mit seinen Lippen berührte er ihren Mund und verschloss ihn mit einem zärtlichen Kuss.

»Amore mio«, flüsterte er, dann fiel er in seine Muttersprache, doch Giuliana verstand ihn, auch ohne Deutsch zu können. »Ich liebe dich, ich möchte dich nie wieder verlassen, niemals …«

*

Um vierzehn Uhr kam Maria. Sie sperrte das Tor auf, warf ihr Fahrrad ins Gras und lief rasch und lautlos zum Atelier. Heute trug sie ein ausgeschnittenes dunkelblaues Kleid mit einem Maiglöckchenmuster. Es stand ihr gut und betonte ihre Figur. Würde es Claus gefallen? Sie konnte es kaum erwarten, ihn wiederzusehen. Ging es ihm genauso? Sein Blick hatte doch alles gesagt, sie musste nicht zweifeln, oder doch? Hoffentlich war Giuliana nicht bei ihm, so dass *sie* heute mit Claus allein sein konnte. In den Händen hielt sie einen Teller mit einem kleinen Kuchen. Würde er sich darüber freuen? Erwartete er sie bereits ungeduldig?

Die Tür vom Atelier war nur angelehnt, und Claus lag auf dem Bett, als sie hereinkam. Plötzlich war Maria verlegen und wusste nicht, was sie sagen sollte.

»Die … die Tür war nicht verschlossen«, stammelte sie deshalb. »Warum nicht?«

»Ich weiß nicht«, antwortete Claus. »Wir haben es vergessen.«

»Wir?« Irgendetwas in der Stimme des Deutschen ließ Maria aufhorchen. »Haben Sie geschlafen?«, fragte sie weiter. »Ich wollte Sie nicht wecken.«

»Nein, Giuliana war hier und ist gerade erst gegangen.«

»Ach ja? Wie lange war sie denn da?«, fragte Maria. Claus schien ihre Frage nicht gehört zu haben.

»Nun, ich habe Ihnen einen Apfelkuchen gebacken.« Sie ließ sich vorsichtig auf der Kante des Bettes nieder und stellte den Teller neben sich. »Ich habe ihn schon in Stücke geschnitten, wollen Sie probieren?«

»Danke, gern, das ist sehr lieb von Ihnen. Aber ich möchte noch ein wenig warten, denn ich habe gerade erst Polenta gegessen.«

»Ich heiße übrigens Maria, Maria Cortesi«, platzte sie heraus. Sie war verlegen und wusste nicht so recht, was sie sagen sollte, da der Deutsche schwieg. Doch dann lächelte er sie an und stellte sich ebenfalls vor.

»Ist Giuliana oft hier?«, fragte Maria gespannt.

Claus setzte sich auf und lehnte sich gegen die Kissen. »Nein, ich schlafe ja die meiste Zeit«, sagte er ausweichend.

Er sagt mir nicht die Wahrheit, schoss es Maria durch den Kopf, und heftige Eifersucht ergriff sie. Sie legte ihre Hand aufs Bett, ganz nahe an die des Deutschen, in der Hoffnung, er würde danach greifen.

»Ich führe eine *paneteria* im Ort«, erzählte sie. »Sie gehört mir.« Doch Claus hatte bereits wieder die Augen geschlossen, und sein Kopf fiel ein wenig zur Seite.

»Also, dann gehe ich mal zu Giuliana.« Unentschlossen erhob sich Maria. »Wir kommen ja später, um Ihren Verband zu erneuern.«

»Ja, das ist lieb von euch.« Er lächelte ihr zu, griff jetzt nach ihrer Hand und drückte sie leicht. »Danke, danke auch Ihnen für Ihre Hilfe.«

Maria dachte fieberhaft nach, was sie noch sagen könnte, denn jetzt wollte sie doch unbedingt bleiben. Vielleicht nahm er ja noch einmal ihre Hand? »Ich möchte später in Rom eine *paneteria* eröffnen«, plapperte sie drauflos.

Claus lächelte. »Rom ist eine wunderbare Stadt, ich war schon oft dort. Nach Museen- und Kirchenbesuchen habe ich dann gern im Caffé Greco gesessen. Wenn Sie in Rom sind und dort einen Espresso trinken, denken Sie an mich.« Seine Stimme klang traurig, und wieder schloss er die Augen.

»Ja, das mache ich«, versprach Maria rasch. Dann sah sie, dass Claus wieder eingeschlafen war, und so verließ sie leise das Atelier und ging hinüber ins Haus.

Maria fand ihre Freundin in der Küche. Giuliana spülte Geschirr. »Ciao, Maria, was für ein schönes Kleid«, sagte sie mit einem zerstreuten Lächeln. »Ein seltener Anblick, du einmal nicht in Hosen.«

Maria strich verlegen über das Kleid. »Weißt du, meine Hosen und Blusen sind gerade in der Wäsche, also bleibt mir nichts anderes übrig, als Kleider anzuziehen.«

»Ja, warum auch nicht?« Giuliana sah kurz hoch, während sie weiterspülte. »Es steht dir gut.«

»Danke.«

»Setz dich doch«, forderte Giuliana ihre Freundin auf, während sie jetzt anfing, das Geschirr abzutrocknen. Doch Maria blieb stehen und beobachtete Giuliana unsicher.

»Die Tür zum Atelier stand auf, deshalb war ich kurz

bei ihm und habe ihm einen Apfelkuchen gebracht«, erzählte sie dann. »Warum hast du nicht abgesperrt? Das hatten wir doch beschlossen.«

»Stimmt, aber jetzt habe ich ihm den Schlüssel gegeben. Er kann selbst entscheiden, wann er die Tür auflassen und wann er sie absperren will.«

Maria atmete tief durch. »Ach so, du und Claus, ihr beide habt das beschlossen?« Der Ton ihrer Stimme war schärfer als gewollt.

Giuliana hob erstaunt den Kopf. »Maria, was soll das? Die Tür bleibt offen, wenn er es will. Ich möchte ihn nicht einsperren.«

»Du willst wohl, dass er nachts zu dir kommt?«, fragte Maria, schwächte ihre eifersüchtige Frage jedoch mit einem kleinen Lachen ab.

»Ach Maria, so ein Unsinn. Komm, lass uns einen Kaffee trinken, und dann gehen wir zusammen hinüber, um die Verbände zu erneuern.«

Als sie später im Atelier waren, verfolgte Claus mit seinen Augen jede Bewegung von Giuliana, und Maria blieb nicht verborgen, dass die zärtlichen Blicke des Deutschen ihrer Freundin galten. War es nur eine Illusion gewesen, dass er sie begehrend angesehen hatte, als sie ihm zum ersten Mal die Füße verband? Hatte sie sich getäuscht, als sie glaubte, sein Interesse gelte ihr? Vor einer Stunde erst hatte er ihre Hand ergriffen und ihr von Rom erzählt. War das alles ohne Bedeutung?

Rasch und geschickt behandelten sie die Blasen an Claus' Füßen.

»Mit diesen Verbänden passt du in die Schuhe«, erklärte Giuliana. »Aber es ist besser, du verhältst dich noch ruhig.«

»Du duzt ihn?«, fragte Maria, als sie das Atelier verließen. Tiefe Röte überzog Giulianas Gesicht.

»Ja, ich habe es ihm vorgeschlagen«, erklärte sie hastig. »Eine förmliche Anrede ist in dieser Situation wirklich überflüssig. Du kannst das doch auch machen«, schlug sie Maria rasch vor, die sie misstrauisch beobachtete. »Seine Füße verheilen gut, nicht wahr?«, wechselte sie dann das Thema, um ihre Verlegenheit zu überspielen.

»Aber es kann noch Tage dauern, bis er wieder gehen kann«, behauptete Maria.

Giuliana wandte ihr Gesicht ab, damit Maria die Tränen nicht sah, die ihr in die Augen schossen.

»Maria«, sagte sie leise, »du weißt, dass er gehen muss. Und ich denke, er hat auch wieder genug Kraft dazu.«

»Er ist bereits seit zwei Tagen hier, und wer sagt denn, dass die Deutschen ihn überhaupt noch suchen?«

Dieser Gedanke war Giuliana auch schon gekommen. Wären sie nicht längst hier aufgetaucht, wenn sie Claus in dieser Gegend vermuten würden?

Während des Gesprächs gingen sie langsam zum Tor in der Mauer.

»Aber Sophia kommt am Samstag zurück, und was dann?«

Maria griff nach Giulianas Arm. »Ich habe mir alles genau überlegt. *Ich* werde ihn verstecken!«

Giuliana lachte nervös auf. »Maria, dein Haus steht direkt an der Piazza, und du weißt, die alte Rosalia schläft nachts nicht, sondern sitzt auch dann am Fenster. Ihr entgeht nichts. Wie willst du ihn überhaupt in dein Haus bringen? Auf deinem Rad? Und wie lange willst du ihn verstecken? Bis der Krieg vorbei ist?«

»Hast du eine bessere Idee?«, verteidigte sich Maria.

»Hier in der *Casa Sophia* gibt es weder Speicher noch Keller und auch keine geheimen Kammern.«

»Im Atelier ist er relativ sicher«, widersprach Giuliana. »Wenn die Deutschen oder die Faschisten nach ihm suchen, kann er durch das rückwärtige Fenster steigen, das habe ich dir schon gesagt.«

»Und dann? Dann nimmt man ihn auf der Straße fest.«

»Maria!«, rief Giuliana verzweifelt. »Letztendlich muss er selbst entscheiden, wann er gehen will und wann er dazu in der Lage ist.«

Maria bückte sich und nahm ihr Fahrrad hoch.

»Weißt du«, sagte sie mit abgewandtem Gesicht, »vorhin im Atelier, da …« Sie zögerte für einen Augenblick. »Da habt ihr euch so angesehen … Ist etwas zwischen euch?« Jetzt sah sie Giuliana direkt in die Augen.

»Wie kommst du denn darauf?«, fragte Giuliana verlegen.

»Es ist nur so ein Gefühl«, behauptete Maria.

Giuliana antwortete nicht sofort. Sie dachte an den Kuss, den sie noch auf den Lippen spürte.

»Wir müssen zusammenhalten, Maria«, sagte sie dann. »Wir sollten nur daran denken, wie wir ihm helfen können. Wir dürfen uns nicht streiten.«

»Das tun wir doch nicht. Ich will nur wissen, ob etwas zwischen euch vorgefallen ist, das ist alles«, antwortete Maria bissig, schob ihr Rad ein paar Schritte weiter und blieb dann wieder stehen. »Weißt du«, brach es aus ihr heraus, »als wir ihn gefunden haben, da hat er mich so angesehen, aber –«

»Lass den Unsinn, Maria«, unterbrach Giuliana sie hastig. Plötzlich erkannte sie, dass Maria eifersüchtig auf sie war – und dass sich die Freundin Hoffnungen gemacht hatte. Warum sonst trug sie heute das tief ausgeschnittene Kleid? Und warum hatte sie, Giuliana, das nicht sofort erkannt?

»Bitte«, beschwor sie nun Maria, um das Gespräch rasch zu beenden. »Du musst in die *paneteria* zurück. Sicher warten schon Kunden auf dich. Sie werden misstrauisch werden.«

Einen Moment lang zögerte Maria und warf ihrer Freundin einen unsicheren Blick zu. »Du hast recht«, sagte sie dann. »Ich muss zurück. Am Freitagvormittag holen die Santinis ihre Hochzeitstorte ab. Ihr Sohn ist auf Heimaturlaub und heiratet an diesem Tag. Ich weiß noch gar nicht, wie ich das alles schaffen soll.«

»Am Freitag?« Giuliana war betroffen. »Da muss ich für Sophia eine Lieferung mit dem Rad ausfahren. Der Wirt der *Osteria del Monte* wartet auf mich«, erklärte sie beunruhigt. »Das bedeutet, dass Claus allein sein wird. Falls er dann noch da ist«, fügte sie hinzu.

Maria dachte nach, doch dann schlug sie vor: »Wenn du morgens wegmusst, werde ich auf alle Fälle herkommen.«

»Und die Torte?«

»Die kriege ich schon irgendwie hin.« Maria machte noch immer keine Anstalten, loszufahren, sondern drehte nervös an ihrer Fahrradklingel. »Ich will es jetzt wissen, gibt es etwas, das du mir verschweigst?«, stieß sie schließlich hervor.

Giuliana lachte auf. »Bitte, Maria, lass das jetzt und fahr zurück.«

»Na gut«, war Marias unwillige Antwort. »Gehst du gleich noch einmal zu ihm?«, wollte sie noch wissen. Ihre Stimme klang angespannt, und ihre Augen beobachteten Giuliana scharf.

»Nein, er soll sich ausruhen. Je schneller er zu Kräften kommt, desto besser. Ich bleibe drüben im Haus«, versicherte Giuliana ihr. »Also, mach's gut, und schließ von draußen das Tor ab.«

»Ja, natürlich«, antwortete Maria hastig. »Ich wollte nur, dass du mir die Wahrheit sagst, das ist alles. Weil wir ehrlich miteinander umgehen sollten.«

»Schon gut, Maria, das tun wir doch.« Rasch drehte sich Giuliana um und ging den Weg zurück.

»Wir haben ihn zusammen gefunden!«, rief Maria ihr nach. »Auch ich bin ein Risiko eingegangen, als wir ihn versteckten, vergiss das nicht.«

Giuliana wandte sich noch einmal um. »Natürlich vergesse ich das nicht, Maria. Ciao.«

Maria sah ihr nach. »Sie geht zu ihm«, murmelte sie. Schon wollte sie ihr Fahrrad ins Gras werfen und ihrer Freundin nachlaufen, als sie sah, wie Giuliana am Atelier vorbeiging und den Weg zum Haus einschlug.

16

Giuliana stand in der Küche am Herd und kochte eine Minestrone. Von hier aus hatte sie zwischen den Zypressen hindurch das Atelier im Blick. Ihre Nerven waren angespannt, sie lauschte nach draußen, versuchte, zwischen den Bäumen etwas zu erkennen, was auf Gefahr hinwies.

Sie musste unbedingt ruhiger werden.

Es wurde dunkel, und Giuliana zog den Topf mit der Suppe vom Herd, holte einen Löffel aus der Schublade und ging damit hinüber zum Atelier. Claus schlief nicht mehr, er saß auf dem Bett, vornübergebeugt, die Arme auf den Knien abgestützt. Als sie kam, stand er sofort auf.

»Endlich, ich habe schon sehnsüchtig auf dich gewartet.«

»Du hast vorhin geschlafen, da wollte ich dich nicht stören.«

»Der Schlaf hat mir gutgetan. Ist deine Freundin weg?«

Giuliana setzte sich ganz nahe neben ihn aufs Bett.

»Ja, sie ist gegangen. Ich habe dir eine Minestrone gekocht.« Sie sah zu, wie er die Suppe hastig aus dem Topf löffelte. Sein Hunger schien unstillbar zu sein.

»Claus«, begann sie nach einer Weile, »hast du, nachdem du deine Einheit verlassen hast, das Gefühl gehabt, verfolgt zu werden?«

»Zuerst schon«, bekannte er, »ich bin einfach nur gelaufen und gelaufen, immer in der furchtbaren Angst, sie holen mich ein. Irgendwann war es dann Nacht, und ich versteckte mich in einem Heuschober. Als am Morgen der Bauer kam, rannte ich fort, bevor er mich entdecken konnte. Ich hatte jedes Gefühl für Zeit verloren und keine Ahnung, wo ich war … bis ich hier zusammenbrach.«

»So haben wir jetzt gar keinen Anhaltspunkt, aus welcher Richtung deine Truppe kommen wird.«

»Ja, leider«, antwortete er, schloss die Augen und schien nachzudenken, schüttelte dann aber den Kopf und sagte: »Ich kann mich an nichts erinnern, an keinen Ort, nichts Markantes. Es tut mir leid.« Er griff nach Giulianas Hand. »Wann kommt deine Großmutter zurück?«

»Am Samstag«, antwortete Giuliana zögernd.

»Bleib heute Nacht bei mir, bitte«, flüsterte er plötzlich und zog Giuliana an sich. Doch sie löste sich aus seiner Umarmung, sprang schnell auf, nahm den leeren Topf und floh zur Tür. Auch Claus war aufgesprungen und folgte ihr.

»Kommst du später wieder?« Er griff um sie herum und legte seine Hand auf die Türklinke. »Bitte!«

»Ich …«

»Bitte«, wiederholte er drängend.

»Vielleicht.«

»Wann?«

»Um zehn«, antwortete sie aufs Geratewohl. »Die Uhr der Kirche von Campodoglio schlägt laut, du kannst sie hören. Kurz vor der Verdunkelung.«

*

Es war Abend, und Maria war noch einmal zurückgekehrt. Leise schloss sie die Tür in der Mauer auf, zwängte sich mit ihrem Rad durch den schmalen Spalt, bemüht, kein

Geräusch zu machen, und bewegte sich lautlos weiter. Sie trug eine lange schwarze Hose und einen dunklen Pullover, um nicht gesehen zu werden. Zielstrebig lief sie durch die Obstbäume und spähte zum Atelier, doch sie konnte nichts erkennen. Daher schlich sie weiter bis in den Olivenhain. Sie presste sich kurz gegen den knorrigen Stamm des ältesten Baumes und huschte dann zur Pinie. Von hier aus hatte sie das Atelier genau im Blick. Doch nichts rührte sich dort, es brannte kein Licht, kein Laut war zu hören bis auf das laute Zirpen der Grillen.

Drüben im Haus sah Maria das erleuchtete Schlafzimmer im ersten Stock, Giulianas Zimmer. Doch auch dort schien alles ruhig zu sein. Maria wartete. Irgendwann schlug die Kirche von Campodoglio neun Mal. Maria verharrte noch für eine Weile, aber nichts geschah. Da löste sie sich von dem Baumstamm, huschte zurück zum Tor und verließ die *Casa Sophia.*

Ihr Verdacht schien unbegründet.

*

Neun … es schlug neun Uhr. Giuliana lauschte auf die dumpfen Schläge der Wanduhr im Wohnzimmer. Sollte sie wirklich noch eine Stunde warten? Warum eigentlich, es gab keinen Grund dafür. Sie hatte sich entschieden. Sie wollte bei ihm sein, die Nacht mit ihm verbringen.

Giuliana hatte ihre Haare gewaschen, die sie zum ersten Mal offen trug, seit Claus hier war. Jetzt öffnete sie den Schrank. Ein Kleid, zwei praktische Röcke, mehrere Blusen, Strickjacken und ein Pullover. Doch dann griff sie nach dem Kleid, das sie damals in Rom noch rasch in den Koffer gepackt hatte, das weiße Spitzenkleid von Simonetta Scalia. Giuliana strich nachdenklich über das kühle, glatte Leinen und die zarte Spitze, bevor sie hineinschlüpfte. Heute würde sie es zum ersten Mal tragen. Dann ging sie in das Zimmer ihrer Großmutter hinüber und betrachtete sich fast feierlich im Spiegel. Sogar im trüben Licht der Deckenlampe konnte man erkennen, wie gut ihr das Kleid stand.

Doch dann wurde sie unsicher. Das Kleid war ausgefallen und extravagant. Was würde Claus dazu sagen, wenn sie plötzlich so aufgeputzt zu ihm kam? Würde sie ihm gefallen?

Zum ersten Mal würde sie heute die Nacht mit einem Mann verbringen. Sie dachte an Sophias Worte, als sie über ihre Liebe zu Mattia sprach. Sinngemäß hatte sie gesagt: *Wenn du der Liebe begegnest, fragst du nicht danach, ob die Menschen dein Verhalten gutheißen, das spielt keine Rolle. Du willst nur mit dem Menschen zusammen sein, den du liebst, egal, welchen Preis du dafür zahlst.*

Jetzt empfand Giuliana genauso. Sie liebte einen Deutschen, einen Feind. Sie riskierte alles für ihn. So wie Sophia damals für Mattia.

Denn nichts war mehr von Bedeutung, nichts zählte, nur die kommenden Stunden mit Claus.

Giuliana lief die Treppe hinunter und in den stillen Garten. Für einen kurzen Moment blieb sie stehen – hatte sie das leise Quietschen des Tors hinten gehört? Sie lauschte angespannt, doch nichts regte sich, sie musste sich getäuscht haben. Sie lief weiter zum Atelier und klopfte leise an die Tür. Sofort wurde von innen geöffnet, und Claus stand vor ihr.

»Komm«, flüsterte Giuliana, »komm mit mir.« Sie nahm ihn bei der Hand und ging mit ihm zurück zum

Haus. Schweigend folgte er ihr die Treppe hinauf in ihr Schlafzimmer.

Giuliana hatte überall Kerzen aufgestellt, und in deren Schimmer sahen sie sich stumm an. Claus' Wangen waren noch eingefallen, und sein Gesicht war blass, doch in seinen Augen lag Zärtlichkeit und der Wunsch, sie zu lieben.

»Wie schön du bist«, flüsterte er, »so wunderschön. Du siehst aus wie eine Braut.«

»Deine Braut«, flüsterte sie zurück. »Und heute will ich deine Frau werden.«

Ihre Stimme klang ruhig, ihre Ängste waren verflogen.

Claus legte seine Arme sanft um ihren Körper, seine Hände strichen zart über ihren Rücken und blieben auf ihren Hüften liegen.

»Ich liebe dich, Giuliana, ich liebe dich so sehr …« Ein tiefes Glücksgefühl überwältigte Giuliana.

»Ich liebe dich auch, ich werde dich immer lieben«, flüsterte sie leidenschaftlich und bedeckte sein Gesicht mit vielen zärtlichen Küssen.

Diese Nacht war ihre Nacht, und doch weinte sie, weil sie wusste, dass es für sie keine Zukunft gab. Da umschloss Claus ihr Gesicht mit seinen Händen und küsste sie. In diesem Moment gehörte er ihr, und das war mehr, als sie sich erträumt hatte.

*

Als Maria am nächsten Mittag kam, saß Giuliana in der Küche, trank Kaffee und hörte Radio. Sie bemerkte die Freundin nicht einmal. Claus hatte sich noch vor dem Morgengrauen leise aus dem Himmelbett gestohlen und war ins Atelier zurückgekehrt. Gestern hatte sie noch geglaubt, wenn sie nur diese eine Nacht mit ihm haben könne, wäre das genug für den Rest ihres Lebens. Doch jetzt wollte sie mehr, jetzt konnte sie sich nicht mit einer Nacht zufriedengeben, die bald nur noch Erinnerung sein würde. Giuliana schwankte zwischen dem Gefühl des unglaublichen Glücks, Claus zu lieben und wiedergeliebt zu werden, und dem schrecklichen Wissen, ihn bald zu verlieren. Selbst wenn ihn die Deutschen nicht mehr suchen sollten, so kam doch Sophia bald zurück.

Wie wird es sein, wenn er gegangen ist ... Wie wird es sein, wenn er mich allein zurückgelassen hat ... Wie wird das Leben ohne ihn sein ... Unaufhörlich kreisten diese Gedanken in ihrem Kopf. Wie konnte es weitergehen ohne ihn? Wie sollte sie jemals wieder glücklich sein, ohne ihn?

Sie beachtete Maria nicht, die sich jetzt einen Stuhl an den Tisch zog und Giuliana misstrauisch anschaute.

»Wieso bist du nicht bei ihm?«, fragte Maria. Sie spürte, dass sich etwas verändert hatte.

»Er will schlafen. Aber wieso bist *du* um diese Zeit überhaupt schon hier?«, stellte Giuliana die Gegenfrage. »Es ist erst ein Uhr.«

Maria gab keine Antwort, sie verfolgte jede Bewegung Giulianas, und alle Freundlichkeit war aus ihrem Gesicht gewichen.

»Magst du Kaffee?«, fragte Giuliana scheinbar gelassen.

Maria nickte schweigend. »Du warst heute Nacht bei ihm, stimmt's?«

»Wie kommst du darauf?« Giuliana erschrak, versuchte jedoch, ruhig zu bleiben. Dadurch verunsichert, sprang Maria auf, drehte sich schweigend um und rannte zwischen den Zypressen hindurch zum Atelier.

Giuliana folgte ihr. Da hörte sie Fabio rufen, der vor dem verschlossenen Tor stand.

»Vorsicht!«, rief sie Maria leise nach. »Fabio ist da, geh nicht ins Atelier, mach ihm auf.«

Auch Maria sah jetzt Fabio, der ungeduldig am Tor rüttelte, bis sie zu ihm lief und ihm öffnete.

»Ich habe laut gerufen, aber niemand kommt«, beklagte er sich, sichtlich verärgert, weil er hatte warten müssen. »Wieso bist du überhaupt schon wieder hier, Maria?«

»Soll das ein Verhör werden?«, antwortete Maria gereizt. »Das Gleiche könnte ich dich fragen: Wieso kommst du schon wieder her?«

»Ich sehe nach Giuliana«, erklärte Fabio. »Das habe ich Ovide versprochen.« Er ging auf Giuliana zu, die vor dem Atelier stehen geblieben war. Maria folgte ihm.

»Siehst du, das mache ich auch, ich sehe nach Giuliana.«

»Du hast die *paneteria* schon wieder geschlossen, was denkst du dir dabei?«

»Ich sagte doch, ich schaue nach Giuliana.«

»Das musst du nicht, kümmere du dich lieber um dein Geschäft. Die Leute brauchen ihr Brot und stehen vor verschlossener Tür.«

»Maria wollte gerade gehen, Fabio«, erklärte Giuliana begütigend, um einem Streit zuvorzukommen.

»Nein, das wollte ich nicht. Ich lasse mir von Fabio nicht vorschreiben, was ich tun soll«, brauste Maria auf.

Fabio musterte die beiden jungen Frauen. Ihre Nervosität war unübersehbar. Maria zupfte an dem rotgeblümten Kleid herum, das sie heute trug, und Giuliana wich seinem Blick aus. »Fabio, danke, dass Sie gekommen sind, aber es ist alles in Ordnung«, versicherte sie ihm nun. »Und es ist sehr lieb von Maria, dass sie sich Sorgen um mich macht.«

»Das ist jetzt nicht mehr nötig. Ich habe mit Ovide gesprochen. Er meint, ich soll hierbleiben, bis Sophia zurückkommt, und im Atelier schlafen. Tagsüber werde ich mich um den Garten kümmern, der hat es dringend nötig. So sind Sie nicht allein, Giuliana. Meine Sachen habe ich gleich mitgebracht.«

Erst jetzt sah Giuliana die Tasche, die Fabio in der Hand trug. Ohne auf eine Antwort zu warten, ging Fabio aufs Atelier zu.

»Nein!« Giuliana hatte sich gefangen. Sie stellte sich ihm in den Weg. »Zurzeit wohne ich darin, da fühle ich mich sicherer«, erklärte sie und sah ihm fest in die Augen. »Deshalb liegen dort meine ganzen persönlichen Sachen, ich möchte nicht, dass Sie da reingehen.«

»Gut, dann wohne ich im Haus.« Achselzuckend wandte er sich in die andere Richtung.

»Fabio, nein.«

Er blieb stehen und drehte sich zu Giuliana um.

»Ich bin schon seit einigen Tagen hier allein« – ihre Stimme klang ruhig und bestimmt –, »dann brauche ich die restliche Zeit auch keinen Schutz mehr.«

»Aber Sophia hat Ovide und Marta schon im Voraus dafür bezahlt, dass sie die zehn Tage hier sind, also möchten sie, dass ich wenigstens die letzten –«

»Ich sagte doch, ich brauche jetzt auch niemanden mehr«, unterbrach ihn Giuliana. »Aber danke, dass Sie vorbeigekommen sind.«

»Und der Garten?«

»Um den kümmere ich mich. Ciao, Fabio.«

Giulianas ruhige und bestimmte Haltung veranlasste ihn, sich zu verabschieden, wenn auch nur zögernd. Ihre Ablehnung kränkte ihn sichtlich.

»Ovide wird's nicht recht sein«, murrte er noch.

»Sagen Sie ihm, es war *mir* nicht recht, dann wird er es verstehen.«

Fabio quittierte ihre Antwort mit einem Kopfschütteln.

»Ich gehe dann auch wieder, ciao, Giuliana«, sagte Maria.

Sie und Giuliana nickten sich zu, und Maria machte sich auf den Weg zum Tor. Giuliana folgte ihr, und auch Fabio schloss sich ihnen brummig an.

»Warum trägst du eigentlich so ein elegantes Kleid? Gibt's was zu feiern?«

»Ich habe es Giuliana gezeigt, ich wollte wissen, was sie dazu sagt, schließlich kommt sie aus Rom und versteht etwas von Mode.«

»Das ist ja ganz was Neues. Du willst Eleganz nach Campodoglio bringen? Ausgerechnet du, die immer in Männerhosen herumläuft und die Leute provoziert?«, höhnte Fabio. Er hatte seine Niederlage noch nicht verkraftet.

»Ja, jetzt versuche ich es eben mit Eleganz.«

Fabio lachte spöttisch auf. Man sollte den Frauen ihre Launen lassen, das war immer noch das Beste. Nur nicht über sie nachdenken, das brachte einen Mann nur zum Wahnsinn, er hatte es schon immer so gehalten. Sie erreichten das Tor, Maria nahm ihr Fahrrad, und beide verließen das Anwesen. Draußen griff Fabio nach seinem Rad, das an der Mauer lehnte. Giuliana rief den beiden einen Abschiedsgruß nach, ehe sie das Tor abschloss.

Dann wartete sie, ob Fabio nicht doch wieder zurückkam, aber als einige Zeit vergangen war, lehnte sie sich mit einem Seufzer erleichtert gegen das Tor.

*

Einsilbig fuhr Maria neben Fabio den Weg entlang. Auch er schwieg zuerst, versuchte dann aber, sie auszufragen.

»Warum ist deine *paneteria* in letzter Zeit so oft geschlossen? Du vergisst wohl, dass du keinen Lehrling mehr hast, seit Giuseppe an der Front ist? Niemand kann für dich im Laden einspringen.«

»Lass mich in Ruhe, Fabio, das geht dich nichts an. Ich muss schließlich herumfahren und schauen, bei welchem Bauern ich noch Zutaten bekomme.«

Sie fuhr jetzt hinter Fabio, um weiteren Fragen auszuweichen. Ihre Gedanken waren bei Claus, wie meist in diesen Tagen.

Sie hatte ihm vom ersten Moment an gefallen, das hatte sie gespürt, als er sie ansah.

Was aber war mit Giuliana, drängte die sich etwa zwischen sie? Die Gelegenheit dazu gab es, denn schließlich konnte Giuliana jederzeit zu Claus ins Atelier gehen, während sie an ihre *paneteria* gebunden war und sich von Fabio und den anderen dumm anreden lassen musste, wenn sie nicht ganz pünktlich zurückkam.

»Ciao, Fabio«, verabschiedete sie sich von ihm, als sie in den Ort hineinfuhren. Vor der verschlossenen Tür ihrer *paneteria* stand bereits wieder die alte Rosalia, die ihrem Unmut über die Verspätung laut Ausdruck verlieh. Wortlos öffnete Maria die Tür und ließ sie in das stickige Ladenlokal eintreten.

»Du bist oft weg«, stellte die Alte fest, »pass nur auf,

Manfredo Valli hat schon nach dir gefragt und wollte wissen, wohin du immer unterwegs bist.«

Maria erschrak.

»Ich habe nicht gesagt, dass du in die *Casa Sophia* fährst«, flüsterte Rosalia ihr lauernd zu, obwohl sie allein im Raum waren. »Aber du solltest nicht dauernd zusperren, du bekommst Ärger. Denke an meine Warnung, Maria.«

Maria sah ihr durchs Fenster nach, wie sie in ihrem schwarzen Wollrock und mit dem Tuch über den Schultern die Straße überquerte. Sie war zutiefst erschrocken über Rosalias Worte.

War sie ins Visier von Manfredo Valli geraten?

*

Die Zeit bis zu Sophias Rückkehr wurde knapp.

Giuliana und Claus lagen am Abend im Himmelbett und sprachen alle Möglichkeiten seiner weiteren Flucht durch. Sie versuchten, ruhig und besonnen zu bleiben und Gefühle außer Acht zu lassen. Doch sie waren verzweifelt, denn die Stunde der Trennung kam unerbittlich näher.

»Meine Füße sind weitgehend abgeheilt, und ich bin ausgeruht, also werde ich gehen, bevor deine Großmutter am Samstag zurückkommt.«

Giuliana nickte. »Wann genau sie kommt, weiß ich nicht.«

»Dann werde ich an diesem Tag noch vor Morgengrauen fort sein.«

»Morgen muss ich eine Lieferung zur Osteria del Monte bringen. Uns bleibt also nur noch diese Nacht.«

Verzweifelt klammerten sie sich aneinander. In der Dunkelheit erzählten sie einander flüsternd von ihrer Vergangenheit und ihren Familien. Sie hatten das große Bedürfnis, dem anderen alles über sich zu erzählen.

Claus schwärmte von heißen Sommertagen an einem See in der Nähe von München, von blühenden Wiesen, über die er als Kind mit seiner gleichaltrigen Freundin lief, die Hitze unter den nackten Füßen spürend. Er erzählte von verschneiten Weihnachtstagen, einem duftenden Tannenbaum mit Kerzen und bunten Kugeln, von Zimtsternen und Butterplätzchen und von der Christmette im Dom von München.

»Es kann sein, dass es verregnete Sommer gab und Winter, in denen kein Schnee fiel«, sagte er und beugte sich über Giuliana. »Aber in der Erinnerung bleiben nur die schönen Momente.« Zärtlich griff er nach Giulianas Hand, die die ganze Zeit über geschwiegen hatte. Doch dann begann auch sie zu reden, sie sprach leise und mit brüchiger Stimme. Sie erzählte von Angst und von dem brennenden Wunsch, von ihrer Mutter Gina geliebt zu werden.

»Eigentlich bin ich deswegen hierhergekommen, ich wollte die Wahrheit über die Beziehung meiner Mutter zu ihrer Mutter erfahren. Aber sehr bald ist mir klargeworden, dass meine Großmutter ihrer Tochter keine Gefühle entgegengebracht hat und meine Mutter deshalb auch keine Liebe an mich weitergeben konnte. Aber warum nur?«

Während Claus schwieg und ihr Gesicht, ihren Hals und ihre Brüste mit zärtlichen Küssen bedeckte, erzählte sie stockend weiter. Davon, wie sie als Kind nach dem Unterricht vor der Schule stand und nicht abgeholt wurde. So musste sie den weiten Weg allein gehen, immer in panischer Angst, sich in der großen Stadt zu verlaufen. Sie war überzeugt, ihre Mutter hätte es nicht einmal bemerkt. Gina war besessen gewesen von ihrem Sport, dem Bergsteigen, jeden Tag ging sie in die Räume des Alpenvereins, um zu trainieren, bis zu acht Stunden täglich. »Weißt du«, erzählte Giuliana, »meine Eltern hatten einen Lehrer, der sie hart rannahm. Am Barren, an Ringen, an einer Kletterwand. Dazu mindestens zwei Stunden Gymnastik, Muskeltraining und Seilspringen, das tat meine Mutter dann zu Hause. Sie war ehrgeizig, sie wollte Rekorde brechen, berühmt werden, das große Geld verdienen. Darüber hat sie mich, ihre kleine Tochter, vergessen.« Giuliana setzte sich in der Dunkelheit auf und sah auf Claus hinunter. Er zog sie über sich, bis ihr Gesicht auf seiner Brust lag.

»Und dein Vater?«, fragte er leise, während seine Hände über ihren Rücken glitten und sie unter seiner Berührung erschauerte. »War er auch so lieblos wie deine Mutter?«

»Er war mit Geldverdienen beschäftigt. Die Reisen in die Schweiz und die Klettertouren, oft auch mit Bergführer, verschlangen Unsummen. Später habe ich von meinem Großvater erfahren, dass er meiner Mutter jeden Monat eine hohe Summe aufs Konto überwies, um mir eine Privatschule zu finanzieren, doch das Geld nahmen sie für sich selbst. Außer diesen Überweisungen gab es zehn Jahre keinen Kontakt zwischen ihr und ihrem Vater. Am schlimmsten jedoch war die Zeit, wenn sie in die Schweiz zum Klettern fuhren. Eine Nachbarin passte dann auf mich auf, doch nachts ließ sie mich allein und sperrte mich in der Wohnung ein. Auch wenn ich laut rief, kam sie nicht.«

»Warum hast du das nicht deiner Mutter erzählt?«

Giuliana lag jetzt wieder neben Claus, den Kopf an seine Brust geschmiegt. »Ich war überzeugt, meiner Mutter sei es gleichgültig, also schwieg ich.«

Giuliana weinte, und Claus zog sie noch näher zu sich, streichelte und küsste sie, bis ihre Tränen wieder versiegten. Es war das erste Mal, dass sie mit jemandem über ihre Kindheit sprach.

Lange blieben sie so beieinander liegen, still, jeder auf den Atem des anderen horchend.

»Ich bleibe morgen nicht lange fort«, flüsterte Giuliana. »Wirst du noch da sein, wenn ich wiederkomme?« Doch Claus schwieg und strich ihr nur zärtlich durch ihre langen Haare. Angst schnürte ihr die Kehle zu.

*

Die Zypressen hoben sich dunkel gegen den fahler werdenden Himmel ab, an dem die Sterne langsam verblassten.

Schweigend gingen Claus und Giuliana zurück ins Atelier. Giuliana fröstelte und hatte das Gefühl, Fieber zu haben. War das ihre Angst wegen der bevorstehenden Trennung? Oder wurde sie krank? Sie hatte schon während der Nacht gehustet und einen stechenden Schmerz in der Brust gespürt.

Abrupt blieb sie stehen. »Ich will dich nicht verlieren«, flüsterte sie in die Stille des Morgens. Sie unterdrückte ein Schluchzen, und ihre Verzweiflung presste ihr das Herz zusammen.

»Wir werden uns nicht verlieren! Unsere Liebe kann uns niemand – hörst du? –, *niemand* jemals nehmen.«

Zärtlich strich Claus Giuliana die Haare aus dem Gesicht und küsste sie auf ihre geschlossenen Augenlider, unter denen die Tränen hervorquollen. »Ich liebe dich so sehr«, flüsterte er. »Ti amo … ti amo … Ich liebe dich, ich liebe dich.« Claus fiel in seine Muttersprache, und er sagte noch viele Dinge, die sie nicht verstand, doch deren Sinn Giuliana erahnen konnte.

»Ich komme gegen Mittag zurück«, murmelte sie an ihn geschmiegt, obwohl sie wusste, dass Maria bald hier sein würde. »Wir haben dann noch den Rest des Tages und eigentlich auch noch die nächste Nacht und –«

»Ich muss fort sein, bevor deine Großmutter zurückkommt«, unterbrach Claus sie, »und das weißt du auch. Wo hast du meine Uniform und die anderen Sachen versteckt? Wenn ich weg bin, darf niemand sie finden, das bringt dich in große Gefahr.«

»Ich habe sie in einen Kartoffelsack gesteckt, und nachher nehme ich ihn mit. Ich weiß genau, wo ich ihn verstecken kann, du musst dir darüber keine Sorgen machen«, versprach sie ihm. »Aber bitte sei noch da, wenn ich zurückkomme. Es reicht, wenn du morgen ganz früh gehst. Sophia wird sicher erst am Abend wieder da sein. Oder du bleibst ganz, und ich rede mit meiner Großmutter.«

Claus lächelte nur und sah an ihr vorbei. Sein Blick verlor sich, und er schien sich bereits von ihr zu entfernen.

»Weißt du, Giuliana, vielleicht schaffe ich es ja, und dann werden wir uns treffen, in Rom, im Caffè Greco, versprich es mir.«

»Natürlich werden wir uns treffen«, versicherte Giuliana und unterdrückte ein verzweifeltes Schluchzen. »Aber versprich mir, dass du noch hier sein wirst, wenn ich zurückkomme.«

Doch wieder antwortete Claus nicht darauf.

Sie standen immer noch vor der Tür des Ateliers und konnten sich nicht trennen. Plötzlich zog Claus Giuliana heftig an sich. »Komm«, flüsterte er, »bleib noch bei mir.«

Giuliana gab freudig nach.

17

Maria war früh aufgestanden, früher als sonst. Trotzdem hatte sie nicht alles geschafft, was sie sich vorgenommen hatte, und so legte sie ein frisches Tuch über den aufgegangenen Hefeteig und stellte ihn in die Vorratskammer hinter der Backstube. Anschließend brachte sie rasch die frischen Brote und das Hefegebäck in den Laden.

Gestern hatte ihr Luciana, eine Bäuerin aus der Gegend, überraschend Eier, Mehl und Butter gebracht. Sie wollte ihre Erzeugnisse nicht länger an den Händler verkaufen, der die Hotels belieferte, die von den Deutschen als Quartier beschlagnahmt wurden. So verkaufte sie Maria alles, was sie brauchte.

Jetzt stand eine zweistöckige Hochzeitstorte aus Biskuitteig, gefüllt mit Buttercreme, vor Maria auf dem Tisch. Aus einem Rest rosafarbenem Marzipan hatte sie eine Rose geformt. Maria legte sie auf die Torte, die mit einem weißen Zuckerguss überzogen war. Sie würde noch ein paar Rosenblätter darauf streuen und ein Seidenband mit einer Schleife darum legen. »Viel Glück!«, stand darauf. Marias Blick blieb daran hängen, und sie verspürte unwillkürlich Neid. Albertina würde morgen eine verheiratete Frau sein, sie bekam ein großes Fest, ein weißes Kleid, in dem man sie bewundern würde, und eine Hochzeitsnacht mit einem Mann, der sie liebte. Warum waren es immer die anderen, die heirateten, warum nicht sie, Maria? War sie es denn nicht wert, einen Mann zu bekommen, der ihr gefiel? Im Ort wäre sie dann eine geachtete Ehefrau und nicht einfach nur Maria mit ihrer *paneteria.*

Maria lief rasch hinauf in ihre Wohnung und zog die Arbeitskleidung aus. Nackt stand sie vor dem Spiegel. Auch sie war begehrenswert, stellte sie fest, die großen Brüste vielleicht ein wenig zu schwer, doch gut geformt, und ihre runden Hüften schienen dazu gemacht, dass ein Mann sie umschlang. Maria streichelte ihre Brüste, bis ihre Brustwarzen hart wurden, sie strich sich über den weichen Bauch und über die Innenseite ihrer Schenkel und seufzte tief auf. Wie wunderbar musste es sein, von einem Mann berührt zu werden! Von einem Mann wie Claus …

Er begehrte sie, er hatte sich in sie verliebt, so wie sie sich in ihn. Sie hatte es an seinen Blicken gesehen, da war sie sich ganz sicher. Liebe auf den ersten Blick, die gab es, sie hatte schon oft darüber gelesen.

Einige Male war sie mit Claus allein gewesen, zwar immer nur kurz, wenn Giuliana im Haus war, aber dann hatte Claus gleich ihre Nähe gesucht. Er erzählte ihr von Rom, vom Caffé Greco. War das nicht ein Hinweis, dass er sie dort später treffen wollte?

Oder täuschte sie sich, und es war doch etwas zwischen Giuliana und ihm? Giuliana war schön, viel schöner als sie, Maria, und welcher Mann würde ihr widerstehen können? Maria dachte an die Blicke, die Claus Giuliana zugeworfen hatte, voller Liebe und Zärtlichkeit. Blicke, die eigentlich ihr gelten sollten, nachdem er am ersten Tag nur sie, Maria, angesehen hatte.

Sie musste endlich Gewissheit haben. Rasch schlüpfte Maria in ihr einfaches Baumwollkleid, das sie beim Fahren auf dem Rad nicht behindern würde, denn sie musste sich beeilen. Sie wollte ganz früh in der *Casa Sophia* sein, zu einer Zeit, wenn noch niemand mit ihr rechnete.

Schnell lief sie wieder nach unten, verließ das Haus und hängte einen Zettel an die Glastür. *Komme etwas später.*

Sie schwang sich aufs Fahrrad und hetzte los. Es war bereits kurz vor sieben Uhr, und Maria verwünschte ihren Ofen, der immer häufiger streikte, nicht mehr so schnell erhitzte und die Backdauer nicht genau kalkulierbar machte.

Endlich kam sie an und öffnete leise das schmiedeeiserne Tor. Um jedes Geräusch zu vermeiden, legte sie ihr Fahrrad vorsichtig ins Gras. Dann schlich sie mit pochendem Herzen weiter und verbarg sich hinter dem Stamm der Pinie. Die Sonne schien schon hell und warf ihre Strahlen direkt auf das Atelier. Es lag verlassen da, und nichts rührte sich. Waren ihr Misstrauen und ihre Eifersucht unberechtigt gewesen?

Sie wollte nicht so schnell aufgeben. Vorsichtig schlich sie näher und drückte sich gegen die Tür. Zunächst war alles ruhig, doch dann hörte sie ein Flüstern, ein verhaltenes Lachen. Schwindel ergriff sie, und sie spürte ihren Herzschlag plötzlich im ganzen Körper.

Konnte es wirklich sein, dass Giuliana sie belogen hatte, sie, ihre beste Freundin?

Dass sie sich dem Mann an den Hals warf, in den Maria sich verliebt hatte?

Maria stellte sich auf die Zehenspitzen, presste ihr Gesicht an den Fensterladen und sah durch die breite Ritze im Holz direkt hinein. Die Morgensonne begünstigte ihr Vorhaben, ein Strahl fiel bis in den hinteren Teil des Raums. Maria erstarrte. Kälte zog in ihr Herz, Wut und Hass stiegen in ihr hoch.

Auf dem Bett lagen Claus und Giuliana. Langsam kosteten sie ihre Leidenschaft aus, tauschten Zärtlichkeiten und lange Küsse, als gäbe es weder Krieg noch Verfolgung.

Wie in Trance lief Maria zu ihrem Fahrrad zurück, schob es durch das Tor und auf den Weg. Verraten. Die beiden hatten sie verraten. Dieser Gedanke nahm Maria jeden Halt. Fast wünschte sie, sie hätte die Szene im Atelier gar nicht gesehen. Die beiden Menschen, die sie am meisten liebte, hatten ihr das angetan. Sie hatten ihr Vertrauen missbraucht, sie hatten ihre Liebe mit Füßen getreten, sie gedemütigt. Verraten ... verraten ... Marias Gedanken kreisten nur noch um dieses Wort.

»Wieso, Giuliana?«, murmelte sie. »Wieso hast du ihn mir weggenommen? Mir das angetan? Mir, deiner besten Freundin?«

Diese Demütigung konnte sie nicht ertragen, sie nicht einfach hinnehmen. Die beiden mussten für ihren furchtbaren Verrat büßen.

18

Giuliana radelte im Stehen auf der geraden Straße nach Florenz. Ihr einziger Gedanke war, so schnell wie möglich wieder in der *Casa Sophia* zu sein. Dazu kam, dass sie sich krank fühlte. Zudem war sie mit dem Gefühl einer unbestimmten Angst losgefahren. Maria war nicht gekommen. Arbeitete sie noch an der Torte? So konnte niemand Claus warnen, wenn Gefahr drohte.

Giuliana fühlte sich müde und zerschlagen. Und so schnell sie auch radelte, sie hatte das Gefühl, die Straße nehme kein Ende. Ihr rann der Schweiß über den Rücken, und sie spürte, dass das Fieber stieg. Oder waren es nur ihre Nerven, die allmählich versagten?

Die Straße lag einsam vor ihr, ein endloses Band, gesäumt von Pappeln und Zypressen. Giuliana verlangsamte keuchend ihre Fahrt. Suchend sah sie sich um, bis sie eine tiefe Böschung neben der Straße entdeckte. Sie bremste scharf, sprang vom Rad, lehnte es an einen Baum und nahm den braunen Kartoffelsack von ihrem hinteren Gepäckträger, der die Sachen von Claus enthielt. Hier unten, neben der Straße, weit von der *Casa Sophia* entfernt, würde sie ihn verstecken. Sie kletterte den kleinen Abhang hinunter und schaufelte mit ihren Händen hastig eine Mulde unter einem Strauch. Wenn sie den Sack hineinlegte und mit Erde und Laub bedeckte, würde ihn niemand finden. Vorher überprüfte sie rasch die Uniform und die anderen Sachen noch einmal, ob wirklich nichts daran auf Claus von Welsers Identität hinwies. Seine Identifikationsmarke hatte sie unter ihrer Matratze im Schlafzimmer versteckt, sie konnte sich einfach nicht von ihr trennen. Rasch tastete sie auch die Uniformjacke ab, den Blick immer auf die Straße gerichtet. Als sie die Jacke gerade in den Sack zurückstopfen wollte, spürte sie durch den Stoff hindurch einen harten kleinen Gegenstand in der Innentasche. Neugierig griff sie hinein und zog ein Medaillon heraus. Auf Druck schnappte es sofort auf. Es enthielt das Foto einer jungen, hübschen Frau. Langsam ließ Giuliana die Hand sinken. Mechanisch schob sie die Jacke in den Sack zurück, zog das Band zu und versteckte ihn unter dem flachen Gestrüpp, den welken Blättern und der aufgeworfenen Erde. Dann kletterte sie hastig die Böschung wieder hoch, erleichtert, dass niemand sie entdeckt hatte. Einsam dehnte sich die Straße vor ihr aus. Ihre Hand umklammerte fest das goldene Medaillon.

Giuliana setzte sich erschöpft neben ihrem Fahrrad auf den Boden. Zuerst empfand sie gar nichts, erst nach und nach ließ sie die Gefühle zu und spürte dann eine tiefe Enttäuschung, ein bitteres Erwachen.

Ti amo, hatte er gesagt, und sie hatte ihm geglaubt. Ti amo …

Als er mit ihr zusammen war, als sie seine Geliebte wurde, als sie alles für ihn riskierte, hatte er da verdrängt, dass in Deutschland eine Frau auf ihn wartete? Mit zitternden Händen ließ sie das Medaillon noch einmal aufschnappen. Auf dem kleinen Foto konnte man helles Haar und ein offenes Lächeln erkennen.

War sie zu naiv gewesen? Wie konnte sie annehmen, dass ein Mann wie Claus von Welser keine Frau oder Verlobte besaß? Er hatte gelebt, bevor er eingezogen wurde, er hatte studiert, eine Frau geliebt, mit der er vielleicht sogar verheiratet war.

Claus schien das Medaillon nicht zu vermissen, er hatte

nicht danach gefragt, als sie seine Uniform nahm und ihm sagte, sie würde sie verschwinden lassen.

Nein, nein! Giuliana presste das Medaillon fest in ihrer Hand zusammen, es konnte nicht sein, es *durfte* einfach nicht sein, dass er eine andere liebte und sich mit ihr nur ein paar schöne Stunden gemacht hatte.

Lange starrte sie auf das goldene Medaillon, konnte den Blick nicht davon lösen, während die wirrsten Gedanken durch ihren Kopf rasten. Doch dann, nach einem plötzlichen Entschluss, hängte sie sich die dünne Goldkette mit dem Schmuck um den Hals. Wenn sie in die *Casa* zurückkam, würde sie Claus das Medaillon geben und ihn fragen, wer diese Frau war.

Giuliana hob erst ihren Kopf, als eine hartnäckige Fahrradklingel sie aufhorchen ließ. Auf der anderen Seite hielt ein alter Mann und stieg vom Rad.

»Wollen Sie nach Florenz?«

Giuliana schüttelte den Kopf. »Nein, ich will nur zum Landgasthaus del Monte.«

»Kehren Sie um, so schnell Sie können! Da vorn sperren Deutsche mit Panzern die Straße ab. Florenz ist in deutscher Hand, überall Soldaten! Ich habe gehört, sie wollen die Brücken sprengen. Als ich die Sperren von weitem gesehen habe, bin ich sofort umgekehrt, und das sollten Sie auch tun. Beeilen Sie sich, rasch … und viel Glück!«

Er stieg wieder auf und radelte beherzt in die Richtung, aus der Giuliana gekommen war. Angst schnürte ihr die Kehle zu. Ihre Zunge war bleiern und ihr Mund ausgetrocknet, sie konnte geradezu spüren, wie ihr Fieber weiter stieg.

Sie stieg auf – Sophia würde verstehen, dass sie nicht

anders gekonnt hatte – und fuhr zurück. Doch die Beine wurden ihr schwer, und sie hatte das Gefühl, die *Casa Sophia* nie mehr zu erreichen.

Verzweifelt radelte Giuliana weiter. Tränen liefen ihr jetzt übers Gesicht, und sie wollte nur eines: Sie wollte zu Claus, wollte von ihm umarmt werden, wollte, dass er ihr sagte, die Frau im Medaillon sei seine Mutter oder seine Schwester. Die Kräfte verließen sie, kaum konnte sie mehr in die Pedale treten. Der Schweiß rann ihr in die Augen, und so stieg sie ab, um einen Moment zu verschnaufen und die Augen zu schließen. Als Giuliana sie wieder öffnete, stieß sie einen entsetzten Laut aus. Am Horizont tauchte ein großer Konvoi von Panzern und Lastwagen mit deutscher Fahne auf. Giuliana rutschte mit ihrem Fahrrad die Böschung an der Straße hinunter und duckte sich unter einen niedrigen Strauch. Sie wagte nicht hochzusehen, denn der Konvoi kam beängstigend schnell näher, schon hörte sie das dumpfe Brummen der Motoren. Mit beiden Händen hielt sie sich die Ohren zu und schloss die Augen. Nach einer Weile nahm sie zögernd die Hände herunter und wagte einen Blick hoch auf die einsame Straße, auf der sich die Hitze spiegelte. Der Konvoi war nicht mehr zu sehen.

Schwer atmend kämpfte sich Giuliana die kleine Böschung wieder hoch, nahm ihr Rad und fuhr weiter, bis sie endlich in den Weg nach Campodoglio einbiegen konnte. Erst da bemerkte sie, dass sie das Paket für die Osteria del Monte verloren hatte. Gleichgültig, sie war in Sicherheit, nichts sonst war von Bedeutung. Ein heftiger Hustenanfall zwang sie abzusteigen, ein Keuchen, ein Schmerz, der ihr durch die Brust fuhr. Aber sie musste doch weiter, nach Hause! Wie sollte sie Claus sonst helfen können, gerade jetzt, da es offensichtlich in der ganzen Gegend von Deutschen wimmelte? Sie musste ihn warnen. Er durfte nicht fortgehen, sie musste ihn weiterhin verstecken! Irgendetwas würde ihr schon einfallen, versuchte sie, sich zu trösten. Er musste sich die Haare färben, schwarz, wenn nötig mit den Kohlefarben von Mattia, das sollte gehen.

Giuliana stieg wieder auf und radelte weiter, sie wusste selbst nicht, woher sie die Kräfte nahm.

Kurz vor Campodoglio begegnete sie der alten Bäuerin Luisa.

»Ciao, Giuliana!«, rief die Alte ihr zu.

»Ciao, Luisa!«, rief sie zurück.

»Hast du es schon gehört? Die Deutschen sind überall.«

»Ja, ich habe ihre Panzer auf der Straße nach Florenz gesehen, ich bin ihnen gerade noch entkommen.« Giuliana bremste und stieg dann ab.

»Nein, die Panzer meine ich nicht. Das Gebiet um Campodoglio ist abgeriegelt, ein deutscher Trupp durchkämmt die Gegend nach Partisanen, und angeblich suchen sie auch einen deutschen Deserteur.«

Luisa musste verblüfft feststellen, dass sich Giuliana ohne Gruß aufs Rad schwang und wortlos davonfuhr.

*

Als die ersten Häuser von Campodoglio in Sicht kamen, stöhnte Giuliana vor Erleichterung auf. Vom Dorf aus konnte sie den Weg zur *Casa Sophia* nehmen und würde in einer Viertelstunde zu Hause sein.

Doch es war still im Dorf, ungewöhnlich still. Giuliana

entdeckte nur die alte Rosalia und winkte ihr zu, aber die drehte sich sofort um und verschwand in ihrem Haus. Es musste etwas passiert sein, Giuliana spürte es.

»Claus, bitte sei noch da«, flüsterte sie, »ich komme, wir schaffen es, gemeinsam schaffen wir es …«

Keuchend fuhr sie die letzten Meter über die Piazza bis zur *paneteria.* Dort sprang sie vom Rad, um rasch nachzusehen, ob Maria, wie besprochen, in die *Casa Sophia* gefahren war.

Die Tür war verschlossen, und es hing auch kein Schild daran.

»Maria?«, rief sie, doch alles blieb ruhig. Giuliana trat ganz nahe ans Schaufenster und presste ihr Gesicht gegen die Scheibe. Was sie sah, erschreckte sie zutiefst: Die Torte lag zerstört auf dem Boden.

»Maria! Mach auf.« Mit den Fäusten schlug Giuliana gegen die Tür. Hatte sich im Verkaufsraum der *paneteria* nicht etwas bewegt, ein Schatten, der sich schnell wieder duckte? Hatte sie nicht auch ein Geräusch gehört? Giuliana erschrak erneut. War Maria vielleicht etwas zugestoßen, hatte man die *Paneteria* überfallen, oder war sie durchsucht worden, weil Maria sich verdächtig gemacht hatte?

Doch dann ließ Giuliana langsam die Hand sinken, denn plötzlich ahnte sie die Wahrheit: Maria selbst hatte die Torte auf den Boden geschleudert, aus Enttäuschung und aus Wut. Maria musste erkannt haben, dass Claus und sie sich liebten.

Giuliana wandte sich ab, stieg wieder aufs Rad und raste, so schnell sie konnte, zur *Casa Sophia.*

Als sie sich dem Tor in der Mauer näherte, stieß sie einen erstaunten Schrei aus: Auf dem Weg stand der Lkw von Sophia! Die fünf Frauen sprangen gerade herunter und blieben stehen, als sie Giuliana kommen sahen.

Sie wirkten erschöpft, übermüdet und waren bedeckt vom Staub der Landstraßen. Stumm sahen sie ihr entgegen. Eine Bedrohung ging von ihnen aus, die Giuliana nicht kannte, die sie von ihnen nicht erwartet hätte. Sie sprang vom Rad und ging auf die Frauen zu. Vor innerer Anspannung bekam sie fast keine Luft mehr.

»Wieso kommt ihr schon heute?« Ihre Stimme sollte ruhig klingen, herzlich, doch es kam nur ein Flüstern über ihre Lippen.

»Wir haben unsere Reise abgebrochen und uns die letzte Nacht gespart«, antwortete Fiona schließlich.

»Überall sind Deutsche, ich hatte große Angst um euch. Ist denn alles gutgegangen?«

Niemand antwortete. Die Arme vor der Brust verschränkt, sahen die Frauen ihr in feindseligem Schweigen entgegen. Es war schließlich Sophia, die auf sie zukam.

»Wir hatten großes Glück«, antwortete sie kurz angebunden. »Deutsche haben uns heute Nacht auf dem Heimweg kontrolliert. Stundenlang hat man uns ausgefragt und den leeren Lastwagen untersucht. Sie nahmen uns die drei Gewehre ab. Nur weil Fiona sie überzeugen konnte, wir hätten die Waffen aus Angst vor Übergriffen bei uns, ließen sie uns weiterfahren. Das Gewehr, das Beatrice unten am Boden befestigt hatte, fanden sie glücklicherweise nicht.«

Giuliana schwieg. Sie sah Sophia an, deren Gesicht durchscheinend blass war. Unter ihren Augen lagen tiefe Schatten, die Angst und die Strapazen der letzten Tage hatten ihre Spuren hinterlassen.

»Wir müssen mit dir sprechen«, erklärte Beatrice jetzt

kurz angebunden und baute sich neben Sophia auf. »Als wir durch das Dorf gefahren sind, stellte sich uns Maria in den Weg, hielt den Lastwagen an und behauptete, du hättest diesen deutschen Deserteur versteckt, nach dem gesucht wird. Und das schon seit Tagen. Stimmt das?«

»Wie kommt Maria denn darauf?« Giuliana versuchte, ruhig zu bleiben, sie sah Beatrice fest in die hellen, kalten Augen. Sie musste Zeit gewinnen, versuchen, die Frauen zu überzeugen, dass Maria log.

»Maria war unterwegs, um bei Manfredo Valli Meldung zu machen. Sie fand, das sei ihre Pflicht.« Sophia sprach jetzt weiter. »Doch er war nicht da, offenbar ist er mit seinen Männern bei einem Einsatz. Als sie uns kommen sah, hielt sie stattdessen uns an. Also, Giuliana, hast du uns etwas zu sagen?«

»Ihr kennt doch Maria, wie oft hat sie schon Gerüchte in die Welt gesetzt.« Giuliana wusste, sie durfte jetzt keine Schwäche zeigen. Sie musste darauf beharren, wie unglaubwürdig Maria schon immer gewesen war.

Doch wie hatte sie selbst ihr nur vertrauen, sie mit einbeziehen können, anstatt ihr nicht schon am ersten Morgen einfach zu sagen, der Deutsche sei in der Nacht verschwunden?

Sie hatte einen Fehler begangen, der sich nun furchtbar rächte.

»Also, hast du uns etwas zu sagen?«, hörte sie die müde Stimme von Sophia, die auf ihre Ausflüchte nicht einging.

»Nichts. Gar nichts. Maria lügt.« Giulianas Stimme klang ruhig, aufrecht stand sie vor ihnen und erwiderte gelassen den Blick der Frauen. Spürten sie, dass sie nicht die Wahrheit sagte?

»Nun, wenn das so ist …« Sophia wandte sich den Frauen zu. »Giuliana hat recht, auf Marias Geschichten ist kein Verlass. Ich denke, wir beruhigen uns wieder.«

»Wir kommen mit in die *Casa*, wir wollen wissen, wer hier lügt«, verlangte Beatrice.

»Beatrice, wir sind müde. Ich denke, Giuliana würde so etwas niemals tun.«

Giuliana dachte an Maria. Sie versteckte sich, bis sie wusste, was in der *Casa* passiert war. Sicher ahnte sie, dass ihre Aussage Claus das Leben kosten würde. Beatrice würde ihn erschießen, wenn man ihn fand. Und was würden die Frauen dann mit ihr machen? Sie beschimpfen und bespucken? Sie der Polizei übergeben?

Stumm sah sie die Frauen an, die übermüdet vor ihr standen und abwarteten.

»Wir sehen nach«, entschied Fiona. »Und vergewissern uns, ob Maria gelogen hat.«

»Ob *sie* gelogen hat«, verbesserte Beatrice mit Blick in Giulianas Richtung. Diese spürte ihre Feindseligkeit, aber auch die Unsicherheit der anderen vier Frauen, die stumm zusahen, wie Beatrice jetzt rasch unter den Wagen kroch und mit dem Gewehr, das die Deutschen nicht gefunden hatten, wieder hervorkam.

Giuliana fühlte nichts. Es ist so weit, mehr konnte sie nicht denken. Der Moment, den sie gefürchtet hatte, war da.

Sie hatte mit den Deutschen gerechnet, sich immer wieder ausgemalt, wie sie die *Casa* stürmen würden, doch von Sophia und den Frauen beschuldigt zu werden, traf sie völlig unvorbereitet. Würde Sophia sie verstehen können? Ein Seitenblick auf Sophias verschlossenes Gesicht, und sie begriff, nein, ihre Großmutter würde in diesem

Fall kein Verständnis haben. Sophia fing ihren Blick auf, und ihr Gesichtsausdruck signalisierte Ablehnung und Misstrauen.

»Wir verteilen uns und durchsuchen den Garten, das Atelier, die Manufaktur und das Haus«, befahl Beatrice. »Du setzt dich auf die Bank«, sagte sie barsch zu Giuliana, »so dass wir dich im Blick haben. Marcella passt auf dich auf.«

Marcella begleitete Giuliana zur Sitzgruppe unter dem Pinienbaum, drückte sie in einen Korbstuhl und ließ ihre Hand auf ihrer Schulter liegen. Schweigend beobachteten sie, wie sich die Frauen verteilten und alles durchsuchten. Ruhe lag über dem Anwesen, nur das Summen von Insekten erfüllte die Mittagsstille. Beatrice und Fiona kamen kurz darauf mit einem Schulterzucken aus dem Haus.

»Im Haus ist niemand!«, rief Fiona Sophia zu, die, begleitet von Leontina, aus der Manufaktur trat.

»Es gibt ja keinen Speicher und keinen Keller, es ist schwierig, hier jemanden zu verstecken«, hörte Giuliana Fiona sagen.

»Auch in der Manufaktur ist niemand«, erklärte Sophia ruhig.

Doch dann gingen Fiona und Beatrice auf das Atelier zu. Versteinert sah Giuliana ihnen nach, fieberhaft suchte sie nach einer Möglichkeit, die beiden aufzuhalten. Sollte sie sich zur Wahrheit bekennen und die Frauen um ihr Verständnis anflehen? Waren sie nicht alle schon einmal verliebt gewesen und hatten aus Liebe Unsinniges oder sogar Rechtswidriges getan? Ließ die Liebe nicht alles vergessen, was man als richtig empfand?

Marcellas Hand lag schwer auf Giulianas Schulter, wie

ein eiserner Griff, aus dem sie sich nicht befreien konnte. »Jetzt fängt es auch noch an zu regnen«, beklagte sich Marcella und sah in den Himmel, über den Gewitterwolken zogen. »Wann ist der Zirkus hier endlich vorbei? Ich habe Maria sowieso nicht geglaubt, sie schien ziemlich verwirrt, voller Hass auf dich. Habt ihr euch gestritten? Hast du sie gekränkt?«

Giuliana hörte nicht zu. Jeder Muskel, jeder Nerv in ihr zog sich zusammen. Beatrice und Fiona standen vor der Tür zum Atelier und warteten auf Sophia, die nach dem Schlüssel griff, der am Haken neben dem Fensterladen hing. Wieso … wieso hing er dort? Bedeutete es, dass Claus nicht mehr hier war?

Leontina stellte sich nun auch neben Giuliana und beobachtete die drei Frauen, die das Atelier betraten. Kein Schrei, kein Schuss …

»Hier ist niemand!«

Im ersten Moment empfand Giuliana ein Gefühl von Glück und tiefer Erleichterung. Claus war fort, er hatte das Atelier verlassen. Doch dann spürte sie den grausamen Schmerz, ihn verloren zu haben. Er hatte es riskiert, aufgegriffen und vor ein Kriegsgericht gestellt zu werden, um sie zu schützen.

Fiona kam als Erste wieder heraus. »Ich hab es ja gleich gesagt, Maria hat gelogen, wie schon so oft.«

Marcella hatte Giulianas Schulter losgelassen und wandte sich an sie. »Wir müssen uns bei dir entschuldigen.« Versöhnlich streckte sie Giuliana die Hand entgegen. »Wie konnten wir nur eine Sekunde an dir zweifeln, schließlich bist du Sophias Enkelin. Bitte, verzeih uns.«

»Ja, verzeih uns«, bekräftigten die anderen nacheinander. Jede umarmte Giuliana. Die Frauen sahen völlig erschöpft aus. Sie glaubten ihr, hatten keine Ahnung, dass Giulianas Tränen, die jetzt zu fließen begannen, tatsächlich einem Deutschen galten. Wo war er, hatte man ihn aufgegriffen, ihn bereits erschossen? Sie blieb zurück, ihr Leben leer und sinnlos ohne ihn. Alles, was ihr von ihm geblieben war, waren seine Identifikationsmarke und … ein Medaillon mit dem Foto einer anderen Frau.

Alle überhörten das Brummen des Motors, keine von ihnen sah anfangs die deutschen Soldaten kommen, die sich plötzlich auf dem Anwesen verteilten und Sprengsätze warfen. Erst die Detonation, das Krachen, ließ die Frauen auseinanderfahren.

»Es brennt!«, schrie Marcella.

»Soldaten!«, gellte Fionas Ruf durch den Olivenhain.

»Ins Haus, schnell!« Sophia reagierte als Erste, und die Frauen rannten um ihr Leben durch die Zypressen zum Haus. Nur Giuliana blieb wie erstarrt stehen. Deutsche Soldaten! Hatten sie Claus gefunden und aus ihm die Wahrheit herausgepresst, wo er sich versteckt hatte und wer ihm half?

Sie vermochte sich nicht zu bewegen, sie sah die Manufaktur lichterloh in Flammen aufgehen, sah zuckende Flammen, die sich durch das Holzdach fraßen und in Sekundenschnelle auf das Atelier übergriffen.

Sie konnte wegen des Rauchs kaum mehr atmen. Sophia, Marcella und Fiona, alle waren bereits verschwunden, nur sie stand noch allein da, allein inmitten des Infernos. Giuliana starrte auf die brennende Manufaktur. Ihr wurde schwindlig, sie spürte, wie ihre Beine nachgaben. Da wurde sie grob an den Füßen gepackt, so dass sie stürzte. Sie sah das Gesicht eines Soldaten über sich, er drückte sie fest auf den Boden und schob sich auf sie, zerrte an ihrem Kleid. Sie spürte sein Gewicht, spürte, wie er mit den Knien ihre Beine brutal auseinanderdrückte. Giuliana spuckte ihm ins Gesicht und warf den Kopf hin und her. Sie schrie auf, rief um Hilfe, versuchte mit aller Kraft, ihn von sich zu stoßen. Doch er presste ihre Arme so fest neben ihren Kopf, dass sie sich nicht mehr wehren konnte. Deshalb versuchte sie, ihre Knie hochzuziehen und sich gegen ihn zu stemmen. Vergeblich. Und niemand half, niemand kam. Giuliana schluchzte auf, doch plötzlich krachte ein Schuss direkt an ihrem Ohr. Der Soldat bäumte sich auf, sein Gesicht verzerrte sich, die Augen weiteten sich in tiefem Erstaunen. Er öffnete den Mund – und brach auf Giuliana zusammen. Mit einem Schluchzen wälzte sie ihn von sich fort. Überall war sein Blut, an ihrem zerrissenen Kleid, an den Händen, auf ihrem Gesicht, ihrem Hals, ihrem Körper.

Als sie wimmernd hochsah, blickte sie in die Augen von Beatrice. Sie hielt das Gewehr noch in der Hand, stieß den Deutschen jetzt damit an und stellte lakonisch fest, nun könne er keine Frauen mehr vergewaltigen und keine Bomben mehr legen, dieser angeblich unbesiegbare Herrenmensch in seiner Uniform.

Beatrice drehte sich um, während Giuliana auf Knien von dem toten Soldaten fortrutschte und sich erbrach. Schwankend erhob sie sich, keuchend und hustend versuchte sie, sich in dem Rauch zurechtzufinden. Nur mit Mühe stolperte sie voran, durch den Olivenhain bis zu den Zypressen. Vor dem Haus standen Sophia, Marcella und Fiona – und ringsum Soldaten. Sophia löste sich aus der Gruppe, sie hatte sich ihr helles Tuch vom Kopf gerissen, schwenkte es und sagte laut zu den Soldaten, sie würden sich ergeben.

Die Deutschen zögerten, sie sprachen leise miteinander, ohne die Frauen aus den Augen zu lassen. Giuliana verharrte unbemerkt zwischen den Zypressen, und da sah sie, wie ein Soldat, der ein wenig abseitsstand, sein Gewehr hob und auf Sophia zielte. Doch direkt dahinter schlich sich Beatrice an, riss ihr Gewehr hoch und zielte auf den Rücken des Soldaten. Sie schoss, doch in dieser Sekunde machte der Soldat einen Schritt zur Seite – und der Schuss traf Sophia.

Sophia taumelte, presste ihre Hände gegen den Oberkörper und sackte in sich zusammen. Ihre Augen weiteten sich vor Schreck, ihr Mund öffnete sich zu einem lautlosen Schrei.

»Sophia«, brach es aus Giuliana heraus. »Sophia!«, schrie sie noch einmal und rannte zu ihrer Großmutter, die regungslos am Boden lag, während Marcella, Fiona und Leontina einen Kreis um sie bildeten. Beatrice blieb abseits stehen, weiß im Gesicht, dann taumelte sie und sank auf die Knie.

Sie hörten den Jeep nicht, der auf das Anwesen raste und aus dem ein deutscher Offizier sprang, der den Befehl zum sofortigen Rückzug schrie. Die Soldaten sammelten sich und marschierten geordnet zum Tor in der Mauer, hinter dem ihr Lastwagen stand. Jetzt kam Beatrice wieder hoch, sie stieß die Frauen zur Seite, nahm den Körper von Sophia auf und trug ihn durch den Garten. Giuliana wurde schwarz vor Augen, als sie versuchte, sich ebenfalls zu erheben. Der Boden unter ihr zog sich zurück, und sie fiel, fiel in ein dunkles Loch. Sie spürte nicht, wie man auch sie hochhob und forttrug, vorsichtig auf den Lastwagen legte, eine Decke über sie breitete und sie im strömenden Regen über den holprigen Weg ins Dorf brachte. Irgendwann erlangte sie kurz das Bewusstsein zurück, und sie sah in die toten Augen von Sophia Fabiani. Doch dann sank sie wieder in ihre Ohnmacht, während ein Regenguss auf den Lastwagen niederprasselte und der Wind den Rauch der brennenden *Casa* hinter ihnen hertrieb.

19

Campodoglio, drei Wochen später

Blinzelnd schlug Giuliana die Augen auf und schützte sie mit der Hand gegen die grelle Helligkeit. Mit der Zunge fuhr sie sich langsam über die ausgetrockneten Lippen.

»Durst«, flüsterte sie. Ihre Stimme war nur ein Krächzen. Sie versuchte, sich aufzurichten, doch sie konnte kaum ihren Kopf heben, und mit einem leichten Aufstöhnen ließ sie ihn auf das Kissen zurücksinken.

Der Fußboden knarrte, eilige Schritte kamen näher, und jemand griff beruhigend nach ihrer Hand.

»Schnell, Antonia, hol den Dottore, er ist unten in seiner Praxis.«

Dottore, Praxis?

»Wo bin ich?«, flüsterte Giuliana. Warum war es so schwer, den Kopf zu heben?

»Giuliana, erkennen Sie mich? Ich bin es, Renata Pacelli. Keine Sorge, Sie sind hier bei uns, bei meinem Mann und mir. Gleich ist er da, einen Moment noch. Es wird alles gut«, fügte die Frau tröstend hinzu.

Giulianas Kopf war zur Seite gesunken, fast war sie wieder eingeschlafen, als jemand eine kühle Hand auf ihre Stirn legte. Mühsam schlug sie die Augen auf und sah in das Gesicht von Dottore Pacelli, der sich über sie beugte und sie mit einem aufmunternden Kopfnicken anlächelte.

»Meine Frau macht Ihnen eine kräftige Hühnerbrühe.

In ein paar Tagen können Sie sicher wieder aufstehen, doch jetzt …«

»Sophia«, murmelte Giuliana und schaffte es, sich aufzurichten. »Ich erinnere mich …« Plötzlich stand die Szene klar vor ihrem inneren Auge. Beatrice hatte Sophia erschossen, als sie den Soldaten treffen wollte, der auf sie angelegt hatte. Beatrice wollte Sophia das Leben retten und hatte sie doch getötet.

Giuliana fiel zurück in die Kissen und schloss erneut die Augen. Eine weitere Erinnerung kam zurück. Sie dachte an Claus. Was war aus ihm geworden, wie war er aus der *Casa Sophia* entkommen? Und vor allem: Lebte er noch?

»Ich weiß es wieder«, murmelte sie. »Die Frauen haben den Deutschen gesucht, Maria hat gesagt, ich habe ihn versteckt.«

»Sie hatten niemanden versteckt, Giuliana. Maria hat Sie fälschlich beschuldigt, den Deserteur versteckt zu haben.«

Im nächsten Moment spürte Giuliana, wie jemand sie leicht hochzog und ihr mehrere Kissen unter den Kopf schob. Jetzt war sie ganz wach. Sie brachte sogar ein schiefes Lächeln für die Frau des Doktors zustande, die sie mit der Suppe fütterte.

»Danke. Jetzt erinnere ich mich an alles. Die Deutschen haben Brandsätze geworfen, und alles ist abgebrannt.«

»Nein, das Haus steht immerhin noch, es hat nichts abbekommen, denn ein starker Platzregen setzte ein.«

»War … war Sophia sofort tot?«

»Ja. Der Soldat hat sie mit einem einzigen Schuss getötet. Aber ich denke, das ist für heute genug erzählt. Schlafen Sie sich erst einmal gesund.«

Es war nicht der Soldat, wollte Giuliana dem Arzt widersprechen, es war doch Beatrice! Hat das denn niemand gesehen? Beatrice hat sie erschossen … Doch sie schwieg, es war besser so.

»Hat man … hat man den Deserteur gefasst?«

»Wir haben nichts davon gehört«, antwortete Signora Pacelli.

»Also ist er entkommen?«, flüsterte Giuliana.

»Sie ist noch ziemlich wirr im Kopf«, hörte Giuliana die Frau des Arztes ihrem Mann zuflüstern. »Wir wissen nichts von einem Deserteur«, sagte sie dann betont munter zu Giuliana, »nur, dass Sie keinen versteckt hatten. Jetzt essen Sie schön, damit Sie wieder zu Kräften kommen.«

»Wissen Sie, warum Sie hier sind?« Dottore Pacelli beugte sich über sie, und Giuliana schüttelte den Kopf. »Sie sind seit fast drei Wochen in meinem Krankenhaus, denn Sie hatten eine schwere Lungenentzündung. Wir dachten schon, Sie schaffen es nicht. Ich habe kein Penicillin. Es wird knapp und steht nur noch den verwundeten Soldaten in den Lazaretten zur Verfügung. Aber« – er griff tröstend nach ihrer Hand, die wie leblos auf der Bettdecke lag – »Sie sind stark, Sie haben die Krankheit auch so überlebt. Sie brauchen noch einige Zeit, und dann könnten Sie in die *Casa Sophia* zurückgehen, falls Sie wollen.«

Den letzten Satz hörte Giuliana nicht mehr, sie war bereits wieder eingeschlafen.

In den nächsten Tagen wechselten sich Fiona und Marcella mit kurzen Besuchen bei ihr ab. Als Giuliana wieder mehr Anteil nahm und ihr nicht dauernd die Augen zufielen, ergriff Fiona ihre Hand und erzählte leise: »Wir haben damals Sophia in den Saal der Kirche gebracht und sie dort aufgebahrt. Monsignore Antonio war damit einverstanden. Alle Frauen hielten abwechselnd die Totenwache. Dann ließen wir sie auf dem Friedhof an einem besonders schönen Platz begraben.«

Die Erzählung regte Giuliana so sehr auf, dass sie zu weinen anfing und Fiona bald darauf das Zimmer verließ.

Erst einige Tage später berichtete sie, dass Maria noch an jenem verhängnisvollen Tag verschwunden sei.

»Während wir auf unserer Reise waren, scheint sie sich ja seltsam verhalten zu haben«, urteilte Fiona.

»Wie meinst du das?«, fragte Giuliana, deren Herz sofort zu rasen anfing.

»Sie schloss die *paneteria*, wann es ihr gerade passte, hielt sich nicht an ihre üblichen Öffnungszeiten. Es fiel sogar Manfredo Valli auf, und er sprach sie darauf an, Rosalia hat's gesehen. Und Fabio erzählte im Ort, dass sie dich oft besucht hat. Ihr wart doch eng befreundet, wieso hat sie bloß einen so schweren Verdacht gegen dich geäußert?«

»Wir haben uns am Tag vor eurer Rückkehr gestritten«, erläuterte Giuliana nach kurzem Zögern, aber es entsprach ja der Wahrheit.

»Nun, das erklärt vieles. Weißt du, jeder im Ort kennt Maria, ihre Wutanfälle, ihre Art, zu intrigieren und den Leuten nachzuspionieren. Damit hat sie schon viel Unruhe gestiftet. Deshalb wurde sie auch zur Außenseiterin. Jeder zog sich von ihr zurück.«

»Ich dachte, das sei wegen des Erbstreits damals gewesen.«

»Das auch. Aber vor allem war sie intrigant und rachsüchtig«, stellte Fiona fest. »Wie es scheint, hat *sie* die

Soldaten in die *Casa Sophia* geschickt. Rosalia hat gesehen, wie sie mit einem Koffer ihr Haus verließ. Gerade als sie ihre Tür schloss, raste ein Lastwagen mit deutschen Soldaten in den Ort, bremste direkt vor ihr, und die Männer wechselten ein paar Worte mit Maria.«

Kerzengerade richtete sich Giuliana im Bett auf. Tiefes Entsetzen packte sie. War Maria tatsächlich so weit gegangen?

»Und damit du auch das weißt: Beatrice ist ebenfalls verschwunden. Die Gerüchte verdichten sich, dass sie die gesuchte Partigiana ist, also kommt sie wohl nicht zurück. Manfredo Valli würde sie sofort verhaften.«

In diesem Moment trat Dottore Pacelli ins Zimmer und bat Fiona zu gehen, die Patientin brauche dringend Ruhe, die Viertelstunde für Besuche sei überschritten.

Am nächsten Tag kam wieder Marcella vorbei, und Giuliana hatte das Gefühl, von ihr genau beobachtet zu werden.

»Fabio meinte, du und Maria hättet euch seltsam benommen, als er das letzte Mal in die *Casa Sophia* kam. Du wolltest auch auf keinen Fall, dass er dort bleibt. Warum denn nicht?«, forschte sie nach.

»Ich bin müde, Marcella.« Giuliana schloss die Augen und schwieg. »Weißt du«, antwortete sie dann leise, »ich wollte einfach nicht, dass er bei mir bleibt, ich mag ihn nicht. Ich hatte auch keine Angst, allein zu sein. Es war mir genug, wenn Maria täglich kurz zu mir kam. Doch dann hatten wir am letzten Tag vor eurer Rückkehr einen furchtbaren Streit.«

»Worum ging es denn?« Marcella beobachtete sie weiterhin.

»Ach, Marcella, ich weiß es nicht mehr, wirklich. Es ist

inzwischen so viel passiert! Muss ich mich jetzt auch noch verteidigen?«

Sofort erhob sich Marcella und griff nach ihrer Hand. »Um Himmels willen, nein! Das geht mich auch nichts an. Es tut mir leid, wirklich. Ich wollte dich nicht aufregen.«

Doch Giuliana merkte, dass die beiden Frauen sie bei ihren Besuchen nicht aus den Augen ließen. Auch Leontina, die vorbeikam, registrierte jedes ihrer Worte genau.

Noch immer war Giuliana von der Krankheit geschwächt, sie weinte viel, und wenn sie die Augen schloss, sah sie das Gesicht von Claus vor sich. Wie er sie angeschaut hatte, wie er lächelte …

Meist aber lag sie mit offenen Augen da und starrte in den kleinen Raum, in dem es nichts zu entdecken gab. Das Bett, der Holztisch mit einem Kreuz darüber, ein einziger Stuhl und ein schmaler, eintüriger Schrank. Neben der Zimmertür gab es an der Wand ein Waschbecken, abgeschirmt durch einen geblümten Chintzvorhang.

Nach einer weiteren Woche im Krankenhaus stellte Fiona ihr zögernd eine Frage. »Was soll ich mit dem Kleid machen, das du damals getragen hast? Es ist voller Blut von diesem … diesem deutschen Soldaten.«

»Wirf es weg, bitte«, antwortete Giuliana rasch.

»Das tue ich gern. Nach allem, was du durchgemacht hast … und dann noch der Soldat, der … Wir bedauern dich so.« Fiona griff nach Giulianas Hand und drückte sie fest. Aber wieder war ihr Blick so forschend, dass Giuliana sofort ihr Gesicht abwandte.

»Du hast ein Medaillon um den Hals getragen«, sagte Fiona schließlich. »Die Frau des Doktors gab es mir zusammen mit den Kleidern. Ich bringe es dir das nächste Mal mit.«

»Danke.« Giulianas Gesicht überzog eine tiefe Röte. An das Schmuckstück hatte sie gar nicht mehr gedacht.

»Wer ist die Frau in dem Medaillon?«, wollte Fiona wissen. »Du hast es vorher noch nie getragen.«

»Es gehörte Sophia«, antwortete Giuliana nach einer kleinen Pause, »sie hat es mir gegeben, kurz bevor sie mit euch weggefahren ist.«

Zu Giulianas Erleichterung drang Fiona nicht länger in sie und schlug stattdessen vor, Wäsche und etwas zum Anziehen aus der *Casa Sophia* für sie zu holen und ins Krankenhaus zu bringen.

»Bitte leg das Medaillon einfach in mein Zimmer im Haus«, bat Giuliana Fiona.

Als sie endlich aufstehen durfte, stellte sie den Stuhl ans Fenster und sah in den Garten mit seinen hohen Steinmauern hinunter. Ein gepflasterter Weg zog sich durch Gemüse-und Blumenbeete. Auf einer Bank saßen zwei verwundete Soldaten, einer mit einem Kopfverband, der andere hatte seine Krücken neben die Bank gestellt, ihm fehlte ein Bein. Leise unterhielten sie sich, und als sie Giuliana oben am Fenster sahen, winkten sie ihr zu. Auf der zweiten Bank saß ein blasses, dünnes Kind.

»Wer ist das Mädchen?«, wollte Giuliana von Renata Pacelli wissen, die gerade ihr Zimmer betrat.

»Das ist Eva, sie hat Tuberkulose und wohl nicht mehr lange zu leben«, antwortete Renata bekümmert. »Sie bekommt selten Besuch. Ihr Vater ist Tagelöhner auf einem großen Hof, und die Mutter betreibt eine eigene kleine Landwirtschaft. Manche Jahre lässt sie sich zusätzlich noch als Saisonarbeiterin anheuern. Sie arbeitet dann in den weit entfernten Reisfeldern, und so lange sind ihre Eltern bei den Kindern.«

Als Giuliana zum ersten Mal ihr Zimmer verlassen durfte, ging sie die Treppe hinunter und in den Garten. Das Schicksal des kleinen Mädchens ging ihr nicht aus dem Kopf, und tiefes Mitleid ergriff sie. Eva war immer allein, ohne ihre Eltern, obwohl sie doch bald sterben musste. Ein einsames kleines Mädchen – war sie das nicht selbst auch einmal gewesen?

»Darf ich mich zu dir setzen?«, fragte sie das Kind.

»Ich habe dich schon oft oben am Fenster gesehen. Einmal habe ich dir gewunken«, erzählte Eva ungezwungen.

»Das habe ich nicht gesehen«, antwortete Giuliana bedauernd. »Tut mir leid.«

»Du siehst immer so traurig aus.« Das Mädchen griff nach ihrer Hand. »Bist du sehr krank?«

Giuliana schüttelte den Kopf. »Jetzt nicht mehr.«

»Ich werde sterben«, erklärte Eva ruhig. »Aber ich habe keine Angst, denn ich gehe in den Himmel zur Mutter Maria.«

Die Ruhe, mit der das Kind seinem Tod entgegensah, machte Giuliana tief betroffen. Warum war das Sterben für ein zehnjähriges Kind so leicht?

Die Frage ging ihr nicht aus dem Kopf und beschäftigte sie in der darauffolgenden Nacht, in der sie sich schlaflos im Bett herumwälzte.

Am nächsten Morgen ging Giuliana in den Garten, aber Eva war nicht da.

»Ihr ging es die ganze Nacht über sehr schlecht, sie hatte entsetzliche Hustenanfälle und hat viel Blut erbrochen«, erzählte der Dottore, als Giuliana ihn nach der Kleinen fragte.

»Darf ich zu ihr?«, bat sie, und er erlaubte es ihr. »Nicht

zu lange«, schärfte er ihr jedoch ein. Da holte Giuliana aus Pacellis Bücherschrank einige Bücher, darunter *Pinocchio*, das war als Kind ihr Lieblingsbuch gewesen. Damit ging sie in das Zimmer von Eva, die bleich und still in ihrem Bett lag. Vorsichtig griff Giuliana nach ihrer Hand und drückte sie.

»Ich besuche dich«, flüsterte sie ihr zu. »Und wenn du willst, lese ich dir etwas vor.«

Eva lächelte und öffnete kurz die Augen. Da zog sich Giuliana einen Stuhl heran und fing zu lesen an.

Als es Eva wieder ein wenig besserging, hielten sie sich viele Stunden zusammen im Garten auf. Mit geröteten Wangen und atemlos vor Spannung hörte das Kind zu, wenn Giuliana las. Die Geschichte von Pinocchio gefiel ihr sehr gut, immer wieder musste Giuliana von vorn anfangen, bis Eva jede Zeile auswendig kannte und mitsprach, wenn Giuliana vorlas.

»Es ist schön, dass Sie sich um Eva kümmern«, lobte der Dottore. »Meine Frau und Schwester Antonia haben leider keine Zeit dazu. Mit Ihnen zusammen zu sein, ist für Eva eine große Freude – wahrscheinlich die letzte«, ergänzte er bedauernd.

»Es ist auch für mich sehr tröstlich«, bekannte Giuliana. Und das entsprach der Wahrheit. Sie selbst zog Trost und Freude aus den Stunden mit dem Kind. Erst jetzt erkannte sie, wie tief ihre Trauer um Claus und wie groß ihre Ratlosigkeit war. Wie sollte es weitergehen? Manchmal war sie versucht, an Paula zu schreiben und sie zu bitten, nach Campodoglio zu kommen, doch dann unterließ sie es. Es wäre in dieser Zeit für Paula zu gefährlich gewesen, hierherzureisen.

Als Fiona sie wieder einmal besuchte, kam Giuliana gerade aus dem Garten zurück und legte sich erschöpft ein wenig hin. Fiona nahm auf dem Stuhl Platz und rückte ihn ganz nahe an das Bett.

»Wir alle vermissen Sophia, vielleicht tröstet dich das in deinem Schmerz ein wenig. Der Dottore hat uns erzählt, dass du viel weinst.«

Nachdem Fiona gegangen war, liefen Giuliana sofort wieder die Tränen über die Wangen. Sie schloss die Augen und sah Beatrice vor sich, wie sie das Gewehr anlegte, auf den Soldaten zielte und Sophia traf. Immer wieder durchlebte Giuliana diesen Moment, in dem ihre Großmutter zusammenbrach.

Doch dann dachte sie an Claus, seinen Gesichtsausdruck, als sie in ihrem weißen Kleid vor ihm stand.

»Deine Braut«, hatte sie geflüstert. »Und heute will ich deine Frau werden …«

Giuliana schluchzte auf und presste ihr Gesicht in das Kissen. Beschämt gestand sie sich ein, dass der Verlust von Claus für sie schmerzlicher war als der Tod von Sophia.

»Claus«, flüsterte sie. »Ich liebe dich, immer und immer …«

Die Liebe zu ihm war zu einem Teil ihres Lebens geworden, sie würde ihn nie vergessen. Doch lebte er noch, oder war er auf der Flucht erschossen worden? Und falls er noch am Leben war, würde er nach dem Krieg dann zu ihr zurückkehren – oder zu der Frau, deren Bild er im Medaillon bei sich getragen hatte?

*

Nur langsam erholte sich Giuliana. Sie fürchtete den Moment ihrer Rückkehr in die *Casa Sophia*, und so nahm sie das Angebot der Pacellis an, noch ein paar Wochen in einem kleinen Gästezimmer zu wohnen. Da sei sie auch besser aufgehoben, als allein in dem Haus mit all seinen Erinnerungen, hatte der Dottore gesagt. Es sei zudem zu gefährlich, als Frau dort allein zu wohnen, solange die Deutschen die Toskana besetzt hielten.

Doch dann erreichte Campodoglio eine so furchtbare Nachricht, dass die Ereignisse rund um die *Casa Sophia* dagegen in den Hintergrund traten. Neue Spekulationen beschäftigten Fiona, Leontina und Marcella, und ihre Neugier bezüglich Marias Verrat ließ nach.

Zuerst war es nur ein Gerücht, dann wurde es bestätigt: Deutsche Soldaten hatten das geheime Versteck der Partisanen aufgespürt und alle hundertfünfzig Männer und Frauen erschossen. Die Angehörigen der Resistenza hatten sich in ein altes, zum Teil zerstörtes Weingut zurückgezogen, nicht sehr weit entfernt von Campodoglio. Einer der Partisanen sagte noch kurz vor seiner Erschießung aus, dass die gesuchte Partigiana, beteiligt an Überfällen und auch Morden an Faschisten, Beatrice Corena sei.

*

Evas Tod kurz vor Weihnachten ging Giuliana näher, als sie geglaubt hatte. In den zwei Monaten, die sie jetzt schon bei den Pacellis wohnte, hatte sie sich intensiv um das Kind gekümmert, dem es von Tag zu Tag schlechtergegangen war. Wieder weinte sie viel und vermochte sich kaum zu beruhigen.

An Weihnachten wollte Monsignore Antonio ein kleines Fest in der Aula des Schulhauses veranstalten, und Giuliana half wie die anderen Frauen bei den Vorbereitungen mit. Sie backte mit Marta einige Kuchen, auch wenn Rosinen, Mandeln und Orangeat fehlten.

»Ich habe gehört«, erzählte Marta, »in den Städten herrscht so großer Hunger, dass man Brote mit Sägemehl backt.«

Es wurde auch über Maria gesprochen. Niemand wusste, wohin sie gegangen war, irgendjemand behauptete, sie hielte sich in Rom auf. Die *Paneteria Cortesi* blieb geschlossen, Gras wuchs vor der Eingangstür, und das verstaubte Schaufenster bekam Sprünge, als der Ball eines Kindes dagegen flog. Ein paar Häuser weiter hatte ein alter Bäcker aus der Gegend einen neuen Laden eröffnet, doch sein Brot schmeckte nicht so gut wie das von Maria.

Während der Vorbereitungen für die Weihnachtsfeier fühlte sich Giuliana oft erschöpft und kämpfte in der Küche bei den verschiedenen Gerüchen gegen eine latente Übelkeit an. Zwei Abende vor dem vierundzwanzigsten Dezember konnte sie nicht mehr. Sie ließ sich auf einen Stuhl fallen. Ihr war schwindlig, und der Schweiß lief ihr den Rücken hinunter.

»Mir geht es nicht so gut«, erklärte sie, als Fiona sie besorgt ansah.

»Du bist auch so blass, Giuliana, ruh dich mal aus, wir machen allein weiter. Mit einer Lungenentzündung ist einfach nicht zu spaßen, kein Wunder, dass es dir noch nicht gutgeht.«

So verbrachte Giuliana den letzten Tag vor der großen Feier im Bett, erleichtert, sich schonen zu können.

Am vierundzwanzigsten Dezember aber erhob sie sich, um an dem Fest teilzunehmen.

*

Viele der Männer waren auf Heimaturlaub und saßen still auf ihren Stühlen. Der Schein der Kerzen beleuchtete ihre ausgezehrten Gesichter, und Pater Antonio betete mit ihnen, dass der Krieg bald zu Ende sein möge und sie wohlbehalten für immer nach Hause zurückkehren konnten. Der Pater hatte mit den Kindern auch ein Krippenspiel einstudiert, und als er erfuhr, dass Giuliana Klavier spielen konnte, bat er sie, ein paar Lieder auf dem alten Klavier der Schule zu spielen.

»Ich weiß nicht … ich habe seit mindestens sechs Jahren nicht mehr am Klavier gesessen«, hatte sie zögernd geantwortet, doch dann gab sie nach.

Sie spielte an diesem Abend ein paar heitere Operettenmelodien, dann einige Kinderlieder und als Abschluss »Stille Nacht, heilige Nacht«.

Und während sich die Menschen an den Händen hielten und mitsangen, liefen ihnen die Tränen über die Wangen.

20

Anfang Januar traf Giuliana die Entscheidung, in die *Casa Sophia* zurückzukehren. Ein Hauch von Frühling lag bereits in der Luft, und ihr würde es guttun, wieder allein zu sein, erklärte sie Dottore Pacelli. Der Zeitpunkt dafür sei genau richtig, sie sei wieder ganz gesund. Und im Übrigen könne sie ja jederzeit mit dem Rad in den Ort kommen.

Der Arzt, Fiona und Marcella versuchten, Giuliana von ihrem Vorsatz abzubringen. Es sei zu gefährlich, allein in der *Casa Sophia* zu wohnen, doch Giuliana blieb dabei, sie war des Krankenhauses überdrüssig.

Ovide holte sie mit seinem Fuhrwerk ab. Als er den weiteren Weg über die Straße nahm, wunderte sie sich zunächst, doch sobald er vor dem Gartentor hielt und sie von dort aus über den Weg zu Sophias Haus ging, erkannte sie seine Feinfühligkeit. Aus dieser Perspektive sah das Haus unter den Zypressen friedlich und malerisch aus wie immer, nichts deutete auf die Zerstörung des restlichen Anwesens hin.

Marta erwartete sie in der Diele. Im Wohnzimmer brannte ein Feuer im Kamin, und wohlige Wärme empfing Giuliana. Es duftete nach Martas Lammbraten mit Rosmarin, alles wirkte anheimelnd und friedlich. Während des Essens erklärte Ovide, er habe im November noch die Birnen und Äpfel geerntet und das Esszimmer als Vorratskammer eingerichtet.

Die beiden erzählten auch von ihrem Sohn Francesco, den nachts Alpträume quälten und der nicht vergessen konnte, wie die Granate neben ihm einschlug, ihm das

Bein und den Arm wegriss, und er seinen Freund sterben sah.

»Überall Blut, schluchzt er immer, wenn er schreiend aufwacht.« Marta weinte, und auch Ovide wischte sich die Tränen aus den Augen.

Nach dem Essen begleitete Marta Giuliana nach oben. Sie stellte ihre Tasche auf den Stuhl und fragte, ob sie noch etwas brauche – sichtlich besorgt, dass Giuliana allein im Haus bleiben wollte.

»Wenigstens kann doch Fiona zu Ihnen ziehen«, schlug sie vor. Doch Giuliana lehnte ab, sie hatte das Bedürfnis nach Ruhe und Einsamkeit.

»Danke, danke für alles.« Giuliana umarmte die kleine Frau, die durch ihren Kummer um den einzigen Sohn schmal und blass geworden war. Die runden, lebhaften Augen waren verquollen vom vielen Weinen, und durch die schwarzen Haare, auf die Marta so stolz gewesen war, zogen sich graue Strähnen.

Sobald Marta das Zimmer verlassen hatte, ließ sich Giuliana langsam aufs Bett fallen. Sie strich mit ihrer Hand über die Decke, sie sah hinauf zu den kleinen Putten, die auf sie herunterlächelten. Nichts hatte sich hier im Haus verändert, und doch war alles anders geworden.

*

Am nächsten Tag regnete es.

Zusammen mit Ovide ging Giuliana durch die Zypressen und blieb stumm vor Entsetzen stehen. Die Flammen hatten auf die alten Olivenbäume übergegriffen, aus den schwarzen Baumstümpfen reckten sich kahle Zweige in den grauen Himmel. Das Dach des Ateliers war teilweise eingestürzt, die Wände vom Brand schwarz, und die Tür hatte Ovide mit einem braunen Kartoffelsack verhängt.

»Sehen Sie, der hintere Teil des Hains steht noch, der Regenguss hat damals Schlimmeres verhindert«, bemerkte Ovide. »Auch der Obstgarten blieb vom Feuer verschont.«

Giuliana konnte nur nicken, sie brachte kein Wort heraus. Sie hatte sich die Verwüstung nicht so schlimm vorgestellt. Von der Manufaktur war nur noch ein Berg Schutt und schwarze Steine geblieben.

Sie dachte plötzlich an Sophias Nachricht, die sie auf dem Küchentisch gefunden hatte, nachdem diese damals abgefahren war.

»Meine Großmutter hatte in ihrem Schreibtisch in der Manufaktur einen Brief für mich hinterlegt«, murmelte sie. »Jetzt werde ich nie mehr erfahren, was sie mir sagen wollte.«

Ovide griff nach ihrem Arm. »Lassen Sie uns zurückgehen. Kommt Zeit, kommt Rat. Wenn der Krieg vorbei ist, können die Männer die Manufaktur wieder aufbauen.«

»Ja«, flüsterte Giuliana, »wenn der Krieg vorbei ist.«

Doch dann ging sie auf das Atelier zu und schob den Kartoffelsack zur Seite.

»Aufpassen, da dürfen Sie nicht hinein!«, rief Ovide ihr nach, aber sie stolperte bereits ins Innere. Alles war schwarz verkohlt, und auch die Bilder waren vom Feuer und Wasser zerstört.

»Kommen Sie raus, Giuliana, wenn das Dach weiter einbricht …«

Sie hörte nicht auf die warnende Stimme Ovides, sondern bahnte sich einen Weg durch Schutt, Steine und verkohlte Bilder. Inmitten der Verwüstung blieb sie stehen und sah sich um. Gab es etwas, das sie an Claus erinnern würde? Hatte er, für andere nicht zu bemerken, irgendetwas für sie hinterlassen? Ein Zeichen, das nur sie erkennen konnte? Doch es gab nichts außer Zerstörung. Mattias Tisch war verkohlt und auf einer Seite zusammengebrochen. Doch als Giuliana in die Knie ging, entdeckte sie unter dem Schutt die Ecke eines goldenen Bilderrahmens. Vorsichtig zog sie daran, bis sie ein Gemälde in der Hand hielt.

Es war »Das Haus unter den Zypressen«.

Ovide stand noch unschlüssig vor dem Atelier, als Giuliana herauskam, das Bild an sich gepresst.

»Es ist unversehrt, es hat den Angriff überstanden«, strahlte sie – und fing gleich darauf zu weinen an.

Angesichts ihrer Tränen wusste Ovide nicht, wie er reagieren sollte, und schob verlegen seinen Hut in den Nacken. Da kam der erlösende Ruf von Marta, sie warte mit dem Mittagessen auf sie.

Beim Essen erwähnte Marta, dass sie an Mattia Alesi einen Brief geschrieben habe, um ihn über Sophias Tod zu informieren.

»Woher haben Sie seine Adresse?«, wunderte sich Giuliana. »Sie lag auf dem Tisch in Sophias Zimmer. Das war doch in Ordnung, oder?«

»Natürlich, Marta.«

»Er hat eine Beileidskarte an Sie geschrieben, sie liegt draußen auf der Kommode«, fügte Marta noch hinzu. »Wir können übrigens zweimal in der Woche hierherkommen und alles in Ordnung bringen«, wechselte sie dann das Thema. »Ihnen geht es noch nicht gut, und wir brauchten das Geld … Die Medikamente für Francesco sind teuer, und wir haben uns schon hoch verschuldet.«

Doch mit dem größten Bedauern musste Giuliana ihnen sagen, dass sie sie nicht bezahlen konnte. Von den Erlösen aus der letzten Fahrt der Frauen war nach den ersten Reparaturen auf dem Gelände schon nichts mehr übrig. Und ihre wenigen eigenen Ersparnisse waren für ihre Rückkehr nach Rom bestimmt.

Als die beiden am Nachmittag mit ihren Fahrrädern aufbrachen, ging Giuliana noch mit ans Tor, verschloss es hinter den beiden und winkte ihnen nach. Dann lief sie zurück ins stille, leere Haus. Lange starrte sie durch das Küchenfenster in den strömenden Regen.

Sie hatte allein sein wollen, doch jetzt fühlte sie sich nur entsetzlich einsam. Fast bedauerte sie ihre Entscheidung, in die *Casa* zurückgegangen zu sein. Sie redete sich ein, nur müde von der Arbeit bei Dottore Pacelli zu sein, sie hatte ihm schließlich zuletzt viel geholfen. Vielleicht hatte sie sich einfach nicht lange genug erholt nach ihrer schweren Lungenentzündung. Die unbestimmte Übelkeit hatte auch noch nicht nachgelassen. So raffte sie sich zwei Tage später auf und fuhr ins Dorf zu Dottore Pacelli.

Schweigend hörte ihr der Arzt zu, als sie ihm ihre Symptome schilderte.

Nach der Untersuchung wartete sie auf seine Diagnose. Doch Dottore Pacelli legte ihr zunächst nur die Hand auf die Schulter.

»Kommen Sie, setzen Sie sich in den bequemen Sessel hier.« Befremdet ließ sich Giuliana in den tiefen Ledersessel sinken.

»Ich denke, das Beste ist, ich schicke Sie umgehend zu Selina.«

»Selina, die Hebamme?« Fragend sah Giuliana Dottore Pacelli an, der nur schweigend nickte. Langsam, ganz langsam begriff sie die Wahrheit, die sie schon längst allein hätte erkennen können. »Ich bin schwanger, nicht wahr?«

Dottore Pacelli nickte mehrmals.

»Ja, Giuliana. Sie sind bereits Anfang des vierten Monats.«

Als Giuliana vor Entsetzen leicht aufstöhnte, strich er ihr beruhigend über den Arm.

»Sie sind nicht verheiratet, aber deswegen sollten Sie sich nicht schämen. Durch den Krieg haben sich jahrelange Wertvorstellungen verschoben. Ist Ihr Verlobter an der Front?«, fragte er vorsichtig, während Giuliana schweigend auf ihre Hände hinuntersah.

Sie konnte nicht sprechen, nichts denken, lähmendes Entsetzen hatte sie gepackt. Sie schüttelte schweigend den Kopf.

»Ist er gefallen?«

Giuliana nickte. »Ich denke, er ist tot«, flüsterte sie.

»Tot? Wissen Sie das genau? Wenn es so ist, muss sich seine Familie um Sie kümmern. Sie brauchen das nicht allein durchzustehen.« Als Giuliana weiterhin schwieg, griff er nach ihrer Hand. »Wenn Sie mir etwas anvertrauen wollen, Sie wissen ja, ich bin an meine Schweigepflicht gebunden.«

Als Giuliana abermals den Kopf schüttelte und ein verzweifeltes Schluchzen unterdrückte, stand er auf.

»Na gut, Sie wissen, wo Sie mich finden können. Aber ich würde Sie gern zu Selina schicken, sie wird sich dann um Sie kümmern.«

Auch Giuliana erhob sich langsam.

»Danke, Dottore«, sagte sie tonlos und verabschiedete sich hastig.

»Bitte, gehen Sie zu Selina«, schärfte er ihr noch ein. »Ich werde sie gleich benachrichtigen, dass Sie kommen.«

Als er Giuliana hinausbegleitete, schloss sich rasch eine Tür. Giuliana erschrak. Hatte Renata Pacelli vielleicht gelauscht? Sie wusste, dass die Frau des Arztes fast genauso neugierig war wie Maria.

Wie betäubt stand sie auf der Straße. Sie konnte sich kaum rühren, dachte dann jedoch nach. Wenn sie jetzt zu Selina fuhr, würden ihr viele Augen folgen, und schnell hätte sich herumgesprochen, dass Sophias Enkelin die Hebamme besuchte. Man würde darüber tuscheln, vielleicht sogar nachrechnen, und es war nur eine Frage der Zeit, bis der ganze Ort ihr Geheimnis kannte. Nein, zu Selina würde sie jetzt bestimmt nicht gehen.

*

In den nächsten Wochen blieb Giuliana zu Hause. Die Übelkeit verschwand allmählich, aber ihre Erschöpfung blieb. Sie schrieb an Paula einen langen Brief, in dem sie erwähnte, sie sei schwanger, aber von Claus von Welser berichtete sie nichts. Niemand wusste, ob Briefe womöglich geöffnet wurden. Erst nachdem sie den Umschlag geschlossen hatte, wurde ihr klar, dass sie nicht zum Postamt ins Dorf fahren konnte. Denn als sie sich am Morgen vor den Spiegel gestellt und sich von der Seite betrachtet hatte, war die Rundung ihres Bauches schon gut zu erkennen gewesen.

Ratlos ließ sich Giuliana aufs Bett fallen. Sie musste

doch dringend in den Ort, Einkäufe machen und zur Post! Wie sollte es weitergehen?

Sollte sie nach Rom zurückkehren? In die Hauptstadt, die nicht zur Ruhe kam, wo Angst vor neuen Bombenangriffen und Hunger herrschte, wo der Strom ausfiel und Plünderer durch die Straßen zogen? Sollte sie da ihr Kind bekommen?

Vielleicht könnte sie auch nach Frascati fahren, das wäre eine Möglichkeit. Aber Paulas Familie war ihr fremd, fremder als die Leute hier im Ort.

Doch wenn sie hierblieb, musste sie sich zu ihrer Schwangerschaft bekennen. Giuliana ging in die Küche, öffnete die Hintertür weit und holte tief Luft. Sie musste eine Entscheidung treffen und versuchen, das Richtige zu tun, für sich und das Kind.

Sie setzte sich an den Tisch und strich gedankenverloren über die gelbe Wachstuchdecke mit den großen roten Tupfen. Marta hatte sie Sophia im vergangenen Jahr zum Geburtstag geschenkt, und so lag die Decke seither auf diesem Tisch. Giuliana erinnerte sich noch gut an den Tag, niemals hätte sie gedacht, dass es Sophias letzter Geburtstag sein würde.

Auch die nächsten zwei Wochen vergingen. Dann traf Giuliana eine Entscheidung. Sie konnte sich hier nicht länger verstecken, sie musste in den Ort. Doch vor allem musste sie zu Dottore Pacelli und zu Selina. Jetzt ging es nicht mehr nur um sie, sondern vor allem um ihr Kind. Claus' Kind. Sie musste dafür sorgen, dass die Schwangerschaft gut verlief und das Baby nicht gefährdet war. Sie wollte noch zwei, drei Tage warten und dann zu Selina fahren. Und dafür würde sie ihre ganze Kraft brauchen.

Am Nachmittag hörte sie, wie Fiona laut nach ihr rief. Giuliana zögerte, doch Fiona hätte sich Sorgen gemacht, wenn sie nicht öffnete, und so warf sie sich eine leichte Decke über, die ihren Bauch verbarg, bevor sie durch den Garten zum Tor lief. Fiona war allerdings nicht allein, Leontina und Marcella begleiteten sie.

Als Giuliana das Tor in der Mauer aufschloss, bemerkte sie die diskreten Blicke auf ihren Bauch. Hatte Renata Pacelli Andeutungen gemacht?

»Wir haben Kaffee mitgebracht«, erklärte Marcella, »richtigen, keinen Ersatz.«

»Komm, wir kümmern uns um alles.« Fürsorglich fasste Leontina Giuliana unter und ging mit ihr zum Tisch unter der Pinie. »Du kannst dich so lange schonen.«

Giulianas Herz klopfte, sie ahnte, aus welchem Grund die Frauen hier waren. Sie setzte sich in einen Korbstuhl und atmete tief durch. Sie hatte sich bereits eine Geschichte ausgedacht, die sie dem Dottore und der Hebamme erzählen wollte. Sie sei mehrmals in Florenz gewesen und habe in einem Café einen jungen Soldaten auf Heimaturlaub kennengelernt. Während Sophia mit den Frauen unterwegs gewesen war, habe sie ihn noch einmal getroffen, bevor er zurück an die Front musste. Und an dem Tag, als die Frauen zurückkamen, sei sie unterwegs gewesen, um seine Schwester zu besuchen, und habe dabei erfahren, dass er gefallen sei.

Diese Geschichte würde sie jetzt auch den Frauen erzählen. Wer sollte ihr das Gegenteil beweisen?

Man würde sie natürlich verachten, weil sie sich vor der Ehe einem Mann hingegeben hatte, aber das spielte keine Rolle, die Hauptsache war, dass nichts auf den gesuchten Deserteur hinwies.

Als die Frauen mit einem Tablett, den Tassen und der Kaffeekanne aus dem Haus kamen und sich zu ihr setzten, war Giuliana ruhig geworden, bereit, ihre Geschichte zu erzählen.

»Weißt du«, begann Marcella, die Älteste der drei, »wir wollen nicht lange herumreden. Wir wissen, dass du schwanger bist.«

»Woher?«

Die Frauen warfen sich rasche Blicke zu. »Nun … Renata Pacelli machte so eine Andeutung, doch wir haben es uns bereits an Weihnachten gedacht, man sah es dir an. Du hattest damals schon zugenommen, obwohl du vorher so lange krank warst.«

»Also, ganz unvorbereitet traf es uns nicht«, fiel Fiona ihr ins Wort. »Aber weil du geschwiegen hast, wollten wir dich nicht mit Fragen bestürmen. Es ist schön, ein Kind zu bekommen, auch wenn es … wenn es …« Hier stockte Fiona.

»… wenn es das Ergebnis eines so furchtbaren Erlebnisses ist«, beendete Leontina den Satz für sie.

»Was meint ihr?« Giuliana sah verständnislos von einer zur anderen.

»Nun, du musst dich nicht schämen, du kannst ja nichts dafür. Er hat dich vergewaltigt, wir haben es gesehen.«

Marcella stand auf, setzte sich auf die Armlehne von Giulianas Sessel und griff nach ihrer Hand. »Es muss so schrecklich für dich gewesen sein! Wir verstehen, dass du dich schämst und nicht über dieses furchtbare Ereignis sprechen willst, aber ein Kind wächst in dir, und du musst dich mit der Realität auseinandersetzen. Dottore Pacelli –«

»Er hat mit euch geredet? Ich verstehe nicht ...« Giuliana fuhr hoch. »Er ist doch an seine Schweigepflicht gebunden!«

»Wir waren bei ihm«, mischte sich jetzt Leontina ins Gespräch. »Wir haben ihm erzählt, was damals passiert ist. Wie wir vor dem Haus standen und uns die Soldaten in Schach hielten. Wir haben dich schreien hören, und durch den Rauch hindurch sahen wir diesen Soldaten, der dir –«

»Er hat dich vergewaltigt«, unterbrach sie Marcella. »Beatrice hat ihn zwar erschossen, aber es war offensichtlich schon zu spät. Und wir verstehen auch, dass du mit dem Dottore nicht darüber reden wolltest, also sind wir an deiner Stelle zu ihm gegangen. Er lässt dich grüßen. Er bedauert nur, dass du dich ihm nicht schon früher anvertraut hast. Dann hätte es doch Mittel und Wege gegeben, um ... die Schwangerschaft abzubrechen, damit du dieses Kind nicht austragen musst.«

Giuliana atmete durch. Sie schloss die Augen und versuchte fieberhaft, ihre Gedanken zu ordnen. Es gab eine Hoffnung für sie, eine Lösung, so einfach und naheliegend ... Darum also hatten die Frauen bei ihren Besuchen im Krankenhaus sie nicht aus den Augen gelassen! Weil sie darauf warteten, dass Giuliana sich einer von ihnen anvertraute.

Sollte sie jetzt dementieren und ihnen ihre Geschichte mit dem jungen Mann aus Florenz erzählen?

»Du trägst das Kind eines Deutschen aus«, hörte sie Marcella sagen. »Das wird dir auch Ablehnung einbringen, da bin ich mir sicher. Du wirst die Frau sein, die das Kind eines Feindes zur Welt brachte, wie es gezeugt wurde, vergessen sie. Deshalb schickt dir der Dottore in den nächsten Tagen Selina, so musst du nicht in den Ort kommen.«

Jetzt fuhr Giuliana hoch. »Ich brauche kein Mitleid, und ich fahre auch zu den Untersuchungen zu Selina«, bestimmte sie. Sie hatte sich in Sekundenschnelle entschieden, die Version der Frauen anzunehmen. Es war die Rettung für sie.

»Nun, wir sind immer für dich da, das weißt du«, sagte Marcella und küsste sie zum Abschied. »Wir werden regelmäßig nach dir sehen, denn eigentlich solltest du jetzt erst recht nicht allein hier leben.«

Auch Fiona umarmte sie herzlich und drückte sie fest an sich. Dann nahm sie ihr die Decke von den Schultern, drehte und wendete Giuliana und begutachtete ihren Bauch.

»Ein Kind – kann es etwas Schöneres geben? Vielleicht vergisst du eines Tages, in welchem Moment es entstanden ist, und kannst es lieben.«

Nachdem Giuliana die Frauen bis zum Tor begleitet hatte, kehrte sie langsam ins Haus zurück, stieg die Treppe hinauf und streckte sich auf dem Himmelbett aus. War es richtig, dass sie ihnen nicht widersprochen hatte? Wäre die Geschichte mit dem jungen Mann aus Florenz nicht besser gewesen? Schließlich gab es zwei Frauen, die wussten, dass die Sache mit der Vergewaltigung eine Lüge war: Beatrice, die gesehen hatte, wie sie den Soldaten abwehrte, und die ihn rechtzeitig erschoss, und Maria, die die Geschichte eines deutschen Deserteurs erzählen konnte, mit dem sich Giuliana, die Enkelin von Sophia Fabiani, eingelassen hatte.

Aber letztendlich war Giuliana überzeugt davon, dass Maria nicht mehr zurückkam. Und Beatrice war die gesuchte Partigiana, auch sie kehrte sicher nicht mehr zurück.

Im Moment schien sich alles zum Guten zu wenden, und zum ersten Mal seit Wochen konnte Giuliana beruhigt sein und das Glück annehmen, das ein Kind von Claus für sie bedeutete.

21

Casa Sophia, 1944–1947

Giulianas Schwangerschaft verlief ohne Komplikationen. Sie arbeitete bis zum neunten Monat im Garten, erntete Erdbeeren, die sie zusammen mit Marta zu Marmelade einkochte. Ovide und Marta kamen inzwischen einmal in der Woche, da Giuliana in Sophias Kommode noch einen dicken Packen Lire gefunden hatte. Doch oft saß sie auch allein auf der kleinen Terrasse und dachte an Claus. Vielleicht stand er eines Tages plötzlich vor ihr, gesund und strahlend. Doch sie wusste im Grunde, was wahrscheinlicher war: Claus von Welser war gefasst und als Vaterlandsflüchtling und Deserteur vors Kriegsgericht gestellt worden. Wenn man ihn nicht sogar sofort erschossen hatte. Oder die Faschisten hatten ihn festgenommen. Selbst wenn er ihnen entkommen war oder sich verstecken konnte, würde er nach dem Krieg sicher zu der Frau zurückkehren, deren Foto er in dem Medaillon bei sich getragen hatte. Eine Frau, die in Deutschland auf ihn wartete. Zu Giuliana würde er den Weg nicht wiederfinden. Sie musste sich damit abfinden und ihn vergessen.

Wenn Giulianas Sehnsucht unerträglich wurde, holte sie aus ihrem Schrank das weiße Spitzenkleid, ihr »Brautkleid«, setzte sich damit aufs Bett und verbarg ihr Gesicht darin. Lange konnte sie so sitzen und an Claus denken.

Manchmal zog sie auch ihre Kommode auf, in der sie

seine Identifikationsmarke und das Medaillon versteckt hatte.

Und gelegentlich ging sie in Sophias Zimmer, öffnete ihren Kleiderschrank und strich über die wenigen Kleidungsstücke. Sophia hatte nicht viel besessen, ein paar Röcke, Pullis und Blusen. Zwei geblümte Baumwollkleider, die sie oft und gern getragen hatte. Das rote Kleid hatte man ihr angezogen, als sie in den Sarg gelegt wurde.

Im Zimmer ihrer Großmutter befand sich auch sonst nicht viel. In einem Regal standen einige Bücher über Malerei, dann noch ein paar Romane und eine in Leder gebundene Ausgabe der *Göttlichen Komödie* von Dante. Außerdem ein Album, bezogen mit verblichenem rotem Samt. Es enthielt nur wenige Fotos.

Sophia als kleines Kind, auf einem Sofa stehend, in einem Spitzenkleid, unter dem ein langes Unterhöschen hervorlugte.

Ein Foto von Sophias Eltern, aufgenommen im Jahr 1868, ernst und würdevoll sahen sie in die Kamera.

Auf der letzten Seite hatte Sophia ein großes Foto eingeklebt, das Mattia in einer Gruppe von Frauen zeigte, die ihr Abschlussdiplom für einen Malkurs in die Kamera hielten und strahlend lächelten. Mattias Gesicht jedoch–war einer einzigen Teilnehmerin zugewandt, und sein Lächeln galt ihr: Sophia Fabiani.

Doch dann entdeckte Giuliana noch ein zweites Album, es enthielt Fotos von Angelo. Angelo als Baby, Angelo als Kleinkind, Angelo am ersten Schultag in seiner Uniform. Das letzte Foto in dieser Sammlung war eine Aufnahme des toten Angelos, aufgebahrt im offenen Sarg, umgeben von einem Meer weißer Lilien.

Heftig schlug Giuliana das Album zu. Genau wie bei

Sophias Fotogalerie auf dem Kaminsims gab es auch hier kein einziges Foto von Gina, Sophias Tochter. Von ihr hatte sie nichts mitgenommen, als sie ihren Mann verließ, gar nichts.

»Warum nicht, Sophia?«, murmelte Giuliana.

Enttäuscht schob sie das Album zurück ins Regal. Der Brief, den ihre Großmutter ihr geschrieben hatte, lag jetzt unter den Trümmern der zerstörten Manufaktur. Warum hatte sie nicht offen mit ihr gesprochen, bevor sie ging, warum diese Geheimnistuerei? Was war denn so furchtbar, dass Sophia es ihr nicht sagen, sondern nur schreiben konnte?

Du kennst nicht die ganze Wahrheit … Dein Großvater hat mich so tief verletzt, wie keine Frau verletzt werden sollte … Soviel sich Giuliana auch den Kopf zerbrach, sie konnte die rätselhaften Worte nicht mit Sinn füllen. Drei Jahre hatten sie und Sophia zusammengelebt, doch niemals in aller Offenheit über die Vergangenheit gesprochen.

Nur noch ein einziges Mal hatte Sophia die Jahre in Rom erwähnt, doch es war Mattia gewesen, über den sie sprach.

»Mattia war für mich der Sohn, den ich verlor, und der Mann, nach dem ich mich immer gesehnt hatte …«

*

Als am Morgen des 20. Juni 1944 die Sonne hinter der *Casa Sophia* aufging, die Schatten der Nacht vertrieb und das Land mit zartem Rot überzog, brachte Giuliana eine Tochter zur Welt und gab ihr den Namen Aurora, die Morgenröte.

Niemals hätte sie in der angsterfüllten Zeit der Schwangerschaft gedacht, dass sie so glücklich sein würde, wenn sie ihr Neugeborenes in den Armen hielt.

»Du wirst deinen Vater nicht kennenlernen«, flüsterte sie der Kleinen zu, »doch du kannst stolz auf ihn sein. Meine kleine Aurora, ich werde dir von ihm erzählen. Von ihm und unserer kurzen Liebe, die ich niemals vergessen kann. Ich habe nicht einmal ein Foto von ihm, doch ich werde ihn dir beschreiben. Er war groß, schlank und hatte die schönsten blauen Augen, in die ich jemals geblickt habe.«

Giuliana spürte, wie ihr die Tränen über die Wangen liefen, und wie so oft stellte sie sich die bange Frage, ob Claus wohl doch die Flucht gelungen war. Wohin war er dann gegangen? Versteckte er sich irgendwo? Tief in ihrem Herzen existierte gegen alle Vernunft ein Funken Hoffnung, ihn eines Tages wiederzusehen.

*

In den nächsten Monaten lebte Giuliana nur für sich und die Kleine. Marta und Ovide umsorgten sie, wenn sie da waren, und auch Marcella und Fiona besuchten sie fast täglich. Fiona, die selbst keine Kinder hatte, war ganz vernarrt in Aurora.

»Sie hat so süße, blonde Härchen, vielleicht werden sie rötlich, wie deine«, mutmaßte sie.

Manchmal fuhr Giuliana in den Ort, dann passte Fiona auf Aurora auf. In Campodoglio schlug Giuliana jedoch jedes Mal eine Welle der Ablehnung entgegen, und sie erinnerte sich an die Worte von Marcella: »Du wirst die Frau sein, die das Kind eines Feindes zur Welt brachte, wie es gezeugt wurde, vergessen sie.«

Einzig Dottore Pacelli versicherte Giuliana bei jedem ihrer Besuche, wie sehr er sie und ihren Mut bewundere, und sprach ihr seine Hochachtung aus. Mit keinem Wort ließ er sie spüren, dass sie eine »uneheliche« Mutter war, die das Kind eines Deutschen bekommen hatte. Er bot ihr an, jederzeit wieder bei ihm arbeiten zu können, wenn Aurora etwas größer sei oder ihr in der *Casa Sophia* die Decke auf den Kopf fiel und sie sich allein fühlte. Doch Einsamkeit gab es für Giuliana nicht mehr, denn sie hatte ja ihr Kind.

So verflog die Zeit. In den Nächten konnte Giuliana allerdings oft keinen Schlaf finden, und dann setzte sie sich auf die Terrasse und verfolgte mit ihren Blicken die Scheinwerfer, die den Himmel absuchten, und lauschte auf das dumpfe Dröhnen der Flugzeuge. Wo mochte Claus sein? Auch wenn sie versuchte, die Gedanken an ihn zu verdrängen, wurde sie oft von tiefer Verzweiflung und Sehnsucht nach ihm gepackt. Dann legte sie den Kopf auf ihre Knie und weinte hemmungslos, bis sie sich wieder beruhigte, ins Haus ging und Aurora zu sich ins Himmelbett holte.

*

An Weihnachten blieb Giuliana dieses Mal allein in der *Casa*, sie schlug die Einladung von Pater Antonio aus. Stattdessen drehte sie den Radioapparat an und lauschte der Papstmesse auf dem Petersplatz, die in die ganze Welt übertragen wurde. Eine Stunde des Friedens mitten im Krieg, ein Augenblick, in dem deutsche, italienische und die Soldaten der Alliierten Mächte sich auf dem Petersplatz versammelten.

In diesem Moment erfasste Giuliana ein tiefes Heimweh nach Rom, ihrer Stadt, ihrer Heimat. Sie wollte zurück in ihre Wohnung, in der sie mit dem Großvater gelebt hatte, in der sie glücklich gewesen war und die ihr Geborgenheit gegeben hatte.

Paula hatte ein kleines Päckchen geschickt, schon vor zwei Monaten abgeschickt, es enthielt ein selbstgehäkeltes rosafarbenes Jäckchen und eine kleine Mütze, mit einem langen, rosafarbenen Satinband. »Für unseren kleinen Schatz«, schrieb Paula dazu. »Hoffentlich können wir uns bald in die Arme schließen.«

»Das wünsche ich mir auch, Paula«, flüsterte Giuliana, »ich glaube, nichts wünsche ich mir mehr.«

*

Eines Nachmittags besuchte Marcella sie. Sie weinte vor Wut und Enttäuschung, weil ihr Mann seine Geliebte doch nicht aufgeben wollte.

»Er hatte mir versprochen, mit ihr Schluss zu machen!«

Giuliana versuchte, sie zu trösten, doch sie ahnte, wie schmerzlich der neuerliche Betrug ihres Mannes für die Vierundfünfzigjährige sein musste.

»Aber ich werde mich in die Arbeit stürzen«, entschied Marcella dann unter Tränen. »Im Frühjahr sollten wir versuchen, die Manufaktur aufzubauen. Irgendwann *muss* doch wieder ein normales Leben möglich sein.«

Um Marcella über ihren Kummer hinwegzuhelfen, lud Giuliana sie, Fiona und Leontina öfter ein, über den Wiederaufbau der Manufaktur zu beraten. Es wurden Pläne geschmiedet, überlegt, wie der Aufbau umzusetzen sei und ob man Sophias Rezepte auch ohne deren geheimes Rezeptbuch nachkochen konnte.

»Vor allem brauchen wir dann auch wieder Kunden«, war Leontinas realistischer Einwurf.

»Die bekommen wir schon.« Fiona blieb optimistisch, und sei es nur, um Marcella, sich und Leontina eine Perspektive für die Zukunft zu geben.

*

An einem windigen, kalten Frühlingstag kam Fiona in aller Eile angeradelt.

»Beatrice ist wieder da!«, verkündete sie aufgeregt. »Angeblich lebt sie bei Verwandten hier ganz in der Nähe. Sara Ancetti hat sie gesehen, sie wirke recht verwirrt, meinte sie.«

»Aber sie wird doch gesucht!« Giuliana reagierte entsetzt auf die Neuigkeit.

»Ich weiß nicht, vielleicht hat sich Sara ja auch geirrt.«

Nachdem sich Fiona nach ihrem kurzen Besuch wieder verabschiedet hatte, lief Giuliana unruhig durchs Haus. Sie spürte, wie Angst in ihr aufstieg. Würden die Schrecken der Vergangenheit sie wieder einholen?

Die nächsten Tage blieb sie zu Hause, doch als Fiona das nächste Mal vorbeikam, bat sie sie, für eine Weile auf Aurora aufzupassen. Giuliana wollte zum Friedhof, um schnell ein paar Blumen auf Sophias Grab zu legen.

Es war ein feuchter, nebliger Aprilnachmittag, als sie aufs Rad stieg. Sie fuhr eilig gegen den Nieselregen an, den ein leichter Wind ihr ins Gesicht blies.

Vor der Mauer des Friedhofs sprang sie vom Rad und schob es über den Kiesweg. Marcella, Leontina und Fiona hatten Sophia einen großen Engel aus weißem Stein meißeln lassen, und wie immer lagen frische Blumen auf dem

Grab. Giuliana legte ihre Margeriten dazu. Bei dem Anblick stieg eine Erinnerung in ihr auf, an jene rosafarbenen Margeriten, die nach dem Tod ihres Großvaters gebracht worden waren. Nie hatte sie erfahren, wer ihm damit einen letzten Gruß geschickt hatte.

Giuliana setzte sich auf die steinerne Umrandung und fuhr nachdenklich mit ihren Fingern durch die feuchte Erde. Was hätte ihr Großvater dazu gesagt, dass sie zu Sophia in die Toskana gefahren war? Schon lange hatte sie nicht mehr an ihn gedacht. Wie hätte er sich wohl ihrer Schwangerschaft gegenüber verhalten? Hätte er zu ihr gestanden? Giuliana schossen die Tränen in die Augen.

»Ich vermisse dich«, flüsterte sie, »ich möchte meinen Kopf an deine Schulter legen und hören, dass alles gut wird.« Sie wischte sich die Tränen ab, beugte sich hinunter und klaubte gedankenverloren ein paar Steine aus der Erde.

Da hörte sie in der Stille das leise Knirschen der Kieselsteine auf dem Weg. Sie hob den Blick und erkannte ein Stück entfernt Beatrice, die sich über ein Grab beugte und sie nicht zu sehen schien. Giuliana erfasste ein Schauer, und plötzliche Angst schnürte ihr die Kehle zu. Es stimmte also, Beatrice lebte noch. Es war nicht nur ein Gerücht, der übliche Dorfklatsch, sie war da.

Hastig hob Giuliana ihr Rad vom Boden auf und schob es zum Ausgang. Die kühle Stille des Friedhofs, der leichte Nieselregen und die Abgeschiedenheit ließen sie auf einmal frösteln, und sie war erleichtert, dass Beatrice mit dem Grab beschäftigt schien und sie offenbar nicht gesehen hatte. Sobald sie den Friedhof verlassen hatte, stieg sie aufs Rad und fuhr Richtung *Casa Sophia*.

Da rissen die Wolken auf, und die Sonne kam heraus. Giuliana atmete die Frühlingsluft ein und hielt für einen Moment ihr Gesicht der warmen Sonne entgegen, doch ihr Unbehagen wuchs, und es wurde Angst daraus. Beatrice war eine Bedrohung, sie konnte ihr Geheimnis auffliegen lassen. Wieso kam sie zurück? Sie musste doch wissen, dass sie gesucht wurde. Sie wirke verwirrt, hatte man im Dorf erzählt – vielleicht hatte sie die Ereignisse in der *Casa Sophia* vergessen oder verdrängt, da sie mit ihrer Schuld nicht leben konnte?

Zutiefst beunruhigt, stellte Giuliana an der *Casa* ihr Fahrrad ab, während sie auf die helle Stimme von Fiona lauschte, die ein Kinderlied sang.

»Aurora ist gerade aufgewacht!«, rief sie Giuliana von der Terrasse aus entgegen. »Gut, dass du da bist, ich muss schnell nach Hause, meine Eltern warten schon auf mich.«

»Danke, Fiona, dass du auf meine Kleine aufgepasst hast. Tut mir leid, dass ich mich verspätet habe.«

Fiona verabschiedete sich rasch, und Giuliana beugte sich über den Kinderwagen, holte ihre Tochter heraus, küsste sie auf die rosigen Wangen und flüsterte ihr zärtliche Worte ins Ohr.

Sie hörte, wie Fiona das Tor hinten an der Mauer zuschlug und der Motor des Lastwagens laut aufbrummte. Giuliana schüttelte lächelnd den Kopf – Fiona brauste immer noch mit dem alten Kasten durch die Gegend.

Es war ein stiller Nachmittag, und Giuliana schob sich mit einer Hand einen Korbstuhl zurecht.

»Mein Schatz, wir holen jetzt für dich etwas zu essen und setzen uns damit hier in den Sessel, was meinst du?«, sagte sie zu ihrer Tochter. Aurora antwortete ihr mit fröhlichem Gebrabbel. Da vernahm Giuliana ein Geräusch hinter sich und drehte sich erschrocken um.

Beatrice.

Giuliana erschrak zutiefst, doch sie ließ sich nichts anmerken und grüßte freundlich.

»Du scheinheilige Hure!«, war deren Antwort, und sie beobachtete jede Bewegung von Giuliana lauernd. Giulianas Herz raste, und instinktiv machte sie einen kleinen Schritt rückwärts auf die offene Terrassentür zu.

»Du Hure!«, wiederholte Beatrice mit ruhiger, kalter Stimme. »Du Nazihure! Die anderen Frauen kannst du täuschen, aber mich nicht. Ich weiß, dass Maria damals die Wahrheit gesagt hat.«

»Beatrice, was soll das? Das ist alles schon so lange her.« Giuliana gab ihrer Stimme einen versöhnlichen Klang, denn es schien, als könne jedes barsche Wort eine Katastrophe auslösen. Fest presste sie Aurora an sich, auf die sich die Angst der Mutter übertrug. Leise fing die Kleine an zu weinen.

»Kriegsverbrechen verjähren nicht«, erklärte Beatrice. Ihr flackernder, unruhiger Blick jagte Giuliana zusätzliche Angst ein. Die Haare hingen Beatrice wirr in die Stirn, und auf dem Gesicht zeigte sich eine krankhafte Blässe.

»Ich habe damals sofort erkannt, dass ein Mann im Atelier gewesen sein musste. Am Rasierpinsel hing noch Schaum, und das Waschbecken war benutzt.«

Giuliana wagte einen zweiten vorsichtigen Schritt zurück, und sie versuchte, Beatrice abzulenken.

»Seit wann bist du wieder in Campodoglio?«

Sie musste es schaffen, mit Aurora in die Küche zu kommen, bevor … bevor *was?*

Was hatte Beatrice vor? Warum war sie zu ihr gekommen?

Beatrice beantwortete ihre Frage nicht, so redete Giuliana schnell weiter: »Ich habe dich schon auf dem Friedhof gesehen, warum bist du mir gefolgt? Willst du einen Kaffee?«

Ruhig bleiben, keine Angst zeigen, tu so, als sei ihr Besuch ganz normal.

»Von einer Hure nehme ich keinen Kaffee.« Beatrice spuckte vor Giuliana auf den Boden.

Wieder ein kleiner Schritt nach hinten, nur ein paar Zentimeter, die sie von Beatrice entfernten.

Sprich mit ihr, sprich weiter, lass dir keine Angst anmerken, hämmerte Giuliana sich ein. Doch was konnte sie schon sagen angesichts von so viel Feindseligkeit?

Wieder ein Schritt, unbemerkt von Beatrice – oder doch nicht?

»Flucht nutzt dir nichts«, erklärte diese auch schon höhnisch. »Du wirst deine Strafe bekommen. Aber zuerst wirst du gestehen.«

Giuliana erstarrte, sie konnte kaum noch atmen, sich nicht bewegen.

Beatrice holte aus ihrer Tasche, die sie umgehängt trug, einen Revolver. »Ich habe dich noch nie gemocht, und ich kann es nach wie vor nicht glauben, dass du Sophias Enkelin bist.«

»Bitte, Beatrice, was soll das? Was willst du von mir? Was soll ich denn gestehen?«

Doch Giuliana wusste genau, was Beatrice wollte.

»Ich sagte doch schon«, fuhr Beatrice ungerührt fort und hob die Hand mit dem Revolver, »dass ich dich durchschaut habe. Alle glauben, dass wir dich wegen dieses Deserteurs fälschlich verdächtigt haben und dass dieser deutsche Soldat dich vergewaltigt hat.« Bei jedem Wort kam Beatrice einen Schritt näher. Sie lachte hart auf, und Giuliana rann ein Schauer über den Rücken. Entsetzen schnürte ihr die Kehle zu. Sie umschlang Aurora noch fester, die jetzt ganz still geworden war, als spüre sie die tödliche Gefahr, in der sie sich befanden. *Aurora – nichts sonst zählte, sie musste Aurora in Sicherheit bringen.*

»Ich kenne die Wahrheit.« Beatrice ließ sich Zeit, sie genoss Giulianas Angst, sie genoss diesen Moment der Macht. »Ich habe genau gesehen, dass der Soldat dir nur den Rock hochgerissen und deine Beine auseinandergeschoben hat, aber –«

»Aber«, unterbrach Giuliana sie, »du hast ihn erschossen, also hast du mir doch geholfen.« *Ruhig bleiben, freundlich sein, ihrer Aggression keine neue Nahrung geben.*

»Ich habe ihn erschossen, weil er ein Deutscher war, ein Feind. Das hatte mit dir nichts zu tun.«

Eiseskälte durchströmte Giuliana, als sie das Klicken der Waffe hörte und Beatrice direkt auf ihre Stirn zielte.

Da schluchzte Giuliana in Todesangst auf. »Bitte, Beatrice, lass mich meine Tochter in Sicherheit bringen«, flehte sie. »Wenn du es nicht für mich machst, dann tue es für Sophia, bitte!«

»Lass Sophia aus dem Spiel!«, schrie Beatrice plötzlich auf. »Hörst du, lass sie aus dem Spiel! Das hat nichts mit deiner Großmutter zu tun, gar nichts …« Ihre Stimme überschlug sich fast.

»Maria hatte recht« – Beatrice stieß ein scharfes Keuchen aus, bevor sie weitersprach –, »du hast einen deutschen Deserteur versteckt, und zwar im Atelier. Ich habe den Rasierpinsel gesehen, an dem noch Schaum hing, mir kannst du nichts vormachen. Das Kind ist von ihm, einem Feigling, der seine Kameraden im Stich ließ.«

»Weißt du …«, setzte Giuliana an und machte einen Schritt zurück, *noch einen, und dann bist du im Haus, nur einen noch … nicht stolpern, nicht stolpern …*

»Keine Bewegung!«

»Beatrice, bitte, lass uns reden. Du wirst mich dann sicher verstehen, komm, setzen wir uns und …«

Beatrice antwortete nicht. Unbeweglich blieb sie stehen, starr hielt sie den Revolver auf Giuliana gerichtet. Dann machte sie mit der Hand eine kleine Bewegung und richtete die Waffe auf Aurora.

»Die Deutschen haben ein ganzes Dorf hier in der Nähe zerstört und alle Bewohner, auch die Kinder, getötet. Da ist es nur gerecht, dass dafür das Kind eines deutschen Verbrechers sterben muss. Auge um Auge, Zahn um Zahn …«

Ohne nachzudenken, drehte sich Giuliana mit einem Ruck zur Seite, um Aurora aus der Schusslinie zu bringen. Als Beatrice' Blick für einen Moment unstet umherirrte, machte Giuliana wieder einen Schritt zur Tür. Doch da wandte sich Beatrice ihr wieder blitzschnell zu, die Pistole direkt auf sie gerichtet.

»Beatrice, bald ist der Krieg vorbei, und wir haben Frieden.«

Beatrice lachte höhnisch auf. »Das glaubst auch nur du! Überall lauern die Feinde, überall sind die Deutschen, sie kreisen uns ein, und wenn wir sie nicht töten, töten sie uns.«

Wieder war der Revolver auf Giulianas Kopf gerichtet.

Ich schaffe es nicht, ich schaffe es nicht …

Giulianas Knie zitterten. Aurora wurde ihr schwer auf

dem Arm. War jetzt der Moment ihres Todes gekommen? Musste sie jetzt für ihre Liebe bezahlen? Aber nicht Aurora, nicht ihr Kind … Wie konnte sie Beatrice zur Vernunft bringen? Nein, sie würde es nicht schaffen … niemand konnte das. Nur Sophia, sie war die Einzige gewesen, die mit Beatrice umgehen konnte. Sophia …

Und da wusste sie plötzlich, wie sie Beatrice zu treffen vermochte.

»Weißt du, Beatrice« – Giulianas Stimme versagte fast, als sie Beatrice fest in die Augen sah, die jetzt wieder starr auf sie gerichtet waren –, »auch ich kenne ein Geheimnis. Dein Geheimnis.« Giuliana versuchte, ihrer Stimme einen festen Klang zu geben, das Zittern zu unterdrücken.

»Und was soll das sein?« Beatrice lachte höhnisch auf. Doch in ihrem Gesicht wechselte der Ausdruck von Hass zu großer Unruhe.

»Auch ich habe an jenem Nachmittag etwas gesehen: dich, Beatrice, dich, wie du Sophia erschossen hast. Es war nicht dieser Soldat, wie alle glauben. Er stand vor Sophia, richtete sein Gewehr auf sie und machte in dem Moment einen kleinen Schritt zur Seite, als du auf ihn geschossen hast. Doch du hast nicht ihn, sondern Sophia getroffen. Du, Beatrice, du hast sie ermordet. Ermordet!«, wiederholte Giuliana, als sie sah, wie sich erst Unsicherheit, dann Entsetzten auf Beatrice' Gesicht zeigten, wie sie taumelte und die Hand mit dem Revolver sinken ließ.

»Das ist nicht wahr, das ist nicht wahr!«, schrie sie immer wieder. »Das ist nicht wahr …« Jetzt stammelte sie es nur noch. »Es war dieser Soldat, er.«

»Nein«, widersprach Giuliana hart. »*Du* hast sie erschossen, und du weißt es auch.«

Beatrice schrie auf und sackte in die Knie. Diese eine

Sekunde nutzte Giuliana. Sie machte einen großen Schritt rückwärts durch die offene Terrassentür, noch einen, und dann war sie im Wohnzimmer, warf die Tür zu und verriegelte sie mit einer Hand. Sie kniete sich mit Aurora auf den Boden und kroch aus dem Wohnzimmer hinaus in die Diele.

Doch Beatrice schoss nicht durch die Tür, nichts bewegte sich, alles blieb still.

Lange kauerte Giuliana am Boden, zitternd presste sie ihre Tochter an sich, und dann fing sie an zu weinen, konnte nicht mehr aufhören, bis Aurora verängstigt mit lautem Schreien in ihr Schluchzen einfiel.

Wann genau Giuliana den Motor des alten Lastwagens hörte, wusste sie später nicht mehr. Sie vernahm auch lautes Rufen, bis endlich in ihr Bewusstsein drang, dass draußen Leute ums Haus liefen. Sie hörte Stimmen von allen Seiten, und jemand schlug mit Fäusten gegen die Hintertür der Küche.

Da kam endlich Leben in Giuliana. Sie zog sich an der Wand hoch, presste Aurora, die immer noch schrie, fest an sich, ging in die Küche und öffnete. Fiona schloss sie schluchzend in die Arme und stammelte immer wieder, *sie* sei es gewesen, die vergessen habe, das Tor in der Mauer zu schließen.

»Mein Gott, ich habe mir solche Sorgen gemacht! Die Frau vom alten Vincenzo hat Beatrice wie eine Furie den Weg von der *Casa* heraufkommen sehen!« Auch Marcella tauchte jetzt auf und viele andere, und sie umarmten Giuliana und erzählten, dass das ganze Dorf auf den Beinen sei.

Fiona war außer sich und ließ sich auf einen Küchenstuhl fallen. »Dem Himmel sei Dank, dass euch nichts passiert ist! Was wollte sie von dir? Worüber habt ihr geredet?«

Giuliana schüttelte nur stumm den Kopf und zuckte immer wieder mit den Schultern. Sie hörte Fiona wie unbeteiligt zu, bis diese endlich mit einer schockierenden Neuigkeit herausrückte: Beatrice hatte sich am Grab von Sophia erschossen, und die Tochter von Giuseppe, die auf das Grab ihrer Mutter gerade Blumen pflanzte, musste es mit ansehen. Jeder im Ort sei entsetzt, aber Beatrice sei eben verrückt gewesen.

»Kannst du dir das erklären? Weißt du, warum sie sich erschossen hat? Hat sie etwas zu dir gesagt – oder war sie etwa gar nicht hier?«

»Ich weiß es nicht.« Endlich hatte Giuliana ihre Sprache wiedergefunden. »Ich weiß es wirklich nicht, sie war hier, aber sie wollte nichts Besonderes. Ich habe keine Ahnung.«

In einem Sekundenbruchteil hatte Giuliana beschlossen, ihr Wissen über Beatrice nicht preiszugeben. Sie wollte deren Tragödie nicht zum Mittelpunkt des Dorfklatsches machen.

Sie würde schweigen. In Beatrice' Vorstellung hatten seit ihrer Kindheit nur Gewalt, Armut und Angst existiert. Sie konnte sich nur durch Gewalt ausdrücken. Und niemand hatte einen Weg zu ihr gefunden, niemand – nur Sophia.

Und Beatrice hatte diesen einzigen Menschen, den auch sie liebte, erschossen.

22

Giuliana hielt die Hände von Aurora und half ihr so bei den ersten zaghaften Gehversuchen hinten im Garten, nahe den Brombeersträuchern.

»Giuliana!«, rief Marta und bedeutete ihr mit einem aufgeregten Winken, schnell zum Haus zu kommen.

Giuliana hob ihre Tochter hoch und lief durch den Garten zu Marta.

»Gerade kam es im Radio, komm schnell, es gibt einen Sonderbericht!«

»Was ist denn los, Marta?«

»Schnell … Giuliana, komm!«

Giuliana lief mit Aurora auf dem Arm in die Küche. Marta hatte das Radio auf höchste Lautstärke gestellt.

»Hörst du es?«, schrie sie Giuliana zu.

»Marta, ich bin doch nicht taub. Du erschrickst Aurora, siehst du, jetzt weint sie.«

»Aber hör doch endlich, Giuliana, der Krieg ist sicher jetzt vorbei!«

Die Stimme des Radiosprechers überschlug sich fast, während er das Ende des Faschismus proklamierte. Marta und Giuliana näherten sich in ungläubigem Schweigen dem Radio auf dem Küchenbord. Aurora hatte aufgehört zu weinen, und die Stimme des Sprechers drang durch die Stille des Hauses und hinaus in den Garten: »Heute, am 27. April 1945, wurde Benito Mussolini zusammen mit seiner Geliebten Clara Petacci auf der Flucht in die Schweiz in Dongo am Comer See von Partisanen erkannt und erschossen.«

Ovide war leise durch die Hintertür hereingekommen.

Seinen alten Hut drehte er in den Händen, und schweigend sahen sie sich an.

War jetzt alles vorbei? Krieg, Angst, Hunger und Tod?

Marta, Giuliana und Ovide fassten sich stumm bei den Händen und nickten einander zu, doch sie waren wie erstarrt, und Freude stellte sich nicht ein.

Als Giuliana drei Tage später zur Post fuhr, um einen Brief an Paula aufzugeben, schwenkte Leo, der Besitzer der *Tabacceria*, eine Zeitung in der Hand, umringt von Leuten, denen er die neueste Schlagzeile der Sonderausgabe laut vorlas: »Adolf Hitler ist tot! Heute Morgen beging der deutsche Führer in der Reichskanzlei Selbstmord!«

Am 8. Mai 1945 läuteten die Kirchen den Frieden ein, und tagelang wurde im Dorf gefeiert. Viele Menschen aus den nächstliegenden Orten kamen nach Campodoglio. Frauen saßen mit ihren Säuglingen auf der Straße, Kinder spielten ausgelassen, die alten Männer nahmen ihr Bocciaspiel wieder auf, und die alte Rosalia bereitete mit anderen Frauen einen Riesentopf Aquacotta zu, eine Suppe, die sie schon früher zu Festtagen gekocht hatte. Ihr Rezept bestand aus Fleischbrühe, Ei, Gemüse und Olivenöl. Darüber wurde schmackhafter Pecorino gerieben, und es gab geröstetes Brot dazu. Mehrere Weinbauern brachten Chianti für alle. Nach der Suppe gab es ein Spanferkel mit Kräutern, das der reiche Bauer Vincenzo gespendet hatte, und die Menschen tanzten, lachten und feierten zwei Tage lang.

Giuliana versuchte, das Erlebnis mit Beatrice zu vergessen, doch sie konnte es nicht. Sie war erschöpft, es schien, als habe diese dramatische Konfrontation ihre letzte Kraft aufgebraucht. Sie lebte plötzlich in unbestimmter Angst und ging keinen Abend ins Bett, bevor sie nicht mehrmals kontrolliert hatte, ob auch alle Türen abgeschlossen und gesichert waren. Sie schlief bei brennendem Licht und wachte dennoch nachts oft schweißgebadet auf.

Beatrice ist tot, sagte sie sich immer wieder, und der Krieg ist vorbei. Weder sie noch die Deutschen können mir jetzt noch etwas antun.

Doch ein unbestimmtes, quälendes Gefühl blieb.

*

Einige Wochen später schrieb Giuliana in einem Brief an Paula, sie überlege, nach Rom zurückzukehren. *Was ist mit dir? Kommst du auch zurück?*

Doch Paula antwortete, dass ihr Vater im Alter von zweiundneunzig Jahren gestorben sei und ihre Mutter sie jetzt brauche. Sie sei die einzige Tochter, und ihre Mutter habe sie deshalb gebeten, noch bei ihr zu bleiben.

Aber ich komme so schnell, wie es geht, nach Rom zurück, hieß es weiter in dem Brief, *denn auch Du brauchst mich. Aber Giuliana, bleibe noch auf dem Land, da bist Du mit deiner kleinen Tochter besser aufgehoben. In Rom herrschen Chaos, Gewalt und Hunger. Aber ich freue mich schon sehr, Dich und die Kleine irgendwann in die Arme zu schließen, ich kann es kaum erwarten.*

So ging das Jahr zu Ende, und Giulianas Unruhe ließ nicht nach.

Am Nachmittag des 31. Dezember lief Giuliana durch den Obstgarten bis zu der Stelle hinter den Brombeersträuchern, an der Claus von Welser damals erschöpft zusammengebrochen war. Dort ließ sie sich auf die Knie nieder und dachte an jenen sonnigen, stillen Nachmittag, als Maria und sie ihn gefunden hatten. Der Krieg war vorbei, doch ihre Hoffnung, Claus von Welser käme eines Tages zurück, hatte sich nicht erfüllt.

Giuliana krümmte sich zusammen, ließ ihren Kopf auf die Knie sinken und ließ ihren Tränen freien Lauf.

*

Ende Januar kamen Marcella, Fiona und Leontina zu ihr.

»Wir haben einen Plan«, erklärten sie, »wir können mit dem Aufbau der Manufaktur beginnen.«

»Aber ich habe kein Geld«, wandte Giuliana ein, doch da lächelten sich die Frauen zu und erklärten, Marcella habe ihren untreuen Mann unter Druck gesetzt, ihnen ein Darlehen der Gemeinde zur Verfügung zu stellen. »Als Bürgermeister kann er das«, fügte Marcella befriedigt hinzu. »Das gibt es für Unternehmer, die hier Arbeitsplätze schaffen. Die Gemeinde hat vor kurzem Land verkauft und vergibt aus dem Erlös die Darlehen. Mein Mann hat sich für uns eingesetzt – einsetzen *müssen*«, betonte Marcella. »Er hat ein schlechtes Gewissen, da er seine Geliebte nicht aufgeben will. Er möchte beide Frauen, mich im Haus und seine Geliebte für schöne Stunden, aber irgendwann werde ich Sophias Rat befolgen und ihn verlassen.«

Giuliana, die wieder einmal an den Schreibtisch in Sophias zerstörtem Büro gedacht hatte, als das Gespräch auf die Manufaktur kam, erzählte den Frauen, dass Sophia dort einige wichtige Dokumente für sie hinterlegt hatte. »Sie betreffen meine, also *unsere* Vergangenheit«, erklärte sie. »Wenn wir uns jetzt an den Wiederaufbau machen – glaubt ihr, der Schreibtisch könnte den Einsturz überstanden haben?«

»Das kann gut sein«, meinte Leontina, »er war aus Olivenholz und sehr stabil.«

Da es bereits frühlingshaft warm war, kamen die fünfzehn Frauen aus Sophias engerem Kreis der Arbeiterinnen gleich am nächsten Tag in die *Casa* und fingen mit der Arbeit an.

»Wir werden die Trümmer mit Fabios Hilfe entfernen und auf dem Lastwagen abtransportieren. Anschließend engagieren wir für die Maurerarbeiten eine Baufirma«, erläuterte Marcella die ersten Schritte.

Giuliana half eifrig mit, in der Hoffnung, Sophias Schreibtisch könne tatsächlich unversehrt geborgen werden. Sie wusste, dass Sophia darin auch das Rezeptbuch aufbewahrt hatte, die Basis, um die Firma *Sophia a Casa* neu erstehen zu lassen. Sophia hatte die Rezepte selbst ihren engsten Mitarbeiterinnen nicht im Detail preisgegeben.

Auch die gesamte Kundenliste mit Adressen und wichtigen Anmerkungen hatte Sophia in ihrem Schreibtisch aufbewahrt. Ohne diese Informationen würden die Frauen ganz von vorn anfangen müssen.

Noch während der ersten Arbeitsphase des Wiederaufbaus erhielt Giuliana von Paula einen Brief, in dem stand, sie sei spontan mit ihrem Bruder für einen Tag nach Rom gefahren. Er habe eine Kiste Wein ins Hotel Hassler geliefert, und sie sei schnell in der Wohnung gewesen, hätte mit den Winters Kaffee getrunken und die Post bei Miranda, der neuen Portiersfrau, abgeholt.

Offensichtlich hatte dort seit einigen Wochen ein Brief für Giuliana gelegen, den Paula jetzt mitschickte. Erstaunt musterte Giuliana das Kuvert und las den Absender: Luca Berardi.

Giuliana ließ den Umschlag sinken. Das konnte doch nicht wahr sein! Luca, der hübsche junge Mann, der ihr nach ihrer Ankunft in Florenz den Ruß aus dem Gesicht gewischt hatte? »Giuliana«, hatte er ihr als Letztes zugerufen, »Giuliana, ich liebe dich, bleib mir treu …«

Und dieser Luca Berardi schrieb ihr nach fast sechs Jahren einen Brief? Sie konnte es kaum glauben. Woher kannte er überhaupt ihre Adresse in Rom? Ungeduldig riss sie das Kuvert auf.

Liebe Giuliana Angelini,
ich hoffe, Sie erinnern sich noch an mich, an unser Zusammentreffen am Bahnhof von Florenz! Sie standen so traumverloren an der Bushaltestelle, Ihr schönes Gesicht mit Ruß verschmiert … Als ich aus dem Taxi stieg, sah ich nur Sie, und diesen Moment konnte ich nicht vergessen.
Während des Krieges arbeitete ich als Arzt im Lazarett, und oft erinnerte ich mich an Sie, an Ihr Lächeln, mit dem Sie mir in der Bahnhofshalle ein letztes Lebewohl zuwinkten. Sie haben damals so ängstlich ausgesehen, und ich hätte Sie gern in die Arme genommen und nie mehr losgelassen.
Ich lebe jetzt wieder in Rom und habe Ihre Adresse herausgefunden, da ich Ihren Namen nicht vergessen hatte. Es sind fast sechs Jahre seit diesem Moment vergangen, und ich kann nur hoffen, dass auch Sie sich an mich erin-

nern. Falls ja, wäre ich sehr glücklich, wenn Sie mir antworten würden und wir uns vielleicht treffen könnten.
Es grüßt Sie aus tiefstem Herzen
Luca Berardi

Luca. Sie hatte nicht erwartet, noch einmal von ihm zu hören. Giuliana lief die Treppe hinauf in ihr Zimmer und wühlte die Kommode durch. Aus dem hintersten Winkel einer Schublade zog sie das weiße Taschentuch heraus, mit dem er ihr damals die Rußflecken aus dem Gesicht gestrichen hatte. Eine zärtliche Geste in einem besonderen Moment. Hätte sie sonst das Taschentuch aufgehoben?

Am nächsten Tag beantwortete sie den Brief und schickte ihn an seine Adresse. Sie schrieb ihm, sie lebe zurzeit noch in der Nähe von Florenz, plane aber, nach Rom zurückzukehren. Den genauen Zeitpunkt ließ sie offen, auch antwortete sie nicht auf die Frage, ob sie ihn treffen wollte. Sie wusste es einfach nicht.

Lucas Antwort traf eine Woche später ein. Er erzählte von seiner Arbeit als Internist in einem Krankenhaus in Rom, von seinem großen Traum, bald Oberarzt zu werden. Giuliana schrieb zurück, wie schön es in der Toskana sei, aber dass sie trotzdem hoffe, bald nach Rom zurückzukehren.

In Wahrheit zögerte Giuliana und wog in Gedanken das Für und Wider ihrer Rückkehr ab. Dann entschied sie, die Arbeiten an der Manufaktur abzuwarten. Leider kamen sie nicht so schnell mit dem Abtragen der Trümmer voran wie gehofft. Aber in der ganzen Zeit gab Giuliana die Hoffnung nicht auf, dass sich der wichtige Brief ihrer Großmutter doch noch fand.

Und tatsächlich wurde ihre Geduld eines Tages belohnt. Die Frauen jubelten, als der Schreibtisch unter den Trümmern sichtbar wurde und sie ihn langsam mit Stemmeisen herausheben konnten. Kurz darauf barg Giuliana aus dem Möbelstück tatsächlich ein großes Kuvert und das kostbare Rezeptbuch von Sophia. Sie nahm beides an sich, kletterte über die Trümmer und zog sich in die *Casa Sophia* zurück. Mit zitternden Händen und voller Ungeduld zerrte sie an dem Umschlag. Er enthielt Sophias detailliertes Testament – aber es gab keinen Brief an sie.

Tiefe Enttäuschung bemächtigte sich Giulianas.

Sie hatte nicht erwartet, dass Sophia ihr die *Casa* vererbte, schließlich hatte sie, Giuliana, immer betont, dass sie eines Tages nach Rom zurückkehren wolle. Aber dass es diesen Brief nun doch nicht gab, erfüllte sie mit Leere und auch mit Wut. Sophia hatte ihr Versprechen nicht gehalten.

Zutiefst enttäuscht bat sie eine Stunde später Marcella, Fiona und Leontina zu sich. Die von den Aufräumarbeiten völlig verschmutzten Frauen nahmen auf dem verschlissenen Seidensofa im Wohnraum Platz. Giuliana setzte sich auf einen Stuhl an den Tisch und teilte ihnen den Inhalt des Testaments mit. Sophia hatte verfügt, dass sie drei, als ihre engsten Mitarbeiterinnen, die zusammen mit ihr die Manufaktur aufgebaut hatten, diese zu gleichen Teilen erben sollten. Nicht nur das Gebäude, sondern auch die eingetragene Firma mit dem Logo: *Sophia a Casa*. Das Rezeptbuch aber, das Sophia so sorgfältig gehütet hatte, vererbte sie Fiona.

Die Frauen waren für einen Moment sprachlos. Dann aber hoben sie gerührt ihre Hände zum Himmel und bedankten sich mit einem Blick nach oben bei Sophia. Doch als ihre Freude allmählich abebbte, sahen sie sich betreten an.

»Aber wieso bist du nicht die Erbin, Giuliana?«

Giuliana zuckte mit den Schultern. »Mit der Manufaktur hatte ich doch im Grunde nichts zu tun. Ihr erbt übrigens auch den Obstgarten und den Olivenhain – oder das, was noch davon übrig ist.«

»Und das Haus?«, wollte Fiona wissen. »Das ist doch sicher dein Erbe.«

Giuliana verneinte. »Das bekommt Mattia, ich werde ihm noch heute einen Brief schreiben. Das ist richtig so«, fügte sie rasch hinzu, als sich die Frauen verständnislose Blicke zuwarfen. »Sophia und er kamen vor über zwanzig Jahren hierher und haben die *Casa Sophia* zusammen aufgebaut, das Haus renoviert und glückliche Jahre hier verbracht. Es ist nur gerecht, wenn Mattia es erbt.«

»Nein, ist es nicht!«, widersprach Fiona heftig. »Das hätten wir von Sophia nicht erwartet, schließlich bist du ihre Enkelin.«

»Es ist gut so, wie es ist«, sagte Giuliana ruhig. »Ich freue mich für euch, denn mit der Manufaktur hat Sophia euch finanzielle Unabhängigkeit gesichert. Mir hingegen gehört eine Wohnung in Rom, das wird sich Sophia alles genau überlegt haben. Mattia hat ein Recht auf dieses Erbe.«

»Was wirst du tun, wenn Mattia zurückkommt und die *Casa Sophia* übernimmt?« Fiona war tief betroffen.

»Gar nichts, ich werde sowieso irgendwann nach Rom zurückgehen.« Giuliana war ganz ruhig geworden.

War es nicht ein Hinweis des Schicksals? Durch Sophias Testament war ihr die Entscheidung nun endgültig abgenommen worden.

23

Rom, März 1947

Mattia lief die Treppe zur Eglesia di Madre Maria hoch, zog die schwere Holztür auf und betrat leise den hohen Raum. Er tauchte seine Finger in das Weihwasserbecken und bekreuzigte sich rasch. Das kühle Halbdunkel, die Stille in der alten Kirche gaben ihm wie immer ein Gefühl der Geborgenheit und der Ruhe.

Mattia war kein praktizierender Katholik, doch er liebte diesen Ort, der Erinnerungen für ihn barg und an den er mehrmals in der Woche kam, um nachzudenken. Außer ihm saßen nur ein paar alte Frauen in den ersten Reihen und beteten, die schwarzen Spitzenschleier tief in die Stirn gezogen.

Mattia setzte sich in die letzte Reihe und holte Giulianas Brief aus seiner Jackentasche, den er seit zwei Wochen mit sich herumtrug.

Er war überwältigt gewesen, als er ihn las. Niemals hatte er damit gerechnet, das Haus zu erben. Wieso er – und nicht Sophias Enkelin? Hatte Sophia geahnt, wie sehr er die Toskana vermissen würde, die Landschaft, in der das Licht so unvergleichlich war, dass man es nicht beschreiben, sondern nur malen konnte? Sie hatte es ihm vererbt, als Zeichen ihrer Liebe, weit über den Tod hinaus.

Giuliana hatte noch geschrieben, dass sie wieder nach Rom zurückgehen würde, und ihre Adresse dazugelegt, für den Fall, dass es noch Fragen gäbe.

Ich hoffe, es geht Ihnen gut. Damit endete Giulianas Brief.

Es ging ihm gut, wenn man bedachte, dass er den Krieg in Rom überstanden hatte. Während der letzten Jahre hatte er von seinen Ersparnissen mehr schlecht als recht gelebt, bis er an einer Abendschule eine Stelle als Zeichenlehrer bekam, die ihn einigermaßen über Wasser hielt.

Mattia lehnte sich in der harten Holzbank zurück, schloss die Augen und ertastete mit seiner Hand den zweiten Brief, der in seiner Jackentasche steckte. Er hatte ihn am gestrigen Tag erreicht und ihn in fieberhafte Aufregung versetzt.

In den vergangenen Monaten hatte er mehrere Porträts von Sophia aus dem Gedächtnis gemalt, aus Sorge, sie sonst zu verlieren … An viele Einzelheiten konnte er sich nämlich schon nicht mehr erinnern. Wie hatte sie ausgesehen, wenn sie den Kopf leicht zur Seite wandte, wenn sie sich durch die Haare strich? Doch ihr Lächeln, die Zärtlichkeit, mit der sie ihn ansah – das behielt er für immer in seiner Erinnerung. Und so hatte er sie auch gemalt. Das Gesicht ihm zugewandt, ihre großen dunklen Augen auf ihn gerichtet, ihr geheimnisvolles Lächeln, das nur ihm galt. Diese drei Porträts waren gut geworden, er wusste es. So hatte er an Leonardo in Florenz geschrieben, ob er vielleicht Interesse an neuen Bildern von ihm habe.

Mattia hatte nicht erwartet, dass Leonardo ihm so schnell antworten würde. Er berichtete, er habe seine Galerie Anfang 1946 wieder eröffnet und verkaufe mehr Bilder als in den Jahren vor dem Krieg. Leonardo schlug ihm vor, ihm möglichst bald die Gemälde zu schicken.

Doch Mattia hatte eine andere Entscheidung getroffen. Er würde die Bilder nicht schicken, sondern selbst nach Florenz bringen. Tiefe Freude erfasste ihn, als er sich nun erhob und die Kirche verließ. An der Eingangstür blieb er stehen und sah sich noch einmal um. Er spürte, dass er diese kleine Kirche nicht mehr betreten würde, sie gehörte zu seiner Vergangenheit, zu dem Leben, das er endlich abschließen konnte.

Mattia lief die Stufen hinunter, überquerte die Piazza mit der kleinen Bar auf der anderen Seite und schlenderte noch einmal die schmale Via Garibaldi entlang. Er grüßte den Alten auf seinem roten Samtsofa, der immer noch lebte, beugte sich zu den Katzen hinunter, die sich auf der Straße sonnten, und streichelte sie.

Als er im Haus die Treppe hinaufstieg, hörte er in der Küche Chiara lachen und mit Geschirr klappern, und er lauschte kurz auf das Klavierspiel des neuen Mieters im ersten Stock. Matilda war vor einem Jahr nach Norwegen zurückgegangen.

In seiner Wohnung setzte er sich auf seinen Hocker, direkt der Staffelei gegenüber. Dort stand eines der drei Gemälde von Sophia. Lange saß er davor und sah es an.

Er war jetzt achtundvierzig Jahre alt, jung genug, um noch einmal von vorn anzufangen, wie viele andere Leute auch, die nach dem Krieg ganz neu beginnen mussten.

Mattia straffte seinen Körper, atmete tief durch, strich mit dem Zeigefinger leicht über das Porträt von Sophia und lächelte ihr zu.

24

Casa Sophia, März 1947

Giuliana bereitete sich auf ihre Abreise nach Rom vor. Einen Nachmittag verbrachte sie damit, mit Aurora durch den Garten zu gehen, ihr die Frühlingsblumen zu zeigen und so Abschied von der *Casa Sophia* zu nehmen, die für sie zum Schicksal geworden war. *Casa Sophia* … Wäre sie geblieben, wenn Sophia ihr das Anwesen vererbt hätte?

Nein, entschied sie in Gedanken, die Zeit hier war vorbei.

Am letzten Abend veranstalteten Fiona und Leontina ein Abschiedsfest für Giuliana. Fabio hatte Lampions organisiert und sie an Schnüren von Baum zu Baum gehängt. Leise schaukelten sie im leichten Abendwind und warfen ihr schummriges Licht über eine lange Tafel. Neben den Frauen saß Dottore Pacelli mit seiner Frau Renata, Ovide und Marta hatten ihren Sohn Francesco in einem Rollstuhl an den Tisch geschoben, und auch Pater Antonio hatte es sich nicht nehmen lassen, zu kommen. Ebenso wie die alte Rosalia, die neben Fabio saß. Sie hatte einen riesigen Topf Minestrone mitgebracht, und Fiona hatte einen Berg Nudeln mit Pilzsauce nach einem Rezept von Sophia gekocht.

Am späten Abend ging Giuliana in das Zimmer ihrer Großmutter. Sie öffnete den Schrank, strich wie schon so oft über die wenigen Kleidungsstücke. Sie hatte Mattia geschrieben, dass sie im Haus nichts verändert habe. Er müsse dann entscheiden, was mit Sophias persönlichen Sachen, den Bildern, den Fotos und auch den Möbeln passieren sollte.

Als sie noch einmal die Schublade der Kommode aufzog, griff sie nachdenklich nach dem kleinen Schmuckkasten von Sophia und öffnete ihn. Nur ein einziges Mal, gleich nach Sophias Tod, hatte sie ihn geöffnet und einen kurzen Blick hineingeworfen, denn sie wusste ja, was er enthielt: die zweireihige Korallenkette, kleine Perlohrringe und ein goldenes Armband. Es waren Geschenke von Mattia, wie Sophia ihr erzählt hatte. Zum ersten Mal griff Giuliana jetzt hinein und hob die Kette hoch. Da sah sie, dass sich zwischen den Korallen ein schmaler Ring verheddert hatte. Sie löste ihn heraus und betrachtete ihn genauer, drehte und wendete ihn in ihrer Hand. Es war Sophias Ehering mit dem eingravierten Datum ihres Hochzeitstages: 8. August 1892.

Während Giuliana ihn über ihren Ringfinger zog, entdeckte sie den schmalen Schnitt, mit dem er durchtrennt war. Es schien ihr wie ein Symbol. Sophia war der Ehering zu eng geworden.

Sie legte ihn zurück in den Kasten, doch als sie die Schublade geschlossen hatte, zögerte sie, öffnete sie erneut und nahm den Ring an sich.

*

Am nächsten Morgen holte Dottore Pacelli Giuliana mit seinem Auto an der *Casa Sophia* ab. Er hatte vorgeschlagen, sie zum Bahnhof in Florenz zu bringen.

Nachdem Giulianas Koffer und ein Korb mit Lebensmitteln verstaut war, legte sie noch vorsichtig das verpackte Bild »Das Haus unter den Zypressen« auf den Rücksitz neben Aurora.

Giuliana steckte ihren Kopf durchs Fenster und winkte den Frauen zu, die sich vor dem Tor versammelt hatten und ihr nachriefen, sie doch ja bald zu besuchen.

Am Bahnhof warf Giuliana einen Blick auf die Haltestelle des Busses nach Campodoglio, an der sie damals gestanden hatte. Hier hatte alles begonnen, als Maria Cortesi mit ihrem Lieferwagen anhielt und sie zur *Casa Sophia* mitnahm.

Doch hier hatte auch Luca Berardi sie angesprochen, ein junger Mann, den sie demnächst nach sechs Jahren in Rom wiedertreffen würde.

Sie musste an die Zukunft denken, für sich planen und auch für Aurora. Sie war dazu bereit, bereit, nach Hause zu kommen, denn Rom war ihr Zuhause, nie hatte sie es so stark empfunden wie in diesem Moment ihrer Rückkehr.

TEIL III

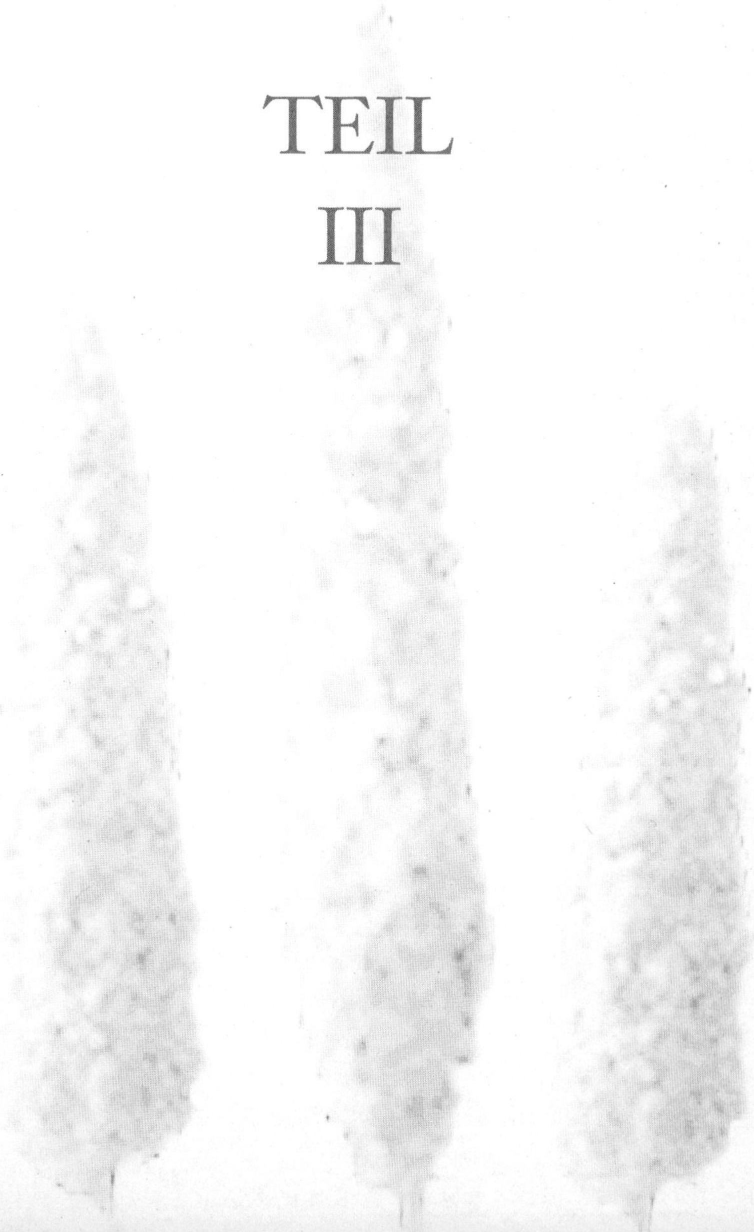

25

Rom, Mai 1947

Zuerst schien es ein Tag wie jeder andere zu sein, doch es lag etwas Neues, Aufregendes in der Luft, als sich Giuliana am Mittag von ihren Schülerinnen verabschiedete und das Schulhaus verließ.

Die Mutter Oberin hatte ihr nach ihrer Rückkehr die Möglichkeit gegeben, für eine schwangere Kollegin einzuspringen und so bis Ende des Schuljahres unterrichten zu können. Dies war eine große Erleichterung für Giuliana gewesen, deren finanzielle Reserven aus der Erbschaft ihres Großvaters bereits stark zusammengeschrumpft waren.

Jetzt löste sie das Band, das ihre Haare im Nacken streng zusammenhielt, und fuhr rasch mit der Hand durch ihre Locken, bevor sie sich auf ihr altes Rad schwang, das sie von ihrem Großvater zum fünfzehnten Geburtstag geschenkt bekommen hatte. Auch das Kleid, das sie trug, hatte noch ihr Großvater für sie gekauft. Es war gestreift, mit weißem Kragen und einem Rock, der oberhalb der Knie in Falten aufsprang. Es war sehr elegant und brachte ihre schlanke Figur gut zur Geltung. Sie trug es, weil sie sich heute mit Luca Berardi traf.

Seit über zwei Monaten war Giuliana nun zurück, und sie war glücklich, diese Entscheidung getroffen zu haben. Auch Paula war nur einen Tag nach ihr in die Stadt zurückgekehrt. Natürlich hatte sie behauptet, die Hauptstadt sei nun einmal ihre Heimat, und deshalb habe sie es in Frascati einfach nicht länger ausgehalten, doch Giuliana wusste, sie kam nur ihretwegen. Paula, *ihre* Paula, der Giuliana so tiefes Vertrauen entgegenbrachte wie sonst niemandem. Nie war zwischen Sophia und ihr so viel Nähe entstanden, wie es zwischen ihr und Paula gab. Und ohne Paulas Hilfe wäre es tatsächlich schwierig geworden. Sie kümmerte sich um Aurora, während Giuliana unterrichtete, und verzichtete sogar auf jegliches Gehalt. In der Klosterschule verdiente Giuliana sehr wenig, erst ab September würde sie eine neue, gutbezahlte Stelle antreten.

»Ich brauche kein Geld von dir«, hatte Paula abgewehrt, »du weißt doch, ich bin am elterlichen Weingut beteiligt, das reicht.«

Für die dreijährige Aurora bedeutete der Umzug nach Rom eine große Umstellung. In der ersten Zeit fand sie sich in der Wohnung nicht zurecht, sie fürchtete sich nachts, so dass Giuliana sie jeden Abend zu sich ins Bett holte. Aurora vermisste den Garten, Marta, Ovide und auch Fiona, die viel Zeit mit ihr verbracht hatte. Erst jetzt, nach zwei Monaten, hatte sie sich eingelebt.

Aurora war immer ein wenig schüchtern gewesen, doch zu Paula fasste sie schnell großes Zutrauen. Sie ging mit ihr auf den Wochenmarkt und folgte ihr in der Wohnung auf Schritt und Tritt.

»Ihr fehlen andere Kinder«, erklärte Paula, »schade, dass hier im Haus keine wohnen, da müssen wir uns etwas überlegen.« Doch bis dahin hatte Aurora erst einmal tierische Freunde gefunden: die weißen Pudel des Ehepaars Winter. Mit ihnen spielte sie viele Stunden und begleitete die Winters und die Hunde oft in den Park Villa Borghese. Jedes Mal kam sie begeistert zurück und erzählte Paula und ihrer Mutter, was die Pudel im Park alles angestellt hatten.

Giuliana fühlte sich erleichtert, dass es Aurora in der Stadt immer besser gefiel. Jetzt, so entschied sie, war der richtige Zeitpunkt gekommen, um endlich Luca zu treffen. Sie mochte gar nicht genauer darüber nachdenken, was sie sich davon erwartete. Sie hatte einfach Lust auf ein Rendezvous, wollte sich mit einem Mann treffen, sich unterhalten, ein wenig flirten und sich endlich wieder jung und hübsch fühlen. Mehr nicht.

Für ihre Verabredung hatte sie den Platz vor dem Pantheon vorgeschlagen, denn er lag in der Nähe ihrer Schule. Sie war spät dran, als sie auf der Piazza della Rotonda atemlos vom Rad sprang. Zuerst entdeckte sie Luca nicht, doch dann sah sie, wie ein junger Mann zwischen eine Gruppe amerikanischer Touristen geriet und sich suchend umblickte. Sie hätte ihn fast nicht erkannt, denn er trug einen eleganten Strohhut und eine kleine, runde Brille. Giulianas Herz klopfte, während sie ihn beobachtete, und sie lächelte über seine Unruhe, die sie selbst ebenfalls empfand. Rasch zog sie aus ihrer Tasche sein weißes Taschentuch, das er ihr damals vor dem Bahnhof in Florenz in die Hand gedrückt hatte, und stellte sich auf die Zehenspitzen.

»Luca!«, rief sie über die Köpfe der Amerikaner hinweg und schwenkte das Taschentuch. Jetzt erst sah er sie, lachte ihr zu und drängelte sich durch die Gruppe. Und dann stand er vor ihr. Stumm lächelten sie sich an.

»Sechs Jahre«, sagte er. »Sechs Jahre, bis ich Sie endlich wiedersehe. Ist das mein Tuch?«, fragte er erstaunt, als Giuliana es in ihre Tasche schob. »Sie haben es behalten, also haben Sie in den sechs Jahren auch an mich gedacht!«

Sollte sie ihm sagen, dass es ohne Bedeutung war? Dass sie ihn eigentlich vergessen hatte? Erst als sein Brief sie erreichte, hatte sie sich an den Moment am Bahnhof und an sein Taschentuch erinnert, das unbeachtet in einer Schublade der Kommode gelegen hatte.

»Haben Sie Hunger?«, wollte er jetzt wissen. »Es ist zwar schon drei Uhr, aber ich habe heute noch nichts gegessen.«

»Ja, ich habe auch Hunger.«

»Wunderbar, dann kommen Sie.« Luca drehte sich um. »Wir können zu Fuß hingehen. Ich kenne eine kleine Osteria mit einem Innenhof, vom Krankenhaus aus gehe ich dort öfter essen. Wollen Sie?«

»Gern.« Lächelnd nickte sie ihm zu.

»Darf ich?« Er nahm ihr Rad und schob es, während sie sich leicht bei ihm einhängte.

»Ganz Rom ist auf Rädern unterwegs«, stellte er unwillig fest, als er einem Radfahrer ausweichen musste.

»Ja, natürlich, wer kann sich schon ein Auto leisten?«, war Giulianas Antwort, doch als sie Luca einen Seitenblick zuwarf, erkannte sie, dass er zu den wohlhabenden Leuten gehörte, die eines besaßen.

Sie überquerten die Piazza und bogen in eine Seitenstraße ein, bis sie vor der Osteria *Da Pippo* ankamen. Luca lehnte das Rad gegen die Mauer, und Giuliana schloss es ab.

»Hoffentlich wird es nicht gestohlen, sonst weiß ich nicht, wie ich jeden Tag zur Arbeit kommen soll.«

Der Wirt der kleinen Osteria begrüßte Luca mit großer Geste und führte sie in den Innenhof, in dem unter schattigen Bäumen nur sechs Tische standen. Sie nahmen an dem einzigen leeren Tisch Platz, und der Wirt brachte sofort eine Karaffe mit Wasser, eine kleinere mit Weißwein und einen Korb mit duftendem frischem Brot. Luca bestellte Ossobuco, und Giuliana entschied sich für ein Risotto con carciofi. Sie fühlte sich unbehaglich unter Lucas forschenden Blicken. Er schwieg und wusste offenbar nicht recht, wie er ein Gespräch beginnen sollte.

»Damals trugen Sie noch keine Brille, oder täusche ich mich?«, fragte sie schließlich, um das Schweigen zu beenden.

Sofort nahm Luca die Brille ab. »Nein, die habe ich noch nicht lange, ich muss sie auch nicht immer aufsetzen.«

Giuliana unterdrückte ein Lächeln über seine Eitelkeit und versicherte, sie stehe ihm gut.

Während sie auf das Essen warteten, sah Giuliana sich um. »Schön ist es hier, so friedlich, als hätte es nie einen Krieg gegeben.«

»Ich mag diese Osteria auch«, bestätigte Luca ein wenig steif. Er besaß nicht mehr die Spontaneität, die Unbefangenheit, die sie damals so überwältigt hatte, doch schließlich lagen sechs schreckliche Jahre dazwischen, die auch sie verändert hatten.

Als der Wirt die Gerichte vor ihnen auf den Tisch gestellt hatte, wandte sich Luca Giuliana mit einem offenen Lächeln zu.

»Buon appetito«, wünschte er ihr. »Ich freue mich so sehr, dass wir uns endlich treffen!« Er griff nach seinem Glas. »Salute.«

Während des Essens erzählte Giuliana, dass sie als Lehrerin arbeitete, und Luca berichtete über seine Tätigkeit im Krankenhaus und die veralteten technischen Geräte dort.

»Aber nun sind Sie wieder dran«, unterbrach er sich schließlich selbst. »Wie geht es Ihnen, seit Sie wieder zurück sind? Sie hatten geschrieben, dass Sie drei Jahre in der Toskana gelebt haben. Damals wollten Sie eigentlich nur Ihre Großmutter besuchen, ich erinnere mich noch sehr gut daran. Wie geht es ihr?«

»Sie ist tot«, erklärte Giuliana. »Sie wurde bei einem Überfall der Deutschen erschossen. Bitte haben Sie Verständnis, dass ich nicht darüber sprechen möchte«, fügte sie ruhig hinzu.

»Es tut mir leid, dass ich gefragt habe«, bedauerte Luca und widmete sich seinem Ossobuco. Doch gleich darauf fragte er weiter: »Leben Sie hier in Rom bei Ihren Eltern?«

Giuliana schüttelte den Kopf.

»Nein, auch sie sind tot, vor vielen Jahren bei einem Unfall ums Leben gekommen.«

Luca legte bestürzt sein Besteck auf den Tisch. »Das ist ja schrecklich!«

»Es ist lange her, und jetzt geht es mir gut, wirklich.«

Dann erzählte sie ihm von ihrem verstorbenen Großvater und von Paula, die er engagiert hatte, als er seine Enkelin zu sich holte. Auch berichtete sie Luca, dass sie zwei Tage zuvor einen Arbeitsvertrag unterschrieben hatte, über den sie sich unglaublich freute.

»Ab September werde ich Leiterin einer neuen Schule. Ich kann es noch gar nicht glauben!«

»Das hört sich gut an.«

»Ich habe mich um diese Stelle nicht einmal beworben, ich bekam sie durch Empfehlung von Schwester Angela, der Leiterin der Klosterschule, an der ich zurzeit noch unterrichte.«

»Ist die neue Stelle auch an einer Klosterschule?«

Giuliana schüttelte den Kopf. »Nein, es ist ein soziales Projekt der bekannten Modeschöpferin Simonetta Scalia. Eine Schule für junge Mädchen unehelicher Herkunft, um genau zu sein.«

»Ja, davon habe ich gelesen. Signora Scalia gibt ihnen die Chance, eine gute Ausbildung zu erhalten. In dem Artikel stand, dass sie sich schon vor dem Krieg für uneheliche Mütter eingesetzt hat. Ich …« Luca schwieg, und Giuliana sah ihn fragend an, bis er nach einer Pause weitersprach. »Ich würde mir wünschen, dass es mehr Stiftungen gäbe, die sich um andere Menschen kümmern. Der Krieg hat so viel Elend hinterlassen – Familien leben auf der Straße, Kinder sterben an Infektionskrankheiten, weil ihre Eltern kein Geld für ärztliche Versorgung und Medikamente haben. Aber« – Luca lächelte Giuliana an – »ich freue mich natürlich für Sie. Das klingt sehr gut. Wie ist diese Signora Scalia? Ihre Affären füllen seit Jahrzehnten die Boulevardblätter, das weiß ich von meiner Mutter.« Er lachte.

»Ich kenne sie noch nicht«, antwortete Giuliana. »Sie hat den Vertrag auf Empfehlung von Schwester Angela unterschrieben. Die beiden arbeiten schon viele Jahre in der Stiftung von Signora Scalia zusammen.«

»Das wird für Sie eine Herausforderung werden, die Leitung einer Schule zu übernehmen, es scheint keine leichte Aufgabe zu sein.«

»Ja, das stimmt«, gab Giuliana zu. »Und ich erinnere mich noch an meine eigene Schulzeit und an die erste Lehrerin, vor der wir Mädchen uns alle gefürchtet hatten. Ich möchte, dass sich meine Schülerinnen gern an mich erinnern, auch noch, wenn sie erwachsen sind. Ich will ihnen etwas Bleibendes mitgeben, nicht nur Bildung und Erziehung, sondern auch Vertrauen ins Leben, Freude am Lernen, Neugierde auf die Zukunft, Selbstbewusstsein.«

Luca hörte ihr konzentriert zu, während er den Rest des Ossobucos aß.

»Sie sind eine große Idealistin, das ist schön. Solch einen Einsatz für Kinder findet man selten. Sicher werden Sie auch einmal eine sehr gute Mutter sein.«

Jetzt lachte Giuliana etwas unsicher und versuchte, rasch das Thema zu wechseln, indem sie fragte: »Woher kennen Sie diese Osteria? Sie hat einen wirklich zauberhaften Innenhof.«

»Viele Ärzte vom Krankenhaus kommen hierher«, erzählte Luca, während er seinen Teller in die Mitte des Tisches schob. »Man trifft Kollegen, kann sich austauschen. Und Sie? Wohin gehen Sie normalerweise?«, wollte er dann wissen.

Giuliana zuckte die Achseln. »Ich bin ja noch nicht lange wieder in Rom«, erklärte sie. »Ich musste mich erst in der Stadt und in meinem neuen Leben hier zurechtfinden.«

»Ja, nach dem Krieg fällt es nicht leicht, in ein normales Leben zurückzukehren. Die Arbeit im Krankenhaus hat mir dabei sehr geholfen. Ich liebe meinen Beruf. Für andere Menschen da zu sein, zu helfen – das gibt mir eine große Befriedigung. Sehen Sie, da geht es mir genauso wie Ihnen.«

Sie lächelten sich zu. Giuliana entspannte sich wieder und war froh, sich mit Luca getroffen zu haben.

»Ich möchte alles über Sie wissen«, sagte Luca spontan, nachdem der Wirt den Tisch abgedeckt und den Rest Wein in beide Gläser gefüllt hatte. »Erzählen Sie mir von den letzten Jahren. Aber nur, wenn Sie möchten«, fügte er rasch hinzu.

»Warum nicht?« Giuliana überlegte einen Moment lang, und dann beschrieb sie die *Casa Sophia*, die Manufaktur, sie berichtete über Campodoglio und auch kurz von dem Angriff der deutschen Soldaten, bei dem ihre Großmutter ums Leben kam.

Nur über Aurora sprach sie nicht. Sie kannte Luca noch nicht gut genug, und sie konnte nicht einschätzen, wie er auf ein uneheliches Kind reagieren würde. Unverständnis und eine ablehnende Haltung hätte sie nicht verkraftet.

Sie blieben lange sitzen. Die anderen Gäste waren längst gegangen, und zwei Kellner richteten die Tische bereits für das Abendessen, als Luca auf seine Armbanduhr sah und sich erschrocken entschuldigte, er müsse leider zurück ins Krankenhaus. »Die Pflicht ruft.«

Vor der Osteria schloss Giuliana ihr Rad auf, und als sie wieder hochsah, hatte sie das Gefühl, Luca überlege, ob er sich mit ihr noch einmal treffen sollte. Und wie war es mit ihr?

Doch da beugte sich Luca rasch zu ihr und hauchte ihr einen Kuss auf die Wange. »Es war schön, Sie zu sehen. Endlich!« Dann schlug er eine Verabredung für den übernächsten Tag vor, einem Samstag.

»Treffen wir uns auf der Piazza di Spagna, bis dorthin habe ich es nicht weit«, antwortete Giuliana.

»Wenn Sie wollen, gern, aber ich kann Sie auch zu Hause abholen.«

Doch Giuliana wehrte rasch ab. »Nein, nein, sagen wir, auf der Piazza di Spagna. Also, bis Samstag dann.«

Giuliana fuhr los. Sie drehte sich nicht mehr um, hatte aber das Gefühl, Luca sehe ihr nach.

War sie enttäuscht? Aber was hatte sie erwartet? Fehlte ihr das Strahlen, das Unwiderstehliche, mit dem Luca sie damals für einen Moment so überwältigt hatte?

Heute hatte sie einen eleganten jungen Mann erlebt, der eine höfliche, interessierte Konversation führte, doch wenig von sich preisgab.

Von Paula wusste sie, dass Luca der einzige Sohn einer sehr wohlhabenden Familie war. »Seine Mutter ist eine Marquesa di Montalto und sein Vater ein reicher Unternehmer. Während des Krieges haben sie übrigens in der Schweiz gelebt«, hatte Paula ihr erzählt.

Luca gefiel ihr ohne Zweifel, und warum sollte sie sich nicht mit einem jungen Mann treffen, der sich für sie interessierte?

Während sie nach Hause radelte, erinnerte sie sich ganz plötzlich an den Moment im Atelier der *Casa Sophia*, als Claus ihre Hände nahm, sie herumdrehte und auf die Innenflächen einen zarten Kuss hauchte.

Vier Jahre waren vergangen. Sie war nach Rom zurückgekehrt, und sie musste einen neuen Anfang wagen. Vielleicht war sie ja auch bereit für eine neue Beziehung, warum nicht? Sicher war es das Beste, sich jetzt nicht so viele Gedanken zu machen, sondern einfach alles auf sich zukommen zu lassen.

*

»Paula?«

Giuliana rief in die Stille der Wohnung hinein, sobald sie die Eingangstür aufgeschlossen hatte.

»Im Herrenzimmer!«, schallte es von Paula zurück.

Giuliana war erstaunt, denn dieser Raum, in dem ihr Großvater gestorben war, wurde auch nach ihrer Rückkehr von beiden Frauen immer noch gemieden. Sie ging rasch durch die offene Tür ins Zimmer und entdeckte Paula in dem begehbaren Schrank. »Um Himmels willen, was machst du denn da?«

Paula tauchte aus der kleinen Kammer auf. »Ich habe gedacht, es ist endlich mal an der Zeit, dass wir hier ausräumen.«

»Und wo ist Aurora?«

»Die Winters sind mit ihr und den Pudeln in den Park gegangen, in einer Stunde sind sie zurück.«

»Schade«, antwortete Giuliana enttäuscht. »Ich wollte mich mit Aurora ans Klavier setzen und herausbekommen, ob sie Freude daran hat, ein paar Töne zu spielen.«

»Ist das nicht zu früh?«

»Ich weiß nicht ... Die Mutter Oberin sagte heute, mit Musikerziehung könne man nicht früh genug anfangen. Außerdem habe ich Sehnsucht nach ihr.«

Bei dem Essen mit Luca hatte sie ihm ihre Tochter verschwiegen. Aurora dadurch geradezu verleugnet, so kam es ihr jetzt vor. Doch sie hatte zugleich das Gefühl gehabt, Aurora und auch sich selbst schützen zu müssen.

Paulas Stimme riss sie aus ihren Gedanken.

»Das kannst du ja morgen noch tun. Jetzt aber erzähle, wie war deine Verabredung?« Paula war neugierig und wischte sich die staubigen Hände an der Schürze ab.

»Luca und ich treffen uns übermorgen wieder.« Giuliana blieb einsilbig.

»Das ist doch wunderbar, oder nicht?« Paula sah sie forschend an.

Giuliana zuckte mit den Schultern. »Ich weiß nicht, Paula, eigentlich möchte ich jetzt nicht darüber reden.«

»Das ist in Ordnung, Liebes«, erwiderte Paula betont

munter, doch Giuliana spürte, dass sie über ihre Reaktion ein wenig gekränkt war.

»Also, bis Aurora zurück ist, fange ich mit den Heftkorrekturen an, oder soll ich dir helfen?«

Paula schüttelte den Kopf. »Nein, mach du nur deine Korrekturen.«

Aber als Giuliana an der Tür stand, rief Paula ihr nach: »Weißt du, Giuliana, solange du einen großen blonden Deutschen nicht vergessen kannst, bist du nicht offen für eine neue Beziehung. Pass auf und mach dir deine Zukunft nicht kaputt.«

»So ein Unsinn.« Giuliana reagierte ungewohnt heftig. »Ich treffe mich mit Luca Berardi, aber keiner von uns beiden denkt deshalb gleich an eine gemeinsame Zukunft.«

Rasch ging sie in ihr Zimmer, verärgert über Paulas Bemerkung.

In gereizter Stimmung setzte sich Giuliana an ihren Schreibtisch und zog die Schulhefte aus der Mappe. Doch noch während sie das erste Heft aufklappte, erkannte sie, dass Paula recht hatte. Aber wie sollte sie Claus von Welser auch vergessen können, wenn sie jeden Morgen in Auroras Gesicht sein Lächeln entdeckte und ihre ernsten, forschenden Augen das tiefe Blau *seiner* Augen hatten? Giuliana stützte die Ellbogen auf dem Tisch ab und barg ihr Gesicht in den Händen. Das Unerträglichste war die Ungewissheit, ob Claus von Welser noch am Leben war. Selbst die Vorstellung, er lebe jetzt mit der Frau zusammen, deren Foto er in dem Medaillon bei sich getragen hatte, war nicht so schmerzlich wie der Gedanke, er sei auf der Flucht erschossen worden.

Unruhig erhob sich Giuliana wieder, ihr fehlte die

Konzentration, um zu arbeiten, und so ging sie zurück ins Herrenzimmer.

»Ich wollte dich gerade rufen«, sagte Paula. »Ich bin fertig mit dem Ausräumen. Außer alten Bildern war nichts Wichtiges darin, hier, das ist das letzte Bild.«

Paula lehnte es gegen den Schreibtisch und zog das weiße Tuch ab. »Ein beeindruckendes Porträt«, stellte sie fest.

Giuliana stieß einen erstaunten Schrei aus. »Das ist Sophia, als sie jung war! Ich bin mir ganz sicher.«

Paula ging auf Abstand, kniff die Augen zusammen und begutachtete das Bild. »Eine schöne Frau.«

»Das war sie auch noch, als ich zu ihr kam«, erklärte Giuliana. Auf dem Gemälde trug die junge Sophia ein schulterfreies Abendkleid aus cremefarbener Spitze. Ihre blonden Haare waren kunstvoll hochgesteckt, und um ihren Hals lag eine vierreihige Perlenkette.

»Da unten in der rechten Ecke steht das Datum, siehst du?« Giuliana beugte sich vor. »Der Name des Malers und dann … 30. Juli 1892. Sicher war es eine Auftragsarbeit meines Großvaters. Er hat sie kurz vor der Hochzeit malen lassen.«

»Warum hatte er es nicht aufgehängt, sondern in dem Schrank zwischen den anderen Bildern versteckt?«, fragte sich Paula, während Giuliana nur stumm das Gemälde betrachtete.

»Er wird es abgehängt haben«, antwortete sie schließlich, »als er mich zu sich holte.«

Dein Großvater hat mich so verletzt, wie keine Frau verletzt werden sollte … Wie oft dachte Giuliana an diesen Satz von Sophia, für den sie keine Erklärung fand!

»Wie auch immer, es ist jedenfalls ein wunderschönes

Porträt. Willst du es aufhängen?« In Paula erwachte Energie. »Vielleicht über der Konsole, dem Eingang gegenüber. Wo das hässliche Stillleben hing.«

Giuliana lächelte. »Ja, das wäre eine Möglichkeit.«

Direkt nach ihrer Rückkehr hatten Paula und sie Bilder und ein Rokokosofa mit Hilfe eines Leiterwagens auf den Schwarzmarkt hinter dem Parlament gebracht. Dort hatten sie alles gegen Haushaltsartikel und Nahrungsmittel eingetauscht. Für Aurora fanden sie sogar kleine weiße Schuhe mit Riemchen und einer rosafarbenen Schleife darauf.

»Aber«, wandte sie dann ein, »vielleicht wäre es Sophia nicht recht, dass wir dieses Gemälde von ihr aufhängen. Schließlich wurde sie dafür in ein Abendkleid gezwängt, ihre Haare kunstvoll frisiert, beides symbolisch für das eingeengte Leben, das sie nach ihrer Eheschließung geführt und gehasst hat.«

»Mach dir nicht so viele Gedanken, Giuliana. Das Bild ist wunderschön. Es zeigt deine Großmutter, und es passt sehr gut über die Konsole, wie dafür gemacht.«

»Also, in Ordnung.« Giuliana gab nach. Die beiden Frauen nahmen das Bild hoch und trugen es in den Flur.

»Der Rahmen ist wirklich schwer«, stellte Paula fest, während Giuliana einen Küchenstuhl holte, darauf kletterte und das Bild an die Stelle des Stilllebens hängte.

»Ein guter Platz dafür«, sagte Paula, und Giuliana stimmte zu.

Als Giuliana an diesem Abend in ihr Zimmer ging, blieb sie vor ihrer Kommode stehen, über der »Das Haus unter den Zypressen« seinen Platz gefunden hatte. Jeden Morgen fiel ihr erster Blick darauf, und vor dem Einschlafen galt ihm ihr letzter. Es hielt die Erinnerung wach an jenen heißen Sommernachmittag, als sie neben Claus im Atelier gestanden hatte und er das Bild in das Licht hob, das durch die offene Tür hereinfiel.

»Das hier ist das schönste«, hatte er gesagt und sie angelächelt.

War es dieser Moment gewesen, in dem sie ihre Liebe zueinander erkannten, wissend, dass es keine Hoffnung gab?

*

In den nächsten beiden Wochen verbrachte Giuliana viel Zeit mit Luca, und manchmal erkannte sie in ihm den unkonventionellen jungen Mann vom Bahnhof in Florenz wieder. Die Verunsicherung vom ersten Treffen war verflogen.

»Lass uns Touristen spielen«, hatte Luca ihr vorgeschlagen, als sie sich auf der Piazza di Spagna getroffen hatten. Ein Fotoapparat hing ihm um den Hals, und untergehakt liefen sie stundenlang durch die Hauptstadt. Giuliana war schon lange nicht mehr in einer Kirche oder in einem Museum gewesen, und an der Fontana di Trevi oder Berninis Fontana dei Fiumi lief sie seit Jahren vorbei, ohne ihre Schönheit wahrzunehmen.

Luca holte sie danach fast täglich an der Schule ab, und gemeinsam eroberten sie ihre Heimatstadt neu. Doch Giuliana entdeckte auch eine neue Leichtigkeit, eine Freude daran, mit einem Mann zusammen zu sein, die sie bis jetzt nicht gekannt hatte. Einmal fuhr er an der Schule mit einem Motorroller vor, und sie setzte sich auf den Rücksitz, umfasste seine Taille, legte nach einiger Zeit ihre Wange an seinen Rücken, während sie um das Kolosseum fuhren und er oft den Kopf wandte, um sie anzulächeln. Ein anderes Mal ließen sie sich mit einer Pferdekutsche durch Rom fahren, genossen den warmen Abend und winkten den Leuten zu, die stehen blieben und ihnen nachsahen.

An den Abenden, die sie in kleinen Restaurants oder am Strand in Ostia verbrachten, erzählte Giuliana Luca immer wieder mal ausführlich von ihrer Großmutter und der Manufaktur und beschrieb die Schönheit der Landschaft rings um die *Casa Sophia*.

Doch niemals sprach sie über Aurora. Sie hatte eine tiefe Scheu davor, da sie Lucas Reaktion nicht einschätzen konnte. Wie würde er ihrer Tochter ablehnend gegenüberstehen? Das hätte sie nicht ertragen können. Also schwieg sie und verschob jedes Gespräch darüber auf unbestimmte Zeit.

»Je länger du damit wartest, desto schwieriger wird es«, warnte Paula sie. Doch Giuliana genoss die Tage mit Luca und überging jede Warnung.

Als sie eines Abends oben auf dem Pincio standen und auf Rom hinuntersahen, zog Luca sie an sich und küsste sie. Seine Lippen fühlten sich warm und angenehm an, und so gab Giuliana seiner Umarmung nach und erwiderte den Kuss.

An dem Tag, als sie sich genau seit zwei Monaten trafen, nahm Giuliana Lucas Einladung in seine Wohnung an. Sie lag im obersten Stockwerk eines alten Palazzos in der Via Nationale. Luca führte Giuliana durch die Räume auf seine Dachterrasse, von der aus man einen weiten Blick über die Dächer Roms hatte. Während er in der Küche Wein und Gläser holte, lehnte sich Giuliana gegen die Balustrade und hob ihr Gesicht dem warmen Abendwind entgegen. War sie glücklich? Würde sie heute mit

Luca schlafen? Das stand schließlich hinter seiner Einladung.

Doch als Luca hinter sie trat, sie auf den Nacken küsste und seine Hände über ihren Körper gleiten ließ, war jeder Zweifel wie weggeblasen. Sie wollte die Nacht mit ihm verbringen. Nicht nachdenken, nur diesen Augenblick, diese Stunden genießen.

»Ti amo«, flüsterte er. »Ti amo!«

Da wandte Giuliana ihr Gesicht ab und sah in den dunklen Himmel hinauf, an dem die Sterne glitzerten.

»Ti amo …« Das hatte auch Claus gesagt. »Ich werde dich immer lieben … unsere Liebe wird ein Teil unseres Lebens sein.«

Als Luca sie jetzt an sich zog und sie den Kopf an seine Schulter legte, vermochte sie ihm nicht zu sagen, dass auch sie ihn liebe.

26

Als Giuliana am Nachmittag die Schule verließ und zu Fuß nach Hause ging, hatte sie das Gefühl, verfolgt zu werden. Sie drehte sich um, konnte jedoch niemanden entdecken. Also ging sie langsam weiter, und an der Spanischen Treppe kaufte sie einen großen Strauß Buschrosen.

»Haben Sie rosafarbene Margeriten?«, fragte sie die Blumenfrau plötzlich. Doch die schüttelte den Kopf.

»Rosafarbene Margeriten? Die habe ich noch nie gesehen, aber außerhalb von Rom gibt es einen Bauern, der züchtet einfache Blumen in den verrücktesten Farben. Wo sein Hof genau liegt, weiß ich allerdings nicht.«

Giuliana bedankte sich und ging die Treppe hoch. Auf der Piazza Trinità dei Monti blieb sie stehen, sah sich abermals vorsichtig um und wartete für eine Weile. Doch niemand folgte ihr, sie musste sich geirrt haben. Wer sollte es auch sein?

In der Wohnung war es still, denn Paula war mit Aurora einkaufen gegangen. Giuliana arrangierte die Blumen in einer Vase und stellte sie auf die Konsole unter Sophias Gemälde. Sie sah zu ihrer Großmutter hoch und sprach in Gedanken mit ihr. *Du hast so großen Mut bewiesen und getan, was dir richtig schien. Und ich? Ich bin feige. Ich verschweige Luca mein Kind, und den Frauen von Campodoglio habe ich auch nie die Wahrheit gesagt.*

Aber die Frauen hätten sie nicht verstehen können. In ihren Augen hätte sich Giuliana mit einem Feind eingelassen, ja letztendlich würden sie sie sogar für Sophias Tod verantwortlich gemacht haben.

Aber mit Luca war es etwas anderes, sie musste ihm über kurz oder lang von Aurora erzählen.

*

»Eine elegante Signora wartet vor der Schule auf Sie.« Letitia hatte am Mittag ans Lehrerzimmer geklopft, und nachdem sie Giuliana die Botschaft überbracht hatte, machte die Zehnjährige einen kleinen Knicks und fragte, ob sie der Signora etwas ausrichten solle.

»Nein danke, ich spreche selbst mit ihr.«

Giuliana wunderte sich. Wer könnte das sein? Sie verließ das Schulgebäude und sah sich suchend um. Da kam eine weißhaarige Dame auf sie zu.

»Signorina Fabiani?«

Als Giuliana bejahte, stellte sie sich vor.

»Ich bin Margherita Berardi, Lucas Mutter. Haben Sie einen Moment Zeit? Ich würde mich gern mit Ihnen unterhalten. Wollen wir in die Bar dort drüben gehen?«

Giuliana nickte stumm, und während sie die schmale, von Platanen gesäumte Straße überquerten, warf sie Lucas Mutter einen verstohlenen Blick zu. Sie war groß, sehr schlank und trug ein elegantes dunkelblaues Kleid, passend dazu weiße Handschuhe und eine weiße Tasche aus geflochtenem Leder.

In der winzigen Bar bestellten sie bei dem Wirt an der Theke zwei Kaffee und nahmen dann an dem einzigen kleinen Tisch am Fenster Platz. Es roch nach kaltem Rauch, und es zog, da die Tür und die Fenster weit offen standen.

Sie warteten schweigend, bis der Wirt die kleinen braunen Tassen vor sie auf den Tisch stellte.

»Was kann ich für Sie tun?«, fragte Giuliana dann höflich, während sie vergeblich versuchte, ihren Herzschlag zu beruhigen. »Luca ist doch in Zürich, oder?«

Luca war zwei Tage zuvor zu einem Ärztekongress in die Schweiz abgereist und wollte eine Woche bleiben.

»Ja, natürlich. Nun, ich will nicht lange herumreden.« Margherita machte eine wirkungsvolle Pause und nahm einen winzigen Schluck ihres heißen Kaffees. »Sehen Sie, Signorina Fabiani, ich erinnere mich noch sehr gut an den Skandal, als Ihre Großmutter ihren Ehemann wegen eines jungen Mannes verließ. Ich war damals zwar noch ein junges Mädchen, aber ich erinnere mich daran, weil es fast« – Margherita lächelte ein wenig ironisch – »ein Jahrhundertskandal war. Ihr Großvater zog sich damals ganz zurück. Er verstand es meisterlich, dem Klatsch keine weiteren Angriffspunkte zu bieten.«

Sie schwieg, trank wieder einen Schluck Kaffee und stellte die Tasse mit einer graziösen Handbewegung auf den Unterteller zurück.

»Sie wollen mit mir über meinen Großvater reden?«, fragte Giuliana erstaunt.

»Nein, natürlich nicht. Ich will damit nur sagen, dass Sie offenbar das Talent geerbt haben, Ihr Privatleben zu schützen und wichtige Dinge zu verschweigen.«

»Was meinen Sie?« Giuliana versuchte, ruhig zu bleiben, und sah Margherita fest in die dunklen Augen, aus denen jetzt jedes Lächeln verschwunden war.

»Als Luca damals aus Florenz zurückkam, erzählte er uns von einem schönen jungen Mädchen, das er am Bahnhof getroffen hatte. Für uns war es eine Schwärmerei, die wir nicht ernst nahmen. Er war zu jener Zeit ein temperamentvoller und für meinen Geschmack zu unkonventioneller junger Mann. Doch der Krieg, die Jahre, die er als Arzt im Lazarett gearbeitet hat, haben ihn verändert. Er ist ernsthafter geworden, und sein großes Ziel ist es, Oberarzt zu werden. Dazu braucht er eine Frau an seiner Seite, die über einen tadellosen Ruf verfügt und die repräsentieren kann. Eine Frau«, fügte Margherita hinzu, »wie seine Verlobte Caterina Crivelli.«

Giuliana spürte, wie alles Blut aus ihrem Gesicht wich. Sie brauchte einen Moment, bis sie begriff, was Margherita Berardi ihr gerade gesagt hatte.

»Ach, Sie wissen es gar nicht? Das tut mir aber leid«, sagte Margherita Berardi in liebenswürdigem Ton. Giuliana konnte zunächst nur stumm den Kopf schütteln.

»Das glaube ich nicht«, fuhr sie dann heftig auf, »Luca hätte mir erzählt, dass er verlobt ist.«

»Ach, wirklich? Sind *Sie* denn in jeder Hinsicht ehrlich zu ihm?«

Giuliana biss sich auf die Lippen, doch bevor sie etwas erwidern konnte, sprach Lucas Mutter bereits weiter: »Mein Sohn will Karriere machen, und in der Position des Oberarztes wird er von vielen Neidern umgeben sein. Man wird nach einer Schwachstelle in seinem Leben suchen und …«

»Diese Schwachstelle wäre ich, das meinen Sie doch, oder?«

»Ja, das meine ich, und mein Mann sieht das ganz genauso. Ich persönlich finde es unverantwortlich, dass Sie eine Beziehung mit meinem Sohn eingegangen sind, ohne ihm Ihre Vergangenheit zu beichten.«

»Ich soll Luca etwas *beichten?*« In Giuliana erwachte die Wut. »Was meinen Sie damit?«

»Signorina Angelini, ich bitte Sie. Sie haben bereits ein

bewegtes Leben hinter sich. Sie haben ein uneheliches Kind. Glauben Sie nicht, dass Luca ein Recht darauf hat, das zu erfahren?«

Giuliana dachte daran, wie sie in den letzten Tagen das Gefühl gehabt hatte, verfolgt zu werden.

»Haben Sie jemanden auf mich angesetzt? Einen Detektiv?«

»Aber nein, das hat unsere Familie nicht nötig. Ein paar Anrufe im Büro Ihrer Schule, und ich erfuhr, was ich wissen wollte. Im Übrigen werden Sie durch Ihre Stelle als Leiterin dieses ... Wohltätigkeitsprojekts für die Kinder ›gefallener Frauen‹ ebenfalls in den Fokus der Gesellschaft geraten. Man wird Ihre Vergangenheit in die Öffentlichkeit ziehen, mutmaßen, wer der Vater Ihres Kindes ist, und dafür haben wir nun gar kein Verständnis. Unsere Familie ist noch nie mit einem Skandal in Verbindung gebracht worden. Vor seiner Abreise in die Schweiz hat Luca noch von seiner möglichen Beförderung zum Oberarzt erfahren. Deshalb wollte ich Sie heute sprechen.«

»Sie möchten mir nahelegen, aus seinem Leben zu verschwinden, und das möglichst noch, bevor er aus der Schweiz zurückkommt. Ist es das, was Sie sich vorstellen?«

»Wenn Sie es schon so deutlich ausdrücken: Ja, das möchte ich.«

Bevor Lucas Mutter weitersprechen konnte, sprang Giuliana vom Stuhl auf. »Ich denke, Sie haben alles gesagt, Signora. Aber ich glaube Ihnen nicht, dass Luca verlobt ist. Und wann ich ihm meine Vergangenheit *beichte*, wie Sie es nennen, überlassen Sie bitte mir. Auf Wiedersehen.«

Giuliana floh aus der kleinen Bar, rannte über die Straße und holte ihr Fahrrad vom Schulhof. Ohne noch einen Blick zurückzuwerfen, bog sie um die Ecke und fuhr nach Hause.

Noch niemals war sie so gedemütigt worden wie gerade eben von Margherita Berardi. Indirekt hatte Lucas Mutter sie als »gefallene Frau« bezeichnet. In ihren Augen war ein uneheliches Kind ein Makel, ja sogar der Beweis für einen unsoliden Lebenswandel.

Giuliana war zutiefst verletzt. Es war das erste Mal, dass sie und ihre Tochter Aurora mit gesellschaftlicher Ablehnung konfrontiert wurden, und sie hätte nicht geglaubt, dass es sie so schmerzlich treffen würde. Schlagartig wurde ihr klar, Aurora würde es schwerer haben als die Töchter aus den guten italienischen Familien, aus Familien, wie die Berardis es waren. Aurora würde lernen müssen, mit Ablehnung umzugehen. Aber konnte *sie* es? Sie war eine Schwachstelle, eine Belastung für einen Mann, der Karriere machen wollte. So hatte Margherita Berardi es ausgedrückt.

Während Giuliana wie blind durch die Stadt radelte, Autos hinter ihr herhupten und Passanten sie beschimpften, stellte sie sich die Frage, wie weit Margheritas Erziehung Luca geprägt haben mochte. War deren Einfluss zu groß, als dass er ihr ohne Vorurteile entgegentreten konnte?

*

Abgekämpft und völlig erhitzt hielt Giuliana mit quietschenden Bremsen vor dem Haus. Wie so oft stand die Eingangstür weit offen, da Miranda, die neue Portiersfrau, durchlüftete, wie sie immer erklärte. Verärgert schob

Giuliana ihr Fahrrad durch den Eingang, trug es die paar Stufen hinunter in den Innenhof, stellte es im Ständer ab und verschloss es. Dann lief sie nach oben in die Wohnung. Dort warf sie ihre Mappe und den Schlüssel auf die Konsole.

»Paula?«

»Küche«, antwortete die vertraute Stimme. Paula saß mit Aurora am Tisch, die gerade Polenta mit Kirschkompott aß.

Giuliana küsste ihre Tochter und fuhr ihr zärtlich durch die roten Locken. Dann ließ sie sich auf einen Stuhl fallen.

»Mama, magst du?« Aurora hielt ihr mit wackligem Löffel Kompott hin, doch bevor er Giuliana erreichte, tropfte Saft auf das weiße Tischtuch, und das Mädchen fing erschrocken an zu weinen.

»Ach, Schatz, das macht doch nichts.« Giuliana hob sie auf ihren Schoß und küsste sie, bis die Tränen versiegten und sie das Schniefen aufgab.

»Sie ist müde«, erklärte Paula. »Wir waren heute auf der Hadriansbrücke bei dem Eisverkäufer, der nur dienstags da ist. Wir mussten ewig in der Hitze anstehen. Aber« – sie wechselte das Thema – »was ist mit dir? Du siehst ja furchtbar aus. Ist etwas passiert?« Paula warf ihr einen besorgten Blick zu.

»Psst«, machte Giuliana und wies mit dem Kopf auf Aurora.

Zart strich sie ihr noch einmal über den Kopf, und die Kleine lehnte ihn, den Daumen im Mund, an ihre Brust. »Sie schläft sicher gleich ein«, flüsterte Giuliana.

»Weißt du«, griff sie leise das Gespräch wieder auf, sobald Aurora die Augen geschlossen hatte, »ich erfuhr heute, dass Luca verlobt ist.«

»Was? Wer sagt denn so was?«

Giuliana berichtete flüsternd von ihrem Gespräch mit Margherita Berardi.

»Das muss doch nicht stimmen«, sagte Paula, Aurora immer im Blick. »Andererseits darfst du nicht vergessen, dass du ihm auch einiges verschwiegen hast.«

»Paula, ich wollte, dass wir uns erst einmal richtig kennenlernen. Es war alles so neu für mich! Sich zu amüsieren, mit einem Mann auszugehen, ans Meer zu fahren ... alles eben. Und ich wollte unsere Beziehung nicht gleich in den ersten Wochen mit Geständnissen aus der Vergangenheit belasten.«

»Das verstehe ich«, stimmte ihr Paula zu. »Du musst abwarten, bis Luca zurückkommt, und dann sprichst du mit ihm. Es wird sich alles klären. Nur über eines solltest du dir bis dahin im Klaren sein: Was willst *du?* Willst du eine ernsthafte Beziehung mit ihm oder –«

»Kann es die überhaupt noch geben?«, unterbrach Giuliana sie nachdenklich. »Er will Karriere machen, und folglich passe ich nicht in sein Leben, schon gar nicht in seine Familie. Seine Mutter hat mir unmissverständlich klargemacht, dass sie mich als nicht gesellschaftsfähig eingestuft haben. Ein vernichtendes Urteil«, fügte Giuliana ein wenig spöttisch hinzu. Sie wollte nicht zugeben, wie sehr Lucas Mutter sie getroffen hatte.

»Ach, Unsinn, du weißt ja noch gar nicht, wie Luca darüber denkt. Er liebt dich doch. Also warte jetzt erst einmal ab.«

»Du magst recht haben, aber ich bin fast überzeugt davon, dass er sich letztendlich dem Wunsch seiner Mutter unterwerfen wird. Sie macht auf mich einen sehr dominanten Eindruck.«

»Aber *du*, Giuliana, bist die Frau, die er liebt, die ihm das gibt, was er sich wünscht. Vergiss das nicht! Auch du kannst deine Macht als Frau ausspielen.«

»Ach Paula«, seufzte Giuliana resigniert, »das will ich doch gar nicht. Warum soll ich mit dieser Frau um Luca kämpfen? Mutter gegen Geliebte? Ist es das wert?«

»Das musst du wissen«, erklärte Paula abschließend, immer noch flüsternd. »Diese Entscheidung kannst nur du allein treffen. Die Frage ist, was erwartest du?«

»Respekt«, antwortete Giuliana und verbarg ihr Gesicht in den Locken ihrer Tochter, damit Paula die Tränen nicht sah, die ihr in die Augen stiegen.

Doch Paula spürte, was in ihr vorging, und drückte schweigend ihre Hand.

»Ich bringe Aurora ins Bett«, sagte Giuliana schließlich. »Weißt du, Paula«, fügte sie hinzu, als sie schon an der Tür stand, »heute habe ich erst wirklich erkannt, was Simonetta Scalia leistet. Sie versucht, die Gesellschaft zu verändern, alleinstehenden Frauen mit einem unehelichen Kind Mut zu machen und diesen Kindern eine Zukunft zu geben. Ich kann es kaum erwarten, sie kennenzulernen. Sie muss eine ganz außergewöhnliche Frau sein.«

27

Das nächste Treffen mit Luca fand drei Tage nach seiner Rückkehr in der Osteria *Da Pippo* statt. Doch er verspätete sich, und so saß Giuliana allein unter den schattigen Bäumen im Innenhof. Nur ein einziger weiterer Tisch war besetzt, die anderen Gäste blieben im Lokal, da es extrem heiß war und der Schatten der Bäume nur wenig Abkühlung brachte. Giuliana achtete nicht darauf, sie war nervös und dachte nur daran, was sie heute mit Luca besprechen wollte. Sicher hatte ihm seine Mutter erzählt, dass sie Giuliana getroffen hatte. Aber wie hatte Luca darauf reagiert?

Zuerst würde sie ihm ein Foto von Aurora zeigen. Die Kleine war ein außergewöhnlich hübsches Kind, und während er das Foto betrachtete, würde sie ihm von den schönen blauen Augen ihrer Tochter erzählen, ihrem Lächeln und von ihrer überbordenden Fantasie. Dass sie ein liebes Mädchen war, wenn auch plötzlich zu unglaublichen Wutanfällen fähig.

Verstohlen zog Giuliana das Foto aus ihrer Tasche. Sollte sie es auf den Tisch legen? Es war noch in der *Casa Sophia* aufgenommen worden, kurz bevor sie nach Rom zurückkehrten. Aurora saß, gegen Kissen gelehnt, auf dem Himmelbett und starrte in die Standkamera. Der Fotograf hatte ihr versprochen, dass ein weißer Vogel herausfliegen würde, wenn sie ganz stillhielt und lächelte, doch sie hatte nur misstrauisch in die Kamera gesehen, denn sie hatte ihm nicht geglaubt.

Viele Dinge, Kleinigkeiten, liebenswerte Angewohnheiten von Aurora fielen Giuliana ein, von denen sie erzählen wollte. Wie immer, wenn sie an ihre Tochter dachte, wurde sie sofort von einer tiefen Sehnsucht nach ihr erfasst.

Doch was sollte sie Luca über den Vater sagen, über den Mann, den sie geliebt hatte?

In Gedanken versunken blickte sie hoch, und da stand Luca in der Tür zum Innenhof und sah zu ihr herüber. Als er auf sie zukam, bemühte er sich um ein Lächeln, doch Giuliana bemerkte sofort die Veränderung. Seine Energie, die Lebendigkeit und auch seine gewohnte Liebenswürdigkeit schienen ihn verlassen zu haben.

»Es tut mir leid, dass ich mich verspätet habe.«

»Das macht nichts«, versicherte Giuliana.

Sie bestellten bei dem freundlichen Wirt und warteten schweigend, bis er den Wein, einen Korb mit Weißbrot und eine Flasche Olivenöl auf den Tisch gestellt hatte. Giuliana hatte das Foto ihrer Tochter schnell wieder in ihrer Tasche verschwinden lassen. Als sie Lucas Gesichtsausdruck sah, wusste sie sofort, dass es keine gute Idee war, es ihm als Erstes zu zeigen.

»Es ist heiß«, bemerkte Luca und lockerte seine Krawatte. »Wir hatten heute Morgen im Krankenhaus viel zu tun, viele Leute wurden mit Kreislaufproblemen eingeliefert. Darum habe ich mich verspätet, und leider muss ich auch schon bald wieder zurück.«

Luca brach ein Stück vom Brot ab und tunkte es nervös in Olivenöl, das er auf einen kleinen Teller gegossen hatte.

Giuliana antwortete nicht.

»Der Chefarzt und der Vorstand warten auf mich, das habe ich vorher nicht gewusst«, setzte Luca erneut an und beschäftigte sich intensiv mit dem Brot.

Schweigend beobachtete Giuliana ihn. Er verhielt sich anders als sonst, war reserviert und schien extrem nervös. Das Gespräch würde nicht so verlaufen, wie sie es sich gewünscht hatte.

»Es ist mir sehr unangenehm, dass meine Mutter während meiner Abwesenheit mit dir gesprochen hat. Dafür bitte ich um Entschuldigung.«

»Dafür kannst du doch nichts. Aber, Luca, sag mir eins, hat sie die Wahrheit gesagt, bist du verlobt?«

»Ich weiß nicht, wie ich es dir erklären soll …« Luca zögerte und brach ein weiteres Stück Brot ab.

»Sag mir einfach die Wahrheit«, bat Giuliana spröde.

»Nun, meine Mutter hat nicht so unrecht. Caterina und ich kennen uns schon sehr lange, sie ist die Tochter der engsten Freunde meiner Eltern, und beide Familien haben schon vor Jahren entschieden, dass wir heiraten sollen. Nach Meinung unserer Eltern passt alles. Caterina und ich haben uns auch immer sehr gut verstanden, wir spielen zusammen Tennis, kennen die gleichen Leute und –«

»Liebst du sie, willst du sie heiraten?«, unterbrach Giuliana ihn.

»Wir haben uns immer gut verstanden, das sagte ich dir doch gerade«, antwortete Luca gereizt. »Wir sind Freunde, mehr nicht. Ich zumindest war dieser Meinung. Aber ich wusste auch nicht, dass meine Familie ihr während des Krieges Hoffnungen auf eine Heirat mit mir gemacht hatte. Sie ist wohl schon lange in mich verliebt, auch das wusste ich nicht.«

»Und dann?«

Der Wirt brachte das Essen, für Luca wieder ein Ossobuco und einen Salat für Giuliana. Während er servierte und den Wein einschenkte, schwiegen Luca und Giuliana, und erst als sich Pippo vom Tisch entfernt hatte, antwortete Luca.

»Ich habe ihr niemals einen Antrag gemacht, aber irgendwie gehen alle davon aus, dass wir eines Tages heiraten werden. Doch ich hatte mich in ein Mädchen mit rotblonden Haaren verliebt, das verträumt am Bahnhof von Florenz stand und das ich nach dem Krieg unbedingt wiedersehen musste, denn ...« Luca sprach nicht weiter, sondern spielte nervös mit den Brotkrümeln.

»Denn?«, wiederholte Giuliana, als er schwieg.

»Denn du bist es, der ich einen Antrag machen wollte, Giuliana. Aber leider ...« Wieder machte er eine Pause.

»Aber leider? Nun mach es doch nicht so spannend«, sagte sie, während ihre Kehle wie zugeschnürt war und ihr Herz schneller schlug.

»Leider«, antwortete Luca und strich mit der Hand die Brösel vom Tisch, »habe ich durch meine Mutter erfahren müssen, dass du mich nicht hinreichend über deine Vergangenheit informiert hast. Das hat mich sehr getroffen.«

Schweigend stocherte Giuliana mit der Gabel in ihrem Salat herum. Dann legte sie sie entschlossen auf den Tisch.

»Meine Vergangenheit? Luca, ich bin siebenundzwanzig Jahre alt, und ich habe dir erzählt, dass es vor dir einen einzigen Mann gegeben hat. Nennst du so etwas Vergangenheit? Es klingt sehr anrüchig, wie du das sagst.«

»Du hast ein Kind von ihm, hast ihn aber nicht geheiratet! Warum nicht?«

»Der Krieg hat uns auseinandergebracht«, antwortete Giuliana leise.

Luca schlang hastig das Ossobuco hinunter und trank seinen Wein aus.

Giuliana drehte ihr volles Glas in den Händen, bis sie den Blick hob und Luca ansah. Sie spürte, dass auch er unglücklich war.

»Ich verstehe, dass du verletzt bist, weil ich es dir verschwiegen habe. Ich wollte diese ersten Wochen mit dir einfach nur genießen«, erklärte sie.

»Giuliana, es geht hier um Vertrauen. Das ist das einzig Wichtige.«

»Konnte ich dir denn vertrauen?«, war Giulianas Gegenfrage. »Du hast mir nichts von Caterina erzählt. Ist das nicht auch ein Vertrauensbruch? Schließlich geht deine Familie davon aus, dass du sie heiraten wirst.«

Luca schwieg und nestelte nervös an seiner Krawatte. Spontan griff Giuliana nach seiner Hand. »Bitte, Luca, sieh mich an. Was ist mit Caterina?«

»Fangen wir doch erst einmal bei dir an«, antwortete er kühl. »Hast du diesen Mann geliebt?«

Giuliana zog ihre Hand zurück. »Natürlich habe ich ihn geliebt, hätte ich sonst ein Kind von ihm? Glaubst du, ich bin eine Frau, die eine flüchtige Affäre hat? Traust du mir das zu? Oder ist das vielleicht die Meinung deiner Mutter?«

»Was ist mit dem Mann? Wie lautet sein Name, und wo ist er jetzt?«

»Ich weiß nicht einmal, ob er noch lebt. Ich fürchte, er ist erschossen worden.«

»Bei welchem Regiment war er denn? Wieso hast du es nicht erfahren? Was ist mit seiner Familie, kümmert sie sich nicht um dich? Hat er dich verlassen, oder wolltest du ihn nicht heiraten?« Die Fragen prasselten nur so auf sie ein.

»Luca, ich will nicht darüber reden.«

Sie spürte, dass sie ihn kränkte, doch sie wollte ihre Bemerkung nicht abschwächen. Die Aggressivität, die hinter jeder seiner Fragen stand, war nicht zu überhören gewesen und hatte sie verletzt.

Luca nahm den Rest Brot aus dem Korb, tunkte es hastig in die Sauce des Ossobucos und schob es in den Mund.

»Siehst du«, sagte er mit vollem Mund, »du verschweigst mir immer noch wichtige Dinge aus deinem Leben. Aber mir nimmst du es übel, dass ich dir nichts von meiner Freundschaft mit Caterina erzählt habe. Diese Beziehung ist nicht annähernd so gravierend wie deine. Schließlich hast du ein Kind von diesem Mann.«

Giulianas Herz klopfte heftig und ließ sich nicht beruhigen. Wieso hatte sie angenommen, Luca würde souverän damit umgehen, dass sie ein Kind hatte? Wieso nur hatte sie sich vorgestellt, dass er an Fotos von Aurora interessiert sei, an Erzählungen über ihr Kind? Dass er sie bitten würde, ihre Tochter kennenlernen zu dürfen? Er verletzte sie durch sein Desinteresse, sie und indirekt auch Aurora.

»Deine Mutter hat mir erzählt, dass du die Chance hast, Oberarzt zu werden. Da brauchst du eine gesellschaftsfähige Frau an deiner Seite, nicht wahr?«

Luca schwieg und zuckte mit den Schultern.

»Wo ist Caterina Crivelli jetzt?« Giuliana bemühte sich, ihre Fassung zu wahren und mit neutraler Stimme zu sprechen.

»Vor dem Krieg begann sie ein Studium in Oxford, in diesem Sommer macht sie ihren Abschluss. Dann kommt sie nach Rom zurück.«

Giuliana spürte, wie sie plötzlich ganz ruhig wurde.

»Dann ist sie genau die Richtige, um an der Seite eines Oberarztes zu glänzen.«

»Giuliana, bitte.«

»Es ist doch so. Luca, bleiben wir realistisch. Ich passe nicht in dein Leben, und du wirst mir zuliebe nicht auf deine Karriere verzichten.«

»Giuliana, du hast mir nie gesagt, dass du mich liebst. Warum nicht? Liebst du diesen anderen noch? Ich muss es wissen!«, beschwor er sie.

»Hör zu«, sagte sie leise, »nimm den Posten an, das ist wichtig für dich, darauf hast du lange hingearbeitet. Damals am Bahnhof von Florenz, das war ein außergewöhnlicher Moment. Vielleicht hast du die Erinnerung daran und an mich einfach gebraucht, um dich in den Jahren des Krieges daran zu klammern. Sie gab dir Hoffnung auf eine Zukunft. Doch es war eine Illusion«, sagte sie leise.

»Nein«, widersprach Luca heftig. »Du kannst jetzt nicht behaupten, unsere Beziehung beruhe nur auf einer verklärten Erinnerung.«

»Ich weiß es nicht, Luca, vielleicht haben wir beide aus einer Illusion Realität werden lassen, die aber letztendlich unserem Leben nicht standhalten kann. Sie war nicht stark genug«, fügte sie hinzu. Luca schenkte sich Wein nach und trank das Glas sofort wieder aus. Mit einer heftigen Bewegung stellte er es auf den Tisch zurück.

»Ich weiß nicht, was ich dazu sagen soll«, antwortete er tonlos.

Während Pippo die Teller abräumte, blieben sie stumm. Giuliana sah, wie Luca immer wieder nervös auf seine Armbanduhr sah.

»Entschuldige, Giuliana, es tut mir sehr leid, aber ich muss gehen.«

»Gut, dann gehen wir.«

»Wir können ja heute Abend weiterreden, wenn du willst.«

»Ich glaube, es ist alles gesagt«, erwiderte Giuliana leise.

Vor der Osteria standen sie sich schweigend gegenüber.

Luca wandte den Blick ab, doch Giuliana hatte in seinen Augen Unsicherheit und Ratlosigkeit erkannt.

»Geh zurück ins Krankenhaus – und nimm den Posten an. Und dann heirate Caterina. So überwirfst du dich auch nicht mit deiner Familie. Eine Frau mit Vergangenheit wäre das nicht wert«, setzte sie spöttisch hinzu und erschrak vor sich selbst. Wie konnte sie so hart reagieren?

»So ein Unsinn!«, rief Luca aus. »Weißt du«, sagte er leise, »wenn du mir jetzt und hier sagen kannst, dass du mich liebst, nur mich und nicht den Vater deines Kindes, dann wird alles gut werden. Aber das muss ich wissen.«

»Luca, die Antwort habe ich dir bereits gegeben.«

»Ich habe es geahnt«, flüsterte er. »Ich habe es immer irgendwie geahnt.«

Sie blieben stumm voreinander stehen, keiner fand die richtigen Worte.

»So schnell ist es also zu Ende?«, fragte Luca schließlich mit brüchiger Stimme. »Wenn meine Mutter nicht mit dir gesprochen hätte –«

»Das hätte nichts geändert«, unterbrach Giuliana ihn. »Ich denke, es hat unsere Trennung nur beschleunigt, mehr nicht.«

Sie stellte sich auf die Zehenspitzen und küsste ihn. »Ciao«, flüsterte sie. »Du wirst ein gutes Leben haben, und du triffst die richtige Entscheidung. Du wirst Oberarzt und vielleicht auch Chefarzt werden und sehr glücklich sein.« Zärtlich strich sie Luca über die Wange. »Damals, Luca, am Bahnhof, das war ein Augenblick der Poesie, behalten wir ihn so in Erinnerung.«

Luca wandte sein Gesicht ab, er wirkte trotzig und verschlossen.

Langsam drehte Giuliana sich um. »Ciao«, sagte sie noch einmal, »und alles Gute.« Dann überquerte sie die Straße.

»Hast du nicht dein Fahrrad vergessen?«, rief ihr Luca plötzlich nach. Sie sah kurz zurück und schüttelte den Kopf. »Ich bin heute zu Fuß gekommen, danke.«

Dann begann sie zu laufen, immer schneller, die kleine Straße entlang, bis sie an einer schattigen Piazza stehen blieb und sich gegen die Mauer eines Hauses lehnte, die sich angenehm kühl im Rücken anfühlte.

Giuliana empfand in diesem Moment nichts, gar nichts. Kein Bedauern, keinen Trennungsschmerz, nichts.

Nach einer Weile löste sie sich von der Mauer und lief ziellos durch die Stadt, stieg schließlich in einen Bus, fuhr zum Forum Romanum und ging über die Via dei Fori Imperiali zum Eingang. Dort setzte sich auf einen der alten Steine, streichelte die Katzen, die ihr um die Beine strichen, und beobachtete die Touristen, die sich durch die Überreste der römischen Antike führen ließen.

Giuliana atmete die heiße Luft ein und lauschte auf die

Stimme des italienischen Fremdenführers, der in schlechtem Englisch den Amerikanern die Geschichte des alten Roms näherbrachte. Die Gruppe entfernte sich, doch Giuliana blieb sitzen. Sie spürte die Sonne auf ihrer Haut prickeln, und es schien ihr, als fiele langsam eine Last von ihr ab.

28

»Also, machen Sie sich ein paar schöne Tage, während ich mit Ihrer Klasse unterwegs bin.« Mit diesen freundlichen Worten verabschiedete sich Schwester Angela von Giuliana.

Sie begleitete die Mädchen auf eine Klassenfahrt in ein Kloster in der Nähe von Rom. Dort sollten die Zehnjährigen vier Tage der inneren Einkehr mit Gebeten verbringen, aber auch im Obstgarten des Klosters helfen und in der Küche das Brotbacken lernen.

Schwester Angela gab Giuliana in diesen vier Tagen frei, denn sie wollte mit Paula auf das Weingut von deren Familie fahren. Paulas Mutter ging es nach dem Tod ihres Mannes endlich wieder besser, und sie wollte ihren neunzigsten Geburtstag in großer Gesellschaft feiern. Auch Giuliana war mit Aurora herzlich eingeladen.

»Es werden viele Kinder dort sein«, hatte Paula angekündigt, »das Haus ist voll, die ganze Familie kommt. Wir feiern drei Tage lang!«

Als Giuliana nach Hause kam, hatte die Portiersfrau wieder einmal die Haustür offen gelassen. Verärgert stieg Giuliana die Treppen nach oben. Sie holte bereits den Schlüssel aus ihrer Tasche, als sie das weiße Kuvert sah, das direkt vor der Tür lag. Giuliana nahm es hoch und drehte es um, aber es stand kein Absender darauf. Ungeduldig riss sie es auf.

Ich muss mit Dir reden. Ich habe schon ein paar Mal versucht, Dich anzusprechen, doch in den nächsten Tagen werde ich es tun.

Keine Anrede, keine Unterschrift, nichts. Ein Zettel, herausgerissen aus einem linierten Notizkalender, die Schrift unordentlich und kaum leserlich.

Giuliana warf einen Blick über das Geländer ins Treppenhaus, doch sie sah niemanden. Sie schloss die Tür auf und betrat ihre Wohnung. Zu ihrer eigenen Überraschung blieb sie ruhig, obwohl das Gefühl, verfolgt zu werden, das sich in den letzten Tagen immer wieder eingestellt hatte, durch das Schreiben neue Nahrung erhielt. Instinktiv spürte sie, dass die Person, die diesen Zettel hinterlassen hatte, nicht wirklich gefährlich war. Oder täuschte ihr Gefühl sie?

Sie hörte Geräusche aus der Küche. Rasch steckte sie den Zettel in die Handtasche, bevor sie eintrat.

»Hast du schon gepackt?«, wollte sie nach einer kurzen Begrüßung von Paula wissen.

»Setz dich«, forderte Paula sie auf. Nachdem Giuliana verwundert Platz genommen hatte, erzählte Paula, dass ein Signore Tozzi angerufen habe und Giuliana ausrichten ließ, sie solle sich in den nächsten Tagen bereithalten. Simonetta Scalia sei kurz in Rom und wolle sie sprechen – wann genau, würde Giuliana noch erfahren.

»Das gibt es doch nicht, ausgerechnet jetzt! Ich werde Signore Tozzi anrufen und ihm sagen, es geht nicht.«

»Das tust du nicht, Giuliana! Es geht um deine Existenz, also bleiben wir alle hier.«

»Nein, auf keinen Fall, du musst zum Geburtstag deiner Mutter fahren«, protestierte Giuliana.

Nach einigem Hin und Her einigten sie sich, dass Paula fahren und Aurora mitnehmen würde, während Giuliana sich für Simonetta Scalia zur Verfügung hielt.

*

Wie immer lag Aurora abends im Bett ihrer Mutter. Sie schlief fast schon, und während ihr Giuliana leise erzählte, dass sie am nächsten Tag mit Paula auf Reisen ging, schmiegte sich die Dreijährige an Giulianas warmen Körper und seufzte leise auf.

»Es wird dir gefallen, meine Süße«, flüsterte Giuliana ihr ins Ohr. »Es gibt dort kleine Katzen, mit denen du spielen kannst, auch einen großen Sandkasten und eine Schaukel. Ach ja, und viele Kinder werden da sein, du bist also nicht allein.« Giuliana seufzte leise und zog Aurora noch enger an sich. »Ich werde dich vermissen! Aber Paula passt ja auf dich auf, so wie sie schon auf mich aufgepasst hat, als ich zu Großvater kam.«

Sie küsste die schlafende Aurora immer und immer wieder auf die runde rosige Wange, während ihr Tränen in die Augen stiegen. Unvermittelt dachte sie an Luca, dem sie von Aurora hatte erzählen wollen – und der schließlich nicht einmal gefragt hatte, wie der Name ihrer Tochter lautete und wie alt sie war.

*

Paulas Schwager holte sie und Aurora am nächsten Morgen ab. Nach ihrer Abfahrt lief Giuliana unruhig durch die stille Wohnung, blieb mal hier, mal dort stehen, ging in die Küche, zurück in ihr Zimmer und holte aus ihrer Handtasche den Zettel und las ihn immer wieder.

Am Tag zuvor hatte sie noch keine Bedrohung darin gesehen, doch heute belastete sie diese kurze Notiz. Wer suchte ein Gespräch mit ihr? Wer folgte ihr heimlich und machte doch keine Anstalten, sie anzusprechen? Sie hatte Paula nichts von dieser Nachricht erzählt und auch nicht von ihrem Gefühl, verfolgt zu werden. Paula wäre dann mit Sicherheit in Rom geblieben, und das wollte Giuliana nicht. Paula freute sich so sehr auf das große Familienfest, und auch für Aurora würden es schöne Tage werden – die frische Landluft, die Kinder, die Natur und die Katzen, auf die Aurora schon so neugierig gewesen war.

Den ganzen Tag über blieb Giuliana zu Hause, da sie den Anruf von Signore Tozzi nicht verpassen wollte. Gleichzeitig beschäftigte sie sich in Gedanken mit ihrem Verfolger. Stand er unten auf der Straße und wartete auf sie? Oder schlich er sogar durchs Treppenhaus?

Am Abend klingelte sie bei den Winters, weil sie fragen wollte, ob sich bei ihnen jemand über sie erkundigt hatte. Lucy Winter öffnete in ihrem geblümten Morgenmantel aus Everglace, den sie kaum mehr ausziehen wollte, da man diesen neuen Stoff aus Amerika nicht bügeln musste. Sie dachte kurz nach, schüttelte dann den Kopf und zog Giuliana für einen kleinen Plausch zu sich in die Wohnung. Vor dem Krieg war das Ehepaar Winter nur mit Paula befreundet gewesen, doch in den Kriegsjahren hatten die Winters und Giuliana einander Briefe geschrieben, und daraus war eine Freundschaft entstanden. Mittlerweise war Lucy geradezu verrückt nach ihrem »kleinen Darling« Aurora. Sie und ihr Mann fragten nicht nach dem Vater des Kindes, sondern sie bewunderten die junge Mutter, »die so tapfer ihren Weg ging«, wie Lucy es nannte.

Am nächsten Tag öffnete Giuliana fast jede Stunde die Eingangstür, weil sie wissen wollte, ob wieder eine Nachricht davorlag. Immer vergebens. Und auch das Telefon klingelte erst am Abend. Giuliana stand gerade mit einem Teller Nudeln in der Küche, sie hatte sich damit auf den Balkon setzen wollen. Doch nun stellte sie den Teller rasch ab und lief in den Flur. Sie zögerte für einen Moment, bevor sie an den Apparat ging. Würde Signore Tozzi sie nicht tagsüber aus dem Büro anrufen?

Langsam nahm sie den Hörer ab. »Hallo?«

»Giuliana, ich bin es, Fiona. Es tut mir leid, dass ich so spät noch anrufe, aber ich habe drei Stunden im Postamt auf die Verbindung nach Rom warten müssen.«

Giuliana musste sich zusammenreißen, um ihre Erleichterung nicht allzu deutlich werden zu lassen. Zugleich war sie überrascht. Es war das erste Mal, dass jemand aus Campodoglio sie anrief. »Was ist los, Fiona, ist etwas passiert?«

»Nein, nein«, antwortete Fiona rasch. »Mattia ist hier gewesen, er kam vorgestern kurz vorbei und begrüßte uns. Er wohnt im Moment bei einem Freund, einem Galeristen in Florenz. Er weiß noch nicht, ob er in Sophias Haus ziehen soll. Das Verrückte ist ja, dass Marcella es kaufen will.«

»Marcella?«, fragte Giuliana verwundert.

»Ja, stell dir vor, sie hat jetzt endlich ihren Mann verlassen, das ist *die* Sensation im Ort. Er kann zu seiner langjährigen Geliebten gehen, ihr ist es inzwischen egal. Es ist hier das erste Mal, dass eine Frau aus ihrer Ehe ausbricht. Und das passiert ausgerechnet unserem Bürgermeister.«

Fiona kicherte schadenfroh, bevor sie weitererzählte: »Die Bauarbeiten an der Manufaktur sind bald abgeschlossen, ist das nicht schön? Du kommst doch zu der Eröffnung? Deshalb rufe ich eigentlich an, die große Feier ist am zweiten September, ich hoffe, du kannst?«

»Ja«, antwortete Giuliana. »Wenn es geht, komme ich natürlich gern.«

»Und bring auf alle Fälle Aurora mit«, bat Fiona.

Doch Giuliana wusste, dass sie sich eine Ausrede ausdenken würde, denn sie wollte nicht mehr zurück in die *Casa Sophia.* Die Zeit dort gehörte zu ihrer Vergangenheit, und die Erinnerungen an Claus von Welser würden zu schmerzlich sein.

»Ach ja, beinahe hätte ich es vergessen: Marcella meinte, ich soll dir davon erzählen, auch wenn es schon einige Zeit zurückliegt und vielleicht überhaupt nicht wichtig ist. Aber wenn ich schon mit dir rede, kann ich es dir auch sagen.«

»Was denn?«

»Ein junger Mann war da, der angeblich aus Argentinien kam. Er fragte nach dir. Er sah ziemlich merkwürdig aus, trug einen breitkrempigen Strohhut und hatte die ganze Zeit eine große Sonnenbrille auf.«

Giuliana schoss der Gedanke durch den Kopf, dass jemand sie von der *Casa Sophia* aus bis nach Rom verfolgt und ihr den Zettel vor die Tür gelegt haben könnte.

»Wann war das denn?«, fragte sie nach.

»Ich weiß nicht genau, es ist vielleicht einen Monat her. Wir sahen ihn vom Fenster der Manufaktur aus, als er durch das Tor in der Mauer kam. Es steht jetzt immer offen, und wir haben auch schon ein Schild dort aufgestellt, für Kunden aus Campodoglio. Weißt du, wir produzieren inzwischen Pesto und einige andere Sachen, auch wenn die Aufbauarbeiten noch nicht ganz abgeschlossen sind und –«

»Was war denn nun mit dem Mann?«, unterbrach Giuliana nervös Fionas Redefluss.

»Also, er blieb zwischen dem Atelier und den Olivenbäumen stehen und sah sich um. Wir dachten, er findet den Weg zur Manufaktur nicht, und deshalb ging ich ihm entgegen.«

»Und dann?« Giulianas Puls ging schneller, und sie lehnte sich gegen die Wand, da ihr die Knie versagten.

»Marcella kam mir nach, und wir begrüßten ihn. Da erzählte er uns, dass er aus Argentinien käme und im Moment Freunde in Florenz besuche. Er sprach recht gut Italienisch, aber Marcella meinte, er habe einen deutschen Akzent, sie war sich allerdings nicht sicher. Ich fand, es war ein englischer Akzent, aber wir sprechen ja beide weder Deutsch noch Englisch.«

Giuliana brachte kaum ein Wort heraus. Claus! Es musste Claus gewesen sein. Er wollte sich bei den Frauen sicher nicht als Deutscher zu erkennen geben, doch wieso Argentinien?

Aber es konnte auch ein Zufall sein, irgendein Tourist, der in Campodoglio von der Manufaktur gehört hatte. Mach dir keine allzu großen Hoffnungen, schärfte sie sich ein. Doch ihr Herz wollte sich nicht beruhigen.

»Also, er behauptete«, erzählte Fiona weiter, »dich kurz vor dem Krieg in Florenz kennengelernt zu haben, als er damals ebenfalls seine Freunde besuchte. Aber das kann nicht sein, er muss gelogen haben, denn du bist erst Anfang des Krieges in die *Casa* gekommen. Als wir ihm sagten, dass du nicht mehr hier lebst, wollte er deine Adresse haben.«

Vor Giulianas Augen drehte sich alles, und sie sank auf das Empiresofa, das direkt neben dem Telefon an der Wand stand.

»Und?«, flüsterte sie. »Habt ihr sie ihm gegeben?«

»Nein, natürlich nicht, was denkst du von uns? Marcella hat ihm sofort erklärt, du hättest geheiratet und lebst mit deinem Ehemann und einem Kind in Mailand, mehr wüssten wir nicht, da wir keinen Kontakt mehr zu dir hätten. Er schien sehr enttäuscht zu sein.«

»Und dann?« Giuliana konnte kaum noch sprechen.

»Als er sich verabschiedete, hat er noch gesagt, dass er zurück nach Argentinien fahre. Sein Schiff ginge am nächsten Tag von Genua aus. Wirklich, irgendetwas stimmte nicht mit ihm, das war ganz klar. Oder hast du eine Ahnung, wer das gewesen sein könnte?«

Fiona war misstrauisch, Giuliana hörte es an ihrer Stimme. Konnte es sein, dass das damalige Gerücht, sie habe einen Deserteur versteckt, wieder aufgeflammt oder sogar nie ganz erloschen war?

»Nein, keine Ahnung.« Giuliana war überrascht, wie ruhig ihre Stimme auf einmal klang. »Vielleicht war es ein interessierter Kunde, der irgendwie an meinen Namen als Sophias Enkelin gekommen ist. Aber warum habt ihr ihn nicht nach seinem Namen gefragt?«

»Daran haben wir, ehrlich gestanden, nicht gedacht. War das falsch?«

Fionas Misstrauen war keinesfalls ausgeräumt, Giuliana wog daher weiterhin jedes Wort vorsichtig ab.

»Nein, Fiona. Es war richtig, dass ihr nichts preisgegeben habt. Und ich habe keine Ahnung, wer das gewesen sein könnte.«

»Eben«, antwortete Fiona nach einer kleinen Pause.

Giuliana blieb stumm, sie konnte weiter nichts sagen.

»Bist du noch dran?«, rief Fiona in den Hörer. »Also, ich muss Schluss machen, das Gespräch wird zu teuer. Ciao, Giuliana.«

»Ciao.« Langsam hängte Giuliana ein. In ihrem Kopf liefen die Gedanken kreuz und quer. Es musste Claus gewesen sein! Wer sonst hätte sich nach ihr erkundigen sollen? Aber warum sprach er von Argentinien? War ihm damals die Flucht gelungen, und er war wirklich dort gewesen?

»Claus«, flüsterte sie, »mein Gott, Claus …«

Sicher hatte er die Geschichte, dass sie verheiratet war, geglaubt. Warum auch nicht, immerhin waren seit damals vier Jahre vergangen.

Wieso war sie bloß schon im März nach Rom zurückgekehrt? Warum?

Giuliana lief in ihr Zimmer und zog die oberste Schublade der Kommode auf. Dort lag das Medaillon zusammen mit der Identifikationsmarke in einer Schachtel, die mit schwarzem Samt ausgekleidet war. Sie waren das Einzige, das ihr und ihrer Tochter von Claus blieb.

Giuliana kramte das Medaillon heraus und ließ es aufschnappen. Wer war diese geheimnisvolle Frau? Wenn er sie liebte oder sogar mit ihr verheiratet war, warum kam er in die *Casa Sophia* zurück, um sie, Giuliana, zu suchen?

Dann griff sie nach der Identifikationsmarke, warf sich damit aufs Bett, presste sie fest an die Brust und ließ ihren Tränen freien Lauf.

Vier Monate. Sie konnte es nicht fassen, wollte nicht wahrhaben, dass sie Claus jetzt für immer verloren hatte und Aurora ihren Vater nie kennenlernen würde.

29

Am nächsten Morgen rief Signore Tozzi endlich an. »Haben Sie heute Mittag um zwölf Uhr dreißig Zeit? Signora Scalia muss um vierzehn Uhr bereits wieder den Zug nach Paris nehmen. Zwischen zwei Terminen möchte sie Sie jedoch kurz kennenlernen, geht das?«

»Natürlich«, erwiderte Giuliana, die wusste, dass diese Frage rein rhetorisch war.

Vor dem Spiegel versuchte sie, die Spuren der durchweinten Nacht auszulöschen. Sie drückte Eisbeutel auf die verquollenen Augen und durchsuchte ihre Kommode, bis sie das kleine Töpfchen mit Rouge fand, mit dessen Hilfe sie ihrem blassen Gesicht einen Anschein von Frische zu geben hoffte.

Dann machte sie sich auf den Weg in die Via Condotti. Ihre Gedanken wollten sich weiterhin nur um Claus drehen – aber sie zwang sich, sich auf das bevorstehende Gespräch zu konzentrieren. Schließlich hatte sie diesem Treffen schon seit langem entgegengefiebert. Von Paula wusste sie, dass Simonetta Scalia im Jahr 1918, kurz nach dem Ersten Weltkrieg, ihren Modesalon in Rom eröffnet hatte, doch jetzt hauptsächlich in Paris lebte.

Als Giuliana jetzt das luxuriös eingerichtete Geschäft in der Via Condotti betrat, kam Simonetta Scalia die geschwungene Treppe herunter und begrüßte sie mit einem herzlichen Lächeln. Ihre selbstverständliche Eleganz und ihre souveräne Art beeindruckten und verunsicherten Giuliana, die ihr mit verweinten Augen und zu stark getönten Wangen gegenüberstand. Simonetta trug ein graues Seidenkostüm und einen passenden Turban, der ihr immer noch schönes Gesicht schmeichelnd umschloss.

»Guten Tag, ich freue mich, dass wir uns endlich treffen, Signorina Fabiani. Leider bin ich bereits auf dem Sprung, ich muss nach Paris zurück«, sagte Simonetta bedauernd, während sie die steile Treppe leichtfüßig wieder hochlief und Giuliana bedeutete, ihr zu folgen. »Aber in zehn Tagen bin ich zurück. Dann können wir uns endlich näher kennenlernen.«

Im ersten Stock bot sie Giuliana Platz an. »Sie tragen ein hübsches Kleid«, bemerkte Simonetta, als sie sich setzten.

»Danke! Ich mag es auch sehr, obwohl es schon einige Jahre alt ist.« Giuliana trug das gestreifte Kleid, das sie auch zu ihrer ersten Verabredung mit Luca angezogen hatte.

»Schöne Kleider verlieren niemals ihre Eleganz«, erklärte Simonetta, bevor sie ihr rasch ihre Assistentin Aurelia vorstellte, die Giuliana mit freundlicher Distanz begrüßte. Dann schenkte sie aus einer Silberkanne Kaffee in kleine, hauchdünne Porzellantassen ein. Währenddessen erzählte Simonetta Giuliana, dass die Schülerinnen schon in der Schneiderei gewesen seien und sich alle auf ihre Schuluniform freuten. »Sie besteht aus dem üblichen Blazer, Faltenrock und weißer Bluse. Und wenn sie die Schule verlassen, tragen sie Baskenmützen.«

Simonettas herzliche Art nahm Giuliana jede Unsicherheit, die sie angesichts des Luxus, der sie umgab, empfand. Die Modeschöpferin, die in der Öffentlichkeit als kühl und abweisend galt, erzählte beim Kaffee ungezwungen von Paris, ihrer großen Modenschau und von Christian

Dior. »Haben Sie gewusst, dass man ihm vorwirft, mit seiner Ligne Corolle eine Rückentwicklung zu weiblich betonter Mode kreiert zu haben? Und das in einer Zeit, in der Frauen sich emanzipieren wollen!«

Giuliana hatte das natürlich nicht gewusst, auch wenn sie den Namen Christian Dior kannte.

»Entschuldigen Sie! Wir Modeleute bilden uns immer ein, wir seien der Nabel der Welt«, sagte Simonetta mit einem selbstironischen Lächeln.

Dann kam sie auf Giulianas Stelle zu sprechen.

»Schwester Angela hat Sie mir wärmstens empfohlen, obwohl Sie ja noch nicht lange bei ihr tätig sind.«

»Das stimmt«, bestätigte Giuliana. Seit sie den Vertrag unterschrieben hatte, war ihr genau dies und viele Dinge mehr durch den Kopf gegangen.

»Sie bieten mir die Stelle als Leiterin an. Gibt es nicht andere Lehrerinnen, die wesentlich mehr Berufserfahrung vorweisen können?« Giuliana stellte ihre Tasse auf den Unterteller zurück und sah Simonetta direkt in die Augen.

Simonetta antwortete nicht sofort, und Giuliana erschrak. Hatte sie sich mit ihrer Skepsis an den eigenen Fähigkeiten jetzt selbst geschadet?

»Sie bekommen einen Stellvertreter zur Seite, der sich um alle geschäftlichen Angelegenheiten kümmern wird. Und Sie arbeiten mit einer sehr guten Erzieherin zusammen. Es wird alles gutgehen, davon bin ich überzeugt.«

»Ja, aber …« Giuliana wollte jetzt alle eigenen Bedenken ausgeräumt sehen, doch Simonetta unterbrach sie.

»Ich habe lange gesucht, aber Sie sind die Richtige, Giuliana. Glauben Sie an sich. Sie müssen nur bereit sein, diese Position auszufüllen. Sie sind jung, intelligent und haben kein leichtes Leben hinter sich, das hat Sie geprägt und reif werden lassen. Außerdem sind Sie eine alleinstehende Mutter, das wird Ihnen das Vertrauen der anderen Mütter einbringen, und dies ist ein ganz wichtiger Punkt.«

»Woher wissen Sie das alles?«

»Von Schwester Angela, wir haben lange über Sie gesprochen. Und auf das Urteil der Schwester vertraue ich blind. Worauf Sie allerdings gefasst sein müssen, ist, dass Ihr Privatleben durch die Zeitungen geht. Sie haben Schwester Angela nichts über den Vater Ihres Kindes erzählt, das müssen Sie auch nicht tun, niemand zwingt Sie dazu. Sie sollten sich so verhalten, wie es Ihnen richtig erscheint. Leider hat meine Stiftung auch sehr viel negative Kritik ausgelöst. Damit müssen Sie rechnen, aber Schwester Angela meinte, Sie seien eine mutige Frau, die zu ihren Entscheidungen steht. Das ist doch so, oder?«

Simonetta sah sie forschend an. Giuliana dachte an die Berardis und ihre Geringschätzung ihr gegenüber.

»Ja«, sagte sie und erwiderte entschlossen den Blick. »Ja, natürlich.«

Simonetta lehnte sich in ihrem Stuhl zurück. »Das freut mich, Giuliana, Sie ahnen gar nicht, wie sehr.« Sie lächelte und fuhr dann fort: »Schwester Angela erzählte mir, dass Sie nach Schließung der Schule zu Kriegsbeginn in die Toskana gegangen und erst vor einigen Monaten nach Rom zurückgekehrt sind. Darf ich fragen, was Sie damals in diese Gegend verschlagen hat?«

»Ich habe meine Großmutter Sophia Fabiani dort besucht. Ich hatte bis kurz zuvor nicht gewusst, wo sie lebt beziehungsweise dass sie überhaupt noch lebt. Aber im Nachlass meines Großvaters fand ich dann ihre Adresse.«

»Vor Jahren habe ich Sophia Fabiani in meiner Stiftung für uneheliche Mütter kennengelernt. Damals wurde sie von allen Leuten aufs heftigste bemitleidet, weil ihr Sohn gerade an Krebs gestorben war. Wie geht es ihr denn jetzt?«

»Sie ist tot. Sie wurde 1943 bei einem Überfall der Deutschen erschossen«, erzählte Giuliana.

»Das tut mir leid.« Eine Pause entstand. Unten im Geschäft hörte man Aurelias Stimme, die sich mit einer Kundin über die neuesten Trends unterhielt.

»Schwester Angela erzählte mir, dass Ihre Tochter drei Jahre alt ist, dann ist sie wohl in der Toskana geboren?«, nahm Simonetta Scalia das Gespräch schließlich wieder auf.

Giuliana nickte. »Ja«, antwortete sie zögernd. Sie spürte, wie Simonetta sie beobachtete und vielleicht auch darauf wartete, dass sie ihr doch etwas über den Vater ihrer Tochter verriet. Doch als Giuliana beharrlich schwieg, schien Simonetta dies zu akzeptieren.

»Und wie heißt sie?«, wollte die Modeschöpferin dann aber noch wissen.

»Aurora.«

»Was für ein schöner Name!«

»Signora, Ihr Chauffeur ist da, Sie müssen sich beeilen, sonst verpassen Sie den Zug!«, rief Aurelia von unten herauf.

Sofort erhob sich Simonetta. »Es tut mir leid, aber Sie hören, ich muss los. Wie schon gesagt, wir werden uns in Zukunft öfter sehen. Das Haus, das ich gekauft habe, muss von Grund auf renoviert und saniert werden, bis daraus die Schule wird, wie ich sie mir vorstelle. Ich hoffe, der Umbau wird im September fertig sein.«

Auch Giuliana war aufgestanden, und zusammen gingen sie die Treppe hinunter. Unten sah Simonetta Giuliana noch einmal forschend an.

»Geht es Ihnen nicht gut? Entschuldigen Sie meine Neugier, aber mir ist sofort aufgefallen, wie blass Sie sind.« Giuliana stiegen sofort wieder Tränen in die Augen.

»Nicht besonders, aber es wird schon wieder«, versicherte sie.

»Passen Sie auf sich auf. Ich freue mich auf unser nächstes Treffen und auf eine gute Zusammenarbeit. Wenn Sie möchten, schauen Sie sich ein wenig um. Leider kommt die Kollektion für den Herbst erst in einigen Wochen in den Verkauf. Was Sie hier noch sehen, ist der Rest der Sommerkollektion.«

Simonetta verabschiedete sich und folgte dem Chauffeur, der ungeduldig an der offenen Eingangstür stand. Giuliana beobachtete durch das Schaufenster, wie die Modeschöpferin graziös in den Fond der Limousine stieg.

Aurelia, gekleidet in ein schlichtes schwarzes Kleid, nickte Giuliana freundlich zu, bevor sie mit der Kundin in den hinteren Bereich zu den Umkleidekabinen ging. So hatte Giuliana Gelegenheit, sich noch rasch in dem luxuriösen Raum umzusehen. Ein weicher Teppichboden, elegante graziöse Stilmöbel, Seidentapeten. Ein helles Sofa mit geschwungenen Füßen und in die Wände eingelassene Kleiderstangen. Giulianas Blick fiel auf die große Schaufensterpuppe, auf der ein zartgelbes Organzakleid mit weiten Ärmeln und enganliegendem Oberteil dekoriert war. Tief beeindruckt fuhr Giuliana einmal mit den Fingern über den weiten Rock.

Überall standen Vasen, gefüllt mit gelben Rosen, passend zu den Pastellfarben der Einrichtung.

Doch auf einem runden Tisch, der etwas abseitsstand, entdeckte Giuliana einen großen Strauß rosafarbener Margeriten.

30

Am nächsten Vormittag erhielt sie ein Telegramm von Paula.

Kann ich mit Aurora noch vier Tage länger bleiben? –
Aurora spielt mit den vielen Kindern und den Katzen –
ihr geht es sehr gut –
leider keine Telefonverbindung

Giuliana telegrafierte umgehend zurück, dass es natürlich in Ordnung sei, wenn sie länger blieben. Für sie selbst begann nach vier freien Tagen heute wieder der Schulalltag, der mit einer Abschlussfeier am fünften August beendet sein würde. Bis zum zwanzigsten September, dem Unterrichtsbeginn in Simonetta Scalias Schule, hatte sie also einige Wochen Ferien. Sollte sie da nicht mit Paula und Aurora ein paar Tage ans Meer fahren? Das täte ihnen sicher gut. Aber würde das Geld dafür reichen? Während Giuliana darüber nachdachte, saß sie in der Küche und aß Rührei. Beim Anblick des Eiergerichts dachte sie plötzlich an Martas öliges Omelett, das sie am ersten Morgen in der *Casa Sophia* zubereitet hatte. Abrupt legte Giuliana ihre Gabel auf den Tisch und barg ihr Gesicht in den Händen. Alles, was sie tat oder dachte, führte zur *Casa Sophia* zurück, und vor allem ließen sie die Gedanken an Claus von Welser nicht mehr los.

Sie hatte ihn verloren, und die Liebe zu ihm würde endgültig Vergangenheit sein.

Aber wenn er es gewesen war, der in der *Casa Sophia* nach ihr gesucht hatte, lebte er noch, und das war ein großer Trost. Doch das reichte nicht aus, um glücklich zu sein.

*

Als Giuliana am nächsten Tag aus der Schule kam und die Wohnungstür aufschloss, hielt sie abrupt inne. Es war nichts Konkretes, sie hatte nur plötzlich das Gefühl, dass jemand in der Wohnung gewesen war. Unten hatte wieder die Haustür offen gestanden, und in der Portiersloge hing der Hauptschlüssel zu allen Wohnungen. Wie leicht konnte jemand den Schlüssel nehmen, eine Wohnungstür aufschließen und ihn schnell wieder nach unten bringen! Miranda würde es in der Küche ihrer Souterrainwohnung nicht einmal bemerken.

Giuliana wagte kaum zu atmen, während sie in der offenen Wohnungstür stehen blieb. Ein Knarren des Parkettbodens, ein Geräusch von der Straße – alles versetzte sie in Angst. Sollte sie die Polizei rufen? Oder die Winters bitten, mit ihr zusammen nachzusehen?

»Hallo?«, rief sie, doch niemand antwortete. Langsam ging sie den Gang entlang, ließ aber die Tür offen und drehte sich immer wieder zu ihr um. Der Fluchtweg …

In den acht Räumen konnte sich überall jemand versteckt halten. In welchem sollte sie anfangen zu suchen? Irgendwo lauerte Gefahr, sie spürte es. Doch dann stieß sie energisch mit dem Fuß die angelehnte Küchentür auf. Nichts.

Stille lag über der Wohnung. Das einzige Geräusch war ihr eigener Herzschlag.

»Hallo?«, rief sie noch einmal, den Rücken fest gegen den Türrahmen gelehnt.

Ihr Blick wanderte langsam durch die Küche, über den

Herd, die geschlossene Balkontür bis … Auf dem Tisch stand ein Karton.

Giuliana schluckte, ihr Mund war ausgetrocknet. Der Raum, der Tisch, die hell gekachelten Wände, die Balkontür – alles drehte sich um sie. Sie selbst hatte den Karton nicht dort abgestellt, und er hatte auch noch nicht dagestanden, als sie die Wohnung um elf Uhr verließ. Ihr Gefühl, dass jemand in der Wohnung gewesen sein musste, hatte sie nicht getäuscht.

Lange verharrte sie, lauschte auf ihren Herzschlag, ehe sie es wagte, die paar Schritte zu machen, die sie vom Tisch trennten. Mit beiden Händen griff sie nach dem Karton, zerrte daran, bis sich der Deckel endlich öffnete. Sie starrte hinein. Darin lag auf einer kleinen Spitzendecke ein Kuchen.

Maria Cortesis Nusskuchen.

Giuliana hörte Schritte hinter sich, und mit einem Schrei fuhr sie herum. Miranda stand dicht hinter ihr.

»Ich hoffe, Sie haben nichts dagegen, dass ich Ihrer Freundin die Wohnung aufgeschlossen habe. Sie sagte, sie sei mit Ihnen verabredet gewesen, und da Sie nicht gekommen sind, wollte sie Ihnen den Kuchen in die Wohnung stellen, um Ihnen eine Freude zu machen. Wir sind dann zusammen wieder rausgegangen.«

Giuliana ließ sich auf einen Stuhl fallen. »Ich verbiete Ihnen« – ihre Stimme war nur ein leises Flüstern –, »noch einmal irgendjemanden in meine Wohnung zu lassen, ist das klar? Wie kommen Sie überhaupt dazu, so eigenmächtig zu handeln?«

»Das tut mir jetzt auch leid«, gestand Miranda. »Aber Ihre Freundin war einfach so nett und …«

Als sie Giulianas Wut und auch die Angst auf ihrem

Gesicht erkannte, verabschiedete sie sich hastig und rannte fast aus der Wohnung.

Giuliana packte den Karton und warf ihn mitsamt dem Kuchen in den Abfalleimer.

*

Giuliana konnte nicht schlafen. Schweißgebadet schreckte sie während der Nacht immer wieder hoch.

Maria ist nicht Beatrice, schärfte sie sich ein. Doch sie kam nicht zur Ruhe, und kaum drang die Morgendämmerung durch das offene Fenster, machte sie sich hastig fertig und lief durch das stille Haus nach unten zur Souterrainwohnung. Mit beiden Fäusten schlug sie gegen die Tür, bis Miranda verschlafen öffnete.

»Entschuldigen Sie die frühe Störung, doch ich muss etwas wissen.« Bevor Miranda reagieren konnte, sprach Giuliana schnell weiter: »Als Sie mit der Frau nach oben gingen, hat sie erwähnt, wo sie wohnt oder arbeitet? Hat sie irgendetwas gesagt?«

Miranda überlegte. »Ja«, antwortete sie dann. »Sie erzählte, dass es hier oberhalb von Rom etwas kühler sei als in der Straße, in der sie arbeitet.«

»Hat sie gesagt, wo das ist?«

»Moment, ja, ich erinnere mich. Sie sagte, dass viele Touristen bei ihr kaufen, da sie in der Nähe des Petersplatzes ihre Konditorei hat.«

»Wo denn genau, Signora Miranda? Bitte, es ist dringend!«

»In der Via della Conciliazione, die *felice pasticceria*«, erzählte die Hausmeisterin, stolz auf ihr gutes Gedächtnis.

»Danke, Miranda.«

Giuliana stürzte aus dem Haus. Trotz des frühen Morgens war es schon sehr warm, als sie durch die Stadt lief, um Maria Cortesi zur Rede zu stellen.

*

Die *felice pasticceria* war noch geschlossen. Giuliana hämmerte mit den Fäusten gegen die Tür, doch es rührte sich nichts.

»Mach auf, Maria, ich weiß, dass du da drin bist!«, rief sie, aber niemand öffnete.

Da ließ sich Giuliana auf dem Gehsteig nieder und lehnte sich mit dem Rücken gegen die Tür. Sie würde warten, gleichgültig, wie lange es dauerte. Irgendwann musste Maria öffnen.

Giuliana besaß schon bald kein Gefühl mehr dafür, wie lange sie dort kauerte, sie ignorierte die Blicke der Passanten und achtete auch nicht auf die Frau, die gegenüber aus dem Milchladen trat, die Arme vor ihren gewaltigen Brüsten verschränkte und sie beobachtete.

»Suchen Sie Maria?«, rief sie schließlich über die Straße. »Die hat ihren Laden verkauft und ist weg, heute Morgen ganz früh ist sie abgefahren.«

Giuliana erhob sich langsam. Entsetzen und Enttäuschung machten sie fast bewegungsunfähig. Maria war wieder fort, spurlos verschwunden, so wie damals.

Wie in Trance ging Giuliana zurück. Der Schweiß lief ihr über den Rücken, ihr Kleid klebte am Körper, und die jetzt drückende Hitze nahm ihr den Atem. Ihre Gedanken kreisten unablässig umeinander. Sollte sie zur Polizei gehen? Doch was konnte sie schon sagen? Ihre ehemalige

Freundin, die mit ihr einen deutschen Deserteur versteckt und sie aus Eifersucht verraten hatte, sei in Rom aufgetaucht und habe einen Kuchen in ihre Wohnung gestellt?

Die Polizisten würden sie für verrückt erklären.

Erschöpft schleppte sich Giuliana bis zu ihrem Haus.

Wieder stand die Eingangstür offen. Miranda lernte einfach nicht dazu, obwohl sich bereits viele Mieter beschwert hatten.

Stille herrschte im Treppenhaus, als Giuliana hinaufstieg und dabei bereits ihren Schlüssel aus der Tasche kramte. Als sie schließlich den Blick hob, zuckte sie verstört zusammen.

Maria Cortesi kauerte auf der Fußmatte, fast genauso wie Giuliana noch vor einer Stunde vor der *pasticceria* auf dem Boden gesessen hatte. Obwohl sie Maria hatte zur Rede stellen wollen, bekam Giuliana jetzt, als sie ihr so unvermittelt gegenüberstand, kaum einen Ton heraus.

»Was willst du?«, fragte sie endlich und blieb auf der vorletzten Stufe stehen.

»Mit dir reden, das habe ich dir doch geschrieben. Und ich habe nur noch wenig Zeit, ich gehe weg.«

Maria erhob sich. Mit einem Blick sah Giuliana, dass sie fülliger geworden war und das großblumige Kleid ihre Figur noch betonte. Die krausen Haare hatte sie im Nacken zusammengebunden. Auf ihrem Gesicht lag Müdigkeit, und die braunen Augen hatten ihren Glanz verloren.

»Du gehst aus Rom fort?«, wiederholte Giuliana, während sie fieberhaft überlegte, ob sie Maria in die Wohnung lassen sollte. »Eine Konditorei hier in Rom war doch immer dein Traum.«

»Manchmal werden aus Träumen Alpträume.« Bitterkeit sprach aus Marias Stimme. Sie seufzte schwer auf, bevor sie hinzufügte: »Ich war einsam hier, Giuliana. Und jetzt fahre ich zurück zu meinen Eltern nach San Gimignano. Sie sind alt, und sie haben mir angeboten, ihre Bäckerei zu übernehmen.«

»Schön, dass du dich mit deiner Familie ausgesöhnt hast.«

Giuliana stieg die letzte Stufe hoch und stand nun mit Maria vor ihrer Wohnung. Ihre einstige Freundin sah sie erwartungsvoll an, aber Giuliana zögerte immer noch. Doch ein weiterer Blick in Marias müdes, resigniertes Gesicht veranlasste sie, die Wohnung aufzusperren und Maria hereinzubitten. Ihre Angst war verflogen.

Vor dem Gemälde im Flur blieb Maria stehen. »Ist das Sophia?« Giuliana nickte, und Maria sprach hastig weiter: »Das sieht man sofort, das Bild ist so realistisch gemalt. Es ... es tut mir leid, dass sie ... als ich ... Inzwischen kommt mir alles so unwirklich vor.«

Maria holte ein Taschentuch aus ihrer schwarzen Lacktasche, wischte sich kurz übers Gesicht und drehte es dann nervös in ihren Händen. »Meine Eltern haben mir erzählt, was damals passiert ist.«

»Was meinst du?«

»Nun, dass die Soldaten die *Casa* überfielen und Sophia getötet wurde.«

»Komm, lass uns ins Wohnzimmer gehen«, forderte Giuliana Maria auf, als deren Stimme versagte und ihr Tränen in die Augen schossen. Giuliana ging voraus und öffnete die Tür, sie ließ Maria eintreten, bot ihr einen Platz an und öffnete die Fenster.

»Magst du einen Kaffee?«

Maria schien Giulianas Frage nicht zu hören. Sie ließ

sich auf dem Rand des Sofas nieder und fing sofort wieder an zu reden.

»Ich war in Claus verliebt, und ich dachte, er liebt mich auch. Doch dann habe ich euch auf dem Bett gesehen, wie ihr … und …«

»Und?«

Maria sah nicht auf, sondern zerrte weiterhin an ihrem Taschentuch. »Ich habe mich von euch beiden betrogen gefühlt, ich wollte Rache«, flüsterte sie. »Einfach nur Rache.«

»Einfach nur Rache«, wiederholte Giuliana. »Du hast mein Leben und das von Claus aufs Spiel gesetzt!«

Maria nickte und starrte auf das Taschentuch in ihren Händen, das sie immer wieder zerknüllte und auseinanderzog.

»Maria, du hast mit deiner Eifersucht das Leben von Menschen in Gefahr gebracht, war dir das denn nicht klar?«

»Das kann ich dir heute nicht mehr beantworten«, flüsterte Maria. »Ich war damals wie von Sinnen. Nachdem ich die Frauen zur *Casa Sophia* geschickt hatte, wollte ich nur noch weg und warf schnell ein paar Sachen in meinen Koffer. Als du an die Tür geklopft hast, versteckte ich mich, aber kaum warst du gegangen, nahm ich meinen Koffer und verließ die *paneteria.* Da raste ein Lastwagen mit deutschen Soldaten auf die Piazza und bremste direkt neben mir. Sie fragten nach dem Weg nach San Gimignano, aber stattdessen erzählte ich ihnen, ein deutscher Deserteur werde in der *Casa Sophia* versteckt, und erklärte ihnen den Weg dorthin. Kurz danach hielt ein Jeep mit deutschen Offizieren. Sie hatten den Lastwagen mit den Soldaten aus den Augen verloren. Ohne nachzudenken, schickte ich sie ebenfalls zur *Casa.* Der Offizier fluchte, offenbar hatten die Soldaten sich nicht an seinen Befehl gehalten. Ich sah den Jeep noch in den Weg zur *Casa* einbiegen. Dann lief ich los, immer weiter, den ganzen Tag. Irgendwann gegen Abend griff mich ein Krankentransporter auf, und ich konnte bis kurz vor Rom mitfahren.«

Marias Stimme erstarb, und sie hielt die Augen gesenkt. Es hatte so geklungen, als habe sie sich tagelang auf dieses Geständnis vorbereitet und jedes Wort, jeden Satz auswendig gelernt.

Giuliana antwortete nicht sofort, sie beobachtete die ehemalige Freundin nachdenklich. Ein gealtertes Mädchen, dachte sie und empfand in diesem Moment Mitleid. Alles an Maria, der Ausdruck ihres Gesichts, das nervöse Zerren an dem Taschentuch, ihr auswendig gelerntes Geständnis – all dies zeigte Giuliana, wie sehr die andere litt.

»Willst du jetzt einen Kaffee? Er wird dir guttun.«

»Danke, aber ich müsste eigentlich schon längst weg sein. Ich bin froh, dass du noch rechtzeitig gekommen bist und ich dir alles sagen konnte.«

Giuliana sah Maria fest in die Augen. »Warum hast du mich in der letzten Zeit verfolgt? Das hat mir Angst gemacht«, fügte sie nach einer kleinen Pause hinzu.

»Das wollte ich nicht. Ich habe dich vor drei Wochen durch Zufall gesehen, unten an der Spanischen Treppe. Ich war mal wieder im Caffé Greco, da habe ich …« Sie sprach nicht weiter. Aber Giuliana ahnte, was Maria ihr nicht sagen konnte: Sie hatte gehofft, Claus von Welser dort zu treffen.

Langsam setzte sich Giuliana neben Maria auf das Sofa. Sie dachte an die Jahre in der *Casa*, an ihre Besuche in der *Paneteria Cortesi* und die Zeit, die Maria und sie zusammen verbracht hatten. Sie hatten über alles sprechen können und waren sehr vertraut miteinander gewesen. Bis zu dem Tag des Verrats.

Als Giuliana ihre ehemalige Freundin von der Seite ansah, den gesenkten Kopf, den traurigen Zug um den Mund, die Resignation, die von ihr ausging, wusste sie, dass es für Maria keine glückliche Zukunft mehr geben konnte. Erneut ergriff tiefes Mitleid Giuliana. Gleichgültig, was damals gewesen war.

»Claus hat unser Leben für immer verändert«, sagte sie und nahm Marias Hand. Da ließ Maria den Kopf auf Giulianas Schulter sinken und weinte.

»Ich habe dich vermisst«, schluchzte sie, »und als ich dich hier in Rom sah, war ich so glücklich! Doch dann wusste ich nicht, wie du reagieren würdest. Ich war wie besessen von der Idee, mit dir zu reden, doch ich wagte es lange nicht. Und so folgte ich dir manchmal. Einmal, als ich vor deinem Haus stand, kam eine ältere Frau mit einem kleinen Mädchen heraus. Ich ging den beiden in den Park Villa Borghese nach und weiter bis zum Eisstand an der Hadriansbrücke. Die Kleine ist seine Tochter, nicht wahr?«, flüsterte sie nach einer kurzen Pause. »Sie sieht ihm so ähnlich.«

Giuliana nickte langsam.

»Siehst du, Giuliana, du hast alles, du lebst in dieser schönen Wohnung, hast eine Tochter von ihm, und du gehst mit einem gutaussehenden Mann aus.«

»Auch das weißt du?«

Zum ersten Mal bekamen Marias Augen wieder Glanz, und sie lächelte forsch. »Ja, ich bin euch auch gefolgt. Das hast du nicht erwartet, nicht wahr? Manchmal hast du dich umgedreht, aber du konntest mich nicht entdecken. Ihr habt in einem kleinen Restaurant gegessen.«

»Ich habe dich tatsächlich nicht gesehen«, bestätigte Giuliana. »Aber du hast ja schon immer den Leuten nachspionieren können, ohne dass sie etwas gemerkt haben.«

Maria gab keine Antwort, sondern hielt ihren Kopf gesenkt, bis sie dann doch aufsah und Giuliana die Frage stellte: »Was ist damals passiert, war Claus noch da, als …«

»Nein, er war fort«, antwortete Giuliana vorsichtig. »Mehr weiß ich nicht.«

»Hoffentlich ist er durchgekommen«, flüsterte Maria leise. »Es tut mir alles so leid, wirklich«, schluchzte sie.

Giuliana beobachtete Maria nachdenklich. »Maria«, sagte sie langsam, »ich denke, du musst lernen, zu vergessen. Du kannst die Vergangenheit nicht ungeschehen machen. Es war Krieg, eine Zeit, die viele Menschen verändert hat, die Gefühle weckte, von denen wir nicht wussten, dass wir sie überhaupt haben. Es war eine Ausnahmesituation.«

»Weißt du«, flüsterte Maria mit erstickter Stimme, »niemals würde ich heute noch so handeln. Und ich versuche ja auch, zu vergessen und in die Zukunft zu blicken, Giuliana. Aber ich weiß nicht, ob mir das gelingt. Denn was kann schmerzlicher sein als die Worte *zu spät?* Es ist zu spät, um etwas zum Guten zu verändern, zu spät, um selbst glücklich zu werden. Denn das Schlimmste ist, dass ich mir selbst niemals verzeihen kann. Egal, wie viele Jahre noch vergehen werden.«

»Du musst versuchen, dir zu verzeihen, sonst kannst du nicht weiterleben, Maria.« Zögernd griff Giuliana jetzt doch nach der Hand der einstigen Freundin. Es hatte keinen Sinn, nach so langer Zeit immer noch unversöhnlich zu bleiben. Trug Maria nicht selbst schwer genug an ihrer Schuld?

Nach einer Weile stand Giuliana vom Sessel auf, und auch Maria erhob sich. Schweigend verharrten sie voreinander. In Marias Augen las Giuliana tiefe Qual und die flehende Bitte, ihr zu verzeihen.

Da nahm sie Maria sanft in den Arm und drückte sie an sich. »Du musst lernen, zu vergessen. Ich hoffe, es gelingt dir.«

*

In den nächsten Tagen dachte Giuliana sehr viel an Maria.

Wie jung sie beide gewesen waren, wie naiv! Sie erinnerte sich, wie sie im Schatten der Pinie gesessen hatten, Kuchen aßen und sich erzählten, wie sie sich die Zukunft vorstellten. Die Liebe hatte darin eine große Rolle gespielt.

Würde Maria nun jemals wieder glücklich werden oder zumindest vergessen können?

Am Nachmittag lief Giuliana unruhig durch den Flur, öffnete Türen und schloss sie wieder. Plötzlich fand sie die Geborgenheit nicht mehr, die ihr die Wohnung über Jahre gegeben hatte.

Zuletzt öffnete sie die Tür zum Musikzimmer, trat ein, durchquerte es und öffnete das Fenster.

Giuliana erinnerte sich an die Hauskonzerte und an die Abende, an denen ihr Großvater auf dem Flügel gespielt hatte, nur für sie. Nachdem er sie zu sich geholt hatte, ging er an einem der ersten Abende mit ihr in dieses Zimmer. Sie saß auf dem Sofa, und er hob den Deckel des Flügels, nahm den goldbedruckten Schoner von den Tasten und setzte sich auf den Hocker davor. Das erste Stück, das er spielte, war *Für Elise* von Beethoven. Giuliana war tief beeindruckt, wollte, dass ihr Großvater es ihr immer wieder vorspielte. Als sie elf Jahre alt war, engagierte Alessandro eine Lehrerin, damit seine Enkelin ebenfalls Klavierspielen lernte. Doch Giuliana war zu ungeduldig gewesen, um täglich ihre Fingerübungen zu machen, sie wollte gleich Erfolge sehen und so spielen können wie ihr Großvater. Es war ihr nie gelungen; über ein Mittelmaß war sie nicht hinausgekommen.

Langsam setzte sie sich jetzt auf den Hocker und klappte den Flügel auf. Ihre Finger glitten spielerisch über die Tasten, eine Mischung aus allem, woran sie sich erinnerte. Chopin, Liszt ... Doch dann spielte sie das Lied, das sie an jenem Weihnachtsfest bei der Feier von Pater Antonio gespielt hatte.

Ein Jahr später hatte sie mit Aurora vor dem Radio gesessen und gehört, wie amerikanische, englische und deutsche Soldaten es auf dem Petersplatz sangen.

Stille Nacht, heilige Nacht stieg es jetzt in den heißen Sommertag auf.

31

Giuliana saß an ihrem Schreibtisch und korrigierte Schulhefte. Als das Telefon läutete, sprang sie auf und lief rasch in den Flur. Vielleicht rief Paula von einem Postamt aus an.

Doch es war nicht Paula, sondern ein Mann.

»Hier ist Signore Ponti«, sagte er. »Erinnern Sie sich an mich? Ihr Großvater hat im Jahr 1938 seine Kanzlei an mich verkauft.«

»Ja, natürlich erinnere ich mich«, antwortete Giuliana lebhaft. »Sie waren Großvaters engster Mitarbeiter.«

»So ist es. Signorina Fabiani, ich bin in Eile, wir bauen hier endlich die Kanzlei um. Alles wird modernisiert. Um es kurz zu machen, im Safe Ihres Großvaters lagen noch einige Unterlagen und Dokumente. Ich würde sie Ihnen gern per Boten schicken, in Ordnung?«

»Ja, natürlich«, antwortete Giuliana.

Schon wenig später klingelte ein junger Bote und überreichte ihr ein Kuvert.

Langsam ging sie damit den Flur entlang und blieb unwillkürlich vor dem Herrenzimmer stehen. Kühle Stille empfing sie darin, und es war Giuliana, als spüre sie immer noch die Anwesenheit Alessandro Fabianis in diesem Raum. Sie setzte sich an seinen Schreibtisch und öffnete den Umschlag.

Es enthielt Alessandros Testament, das sie bereits kannte und das Giuliana zur Erbin der Wohnung machte. Doch außerdem zog Giuliana ein schmales, ledergebundenes Buch hervor. *Familienbuch* stand in verschnörkelter Schrift darauf, und es enthielt alle Geburts-, Heirats- und

Sterbeurkunden der Familie Fabiani seit dem achtzehnten Jahrhundert. Neugierig blätterte sie die vergilbten Urkunden durch, bis sie eine fand, die noch nicht so abgegriffen aussah.

Giuliana brauchte lange, bis sie verstand, was sie hier sah.

Geburtsschein

Vorname und Familienname: Gina Pinelli
Tochter von: Alessandro Fabiani und Viola Pinelli
geboren am 17. Mai 1903
Rom, den 18. Mai 1903

Gleich hinter der Geburtsurkunde lag eine Adoptionsurkunde. Noch am selben Tag, als Gina Pinelli zur Welt gekommen war, hatte Alessandro Fabiani sie als seine leibliche Tochter adoptiert.

Giuliana war, als sterbe jede Empfindung in ihr. Sie war belogen worden, jahrelang, von dem Mann, den sie liebte und verehrte!

Doch dann wurde ihr langsam bewusst, dass ihr Großvater ihr gegenüber keinen Grund für eine Erklärung gesehen hatte. Giuliana war das Kind seiner leiblichen Tochter Gina, und nach deren Tod holte er seine Enkeltochter zu sich. Aus Pflichtbewusstsein und Verantwortungsgefühl.

Und Sophia? Jetzt war Giuliana klar, was diese gemeint hatte, als sie sagte, Alessandro habe sie so sehr verletzt, wie keine Frau verletzt werden sollte.

Giuliana erhob sich wie betäubt, verließ das Herrenzimmer und sank im Flur auf das Empiresofa, mit Blick auf Sophias Gemälde.

»Du hast gezögert, mir die Wahrheit zu erzählen, weil du mich schützen wolltest, richtig? Du hast gespürt, wie sehr ich meinen Großvater geliebt habe, und hast deshalb geschwiegen. Bis zu einem Zeitpunkt, von dem du annahmst, jetzt könnte ich die Wahrheit verkraften, war es so?«, flüsterte sie zu dem Bild hoch.

Es gab keine Blutsverwandtschaft zwischen Sophia und ihr, und doch war ihre Beziehung eng gewesen. Das erkannte Giuliana erst in diesem Augenblick. Sie erinnerte sich an den Moment, als sie Sophia den Brief ihres Großvaters gegeben hatte. Da war zum ersten Mal echte Nähe zwischen ihnen entstanden. Und es hatte im Laufe der drei Jahre viele Gespräche, wissende Blicke, ein inniges Lächeln und manchmal auch eine vertraute Berührung gegeben.

Jetzt schluchzte Giuliana auf und barg den Kopf auf ihren Knien. Sie aber hatte Sophia verraten, als sie einen deutschen Deserteur in der *Casa Sophia* versteckte. Trug sie nicht eine Mitschuld an der Katastrophe, die Maria durch ihren Verrat ausgelöst hatte?

Sie erhob sich und ging zurück ins Herrenzimmer. Neben dem Schreibtisch blieb sie stehen und blätterte noch einmal langsam durch das Familienbuch. Sie hatte nicht gewusst, dass es existierte. Wieder nahm sie die Geburtsurkunde hoch. Viola Pinelli.

Da sah sie, dass mit einer Klammer ein Bogen Papier angeheftet war, durchscheinend dünn, fast wie Seidenpapier.

Giuliana nahm ihn ab und faltete ihn auseinander. Es war ein Brief, schwer lesbar, da die Buchstaben von der Rückseite durchschimmerten und das Papier zerknittert war.

Giuliana legte ihn auf den Schreibtisch und glättete ihn mit der Hand.

13. September 1930

Lieber Vater,
ich sitze in der Berghütte, und in einer Stunde, kurz vor Morgengrauen, beginnen wir mit dem Aufstieg.
Ich bin unruhig, wie ich es von mir nicht kenne. Sonst fiebere ich dem Aufstieg entgegen, den Stunden im Berg. Es gibt kein schöneres Gefühl, als oben auf dem Gipfel zu stehen, den eisigen Wind zu spüren oder die absolute Stille zu erleben, das Kreisen eines Adlers zu beobachten und ganz bei sich selbst zu sein. Diese Freude, diese Euphorie, das sind die Momente, für die ich lebe. Und Fabrizio geht es genauso. Während des Aufstiegs sind wir aufeinander angewiesen, wir reden nicht, doch wir fühlen uns zutiefst verbunden, vertrauen einander. Wir kennen uns, kennen unsere Körper, spüren, was der andere empfindet, bis zu welcher Grenze der Belastbarkeit er gehen kann.
Doch jetzt bleibt mir nur noch wenig Zeit. Ich schreibe Dir hastig und versuche doch, meine Gefühle klar auszudrücken. Du bekommst diesen Brief ja nur, wenn mir etwas passiert ist, und darum schreibe ich Dir ganz offen. Ich konnte Dir lange Zeit einfach nicht verzeihen, dass Du mich in all den Jahren in dem Glauben gelassen hast, ich sei Deine Adoptivtochter. Solange ich annahm, ich sei ein adoptiertes Kind, konnte ich akzeptieren, dass Ihr beide, Sophia und Du, Angelo, Euer leibliches Kind, mehr geliebt habt als mich. Es schien mir ganz normal zu sein. Aber als im Zusammenhang mit meiner Hochzeit herauskam, dass Du mein leiblicher Vater bist und sogar ver-

sucht hast, das Familienbuch vor mir zu verbergen, um diese Wahrheit zu vertuschen, brach für mich eine Welt zusammen. War Dir Dein Ruf als integrer Anwalt und Familienvater so viel wichtiger als ich?
Immer wieder habe ich mich seither gefragt, warum Du Angelo mir vorgezogen hast, ich war doch auch Dein Kind. Warum? War er so viel liebenswerter als ich? War ich nicht hübsch genug, war ich Dir zu aufsässig, zu wild? Nach der Entdeckung, dass ich Deine leibliche Tochter bin, habe ich Dich so intensiv gehasst, wie ich die Jahre zuvor um Deine Liebe bettelte (das ist mir erst jetzt klargeworden). Und ich gebe zu, ich und auch Fabrizio konnten unsere Schadenfreude nicht unterdrücken, als ausgerechnet Du zum Mittelpunkt eines Skandals wurdest, als Sophia Dich verließ.
Aber dann suchte ich doch die Aussöhnung mit Dir. Du bist bei meiner Geburt bereit gewesen, die Verantwortung für mich zu übernehmen, Du hast mir Deinen guten Namen gegeben und mich in ein teures Internat geschickt, hast meine Liebe zum Bergsteigen finanziert und auch unterstützt. Als mir das endlich klarwurde, machte ich einen ersten Schritt auf Dich zu, doch Du hast lange gebraucht, um auch mir wieder entgegenzukommen. Ich freue mich, dass Du uns im vergangenen Jahr eingeladen hast. Zwar bist du reserviert geblieben, hast aber großes Interesse an Giuliana gezeigt und Dich lange mit ihr unterhalten. Das hat mich beruhigt und mich auch ein wenig beschämt; ich habe Dich zu hart verurteilt. Das tut mir leid, und dafür möchte ich um Entschuldigung bitten.
Jetzt, an diesem Morgen, bitte ich zudem: Sollten wir nicht mehr zurückkommen, nimm Deine Enkelin zu Dir. Diesen Brief werde ich dem Hüttenwirt anvertrauen, be-

vor wir aufbrechen. Wenn der Berg uns besiegen sollte, wird er ihn Dir zukommen lassen.
In Liebe (ja, so kann ich es jetzt sagen)
Gina

Giulianas Hand fuhr immer wieder glättend über das dünne Papier, ohne dass sie es realisierte. Der dreizehnte September 1930, an dem dieser Brief geschrieben wurde, war der Todestag ihrer Eltern.

*

Giuliana verharrte viele Stunden bewegungslos auf dem Stuhl vor Alessandros Schreibtisch. Es wurde dunkel, es wurde Nacht. Erst dann konnte sie sich dazu aufraffen, noch einmal alle seine Papiere und Dokumente durchzusehen. Gab es nicht doch irgendwo einen Hinweis auf diese Viola Pinelli? Gleichzeitig stiegen Erinnerungen an ihre Mutter auf, von der sie sich nie wirklich geliebt gefühlt hatte.

Offensichtlich war Gina nur ganz lebendig und glücklich gewesen, wenn sie ihr Leben in einer Felswand aufs Spiel setzte. Und ihrem Vater war es ebenso gegangen.

An ihn besaß Giuliana kaum Erinnerungen. Manchmal hatte sie ihn in seinem Geschäft besucht, wenn er im Hinterzimmer Krawatten mit Motiven von den Sehenswürdigkeiten Roms bemalte, ein Verkaufsschlager bei den Touristen.

Dann kreisten Giulianas Gedanken wieder um den Brief. Hatte Alessandro seine uneheliche Tochter doch geliebt, wie es Gina kurz vor ihrem Tod erkannte? Wer war Ginas Mutter, war *sie* seine große Liebe gewesen oder nur eine Affäre? Und war es dieser Viola schwergefallen, die Tochter wegzugeben, sie nicht mehr sehen zu dürfen, vielleicht sogar beobachten zu müssen, wie eine andere Frau ihr Kind großzog? Oder gab sie es leichten Herzens fort, war das Kind ihr lästig?

»Viola Pinelli«, flüsterte Giuliana. »Wer zum Teufel bist du gewesen?«

32

Rom, 1894–1902

Gegrüßet seist du, Maria,
voll der Gnade,
der Herr ist mit dir.
Du bist gebenedeit unter den Frauen,
und gebenedeit ist die Frucht deines Leibes,
Jesus …

Das fahle Licht des frühen Morgens fiel durch die Fenster der Klosterkapelle. Mit gesenktem Kopf, die Arme aufgestützt und die Hände gefaltet, kniete Viola auf der harten Bank.

Heilige Maria, Mutter Gottes, bitte für uns Sünder, jetzt und in der Stunde unseres Todes. Amen.

Fünfzig Ave-Maria, das war die Strafe für eine schwere Lüge, wie Schwester Anna es bezeichnete. Viola hatte behauptet, den Gang eins im Kloster gewischt zu haben, doch die Schwester hatte nachgeprüft und festgestellt, dass der Boden nicht sauber war. Die Nonnen bestraften Viola immer besonders hart und überwachten sie strenger als die anderen Schülerinnen.

Das Pensionat »Unsere Heilige Mutter Maria« war eine Schule, in der Mädchen aus guten Familien Haushaltsführung und Allgemeinbildung erlernten. Viola aber war einer der Wohlfahrtsfälle, und jedes der anderen Mädchen wusste es. Sie wurde ausgegrenzt, sie musste nach dem Unterricht auf den Knien über die Steinböden der langen Gänge rutschen, den Wassereimer neben sich, und sie schrubben. Ihr Bett stand nicht im Schlafsaal bei den anderen Mädchen, sondern ihr war eine kleine Kammer hinter dem Speicher zugewiesen worden. Sie durfte zwar an den Unterrichtsstunden teilnehmen und trug auch das gleiche schwarze Kleid und schwarze Strümpfe wie alle anderen, doch jede wusste, dass Viola aus dem Armenviertel San Lorenzo kam. Die Mädchen aus den guten Familien ignorierten sie und nahmen sie nicht in ihren Kreis auf.

Viola war in ärmlichsten Verhältnissen aufgewachsen. Ihr Vater saß wegen eines Raubüberfalls im Gefängnis, und wie ihre beiden älteren Brüder zu Geld kamen, »solltest du lieber nicht wissen«, wie ihre Mutter betonte, als Viola einmal nachfragte. Doch die Mutter erreichte es, dass ihre einzige Tochter von den Nonnen aufgenommen wurde, die zuerst große Bedenken gegen dieses trotzige Mädchen aus zwielichtigen Verhältnissen gehabt hatten.

Viola hasste das Kloster, obwohl sie wusste, es war ihre einzige Chance, von zu Hause fortzukommen. Und so schrubbte sie weiter die Böden und betete ihre Ave-Maria herunter, wohl wissend, dass diese Leidenszeit irgendwann zu Ende gehen würde. Es war immer noch besser, als zu Hause ihrer Mutter helfen und ihre gewalttätigen Brüder bedienen zu müssen.

Mit siebzehn Jahren wurden die Mädchen entlassen, ihre Ausbildung war beendet. Nur diejenigen, die Novizinnen werden wollten, blieben. Die Mutter Oberin legte auch Viola nahe, im Kloster zu bleiben, denn bei ihren Familienverhältnissen habe sie keine Chance auf ein anständiges Leben in der Gesellschaft. Viola wusste zwar noch nicht, wie ihr Leben aussehen sollte, aber eines wusste sie ganz genau: Für das Kloster war sie nicht bestimmt.

Kurz vor dem Abschluss kam ihre Tante Maddalena und holte sie zu sich. Auch dafür hatte ihre Mutter gesorgt, in der Hoffnung, ihrer Tochter so die Chance auf ein besseres Leben zu verschaffen.

»Ich kann jetzt nicht mehr für dich sorgen, Tante Maddalena übernimmt ab sofort die Verantwortung für dich. Weißt du, dein Vater wird aus dem Gefängnis entlassen, und es ist besser, du kommst nicht mehr nach Hause.«

Viola und ihre Mutter waren sich längst fremd geworden, und so war sie erleichtert, dass sie bei Tante Maddalena bleiben durfte.

Doch Maddalena überwachte sie streng und ließ Viola niemals allein auf die Straße gehen.

»Ein anständiges Mädchen kann sehr schnell seinen guten Ruf verlieren«, erklärte sie.

Dennoch führte Viola bei ihr ein gutes Leben. Niemand rügte oder strafte sie, wenn sie laut auflachte oder sie sich im Spiegel ansah und neugierig ihr Gesicht und ihren Körper begutachtete. Sie erzählte ihrer Tante, dass sich die Mädchen im Kloster niemals hatten nackt betrachten dürfen. Es gab keine Spiegel, und wenn sie am Samstagabend badeten, mussten sie unter ein Leinentuch schlüpfen, damit sie ihren Körper nicht sahen.

Bei Maddalena bekam Viola ein eigenes Zimmer mit einem großen weichen Bett, und sie musste nie mehr vor Morgengrauen nüchtern zur Andacht in einer Kapelle knien.

Viola arbeitete im Stoffladen ihrer Tante, der Restposten von großen Firmen und Modehäusern verkaufte. Hier, zwischen den vollgestopften Regalen, entdeckte Viola ihre Leidenschaft für schöne Stoffe. Seide, die sich so wunderbar kühl anfühlte, Satin, über den ihre Hände glitten, Samt, der sich unter dem Druck der Finger veränderte und die Farbe wechselte.

Sie freundete sich mit Stella an, der Tochter von Maddalenas Verkäuferin Luisa, und manchmal durften die beiden Mädchen nachmittags ein Eis essen gehen, aber nur, weil Viola behauptete, Stellas verheiratete Cousine begleite sie.

Während dieser Zeit sah sich Maddalena nach einem geeigneten Ehemann für Viola um.

»Du wirst bald neunzehn Jahre alt. Du bist schön, Viola, also bleibe stets zurückhaltend und gehe Männern aus dem Weg. Du musst auf deinen guten Ruf achten und sehen, dass du dich bald verheiratest.«

Viola wusste, dass ihre Tante den älteren Gemüsehändler Marco im Auge hatte. Er besaß ein eigenes Haus und ein gutgehendes Geschäft.

»Er ist älter als du, zugegeben, aber er kann dir eine abgesicherte Zukunft bieten, und das ist genau das, was eine Frau braucht«, behauptete Maddalena, die selbst nie einen Ehemann gehabt hatte.

Doch auch diese Aussicht für ihr Leben ließ Viola erschauern. Sie sehnte sich nach etwas anderem, nach großen Gefühlen, nach einem schönen Zuhause.

Als Tante Maddalena einmal für fünf Tage fortfahren musste, um einer kranken Freundin beizustehen, bat sie Luisa, Viola in dieser Zeit zu sich zu nehmen und auf sie aufzupassen. Doch Luisa hatte kein Talent als Gouvernante, und als Viola erklärte, sie müsse etwas besorgen, nickte Luisa nur und ließ sie gehen.

Zum ersten Mal schlenderte Viola allein durch die Stadt, und sie nahm sich vor, sich an den Rand des Brunnens Fontana dei Fiumi an der Piazza Navona zu setzen. Nur ganz kurz, schärfte sie sich ein. Doch dann konnte sie sich nicht sattsehen an der Lebendigkeit ihrer Umgebung, den vielen Menschen, der strahlenden Sonne und dem schönen Brunnen. Sie beugte sich zurück und ließ ihre Hand ins Wasser gleiten. Plötzlich verlor sie das Gleichgewicht. Sie schrie kurz auf, doch da hing bereits ihr ganzer Arm im Wasser. Im nächsten Moment zog jemand sie am anderen Arm hoch.

»Vorsicht, beinahe wären Sie in den Brunnen gefallen!« Als sie hochsah und sich hastig bei dem Mann bedankte, lächelte er sie an und schlug ihr vor, sie auf den Schreck hin zu einem Eisbecher einzuladen. Viola wehrte zuerst energisch ab, doch in Wahrheit konnte sie nicht widerstehen. Wie oft schon hatte sie sich vorgestellt, einmal mit einem gutaussehenden Mann in einem Café zu sitzen! Deshalb nahm sie seine Einladung an.

Während sie ihr Eis löffelte, beobachtete sie ihn aus dem Augenwinkel heraus. Sie bemerkte die Eleganz, mit der er gekleidet war, das schön geschnittene Gesicht und die langen Beine, die er übereinanderschlug.

Er sah nicht mehr besonders jung aus, war sicher schon um die vierzig, dachte sie. Aber er hatte gute Manieren und behandelte sie wie eine Dame, obwohl sie nur einen einfachen blauen Rock und eine weiße, schon oft gewaschene Bluse trug. Als er ihre verstohlenen Blicke bemerkte, lächelte er sie an.

»Ich muss Sie immerzu anschauen«, sagte er, »Sie sehen Simonetta Vespucci ähnlich, Sie sind so schön wie sie.«

»Wer ist das?« Viola runzelte die Stirn. »Ich kenne keine Simonetta ... wie heißt sie noch mal?«

»Vespucci. Sie galt in der Zeit der Renaissance als schönste Frau von Florenz. Die berühmtesten Künstler haben sie in ihren Gemälden verewigt. Man sagt, sie sei die Geliebte von Sandro Botticelli gewesen, der sie als Venus gemalt hat. Sie haben die gleiche Haarfarbe wie sie, auch die zarte Haut und das fein geschnittene Gesicht.«

Viola war erstaunt und geschmeichelt, auch wenn sie noch niemals etwas von diesem Maler gehört hatte.

Ihr Begleiter erzählte ihr von der Zeit der Renaissance, von den Medici, einer berühmten Familie, und Viola hörte atemlos zu. Zu Hause bei Maddalena wurde nur über Geld gesprochen, ob es zum Leben reichte und ob sich Maddalena die Reparatur des Küchenherds leisten konnte. Ansonsten kannte sie nur die vielen Klagen ihrer Mutter und die trostlosen Erzählungen über ihren Vater, der immer noch im Gefängnis saß, und über die Brüder, die »auf die schiefe Bahn« geraten waren.

Viola hatte nur kurz mit dem Herrn im Café sitzen wollen, doch es wurden fast zwei Stunden daraus.

Glücklich lief Viola anschließend nach Hause. Heute hatte sie eine andere Welt kennengelernt. Sie hatte atemlos einem Mann gelauscht, dessen Worte erahnen ließen, dass das Leben auch aus Schönheit und leidenschaftlicher Liebe bestehen konnte. Und dass sie offenbar einem gutaussehenden Mann mit besten Manieren und Bildung gefiel.

Da Maddalena länger bei ihrer Freundin bleiben musste, weil sich deren Erkrankung als sehr schwer erwies, bekam sie nicht mit, wie sehr sich Viola in dieser Zeit veränderte. Sie war noch schöner geworden, und wenn sie im

Stoffladen allein war, sang sie fröhlich vor sich hin. Die Kundinnen bediente sie mit einem strahlenden Lächeln. Und jeden zweiten Nachmittag ging sie aus – angeblich mit Stella und deren verheirateter Cousine.

Eines Abends jedoch, als Viola nach Hause kam, wartete Maddalena auf sie.

»Du warst nicht mit Stella zusammen«, warf sie ihr vor. »Ich habe bei ihrer Mutter angerufen und erfahren, dass ihr euch seit fast drei Monaten nicht mehr gesehen habt. Und diese angebliche verheiratete Cousine gibt es überhaupt nicht. Viola, hast du mir etwas zu sagen?«

Da erzählte Viola, dass sie sich seit geraumer Zeit mit einem Mann traf.

»Wir lieben uns«, erklärte sie trotzig, »und du kannst es mir nicht verbieten.«

Maddalena war außer sich und versetzte ihrer Nichte eine kräftige Ohrfeige. Doch dann fing sie an zu jammern und gab sich selbst die Schuld. »Ich habe dir einfach zu viel Freiheit gelassen … Du hast doch wohl die Grenze des Anstands nicht überschritten?«

Ihre Nichte schwieg zunächst, doch dann entschied sie sich, die Wahrheit zu sagen, die sich ohnehin nicht mehr lange verbergen lassen würde. Sie erzählte Maddalena von dem Mann, der sie vor drei Monaten auf der Piazza Navona angesprochen hatte und mit dem sie sich seither in einem kleinen Hotel traf.

»Ich habe mit ihm geschlafen«, erklärte sie. Maddalena versetzte ihr eine zweite Ohrfeige, bevor sie die alles entscheidende Frage stellte: »Und? Habt ihr schon von Heirat gesprochen?«

Viola gestand leise, dass er bereits gebunden sei und sie nicht heiraten könne. »Aber er liebt *mich* und nicht seine

Frau«, setzte sie hinzu. »Und um meinen Ruf musst du dir auch keine Sorgen machen, er ist sehr diskret.«

Doch noch während Viola diesen Satz aussprach, erkannte sie plötzlich, dass sein Verhalten nicht in erster Linie ihrem Schutz galt, sondern er vielmehr um seinen eigenen Ruf besorgt war.

»Es ist alles meine Schuld«, jammerte Maddalena, »ich habe nicht genügend auf dich aufgepasst. Was hat dieser Mann dir angetan?«

»Nichts«, antwortete Viola leise, »nichts. Er hat nichts gemacht, was ich nicht auch gewollt habe.«

Trotz aller Drohungen gab Viola den Namen ihres Geliebten nicht preis. »Er liebt mich, das hat er gesagt.«

Maddalena lachte hart auf. »Dieser gewissenlose Kerl, dieser Betrüger, verführt ein unschuldiges junges Mädchen, dafür muss er büßen! Du bist noch minderjährig, ich werde ihn anzeigen!«, tobte sie.

Bevor es jedoch dazu kam, beichtete ihr Viola noch, dass sie schwanger sei, ein Arzt habe es ihr am Tag zuvor bestätigt. »Und«, fügte sie trotzig hinzu, »ich freue mich auf das Kind.«

Doch das entsprach nicht der Wahrheit. Sie sagte ihrer Tante nicht, wie groß ihre Angst war, es ihrem Geliebten zu erzählen, wie sehr die Nachricht über die Schwangerschaft sie in Verzweiflung gestürzt hatte.

Maddalena hob die Hand, um ihrer Nichte eine weitere Ohrfeige zu verpassen, doch dann ließ sie sie wieder sinken und umarmte Viola stumm.

»Armes Kind«, flüsterte sie dann, »mein armes Kind, was musst du jetzt durchmachen! Denn eines ist klar, er wird dieses Kind nicht haben wollen.«

»Das weißt du nicht.« Viola entwand sich der Umarmung. Doch auch sie war sich im Grunde sicher, dass er das Kind nicht akzeptieren würde und dass ihre Beziehung durch die Schwangerschaft ein abruptes Ende fand.

»Komm.« Maddalena nahm sie bei der Hand, und zusammen gingen sie in das kleine Wohnzimmer, das hinter dem Stoffladen lag. Hier setzten sie sich schweigend aufs Sofa, und Maddalena legte den Arm um die Schulter ihrer Nichte.

»Du kannst dieses Kind nicht bekommen«, sagte sie behutsam. »Das musst du einsehen. Aber wir müssen vorsichtig sein, niemand darf etwas erfahren. Viola, kein Mann wird dich noch heiraten, wenn du ein uneheliches Kind hast! Damit zerstörst du deine Zukunft. Ich werde dir helfen und einen Arzt suchen, der den Eingriff vornimmt. Du weißt, die Kirche und das Gesetz verbieten es. Du musst also schweigen, aber wenn es vorbei ist, kannst du aus Rom weggehen und ein neues Leben beginnen.« Viola sah sie mit einem verzeifelten Blick an.

*

Zwei Tage später berichtete Viola ihrer Tante, dass ihr Geliebter die Verantwortung für das Kind übernehmen wolle. Er habe mit seiner Frau gesprochen.

»Sie werden es adoptieren«, berichtete Viola unter Tränen. Sie weinte, weil sie gehofft hatte, er würde seine Frau verlassen, um mit ihr zusammenzuleben.

»Sein Vorschlag klingt vernünftig«, stellte Maddalena ein wenig besänftigt fest. »Er übernimmt die Verantwortung für das Kind, gibt ihm einen ehelichen Namen und dadurch auch eine Zukunft. Und du kannst dennoch neu beginnen.«

Im vierten Schwangerschaftsmonat zog Viola in eine teure Privatklinik, die ihr Geliebter ausgesucht und bezahlt hatte und in der sie fünf Monate später ihre Tochter zur Welt brachte. Eine Stunde gehörte das Neugeborene ihr, eine Stunde war es ihr Kind. Es schlief und fühlte sich in ihren Armen geborgen.

Würde die fremde Frau, die Ehefrau ihres Geliebten, die Kleine lieben und annehmen wie ihr eigenes Kind?

Und er? Würde er an sie, Viola, denken, wenn er seine Tochter ansah? Ein tiefes Schluchzen stieg in ihr auf, und sie presste das kleine Mädchen so fest an sich, dass es aufwachte und den Mund zu einem unwilligen Weinen verzog.

»Ich kann nicht, ich will dich nicht hergeben«, schluchzte Viola laut und weigerte sich, das Kind der Krankenschwester zu übergeben.

»Noch eine Stunde«, flehte sie. »Bitte, nur noch eine Stunde! Oder vielleicht kann ich es doch behalten und es selbst aufziehen. Ich will sehen, wie sie aufwächst, ich will erleben, wie …«

Als die Krankenschwester die Hände noch einmal energisch nach dem Kind ausstreckte, wich ihr Viola geschickt aus.

»Bitte, nur noch eine Stunde …« Doch die Schwester schüttelte unerbittlich den Kopf und sagte, es sei besser so, je schneller sie sich von dem Kind trenne, umso leichter sei es für sie. Außerdem sei alles bereits geregelt und die Adoptionspapiere unterschrieben. »Es gibt kein Zurück«, erklärte sie.

»Sie soll Viola heißen!«, rief Viola der Schwester nach. »Bitte sagen Sie, dass ich möchte, dass sie meinen Vornamen bekommt, Viola. Bitte, Schwester, sagen Sie es ihm …«

Doch die Tür hatte sich schon geschlossen, und Viola weinte verzweifelt in die Kissen, bis Maddalena sie einige Tage später abholte.

»Wo ist sie?«, fragte Viola tonlos.

»Sie ist längst abgeholt worden«, antwortete Maddalena und strich ihrer Nichte mitfühlend die Tränen aus dem Gesicht. »Es ist besser so. Heute glaubst du es nicht, aber eines Tages wirst du erkennen, dass es die beste und einzige Lösung gewesen ist. Glaube mir.«

Zu Hause verfiel Viola in eine tiefe Depression. Sie blieb tagelang im Bett und weinte, sie weigerte sich, zu essen oder zu trinken. Nur wenn es klingelte, hob sie den Kopf, in der unsinnigen Hoffnung, *er* käme, würde sie in die Arme schließen und ihr sagen, er habe sich von seiner Frau getrennt und wolle ab sofort mit ihr und der kleinen Viola zusammenleben.

Maddalena verfolgte mit großer Sorge den Gemütszustand ihrer Nichte, und deshalb machte sie ihr einen Vorschlag.

»Du wirst Rom verlassen«, erklärte sie. »Das ist das Beste.« Sie überließ Viola alle Ersparnisse, die sie für ihr Alter zurückgelegt hatte. »Du gehst nach Paris und wirst dort bei meiner Cousine leben. Sie ist Schneiderin in einem Modehaus und hat angeboten, dich bei sich aufzunehmen. Was du getan hast, war die richtige Entscheidung«, betonte sie noch einmal. »Aber jetzt musst du es vergessen und nach vorn blicken. Frage niemals nach, wie es deiner Tochter geht, versuche niemals, Kontakt zu ihr aufzunehmen, vergiss das Kind und vergiss auch den Mann, denn du, Viola, brauchst eine Zukunft.«

An dem Abend, als Viola den Nachtzug nach Paris nehmen sollte, begleitete Maddalena sie zum Bahnhof, umarmte sie, und kurz vor Abfahrt des Zuges verließ sie ihre geliebte Nichte mit Tränen in den Augen. »Eines Tages wirst du einen anderen Mann finden und mit ihm ein Kind haben.«

Doch da schluchzte Viola auf, denn nach der schwierigen Geburt hatte sie erfahren, dass sie nie mehr schwanger werden konnte und ihre Tochter ihr einziges Kind bleiben würde.

Der Schaffner lief bereits am Zug entlang und warf alle Türen zu, doch Viola konnte sich nicht von der Stadt lösen, in der sie zu Hause war, in der sie ihre erste Liebe erlebt hatte. Sie stand auf dem Bahnsteig mit ihrem kleinen Koffer in der Hand, der ihre wenigen Habseligkeiten enthielt. Das Geld ihrer Tante hatte sie in ihr Unterhemd eingenäht. In ihrer Tasche bewahrte sie ein rosafarbenes Emailledöschen auf, in dem eine blonde Locke ihres Kindes lag.

Als Viola endlich den Koffer hochhob, die Augen blind vor Tränen, stand *er* plötzlich vor ihr, zog sie an sich und küsste sie. Viola schluchzte auf und krallte ihre Finger in die Ärmel seines Mantels. Doch er löste sich von ihr und half ihr die Stufen in den Zug hinauf. Als sie eingestiegen war und der Zug bereits anfuhr, lief er noch neben ihm her und reichte ihr durchs Fenster einen Strauß Blumen.

Während der Zug sein Tempo beschleunigte, presste Viola ihr Gesicht und die Hände gegen die Scheibe. Tränen liefen ihr über die Wangen. Ihr letzter Blick erfasste, wie er einsam und mit gebeugtem Rücken auf dem Bahnsteig stand.

Doch er konnte jetzt zurückgehen in seine schöne Wohnung, zu seiner Frau und der neugeborenen Tochter, die er adoptiert hatte und deren Mutter bei der Geburt angeblich gestorben war. Sie aber war allein.

Weinend ließ sie sich im Abteil auf den Sitz fallen und betrachtete die Blumen, die er ihr in die Hand gedrückt hatte. Es war ein riesiger Strauß rosafarbener Margeriten, und darin steckte eine Karte.

Diese Blumen sind etwas Besonderes, nimm sie als Zeichen unserer Liebe, die auch immer etwas Besonderes sein wird, nicht nur in diesem Leben, sondern über den Tod hinaus, denn so lange werde ich Dich lieben. Und ich spüre, Du empfindest es auch so.
Alessandro

Es war das erste Mal, dass er seine Gefühle ihr gegenüber so deutlich offenbarte.

Doch da straffte Viola die Schultern und wischte sich die Tränen ab. Es waren schöne Worte, betörend wie er selbst, doch sie halfen ihr nicht. Sie musste nach vorn sehen, nicht zurück, sonst würde sie zerbrechen. Nie wieder schwach sein, sondern stark werden, denn sie fuhr in ein neues Leben.

Während der Fahrt blieb sie allein im Abteil, sie rollte sich auf der Bank zusammen und zog ihren Mantel eng um sich. Brauchte sie nicht einen anderen Namen, um sich endgültig von ihrer Vergangenheit lösen zu können? In Gedanken ging sie viele Namen durch, die ihr gefielen, doch es sollte einer sein, der für sie eine persönliche Bedeutung hatte. Sie schloss die Augen und hörte auf das Rattern des Zuges, der sie unerbittlich fort von Rom in eine fremde Stadt, in eine einsame Zukunft brachte. Sie brauchte etwas, was sie aus dem Glück der letzten Monate mitnehmen konnte, etwas, das eine dauerhafte Erinnerung schuf.

Da dachte sie an ihr erstes Treffen mit ihrem Geliebten, bei dem er gesagt hatte, sie sei so schön wie Simonetta Vespucci. Diesen Namen hatte sie sich gemerkt. Simonetta, die schönste Frau von Florenz. Kerzengerade setzte sich Viola auf. Jener heiße Nachmittag auf der Piazza Navona war der schönste Moment ihres damaligen Lebens gewesen, der intensivste und auch der glücklichste.

Simonetta, hatte er gesagt und sie angelächelt. Simonetta … Es klang wunderbar, verheißungsvoll. So würde sie sich nennen. Doch ein passender Nachname fiel ihr einfach nicht ein.

Als ein grauer Morgen durch das Fenster hereindrang und Viola im ersten Tageslicht nur hässliche schwarze und graue Häuser erkennen konnte, öffnete der Schaffner die Tür und kündigte an, dass der Zug in wenigen Minuten die Endstation Paris erreiche. Da erhob sie sich, streckte sich müde und holte ihren Koffer aus dem Gepäcknetz. Dabei fiel ihr Blick auf eine Reklame an der Wand des Abteils, die Zeichnung einer Frau, die strahlend lächelte und sich die langen Haare bürstete. Darunter stand der Werbespruch: *Täglich hundert Bürstenstriche mit einer Scalia-Bürste. Für Erfolg und Bewunderung.*

Erfolg und Bewunderung. War das nicht genau das, was Viola wollte?

Und so nannte sie sich Simonetta Scalia – ein Name, erschaffen für ihr neues, erfolgreiches Leben.

33

Rom, Juli 1947

Simonetta schreckte aus ihren Gedanken hoch, als ihr Hausmädchen Ginerva direkt vor ihr stand.

»Soll ich Ihre Koffer auspacken, Signora?«, fragte Ginerva erneut, dieses Mal etwas lauter.

»Ja, bitte. Ich glaube, ich bin ein wenig eingenickt.«

»Das ist auch kein Wunder bei dieser Hitze. Wollen Sie nicht lieber ins Haus gehen, statt hier auf der Terrasse zu sitzen?«

Simonetta schüttelte den Kopf. »Nein, Ginerva, es ist so schön hier, so friedlich. Ach ja, und bitte rufen Sie Giuliana Angelini an, und vereinbaren Sie einen Termin mit ihr, am besten morgen oder übermorgen, und zwar hier im Haus, nicht im Geschäft.«

Ginerva verschwand, und Simonetta rief ihr noch nach, ihr doch bitte einen Johannisbeersaft zu bringen.

Dann wandte sie den Kopf und sah hinunter in den kleinen Park ihres Hauses, in dem Mario, der Gärtner, gerade den Rasensprenger aufstellte. Gleich darauf war sie wieder tief in Gedanken versunken, so dass sie die Schritte von Onofrio Protti überhörte, der auf die Terrasse heraustrat. Als er hinter ihr stand und sie zart auf den Hals küsste, schreckte sie hoch.

»Onofrio, warum schleichst du dich so an?«

»Was für eine zärtliche Begrüßung«, spottete er, schob einen Korbsessel nahe an sie heran und setzte sich neben sie.

»Über deinen Erfolg in Paris spricht die ganze Stadt«, sagte er dann.

»Unsinn, die ganze Stadt ist am Meer«, antwortete Simonetta und wandte sich ihm lächelnd zu.

Onofrio Protti war zweiundsiebzig Jahre alt, und jedes Mal, wenn Simonetta ihn ansah, gefiel er ihr. Er war groß und schlank, sein Haar war weiß und betonte die Bräune seines Gesichts und seine dunklen lebhaften Augen.

Lächelnd strich sie ihm jetzt über die Wange. Sofort griff er nach ihrer Hand und zog sie an seine Lippen.

Ginerva brachte eine Flasche in einem silbernen Kübel und zwei Gläser. Onofrio nahm die Flasche heraus, öffnete sie und schenkte den Champagner ein.

»Ich habe ihn mitgebracht, weil es etwas zu feiern gibt«, erklärte er und hob sein Glas. »Salute, auf deinen Erfolg und deine Rückkehr nach Rom.«

Simonetta trank einen winzigen Schluck und stellte das Glas wieder ab.

»Onofrio, ich war gerade einmal zehn Tage fort.«

»Mir kam es wie eine Ewigkeit vor.«

Simonetta lachte. Sie lehnte sich in ihrem Korbsessel zurück und hielt das Gesicht der Sonne entgegen. »Sei nicht kindisch, Onofrio.«

»Es gibt Gerüchte, du willst dein Modehaus verkaufen. Ist da etwas Wahres dran?«

»Es sind Gerüchte, Onofrio. Aber die Idee gefällt mir«, erklärte sie und trank einen weiteren kleinen Schluck. »David Weinberg und seine Finanzgruppe haben mir vorgeschlagen, an sie zu verkaufen.«

»Und was willst du dann machen? Dich um deine Stiftungen und diese neue Schule kümmern?«

»Ja, natürlich, aber nicht so intensiv wie bisher. Ich bin

nicht mehr jung, Onofrio, das erkenne ich daran, dass ich mich oft in Erinnerungen verliere. Meine Vergangenheit kehrt zurück, vor allem die Gefühle, gegen die ich mich lange gewehrt habe. Verlust, Hilflosigkeit, Schmerz, Verzweiflung, auch das Wissen, Fehler gemacht zu haben, die man nie mehr revidieren kann. Einsamkeit«, setzte sie nach einer kleinen Pause hinzu.

»Einsam, du? Ich kann mir nicht vorstellen, dass du jemals einsam gewesen bist.«

»Doch, Onofrio, ich war viele Jahre lang einsam. Gerade in der Zeit, als ich in Paris Karriere gemacht habe.«

»Ich dachte, du warst damals mit David Weinberg zusammen, der dich finanziert hat.« Aus Onofrios Stimme hörte Simonetta einen provozierenden Unterton heraus.

»Was redest du für einen Unsinn«, reagierte sie gereizt. »Kannst du nicht endlich deine kindische Eifersucht aufgeben? Ich habe als Schneiderin in einem kleinen Modehaus angefangen, drei Jahre später war ich die Assistentin des Designers, und fünf Jahre später hatte ich mein eigenes Modehaus, finanziert von David Weinberg und seiner Finanzgruppe. Mehr nicht.«

»Diese Dinge kann man in jedem Magazin über dich nachlesen«, antwortete Onofrio verärgert. »Mich beschäftigt die Frage, ob du mit David Weinberg eine Affäre hattest.«

»Warum willst du das wissen?«

»Warum nicht?« Onofrios Ärger wuchs. »Ich weiß nichts über dich und ihn, auch nicht über den englischen Herzog, den deutschen Schriftsteller ...«

»All das ist vorbei«, unterbrach Simonetta ihn scharf. »Es ist mein Leben und meine Vergangenheit. Also, hör auf mit deinen Fragen, Onofrio.«

Simonetta erhob sich, ging zur Balustrade und drehte ihm den Rücken zu.

»Aber den ersten Mann in deinem Leben hast du geliebt«, drang Onofrio weiter in sie. »Alle Frauen lieben den ersten Mann in ihrem Leben.«

»O ja, natürlich. Der Mythos des ersten Mannes«, spottete Simonetta und wandte sich ihm wieder zu. »Sei kein Kindskopf, jede Frau empfindet anders. Und jetzt lass uns das Thema wechseln.«

»Wenn du mir endlich eine Antwort auf diese Frage gibst, höre ich auch auf. Wir sind seit zwölf Jahren zusammen, doch ich weiß immer noch nur wenig von dir«, klagte Onofrio erneut.

»Wenn du es wirklich wissen willst …«, antwortete Simonetta nach einer kleinen Pause, »… er war die Liebe meines Lebens.«

Onofrio schwieg betroffen, und Simonetta spürte, dass sie ihn verletzt hatte. Da ging sie zu ihm, setzte sich wie ein junges Mädchen auf seinen Schoß und legte den Kopf an seine Schulter.

So blieben sie sitzen, bis Onofrio ihr leise noch eine Frage stellte. »Wenn er deine große Liebe war, was bin ich dann für dich?«

»Du?« Simonetta küsste ihn zärtlich auf die Wange. »Du bist die Freude meines Alters.«

*

Giuliana lief zur Via Condotti. Sie musste Aurelia fragen, ob die rosafarbenen Margeriten, die sie bei ihrem letzten Besuch im Geschäft gesehen hatte, für Simonetta eine Bedeutung hatten, und sie wollte sie auch fragen, wo man diese Blumen kaufen konnte. Doch als sie vor dem Geschäft stand, war es geschlossen, und an beiden Schaufenstern waren die Läden heruntergelassen.

Giuliana presste ihr Gesicht gegen die Tür und schlug mit beiden Händen dagegen, bis ein Passant stehen blieb und begütigend auf sie einsprach: »Signora, es sind Ferien, und am ersten September öffnet das Geschäft doch wieder, sehen Sie das Schild nicht?«

Beschämt wandte sich Giuliana von der Tür ab und ließ die Hände sinken.

»Ja, natürlich, jetzt sehe ich es, die Sonne hat mich geblendet.«

Doch ein unbestimmtes Gefühl des Verlustes beschlich Giuliana, als sie sich umdrehte und die Straße langsam wieder zurückging.

34

Simonetta ließ Giuliana durch ihren Chauffeur abholen. Schon als sie durch das schmiedeeiserne Tor fuhren, sah Giuliana, dass der Park nicht besonders groß war und auch das Haus nicht die Ausmaße einer Villa besaß, wie sie es sich vorgestellt hatte. Als Ginerva sie empfing und durch den Wohnraum auf die Terrasse führte, sah sich Giuliana rasch um. Die puristische, geschmackvolle Einrichtung gefiel ihr auf Anhieb. Nichts deutete auf den Reichtum der Modeschöpferin hin.

Giuliana nahm an dem Tisch Platz, der direkt an der Balustrade stand, und bat auf Ginervas Frage hin um einen Kaffee.

»Die Signora lässt sich entschuldigen, sie führt noch ein wichtiges Telefonat und ist gleich bei Ihnen.«

Nervös wartete Giuliana. Sie beobachtete den Gärtner, der mit stoischer Gelassenheit in der Hitze den Rasen bewässerte, kurz zu ihr hochgrüßte und dabei seinen Hut in den Nacken schob.

»Guten Tag, Giuliana.« Jetzt stand Simonetta Scalia freundlich lächelnd vor ihr. Sie trug ein weißes, leichtes Leinenkleid, und ihre rötlichen Haare hatte sie zu einem Knoten im Nacken zusammengefasst.

Ginerva brachte auch ihr einen Kaffee, und die beiden Frauen warteten, bis sie sich wieder zurückgezogen hatte.

»Ich glaube, wir wissen beide, dass dies ein besonderes Treffen ist«, sagte Giuliana zögernd.

Simonetta wirkte überrascht. »Eigentlich bin ich es, die heute die Karten auf den Tisch legen wollte«, antwortete sie schließlich.

»Als ich Sie neulich in Ihrem Geschäft traf, trugen Sie einen Turban, deshalb konnte ich Ihre Haare nicht sehen«, sagte Giuliana, ohne auf Simonettas Einwurf einzugehen. »Aber dann entdeckte ich die rosafarbenen Margeriten, und da fügte sich plötzlich eines zum anderen.« Giuliana hielt inne. Sollte sie über den Moment sprechen, als sie vor der verschlossenen Tür des Geschäfts gestanden und ein Gefühl tiefen Verlustes empfunden hatte? Als habe sie abermals einen Menschen verloren, mit dem sie familiär verbunden war?

Danach war sie in das Archiv einer großen Modezeitung gegangen, hatte alle Artikel über Simonetta Scalia herausgesucht und sich die Fotos genau angesehen. Erst da erkannte sie ihre eigene Ähnlichkeit mit der Modeschöpferin, die tizianfarbenen Haare und die Augen in der Farbe dunklen Bernsteins.

Simonetta hatte ihr Gesicht abgewandt und sah in den Park hinaus, aus dem angenehme Kühle zu ihnen herwehte.

»Mit den Margeriten sandten Sie meinem Großvater nach seinem Tod einen letzten Gruß, nicht wahr?«

Jetzt drehte sich Simonetta ihr wieder zu.

»Ja. Jedes Mal, wenn er mir Blumen schenkte, waren es rosafarbene Margeriten. Es war ein Ritual, ein Zeichen seiner Liebe, bis über den Tod hinaus, wie er immer sagte.«

»Als ich die Geburtsurkunde meiner Mutter fand«, sprach Giuliana weiter, »fragte ich mich, was für ein Mensch diese Viola Pinelli gewesen sein musste, eine Mutter, die ihr Kind weggab. Doch dann wurde mir klar, dass Sie im Jahr 1903 keine Möglichkeit hatten, es zu behalten. Sie trafen eine Entscheidung, um Ihrem Kind eine gute Zukunft zu geben. Das muss sehr schmerzhaft für Sie gewesen sein.«

»Natürlich war es das! In den Jahren danach machte ich die schlimmsten Zweifel durch, ob ich richtig gehandelt hatte. Ich litt unter Depressionen und starken Schuldgefühlen, sagte mir aber immer wieder: Es war richtig so, denn ich hatte keine andere Wahl. Ich wollte Gina eine gute Zukunft ermöglichen, und daher revidierte ich diese Entscheidung auch nicht. Zum Wohl aller Beteiligten, doch glauben Sie mir, Giuliana, es war furchtbar schwer.«

Giuliana schwieg betroffen. »So habe ich es nicht gesehen«, bekannte sie.

»Also« – Simonetta lehnte sich in ihrem Korbstuhl zurück und lächelte Giuliana an –, »Sie haben sicher Fragen an mich, oder? Ich habe Zeit, ich werde beantworten, was ich kann.«

Viele Fragen stürmten auf Giuliana ein, doch dann sprach sie aus, was sie in den letzten Tagen am meisten bewegt hatte: »Wusste Sophia, dass die leibliche Mutter von Gina noch lebt – und dass *Sie* es sind?«

Simonetta schwieg, bevor sie antwortete. »Alessandro und ich waren uns einig, dass sie es niemals erfahren sollte. Alessandro hatte Sophia erzählt, seine Tochter sei das Resultat einer Affäre, und die junge Frau sei bei der Geburt des Kindes gestorben. Ich denke aber, Sophia wusste, dass es eine Lüge war. Ich überließ ihm mein Kind und ging nach Paris, kam erst Jahre später zurück. Ich war in der Zwischenzeit eine bekannte Modeschöpferin geworden, deren Name Simonetta Scalia lautete. Ich kam immer nur für ein paar Tage nach Rom. Ich eröffnete mein Geschäft in der Via Condotti und kümmerte mich um meine Stiftung.«

»Haben Sie meinen Großvater geliebt?«, stellte Giuliana zögernd ihre nächste Frage. Dieses Frage-Antwort-Spiel war schwieriger, als sie gedacht hatte.

»Ja, sehr, und auch er liebte mich.«

»Und Sophia? Hat er sie auch geliebt?«

Simonetta schwieg zuerst. »Ich weiß es nicht«, antwortete sie dann langsam. »Als unsere Liebe anfing, erzählte er mir, er habe damals nur geheiratet, weil es Zeit gewesen sei, eine Familie zu gründen, und er habe sich ein junges Mädchen ausgesucht, das ihm geeignet schien.«

Giuliana schwieg, sie legte ihre Hände auf den Tisch.

»Schwierig, nicht wahr?« Simonetta sah sie ernst an. »Zuerst hat man so viele Fragen, und wenn man sie stellen könnte, ist der Kopf leer.«

Giuliana nickte. »Ja, so ist es.«

Doch dann fing Simonetta an zu erzählen. In die Stille des Nachmittags hinein sprach sie leise über ihre Trennung von Alessandro, den Schmerz, ihr Kind weggeben zu müssen, wenn auch in dem Wissen, die beste Entscheidung getroffen zu haben.

»Ich sah Alessandro erst nach Ende des Ersten Weltkriegs wieder. Neunzehn Jahre waren vergangen, aber wir spürten sofort, dass unsere Liebe nicht erloschen war. Damals hoffte ich noch einmal, er hätte den Mut, sich zu mir zu bekennen, vor allem, da Sophia ihn verlassen hatte. Doch mehr denn je war er auf seinen Ruf als integrer Anwalt bedacht. Er wagte nicht, unsere Beziehung öffentlich zu machen. Enttäuscht und verletzt ging ich nach Paris zurück.«

»Haben Sie in dieser Zeit Ihre Tochter gesehen?«

»Nein, das wollte ich nicht, das habe ich doch gesagt. Ich wollte meine Entscheidung nicht revidieren.«

»Aber vielleicht hätte Gina Sie gebraucht, gerade nachdem Sophia gegangen war?«

»Giuliana, Sie sind eine Illusionistin. Wie hätte das funktionieren sollen? Plötzlich erscheint Ginas leibliche Mutter, nachdem man ihr jahrelang gesagt hatte, sie sei tot? Nein, ich blieb auf Distanz, das war für alle das Beste.«

»So haben Sie Ihre Tochter nie gesehen, nicht gewusst, wie sie aussieht, wie es ihr geht?«

»Doch, ich kannte Fotos von ihr, und durch Alessandro wusste ich, dass sie in dem Schweizer Internat sehr glücklich war. Mehr Informationen wollte ich nicht, ich hätte dann die Distanz zu ihr nicht mehr ertragen können. Ich hatte mich nun einmal entschieden, und dabei blieb ich.«

»Also hat sie bis zu ihrem Tod nie erfahren, dass ihre leibliche Mutter noch lebt?«

»Genauso ist es.«

»Und mich, Ihre Enkelin, wollten Sie auch früher nie kennenlernen.«

Simonetta reagierte zuerst nicht, dann aber sah sie Giuliana an und lächelte.

»Ich habe Sie bei der Beerdigung von Gina gesehen. Ich hatte kein persönliches Verhältnis zu meiner Tochter, doch ihr Tod traf mich tief, und so kam ich aus Paris zur Beerdigung.«

Da erinnerte sich Giuliana. »Ja, natürlich, die Frau mit dem schwarzen Schleier vor dem Gesicht!«

»Stimmt, das war ich. Sie wirkten so hilflos, doch ich sah, wie Alessandro Sie liebevoll an der Hand nahm und Sie an sich zog. Das trieb mir die Tränen in die Augen. Ich kannte diese zarte Seite von ihm nicht. Wahrscheinlich waren Sie die Einzige, die ihn so kennenlernen durfte.«

»Und dann sind Sie wieder abgereist?«

»Ja, noch am selben Tag. Das ist mir sehr schwergefallen. Fast war ich bereit, meine Vorsätze über den Haufen zu werfen und zu Ihnen zu gehen, doch Alessandro bestand auf der Einhaltung unserer Abmachung. Man dürfe das Kind, also Sie, nicht zusätzlich verwirren. Deshalb reiste ich wieder ab.«

Als das Gespräch schließlich auf das Schulprojekt kam, fragte Giuliana, ob Simonetta ihr die Stelle als Leiterin nur geben würde, weil sie ihre Enkelin sei.

»Das hat natürlich auch eine Rolle gespielt«, bekannte Simonetta. »Aber letztendlich war die Empfehlung von Schwester Angela ausschlaggebend. Was soll ich Ihnen sagen, Giuliana, als sie mir Ihren Namen nannte, war ich so überrascht, so überwältigt – ich kann es kaum in Worte fassen. Es erschien mir wie ein Wink des Schicksals. Denn da wurde mir klar, dass der Zeitpunkt gekommen war, mich zur Vergangenheit zu bekennen.«

»Ich war plötzlich so glücklich, Giuliana«, flüsterte Simonetta, »das müssen Sie mir … das musst du mir glauben.«

Giuliana spürte, wie ihr die Tränen in die Augen schossen. »Ich bin …« Sie versuchte, die Heiserkeit in ihrer Stimme zu unterdrücken, doch es gelang ihr nicht, und so atmete sie tief durch und bemühte sich, die Tränen zurückzuhalten. Auch sie war glücklich, sehr glücklich sogar, doch ihr wollten diese Worte nicht über die Lippen kommen.

Wahrscheinlich würde es noch dauern, bis sie eine Beziehung zueinander aufbauen konnten. Die Vergangenheit ließ sich nicht ungeschehen machen, aber sie verband sie stärker, als es ihnen in diesem emotionalen Moment bewusst war. Unsicher sahen sie sich an, und fast wäre Giuliana aufgesprungen, um Simonetta zu umarmen, doch da erschien Ginerva mit frischem Kaffee und kleinen Macarons, die Simonetta aus Paris mitgebracht hatte, und dieser kurze Moment verflog. Dann sprachen sie noch über die rosafarbenen Margeriten und den Blumenladen, den einzigen in Rom, in dem es sie gab, bis Simonetta die Frage stellte, ob Giuliana ein Foto von ihrer Tochter Aurora dabeihabe.

»Nein, leider nicht. Im Moment ist sie noch mit Paula, meiner Haushälterin, in Frascati, aber morgen kommen sie zurück«, antwortete Giuliana.

»Wie sieht sie aus, hat sie …?«

»Ja«, bestätigte Giuliana lächelnd, »ja, sie hat unsere Haarfarbe, aber ihre Augen sind blau wie die ihres Vaters.«

»Die tizianroten Haare haben wir einem irischen Vorfahren zu verdanken, der sich in eine rassige Italienerin verliebte und mit ihr zehn Kinder zeugte, alle rotblond. Leider muss ich bei mir mit der Farbe mittlerweile nachhelfen.« Simonetta lächelte und zuckte bedauernd mit den Schultern.

»Man sieht nicht, dass sie gefärbt sind«, stellte Giuliana fest. »Wenn Sie … wenn du möchtest«, schlug sie dann etwas unsicher vor, »können wir uns treffen, wenn Aurora zurück ist. Also, falls Sie … falls du noch ein paar Tage in Rom bleiben willst.«

»*Du*, Giuliana, bitte sage du.« Spontan griff Simonetta nach ihrer Hand. »Bitte«, wiederholte sie leise, »und ja, ich bleibe in Rom. Ich werde mein Modehaus verkaufen und heiraten«, fügte sie mit einem Lachen hinzu.

»Herzlichen Glückwunsch«, antwortete Giuliana voller Freude. »Wann hast du diesen Entschluss gefasst?«

»Gerade jetzt, in diesem Moment. Ich habe wichtige Entscheidungen in meinem Leben immer spontan getroffen. Ich denke, Giuliana, endlich bin ich in meinem Leben angekommen.«

»Das ist sehr schön«, antwortete Giuliana leise. »Ob ich das auch einmal sagen kann?«

Simonetta drückte ihre Hand, die sie noch fest umschlossen hielt. »Davon bin ich überzeugt.«

Sie blieben noch lange auf der Terrasse sitzen und unterhielten sich, konnten sich kaum trennen. Als sie sich endlich verabschiedeten, umarmte Simonetta ihre Enkelin. Es war eine flüchtige, vorsichtige Berührung, doch Giuliana war glücklich darüber.

»Ich denke, Alessandro hat unsere Tochter Gina geliebt, er konnte mit Gefühlen nur nicht gut umgehen. Wie ich schon sagte, scheinst du die Einzige zu sein, der er sie wirklich zeigen konnte.«

Vor der Haustür stellte Giuliana noch eine letzte Frage: »Als ich elf Jahre alt war, fuhr ich mit meinem Großvater nach Capri, er mietete dort ein Haus, und eine Frau fotografierte uns. Sie hatte ein Tuch eng um den Kopf geschlungen, so dass man ihre Haare nicht sehen konnte. Auch trug sie eine riesige Sonnenbrille, und sie machte ein Foto von meinem Großvater und mir.«

»Das war ich. Diese Tücher waren damals gerade in Mode. Ich weiß bis heute nicht, ob es wirklich ein Zufall war, dass wir uns plötzlich in Capri gegenüberstanden.

Alessandro liebte mich sehr, doch ich konnte die Beziehung im Verborgenen, wie er sie vorgab, nicht mehr ertragen. Ich trennte mich noch am selben Tag von ihm. Ich sah ihn nie wieder.«

*

Als Giuliana ihre Wohnung betreten hatte, ging sie schnurstracks ins Herrenzimmer. Dort stellte sie sich vor das Gemälde ihres Großvaters.

Wie ihn der Künstler darauf verewigt hatte, so hatte Alessandro Bastiani sich selbst sehen wollen. Elegant, distanziert, die dunklen Augen kühl auf den Maler gerichtet, absolut unantastbar, ein Mann, den man bewunderte. Aber auch fürchtete.

Lange blickte Giuliana zu ihm hoch. Ich habe dich immer bewundert, dich niemals in Frage gestellt. Aber du hast auch eine sehr dunkle Seite gehabt und drei Frauen unglücklich gemacht. Und sicher hast du es gewusst.

Viola Pinelli wäre fast an dir zerbrochen. Sie hat dir ihr Kind anvertraut, und was hast du getan? Du hast deine eigene Tochter verleugnet. Wie bitter muss diese Erkenntnis für Gina gewesen sein, als sie deine Lüge enttarnte!

»Arme Gina … arme Mama …«, flüsterte Giuliana. Immer noch starrte sie zu dem Bild empor, setzte ihre innere Abrechnung fort.

Sophia hast du gezwungen, das Kind deiner Geliebten großzuziehen. Hast du nie erkannt, wie unglücklich sie war? Als sie ging, war sie für dich gestorben. Wie konntest du so unversöhnlich sein? Letztendlich hast du sie nur geheiratet, um eine Familie zu gründen. Hat es dich so sehr in deiner Eitelkeit getroffen, dass sie sich in einen anderen Mann verliebte? Wie furchtbar muss dich der Skandal getroffen haben.

Arme Sophia, auch sie war zu bedauern. Giuliana fiel der Moment ein, als sie Sophia gefragt hatte, ob sie die Frau mit dem schwarzen Schleier bei Ginas Beerdigung gewesen sei. »Nein, Giuliana, das war ich nicht«, hatte sie geantwortet. Heute schien es Giuliana so, als habe Sophia gewusst, dass Ginas Mutter noch lebte, und wahrscheinlich wusste sie sogar, wer sie war.

Mich hast du geliebt, wandte sie sich jetzt in Gedanken wieder an ihren Großvater, und als ich erwachsen wurde, hast du mich verwöhnt. Hast du mich vielleicht nur geliebt, weil du *sie* in mir gesehen hast, die Frau, der dein Herz gehörte und zu der du dich nie bekennen konntest?

»Ach, Großvater«, seufzte Giuliana auf.

Doch dann erinnerte sie sich an seine Worte an dem Tag, als er sie zu sich holte: »Ich werde immer für dich da sein, vergiss das nie, Giuliana.«

Und da wusste sie, dass diese Worte ihr, Giuliana, seiner Enkelin, gegolten hatten, ihr allein. Sie war die Einzige, der er seine Liebe zeigen konnte. Simonetta hatte recht gehabt.

35

Casa Sophia

Er war mit dem Bus von Florenz aus gekommen. Es gab eine neue Haltestelle, direkt an der Abbiegung der Straße nach Campodoglio. Dann war er den Weg bis zur *Casa Sophia* zu Fuß gegangen, und nun stand er an dem Tor aus Schmiedeeisen und öffnete es mit seinem Schlüssel.

Es war Sonntagmittag, und von weitem hörte man die Kirchenglocken, ansonsten war die Luft erfüllt vom beständigen Summen der Bienen und dem Zirpen der Grillen.

Mattia ging ein paar Schritte auf dem festgetretenen Weg und blieb dann stehen. Den Blick von hier auf das Haus hatte er immer geliebt. So hatte er es auch gemalt. Das Haus aus den groben, bräunlichen Backsteinen, das flache Dach, die Tür mit dem Rundbogen und die beiden kleinen Fenster ... Es schimmerte durch die schlanken Zypressen, und daneben gab es die Wiese mit den Mohnblumen und den rosafarbenen Oleander. Mattia liebte das Farbenspiel von Rot und Rosa, den Kontrast zu dem dunklen Grün der Zypressen.

Das Bild gehörte heute Giuliana. Ihr hatte es so gefallen, dass sie es sogar mit nach Rom genommen hatte, wie sie ihm in dem Brief schrieb, in dem sie ihm auch mitteilte, dass er die *Casa Sophia* geerbt habe.

Mattia lief bis zum Haus und öffnete die Eingangstür. Stickige Luft empfing ihn, daher öffnete er als Erstes die

Hintertür der Küche. Dann stieg er die Treppe hinauf und ging in das Schlafzimmer mit dem breiten Bett, dem dunklen polierten Holzboden und den rosa-weiß gestreiften Tapeten.

Er wollte sich nicht lange hier aufhalten, keine Erinnerungen zulassen. Er würde Marta bitten, Sophias Sachen in Kisten zu verpacken und durch Ovide zu ihm nach Florenz schicken zu lassen.

Heute war Mattia zum letzten Mal hier, und er wollte allein bleiben, darum kam er an einem Sonntag. Er hatte wenig Lust, auf Fiona oder eine der anderen Frauen zu treffen, die ihm nicht verzeihen konnten, dass er Sophia damals verlassen hatte.

Rasch stieg er die Treppe wieder hinunter, die immer noch an der gleichen Stufe knarrte, und ging durch die Hintertür in den Garten.

Er blieb an der Stelle stehen, an der Sophia erschossen worden war. Fiona hatte sie ihm gezeigt, es war nicht weit vom Haus entfernt. Sie sei sofort tot gewesen, auch das hatte sie ihm erzählt.

Wie sollte er an dem Ort leben können, an dem Sophia erschossen worden war?

Mattia setzte sich unter die Pinie. Der Tisch und die alten Korbstühle standen immer noch dort, hatten das Feuer wie durch ein Wunder überstanden. Von hier aus betrachtete er die Ruine des Ateliers mit dem Leinensack vor dem eingestürzten Türrahmen.

Die Frauen wollten es wieder aufbauen lassen, um darin eine Art Verkostungsraum für Kunden einzurichten. Hoffentlich gingen ihre Expansionspläne auch auf, schoss es ihm durch den Kopf.

Er war erleichtert gewesen, als der Kaufvertrag für das

Haus unterschrieben war. Dieses Geld ermöglichte ihm einen Neuanfang.

Im Haus des Galeristen Leonardo hatte er sich davon eine kleine Wohnung mit Balkon gekauft, mit Blick über Florenz. Eine kleine Treppe führte in ein Dachgeschoss, in dem er sein Atelier einrichten konnte.

Die drei Porträts von Sophia standen bereits in Leonardos Galerie. Er zahlte Mattia zudem einen Vorschuss für einige Bilder, die ein reicher Amerikaner bei ihm in Auftrag gegeben hatte: Landschaftsbilder der Toskana.

Zum ersten Mal seit Jahren würde Mattia keine Geldsorgen mehr haben, zum ersten Mal wieder in einer gepflegten Umgebung leben, in einer Wohnung, die ihm gehörte. Er würde arbeiten, sich mit anderen Menschen treffen und auch mit der Galerie in Mailand Kontakt aufnehmen.

Tief atmete Mattia die sonnendurchglühte Luft ein. Er war glücklich. Er schloss die Augen, und erst als er ein Geräusch hörte, öffnete er sie wieder, setzte sich auf und sah in die Richtung des Tors hinten in der Mauer.

Ein schlanker junger Mann kam auf ihn zu.

36

Rom

Mit dem letzten Julitag schien die große Hitzewelle beendet zu sein. Ein Gewitter zog über Rom, heftiger Regen prasselte auf die Stadt herunter und überflutete die Straßen.

Giuliana hatte es gerade noch vor dem großen Regenguss in die Wohnung geschafft. Sie freute sich auf Aurora und Paula, die am nächsten Tag wieder nach Hause kommen würden. Und sie freute sich auf das erste Treffen zwischen Simonetta und Aurora.

»Das ist deine Urgroßmutter«, würde sie zu Aurora sagen. Ein wunderbarer Moment, den Giuliana kaum erwarten konnte.

Aurora hatte Paula, an der die Kleine sehr hing, doch nun würde sie eine leibliche Verwandte dazubekommen, eine Urgroßmutter. Eigentlich konnte man das Ur- weglassen, es klang so alt, und Simonetta war alles andere als das, auch wenn sie ein wenig mit ihren gefärbten Haaren kokettierte. Sie selbst würde mit Simonetta, ihrer Großmutter, zusammenarbeiten, in einem Beruf, durch den sie etwas verändern, etwas bewirken konnte, was auch Aurora einmal zugutekam.

Giuliana lief ins Musikzimmer und spielte, was ihr gerade in den Sinn kam, und als Abschluss einen Wiener Walzer. Forsch und schnell glitten ihre Hände über die Tasten. Aurora, dachte sie, du wirst ein schönes Leben haben, ich freue mich so …

Als sie keine Lust mehr hatte zu spielen, setzte sie sich im Flur auf das Empiresofa. Sie hatte die Post mit heraufgebracht und sah jetzt die Briefe schnell durch.

Zwischen Rechnungen fand sich ein Brief, dessen Absender durch den starken Regen zerlaufen war, so dass Giuliana ihn nicht entziffern konnte.

Erstaunt riss sie den Brief auf.

Liebste Giuliana,
als ich Dich damals verließ, tat ich es, weil ich Dich liebte und Dich nicht weiter in Lebensgefahr bringen wollte. Ich glaubte nicht, dass mir die Flucht gelingen würde, doch tatsächlich schaffte ich es bis Genua, wo ich bei Freunden meiner Eltern Unterschlupf fand. Aus Angst vor Entdeckung gab ich dem Drängen dieser Freunde schließlich nach und schiffte mich unter einem anderen Namen nach Argentinien ein. Dort trat ich eine Stelle als Deutschlehrer auf einer Estancia an, die man nur mit einem Privatflugzeug von Buenos Aires aus erreichen konnte. Ich war für die Erziehung der vier Kinder zuständig, die Deutsch lernen sollten und denen ich eine gewisse Bildung hinsichtlich der deutschen Kultur und ihrer Dichter nahebringen musste. Ein fast unmögliches Unterfangen, das schon daran scheiterte, dass die Halbwüchsigen lieber auf dem Pferd durch die Pampa ritten, als sich in den Räumen des riesigen Hauses aufzuhalten. Ich fühlte mich nicht wohl dort – das weite Land, die Menschen … Es gelang mir nicht, mich heimisch zu fühlen. Heimweh quälte mich, doch vor allem war es die Sehnsucht nach Dir, geliebte Giuliana, die mich nicht losließ. Jeden Abend, wenn ich die Augen schloss, sah ich Dich vor mir, Dein zärtliches Lächeln, mit dem Du in

meinen Armen gelegen hast. Ich erinnerte mich an Deine Zärtlichkeit, an die Liebe, die ich in Deinen Augen erkannte. Ich musste Dich unbedingt wiedersehen. So verließ ich Argentinien wieder und kehrte nach Italien zurück.

Es war ein Schock für mich, als ich von den Frauen in der Manufaktur erfahren musste, dass Du verheiratet bist und mit Deinem Mann in Mailand lebst. Aus Verzweiflung wollte ich mich gleich wieder nach Argentinien einschiffen, doch dann erfuhr ich, dass es meinem Freund in Florenz sehr schlechtgeht, und ich blieb bei ihm.

Aus einem Impuls heraus fuhr ich später noch einmal zur Casa Sophia. Es war Sonntag, die Manufaktur war geschlossen, doch ich traf Mattia, den Mann Deiner Großmutter, in dessen Atelier ich die intensivsten und schönsten Tage meines Lebens verbracht hatte und dessen Kleider ich trug, als ich das Anwesen verließ. Er saß am Tisch unter der Pinie, und als er mich sah, begrüßte er mich und lud mich auf einen Kaffee ein. Wir saßen zusammen, und er erzählte mir, dass er das geerbte Haus verkauft habe und an diesem Tag Abschied von der Casa Sophia und von seiner Vergangenheit nähme.

Er war sehr freundlich und gab mir Deine Adresse in Rom, erstaunt, dass die Frauen mir eine falsche Auskunft gegeben hatten. Dies alles müsse ein Irrtum sein. Er stellte keine weiteren Fragen, er schien ganz mit sich und dem Abschluss seines bisherigen Lebens beschäftigt zu sein.

Zwei Wochen muss ich noch in Florenz bleiben, da mein Freund meine Hilfe braucht. Anschließend fahre ich über Rom nach München zurück. Ich habe mich entschlossen, doch in die Heimat zurückzukehren, und sei es auch nur für kurze Zeit. Meine Mutter kam bei einem Luftangriff ums Leben, genau in den Stunden, in denen mein Vater nicht zu Hause war. Sicher kannst Du Dir vorstellen, wie groß seine Selbstvorwürfe sind. Immer wieder stellt er sich die Frage, warum sie und nicht er, warum er unterwegs war, während sie bei dem Angriff im Luftschutzkeller erstickte. Ich trauere sehr um meine Mutter und kann mir nicht verzeihen, das Medaillon mit ihrem Foto, das sie mir an die Front mitgab, irgendwo in der Toskana verloren zu haben.

Ich werde am 31. Juli um fünzehn Uhr in Rom ankommen und mit dem Abendzug um neunzehn Uhr die Hauptstadt wieder verlassen.

Ich muss wissen, ob Du mich noch liebst, Giuliana, ich muss Dich sehen, muss Dich in meinen Armen halten und spüren, dass es Dich nicht nur in meiner Erinnerung gibt. Ich bin um sechzehn Uhr im Caffé Greco, an dem Ort, an dem wir uns treffen wollten, erinnerst Du Dich? Oder war alles nur eine Illusion? Ich muss es wissen!

Wenn Du mich noch liebst, komm, ich warte auf Dich! Kommst Du nicht, weiß ich, dass unsere Liebe vorbei ist.

Claus

Giuliana ließ die Hand mit dem Brief sinken. Am einunddreißigsten Juli um vier Uhr nachmittags wartete Claus von Welser im Caffé Greco auf sie? Das konnte nicht wahr sein, das war ein Traum, aus dem sie gleich unglücklich erwachen würde.

Doch plötzlich schrak sie aus diesem Gefühl der Unwirklichkeit hoch, und fiebrige Erwartung ergriff sie. Claus würde kommen und wollte sie treffen! Wenn das Maria wüsste, schoss es ihr durch den Kopf. Aber dann zuckte sie zusammen.

Der einunddreißigste Juli, das … das war heute, und es war bereits nach halb sechs!

Giuliana hob das Kuvert hoch und erkannte am Poststempel, dass der Brief drei Wochen unterwegs gewesen war. Jetzt erwachte sie aus ihrer Erstarrung, rannte aus der Wohnung, aber im Hausflur blieb sie abrupt wieder stehen. Das Medaillon! Sie sollte es mitnehmen … doch nein, sie konnte ihm ja sagen, dass sie es aufbewahrt hatte, dass sie geglaubt hatte, das Foto darin sei von seiner Ehefrau.

Sie lief aus dem Haus, die Straße entlang und die Stufen der Spanischen Treppe hinunter, sie stieß mit Leuten zusammen und stürmte ohne ein Wort der Entschuldigung weiter. Der Regen hatte aufgehört, die Straßen dampften vor Feuchtigkeit, doch Giuliana blieb nicht stehen, bis sie keuchend vor dem Caffé Greco stand.

Es war kurz nach achtzehn Uhr, als sie es betrat.

Atemlos, keuchend, verschwitzt stand sie da und sah sich um. Das Café war vollbesetzt, und auch hier zwängte sich Giuliana ohne Rücksicht durch die Tische. Sie suchte jeden Winkel ab, doch er war nicht mehr da.

»Suchen Sie einen freien Tisch? Im Moment ist nichts frei, aber an der Theke können Sie warten, bis –«

Giuliana schüttelte stumm den Kopf und verließ langsam das Café. Grenzenlose Enttäuschung war das Einzige, was sie empfand. Sie war zu spät gekommen.

Da lief ihr ein Kellner nach und sprach sie an: »Sind Sie Giuliana Angelini? Ein Mann hat das für Sie abgegeben, falls Sie doch noch kommen. Eine schöne Frau mit tizianroten Haaren, sagte er, und …«

»Was *und?*«

»Er schrieb Ihnen eine Nachricht auf diese Serviette. Er hatte es eilig.«

Giuliana riss ihm die Papierserviette aus der Hand. »Danke, danke …«

Sie faltete das Papier auseinander und entzifferte die Worte:

Liebste Giuliana,
falls Du doch noch kommst, weißt Du hierdurch zumindest, dass ich Dich nie vergessen konnte und dass ich Dich immer noch liebe.
Ich klammere mich an die Vorstellung,, dass auch Du mich nicht vergessen hast, denn das ist das Einzige, was mir offenbar geblieben ist, meine Erinnerung an Dich und diese kleine Illusion, Du seiest doch noch gekommen …

Alles drehte sich vor ihren Augen, die Menschen, die Via Condotti, das Café. Da spürte sie, wie jemand sie am Arm nahm, und durch den Nebel sah sie das besorgte Gesicht des Kellners vor sich.

»Kann ich Ihnen helfen?«

»Wie spät ist es?«, flüsterte sie.

»Gleich halb sieben.«

Da kam wieder Leben in Giuliana. Sie sah sich um, doch sie konnte kein Taxi entdecken, und der Bus auf der Piazza di Spagna fuhr gerade in Richtung der Stazione Termini ab, als sie an der Haltestelle ankam.

Giuliana glitt auf nassen Blättern aus, die der heftige Regen auf den Boden gedrückt hatte, doch sie fing sich wieder und rannte weiter. Ich muss ihn noch erreichen, der Zug darf nicht abfahren, ich liebe ihn doch auch, es kann nicht zu Ende sein, bevor es einen Anfang gibt, kreiste es unaufhörlich in ihren Gedanken.

Endlich war sie angekommen, lief in die Halle des Bahnhofs, sah sich um und blieb stehen. Durch den Lautsprecher wurde gerade die Abfahrt des Zuges nach München auf Gleis drei angesagt. Da rannte Giuliana durch die Sperre, lief an den Gleisen entlang bis zur Nummer drei. In diesem Moment setzte sich der Zug langsam in Bewegung.

»Nein, halt!«, schrie sie, völlig außer sich. Es konnte doch nicht sein, dass ausgerechnet dieser Zug ohne die übliche Verspätung abfuhr!

Der Zug beschleunigte, und Giuliana lief neben ihm her, boxte sich durch die Leute, die auf dem Bahnsteig standen, dem Zug nachsahen und den Abreisenden winkten.

Viele Fenster waren heruntergelassen, Köpfe reckten sich für einen letzten Blick, einen Abschiedsgruß hinaus.

Und an einem der Fenster sah sie Claus von Welser, der sich weit herausbeugte. Seine blonden Haare leuchteten in der Abendsonne. Sie hätte ihn unter Tausenden erkannt, denn in ihren Gedanken hatte sie ihn immer vor sich gesehen.

»Claus«, rief sie, »Claus!«

Da endeckte auch er sie.

»Giuliana!« Er winkte mit beiden Armen. »Giuliana ...« Doch sein Ruf ging im Geräusch des schneller werdenden Zuges unter. Sosehr sich Giuliana auch anstrengte, sie erreichte das Fenster nicht mehr. Dennoch lief sie bis zum Ende des Bahnsteigs, Claus winkte, und sie winkte zurück, bis der Zug um die Kurve gefahren und aus ihrem Blickfeld verschwunden war.

Jetzt erst drehte sie sich langsam um und ging den langen Bahnsteig zurück. Sie erinnerte sich plötzlich an den Augenblick, als sie Claus von Welser an der Hand genommen hatte und mit ihm durch die Zypressen zum Haus gegangen war. Vielleicht war es in diesem Moment gewesen, dass sie beide die tiefe Liebe spürten, die sie nach so kurzer Zeit bereits verbunden hatte.

Mit einem Lächeln verließ Giuliana die Stazione Termini.

Er würde zurückkommen, sie wusste es.